HEYNE

Das Buch
Als der Vampirkrieger Vishous in einem Kampf gegen die untoten *Lesser* schwer verletzt wird, liefert man ihn, noch bevor die Bruderschaft der BLACK DAGGER ihn aufspüren kann, in ein von Menschen geführtes Krankenhaus ein. Im St.-Francis-Hospital rettet Doktor Jane Whitcomb dem Vampir mit einer Notoperation das Leben. Kaum schlägt er die Augen wieder auf, weiß Vishous mit unumstößlicher Sicherheit, dass Jane die Eine ist, die Frau seines Lebens. Doch ihr seine Liebe zu gestehen, erscheint unmöglich. Denn Jane ist ein Mensch, und Vishous' Vergangenheit holt ihn immer wieder ein. Als die Jungfrau der Schrift auch noch den Entschluss fasst, Vishous zum *Primal* machen, dem Mann, der eine neue Generation von Vampiren zeugen soll, steht die Liebe des grausamsten Kriegers der BLACK DAGGER zu seiner Lebensretterin endgültig auf dem Spiel …

Die BLACK DAGGER-Serie:
Erster Roman: Nachtjagd
Zweiter Roman: Blutopfer
Dritter Roman: Ewige Liebe
Vierter Roman: Bruderkrieg
Fünfter Roman: Mondspur
Sechster Roman: Dunkles Erwachen
Siebter Roman: Menschenkind
Achter Roman: Vampirherz
Neunter Roman: Seelenjäger
Zehnter Roman: Todesfluch
Elfter Roman: Blutlinien
Zwölfter Roman: Vampirträume
Dreizehnter Roman: Racheengel
Vierzehnter Roman: Blinder König
Fünfzehnter Roman: Vampirseele
Sechzehnter Roman: Mondschwur
Sonderband: Die Bruderschaft der Black Dagger

Die FALLEN ANGELS-Serie:
Erster Roman: Die Ankunft

Die Autorin
J. R. Ward begann bereits während ihres Studiums mit dem Schreiben. Nach ihrem Hochschulabschluss veröffentlichte sie die BLACK DAGGER-Serie, die in kürzester Zeit die amerikanischen Bestseller-Listen eroberte. Die Autorin lebt mit ihrem Mann und ihrem Golden Retriever in Kentucky und gilt seit dem überragenden Erfolg der Serie als neuer Star der romantischen Mystery.

J. R. Ward

SEELENJÄGER

Ein BLACK DAGGER-Roman

WILHELM HEYNE VERLAG
MÜNCHEN

Titel der Originalausgabe
LOVER UNBOUND (PART 1)

Aus dem Amerikanischen übersetzt von Astrid Finke

FSC
Mix
Produktgruppe aus vorbildlich
bewirtschafteten Wäldern und
anderen kontrollierten Herkünften

Zert.-Nr. SGS-COC-001940
www.fsc.org
© 1996 Forest Stewardship Council

Verlagsgruppe Random House FSC-DEU-0100
Das für dieses Buch verwendete FSC-zertifizierte Papier
Holmen Book Cream liefert Holmen Paper, Hallstavik, Schweden.

6. Auflage
Deutsche Erstausgabe 3/09
Redaktion: Natalja Schmidt
Copyright © 2007 by Jessica Bird
Copyright © 2009 der deutschen Ausgabe und der
Übersetzung by Wilhelm Heyne Verlag, München,
in der Verlagsgruppe Random House GmbH
Printed in Germany 2010
Umschlagbild: Dirk Schulz
Umschlaggestaltung: Animagic, Bielefeld
Autorenfoto © by John Rott
Satz: Buch-Werkstatt GmbH, Bad Aibling
Druck und Bindung: GGP Media GmbH, Pößneck

ISBN 978-3-453-53291-5

www.heyne.de
www.heyne-magische-bestseller.de

Gewidmet: Dir.
Anfangs hatte ich dich falsch eingeschätzt
und dafür bitte ich um Verzeihung.
Es ist so typisch für dich, dass du trotzdem geholfen
und nicht nur ihn,
sondern auch mich dadurch gerettet hast.

DANKSAGUNG

Mit unendlicher Dankbarkeit den Lesern der Black Dagger und ein Hoch auf die Cellies – Ich fange gar nicht erst mit den Sofas an. So weit kann ich nicht zählen.

Ich danke euch so sehr: Karen Solem, Kara Cesare, Claire Zion, Kara Welsh.

Dank an euch, Dorine und Angie, dass ihr euch so gut um mich kümmert – und ich danke auch S-Byte und Ventrue für alles, was ihr aus der Güte eures Herzens tut!

Und wie immer Dank an meinen Exekutivausschuss: Sue Grafton, Dr. Jessica Andersen, Betsey Vaughan und meinen Partner. Und mit dem größten Respekt an die unvergleichliche Suzanne Brockmann.

DLB – rate mal: deine Mami liebt dich immer noch × × ×
NTM – wie immer in Liebe und Dankbarkeit. Wie du weißt.

Und ich muss sagen, nichts von all dem wäre möglich ohne:
meinen liebenden Mann, der immer zu mir hält;
meine wunderbare Mutter, die für mich da ist, seit … na ja, von Anfang an;
meine Familie (die blutsverwandte wie auch die frei gewählte);
und meine liebsten Freunde.

Glossar der Begriffe und Eigennamen

Attendhente – Auserwählte, die der Jungfrau der Schrift aufwartet.

Die Auserwählten – Vampirinnen, deren Aufgabe es ist, der Jungfrau der Schrift zu dienen. Sie werden als Angehörige der Aristokratie betrachtet, obwohl sie eher spirituell als weltlich orientiert sind. Normalerweise pflegen sie wenig bis gar keinen Kontakt zu männlichen Vampiren; auf Weisung der Jungfrau der Schrift können sie sich aber mit einem Krieger vereinigen, um den Fortbestand ihres Standes zu sichern. Sie besitzen die Fähigkeit zur Prophezeiung. In der Vergangenheit dienten sie alleinstehenden Brüdern zum Stillen ihres Blutbedürfnisses, aber diese Praxis wurde von den Brüdern aufgegeben.

Bannung – Status, der einer Vampirin der Aristokratie auf Gesuch ihrer Familie durch den König auferlegt werden kann. Unterstellt die Vampirin der alleinigen Aufsicht ihres Hüters, üblicherweise der älteste Mann des Haushalts. Ihr Hüter besitzt damit das gesetzlich verbriefte Recht, sämtliche Aspekte ihres Lebens zu bestimmen und jeglichen Umgang zwischen ihr und der Außenwelt zu regulieren.

Die Bruderschaft der Black Dagger – Die Brüder des Schwarzen Dolches. Speziell ausgebildete Vampirkrieger, die ihre Spezies vor der Gesellschaft der *Lesser* beschützen. Infolge selektiver Züchtung innerhalb der Rasse besitzen die Brüder ungeheure physische und mentale Stärke sowie die Fähigkeit zur extrem raschen Heilung. Die meisten von ihnen sind keine leiblichen Geschwister; neue Anwärter werden von den anderen Brüdern vorgeschlagen und daraufhin in die Bruderschaft aufgenommen. Die Mitglieder der Bruderschaft sind Einzelgänger, aggressiv und verschlossen. Sie pflegen wenig Kontakt zu Menschen und anderen Vampiren, außer um Blut zu trinken. Viele Legenden ranken sich um diese Krieger, und sie werden von ihresgleichen mit höchster Ehrfurcht behandelt. Sie können getötet werden, aber nur durch sehr schwere Wunden, wie zum Beispiel eine Kugel oder einen Messerstich ins Herz.

Blutsklave – Männlicher oder weiblicher Vampir, der unterworfen wurde, um das Blutbedürfnis eines anderen zu stillen. Die Haltung von Blutsklaven ist heute zwar nicht mehr üblich, aber nicht ungesetzlich.

Doggen – Angehörige(r) der Dienerklasse innerhalb der Vampirwelt. *Doggen* pflegen im Dienst an ihrer Herrschaft altertümliche, konservative Sitten und folgen einem formellen Bekleidungs- und Verhaltenskodex. Sie können tagsüber aus dem Haus gehen, altern aber relativ rasch. Die Lebenserwartung liegt bei etwa fünfhundert Jahren.

Ehros – Eine Auserwählte, die speziell in der Liebeskunst ausgebildet wurde.

Gesellschaft der *Lesser* – Orden von Vampirjägern, der von Omega zum Zwecke der Auslöschung der Vampirspezies gegründet wurde.

Glymera – Das soziale Herzstück der Aristokratie, sozusagen die »oberen Zehntausend« unter den Vampiren.

Gruft – Heiliges Gewölbe der Bruderschaft der Black Dagger. Sowohl Ort für zeremonielle Handlungen wie auch Aufbewahrungsort für die erbeuteten Kanopen der *Lesser*. Hier werden unter anderem Aufnahmerituale, Begräbnisse und Disziplinarmaßnahmen gegen Brüder durchgeführt. Niemand außer Angehörigen der Bruderschaft, der Jungfrau der Schrift und Aspiranten hat Zutritt zur Gruft.

Hellren – Männlicher Vampir, der eine Partnerschaft mit einer Vampirin eingegangen ist. Männliche Vampire können mehr als eine Vampirin als Partnerin nehmen.

Hohe Familie – König und Königin der Vampire sowie all ihre Kinder.

Hüter – Vormund eines Vampirs oder einer Vampirin. Hüter können unterschiedlich viel Autorität besitzen, die größte Macht übt der Hüter einer gebannten Vampirin aus.

Jungfrau der Schrift – Mystische Macht, die dem König als Beraterin dient sowie die Vampirarchive hütet und Privilegien erteilt. Existiert in einer jenseitigen Sphäre und besitzt umfangreiche Kräfte. Hatte die Befähigung zu einem einzigen Schöpfungsakt, den sie zur Erschaffung der Vampire nutzte.

Leahdyre – Eine mächtige und einflussreiche Person.

Lesser – Ein seiner Seele beraubter Mensch, der als Mitglied der Gesellschaft der *Lesser* Jagd auf Vampire macht, um sie auszurotten. Die *Lesser* müssen durch einen Stich in die Brust getötet werden. Sie altern nicht, essen und trinken nicht und sind impotent. Im Laufe der Jahre verlieren ihre Haare, Haut und Iris ihre Pigmentierung, bis sie blond, bleich und weißäugig sind. Sie riechen nach Talkum. Aufgenommen in die Gesellschaft werden sie durch Omega. Daraufhin erhalten sie ihre Kanope, ein Keramikgefäß, in dem sie ihr aus der Brust entferntes Herz aufbewahren.

Lewlhen – Geschenk.

Lheage – Respektsbezeichnung einer sexuell devoten Person gegenüber einem dominanten Partner.

Lielan – Ein Kosewort, frei übersetzt in etwa »mein Liebstes«.

Mahmen – Mutter. Dient sowohl als Bezeichnung als auch als Anrede und Kosewort.

Mhis – Die Verhüllung eines Ortes oder einer Gegend; die Schaffung einer Illusion.

Nalla – Kosewort. In etwa »Geliebte«.

Novizin – Eine Jungfrau.

Omega – Unheilvolle mystische Gestalt, die sich aus Groll gegen die Jungfrau der Schrift die Ausrottung der Vampire zum Ziel gesetzt hat. Existiert in einer jenseitigen Sphäre und hat weitreichende Kräfte, wenn auch nicht die Kraft zur Schöpfung.

Phearsom – Begriff, der sich auf die Funktionstüchtigkeit der männlichen Geschlechtsorgane bezieht. Wörtlich übersetzt in etwa »würdig, in eine Frau einzudringen«.

Princeps – Höchste Stufe der Vampiraristokratie, untergeben nur den Mitgliedern der Hohen Familie und den Auserwählten der Jungfrau der Schrift. Dieser Titel wird vererbt; er kann nicht verliehen werden.

Pyrokant – Bezeichnet die entscheidende Schwachstelle eines Individuums, sozusagen seine Achillesverse. Diese Schwachstelle kann innerlich sein, wie zum Beispiel eine Sucht, oder äußerlich, wie ein geliebter Mensch.

Rahlman – Retter.

Rythos – Rituelle Prozedur, um verlorene Ehre wiederherzustellen. Der Rythos wird von dem Vampir gewährt, der einen anderen beleidigt hat. Wird er angenommen, wählt der Gekränkte eine Waffe und tritt damit dem unbewaffneten Beleidiger entgegen.

Schleier – Jenseitige Sphäre, in der die Toten wieder mit ihrer Familie und ihren Freunden zusammentreffen und die Ewigkeit verbringen.

Shellan – Vampirin, die eine Partnerschaft mit einem Vampir eingegangen ist. Vampirinnen nehmen sich in der Regel nicht mehr als einen Partner, da gebundene männliche Vampire ein ausgeprägtes Revierverhalten zeigen.

Symphath – Eigene Spezies innerhalb der Vampirrasse, deren Merkmale die Fähigkeit und das Verlangen sind, Gefühle in anderen zu manipulieren (zum Zwecke eines Energieaustauschs). Historisch wurden die Symphathen oft mit Misstrauen betrachtet und in bestimmten Epochen auch von den Vampiren gejagt. Sind heute nahezu ausgestorben.

Tahlly – Kosewort. Entspricht in etwa »Süße«.

Transition – Entscheidender Moment im Leben eines Vampirs, wenn er oder sie ins Erwachsenenleben eintritt. Ab diesem Punkt müssen sie das Blut des jeweils anderen Geschlechts trinken, um zu überleben und vertragen kein Sonnenlicht mehr. Findet normalerweise mit etwa Mitte zwanzig statt. Manche Vampire überleben ihre Transition nicht, vor allem männliche Vampire. Vor ihrer Transition sind Vampire von schwächlicher Konstitution und sexuell unreif und desinteressiert. Außerdem können sie sich noch nicht dematerialisieren.

Triebigkeit – Fruchtbare Phase einer Vampirin. Üblicherweise dauert sie zwei Tage und wird von heftigem sexuellem Verlangen begleitet. Zum ersten Mal tritt sie etwa fünf Jahre nach der Transition eines weiblichen Vampirs auf, danach im Abstand von etwa zehn Jahren. Alle männlichen Vampire reagieren bis zu einem gewissen Grad auf eine triebige Vampirin, deshalb ist dies eine gefährliche Zeit. Zwischen konkurrierenden männlichen Vampiren können Konflikte und Kämpfe ausbrechen, besonders wenn die Vampirin keinen Partner hat.

Vampir – Angehöriger einer gesonderten Spezies neben dem Homo sapiens. Vampire sind darauf angewiesen, das Blut des jeweils anderen Geschlechts zu trinken. Menschliches Blut kann ihnen zwar auch das Überleben sichern, aber die daraus gewonnene Kraft hält nicht lange vor. Nach ihrer Transition, die üblicherweise etwa mit Mitte zwanzig stattfindet, dürfen sie sich nicht mehr dem Sonnenlicht aussetzen und müssen sich in regelmäßigen Abständen aus der Vene ernähren. Entgegen einer weitverbreiteten Annahme können Vampire Menschen nicht durch einen Biss oder eine Blutübertragung »verwandeln«; in seltenen Fällen aber können sich die beiden Spezies zusammen fortpflanzen. Vampire können sich nach Belieben dematerialisieren, dazu müssen sie aber ganz ruhig werden und sich konzentrieren; außerdem dürfen sie nichts Schweres bei sich tragen. Sie können Menschen ihre Erinnerung nehmen, allerdings nur, solange diese Erinnerungen im Kurzzeitgedächtnis abgespeichert sind. Manche Vampire können auch Gedanken lesen. Die Lebenserwartung liegt bei über eintausend Jahren, in manchen Fällen auch höher.

Vergeltung – Akt tödlicher Rache, typischerweise ausgeführt von einem Mann im Dienste seiner Liebe.

Wanderer – Ein Verstorbener, der aus dem Schleier zu den Lebenden zurückgekehrt ist. Wanderern wird großer Respekt entgegengebracht und sie werden für das, was sie durchmachen mussten, verehrt.

Zwiestreit – Konflikt zwischen zwei männlichen Vampiren, die Rivalen um die Gunst einer Vampirin sind.

Prolog

Greenwich Country Day School
Greenwich, Connecticut
Zwanzig Jahre früher

»Nimm ihn einfach mit, Jane.«

Jane Whitcomb griff nach dem Rucksack. »Du kommst aber trotzdem, oder?«

»Das hab ich dir doch heute *Morgen* schon gesagt. *Ja.*«

»Okay.« Jane blickte ihrer Freundin nach, wie sie den Bürgersteig hinunterging, bis eine Hupe ertönte. Sie strich sich die Jacke glatt, straffte die Schultern und drehte sich zu einem Mercedes um. Ihre Mutter blickte durch die Scheibe auf der Fahrerseite, die Augenbrauen zusammengezogen.

Jane eilte über die Straße, der verdächtige Rucksack mit der Schmuggelware machte viel zu viel Lärm, fand sie. Sie hüpfte auf den Rücksitz und verstaute ihn zu ihren Füßen. Der Wagen rollte an, bevor sie noch die Tür zugezogen hatte.

»Dein Vater kommt heute Abend nach Hause.«

»Was?« Jane schob die Brille auf der Nase nach oben. »Wann?«

»Später. Ich befürchte also …«

»Nein! Du hast es versprochen!«

Ihre Mutter blickte über die Schulter. »Ich muss doch sehr bitten, junges Fräulein.«

Jane stiegen die Tränen in die Augen. »Du hast es mir zum dreizehnten Geburtstag versprochen. Katie und Lucy wollen doch …«

»Ich habe schon mit ihren Müttern telefoniert.«

Jane ließ sich in den Sitz zurücksinken.

Ihre Mutter sah sie im Rückspiegel an. »Bitte nicht diesen Gesichtsausdruck. Glaubst du etwa, du bist wichtiger als dein Vater? Ja?«

»Natürlich nicht. Er ist ja auch Gott.«

Mit einem Ruck fuhr der Mercedes auf den Seitenstreifen und hielt mit quietschenden Bremsen. Ihre Mutter wirbelte herum, hob die Hand und verharrte in dieser Stellung. Ihr Arm zitterte.

Erschrocken wich Jane zurück.

Für einen Augenblick lag Gewalt in der Luft, dann wandte ihre Mutter sich ab und strich sich das perfekt frisierte Haar glatt. Aber ihre Hand war nicht ruhiger als kochendes Wasser. »Du … du wirst heute nicht mit uns zu Abend essen. Und dein Kuchen wird entsorgt.«

Das Auto setzte sich wieder in Bewegung.

Jane wischte sich Tränen von den Wangen und blickte auf den Rucksack zu ihren Füßen. Noch nie hatte jemand bei ihr übernachten dürfen. Sie hatte monatelang darum gebettelt. Ruiniert. Alles war ruiniert.

Die gesamte Heimfahrt über schwiegen sie, und als der Mercedes in der Garage stand, stieg Janes Mutter aus und ging ins Haus, ohne sich umzusehen.

»Du weißt ja, wohin du zu gehen hast«, war alles, was sie sagte.

Jane blieb im Auto sitzen und versuchte, sich zu beruhigen. Dann hob sie den Rucksack und ihre Bücher auf und schleppte sich durch die Küchentür ins Haus. Richard, der Koch, beugte sich eben über die Mülltonne und schob einen Kuchen mit weißem Zuckerguss und roten und gelben Blumen darauf von einer Platte herunter.

Sie sagte nichts zu Richard, weil ihr Hals fest zugeschnürt war. Richard sagte nichts zu ihr, weil er sie nicht mochte. Er mochte niemanden außer Hannah.

Als Jane durch die alte Schwingtür ins Esszimmer ging, hoffte sie, ihrer jüngeren Schwester nicht in die Arme zu laufen. Hoffentlich lag Hannah schon im Bett. Heute Morgen hatte sie sich nicht gut gefühlt. Wahrscheinlich, weil sie ein Referat hätte halten sollen.

Auf dem Weg zur Treppe bemerkte Jane ihre Mutter im Wohnzimmer.

Die Sofakissen. Schon wieder.

Ihre Mutter trug immer noch den blassblauen Wollmantel und hielt ihren Seidenschal in der Hand. Zweifellos würde sie genauso bleiben, bis sie zufrieden mit dem Aussehen der Sofakissen war. Was eine Weile dauern konnte. Der Standard für die Kissen war derselbe wie der Haarstandard: Hundertprozentige Glätte.

Jane ging auf ihr Zimmer. Mittlerweile hoffte sie nur noch, dass ihr Vater erst nach dem Abendessen käme. So würde er zwar trotzdem erfahren, dass sie Hausarrest hatte, aber wenigstens müsste er nicht ihrem leeren Stuhl gegenübersitzen. Wie ihre Mutter hasste er jegliche Abweichung von der Ordnung, und Janes Fehlen am Abendbrottisch wäre eine massive Abweichung von der Ordnung.

Das würde die Predigt, die sie von ihm zu erwarten hatte, noch verlängern, denn dann müsste er neben der Unverschämtheit ihrer Mutter gegenüber auch noch die Enttäuschung ansprechen, die sie für die Familie war.

Janes butterblumengelbes Zimmer oben entsprach exakt dem Rest des Hauses: so glatt wie das Haar und die Sofakissen und die Art der Bewohner, sich auszudrücken. Jedes Stück war an seinem Platz. Alles befand sich in dem Zustand erstarrter Perfektion, die man sonst in Schöner-Wohnen-Zeitschriften sah.

Das Einzige, was nicht dazu passte, war Hannah.

Der verdächtige Rucksack wanderte in den Schrank auf die ordentlichen Reihen von College-Schuhen und Riemchenballerinas; dann zog Jane die Schuluniform aus und ein Flanellnachthemd an. Sie hatte keine Veranlassung, richtige Klamotten zu tragen. Sie hatte heute nichts mehr vor.

Dann trug sie den Stapel Bücher zu ihrem weißen Schreibtisch. Sie musste Englisch-Hausaufgaben machen. Algebra. Französisch.

Kurz schielte sie zu ihrem Nachttisch. *1001 Nacht* wartete auf sie.

Eine bessere Art, ihre Strafe abzusitzen, konnte sie sich nicht vorstellen, aber die Hausaufgaben kamen zuerst. Mussten sie. Sonst hätte sie ein schlechtes Gewissen.

Zwei Stunden später saß sie mit *1001 Nacht* auf dem Schoß auf ihrem Bett, als die Tür sich einen Spalt öffnete und Hannah den Kopf hereinsteckte. Ihr rotes, lockiges Haar war eine weitere Abweichung. Alle anderen Familienmitglieder waren blond. »Ich hab dir was zu essen gebracht.«

Jane setzte sich auf, besorgt um ihre jüngere Schwester. »Du wirst Ärger kriegen.«

»Nein, nein.« Hannah schlüpfte ins Zimmer, ein Körbchen mit einer karierten Serviette, einem Sandwich, einem Apfel und einem großen Keks in der Hand. »Das habe ich von Richard bekommen, damit ich später noch etwas essen kann.«

»Willst du es denn nicht?«

»Ich habe keinen Hunger. Hier.«

»Danke, Han.« Jane nahm den Korb entgegen, und Hannah setzte sich ans Fußende des Bettes.

»Also, was hast du angestellt?«

Jane schüttelte den Kopf und biss in das Roastbeef-Sandwich. »Ich bin wütend auf Mama geworden.«

»Weil du deine Party nicht feiern durftest?«

»M-hm.«

»Aber ich hab hier was, um dich aufzumuntern.« Hannah schob ein zusammengefaltetes Stück kariertes Papier über die Decke. »Alles Gute zum Geburtstag!«

Jane musste ein paar Mal schnell blinzeln. »Danke, Han.«

»Sei nicht traurig, ich bin doch hier. Sieh dir die Karte an! Die hab ich für dich gebastelt.«

Auf die Vorderseite hatte ihre Schwester zwei krumme Strichmännchen gemalt. Das eine hatte glatte blonde Haare und darunter stand in ihrer schlampigen Handschrift *Jane*. Das andere hatte lockige rote Haare und trug den Namen *Hannah* unter den Füßen. Die beiden hielten sich an der Hand und hatten ein breites Lächeln auf den kreisrunden Gesichtern.

Gerade, als Jane die Karte aufklappen wollte, strich ein Paar Scheinwerfer über die Hauswand, und dann kroch das Licht in die Auffahrt.

»Das ist Papa«, zischte Jane. »Du solltest besser hier verschwinden.«

Hannah wirkte nicht so beunruhigt wie üblich, wahrscheinlich, weil es ihr nicht gutging. Oder vielleicht war sie auch mit ihren Gedanken … wo auch immer Hannah eben mit ihren Gedanken war. Den Großteil der Zeit war sie in ihre Tagträume versunken, was vermutlich der Grund war, warum sie ständig fröhlich wirkte.

»Geh schon, Hannah, im Ernst.«

»Okay. Aber es tut mir ehrlich leid, dass deine Party abgeblasen wurde.« Hannah schlurfte zur Tür.

»Hey, Schwesterchen. Mir gefällt deine Karte.«

»Du hast doch noch gar nicht reingeschaut.«

»Muss ich nicht. Sie gefällt mir, weil du sie für mich gemacht hast.«

Hannahs Gesicht verzog sich zu dem unverwechselbaren breiten Grinsen, das Jane immer an einen sonnigen Tag erinnerte. »Es geht darin um dich und mich.«

Als die Tür ins Schloss fiel, hörte Jane die Stimmen ihrer Eltern aus dem Flur heraufwehen. Hastig aß sie Hannahs Imbiss auf, schob das Körbchen unter die Vorhänge neben dem Bett und ging zu ihrem Stapel Schulbücher. Sie nahm *Die Pickwickier* von Dickens mit aufs Bett. Wenn sie sich mit Schulkram beschäftigte, konnte sie sich vielleicht bei ihrem Vater ein paar Punkte verdienen, falls er denn in ihr Zimmer käme.

Eine Stunde später kamen ihre Eltern die Treppe herauf, und sie wartete angespannt auf das Klopfen ihres Vaters. Nichts geschah.

Was wirklich merkwürdig war. Er war, auf seine alles kontrollierende Art, so verlässlich wie ein Uhrwerk, und in seiner Berechenbarkeit lag ein seltsamer Trost, obwohl sie nicht gerne mit ihm zu tun hatte.

Sie legte Dickens beiseite, machte das Licht aus und zog die Füße unter die Rüschendecke. Doch sie konnte in ihrem Himmelbett nicht einschlafen, und schließlich hörte sie die Standuhr oben am Treppenabsatz zwölf Mal schlagen.

Mitternacht.

Sie schlüpfte aus dem Bett, ging zum Schrank, holte den verdächtigen Rucksack hervor und zog den Reißverschluss auf. Das Ouija-Brett fiel heraus, klappte auf und landete mit dem Spielfeld nach oben auf dem Fußboden. Sie zuckte zusammen und riss es an sich, als könnte es kaputtgegangen sein. Dann nahm sie den Zeiger aus der Tasche.

Sie und ihre Freundinnen hatten sich darauf gefreut, das Spiel auszuprobieren, weil sie alle unbedingt erfahren wollten, wen sie heiraten würden. Jane mochte einen Jungen namens Victor Browne aus ihrem Mathekurs. In letzter Zeit hatten sie sich öfter unterhalten, und sie hatte wirklich die Hoffnung, aus ihnen könnte ein Paar werden. Das Blöde war nur, dass sie nicht sicher war, was er für sie empfand. Vielleicht mochte er sie nur, weil sie ihm die Lösungen vorsagte.

Jane platzierte das Brett auf ihrer Decke, legte die Finger auf den Zeiger und atmete tief ein. »Wie heißt der Junge, den ich heiraten werde?«

Sie rechnete nicht damit, dass sich das Ding bewegen würde. Was es auch nicht tat.

Nach ein paar weiteren Versuchen lehnte sie sich frustriert zurück. Dann klopfte sie leise an die Wand hinter dem Kopfteil ihres Bettes. Ihre Schwester antwortete, und kurze Zeit später schlich sich Hannah durch die Tür. Als sie das Brett entdeckte, wurde sie ganz aufgeregt, sprang aufs Bett und wedelte mit dem Zeiger in der Luft herum.

»Wie spielt man das?«

»Sch-sch!« Mein Gott, wenn sie *hierbei* erwischt wurden, würden sie totalen Hausarrest bekommen. Für immer.

»Entschuldige.« Hannah legte ihre Beine auf das Bett und hielt sie fest, um sie am Zucken zu hindern. »Wie geht …«

»Du kannst Fragen stellen, und das Brett antwortet.«

»Was können wir fragen?«

»Wen wir heiraten werden.« Na gut, jetzt wurde Jane nervös. Was, wenn die Antwort nicht Victor lautete? »Fang du an. Leg deine Fingerspitzen auf den Zeiger, aber nicht schieben oder so was. Einfach nur – genau, so. Also gut … Wen wird Hannah heiraten?«

Der Zeiger bewegte sich nicht. Selbst nicht, als Jane die Frage wiederholte.

»Es ist kaputt«, sagte Hannah und zog die Hand weg.

»Lass mich mal eine andere Frage ausprobieren. Leg die Finger wieder drauf.« Jane holte tief Luft. »Wen werde ich heiraten?«

Ein leises Quietschen ertönte vom Brett, als der Zeiger sich langsam zu bewegen begann. Als er auf dem V verharrte, begann Jane zu zittern. Dann schob er sich zum Buchstaben I. Jane schlug das Herz bis zum Hals.

»Es ist Victor!«, sagte Hannah. »Es ist Victor! Du wirst Victor heiraten!«

Jetzt war es Jane egal, dass ihre Schwester so laut war. Das war zu gut um ...

Der Zeiger landete auf dem S. *S?*

»Das ist falsch«, sagte Jane. »Das muss falsch sein ...«

»Nicht aufhören. Wir müssen herausfinden, wer es ist.«

Doch wenn es nicht Victor war, hatte sie keine Ahnung, um wen es ging. Und was für ein Jungenname fing denn mit *Vis* ...

Jane wehrte sich gegen den Zeiger, doch er bestand darauf, zum H weiter zu rutschen. Dann kamen O, U und erneut das S.

VISHOUS.

Furcht legte sich von innen auf Janes Brustkorb.

»Ich hab dir doch gesagt, dass es kaputt ist. Wer heißt denn schon Vishous?«

Jane wandte den Kopf von dem Brett ab und ließ sich rückwärts auf die Kissen fallen. Das war der schlimmste Geburtstag aller Zeiten.

»Vielleicht sollten wir es noch mal versuchen«, schlug Hannah vor. Da Jane zögerte, runzelte sie die Stirn. »Komm schon, ich will auch eine Antwort. Das ist sonst unfair.«

Sie legten die Finger zurück auf den Zeiger.

»Was bekomme ich zu Weihnachten?«, fragte Hannah.

Der Zeiger rührte sich nicht.

»Versuch es mit einem *Ja* oder *Nein* für den Anfang«, meinte Jane, immer noch leicht in Panik wegen der Antwort, die sie erhalten hatte. Vielleicht konnte das Brett nicht vernünftig buchstabieren?

»Bekomme ich etwas zu Weihnachten?«, formulierte Hannah um.

Es quietschte leise auf dem Brett.

»Ich hoffe, es ist ein Pferd«, murmelte Hannah, als der Zeiger Kreise über das Brett zog. »Ich hätte gleich danach fragen sollen.«

Der Zeiger blieb bei *Nein* stehen.

Beide Mädchen starrten das Ding an.

Hannah schlang die Arme um sich. »Ich will aber Geschenke.«

»Es ist ja nur ein Spiel.« Jane klappte das Brett zu. »Außerdem ist das Ding wirklich kaputt. Ich habe es fallen gelassen.«

»Ich will Geschenke.«

Jane umarmte ihre Schwester. »Mach dir keine Gedanken wegen des dummen Bretts, Hannah. Ich werde dir immer etwas zu Weihnachten schenken.«

Als Hannah kurze Zeit später in ihr Zimmer ging, legte sich Jane wieder unter die Decke.

Blödes Brett. Blöder Geburtstag. Alles ist blöde.

Dann schloss sie die Augen, doch in dem Moment fiel ihr ein, dass sie sich die Karte ihrer Schwester noch gar nicht angesehen hatte. Also knipste sie das Licht wieder an und holte sie vom Nachttisch. Auf der Innenseite stand: *Wir werden uns immer an den Händen halten! Ich hab dich lieb! Hannah*

Diese Antwort, die sie wegen Weihnachten bekommen hatte, war völlig falsch. Jeder liebte Hannah und schenkte ihr etwas. Sie konnte sogar ab und zu ihren Vater zu einer Gemütsregung bewegen, und das gelang sonst niemandem. Deswegen würde sie selbstverständlich etwas bekommen.

Blödes Brett ...

Nach einer Weile döste Jane ein. Sie musste eingeschlafen sein, denn Hannah weckte sie auf.

»Alles okay?«, fragte Jane und setzte sich auf. Ihre Schwester stand in ihrem Flanellnachthemd neben dem Bett, einen eigenartigen Ausdruck auf dem Gesicht.

»Ich muss gehen.« Hannahs Stimme klang traurig.

»Ins Bad? Ist dir schlecht?« Jane schlug die Decke zurück. »Ich komme mit ...«

»Das kannst du nicht.« Hannah seufzte. »Ich muss gehen.«

»Gut, aber wenn du fertig bist mit was auch immer, dann kannst du zurückkommen und bei mir schlafen, wenn du willst.«

Hannah blickte zur Tür. »Ich hab Angst.«

»Es ist ja auch unheimlich, wenn man spucken muss. Aber ich werde immer für dich da sein.«

»Ich muss gehen.« Als Hannah sich noch einmal umdrehte, sah sie so ... erwachsen aus. Überhaupt nicht wie eine Zehnjährige. »Ich versuche, zurückzukommen. Ich werde mein Bestes geben.«

»Äh ... in Ordnung.« Vielleicht hatte ihre Schwester Fieber? »Soll ich Mama wecken?«

Hannah schüttelte den Kopf. »Ich möchte nur dich sehen. Schlaf weiter.«

Als Hannah gegangen war, sank Jane in die Kissen. Sie überlegte, ob sie ins Bad gehen und nach ihrer Schwester sehen sollte, doch der Schlaf übermannte sie, bevor sie ihrem Gedanken folgen konnte.

Am folgenden Morgen wachte Jane von schweren Schritten draußen im Flur auf. Zuerst dachte sie, jemand hätte etwas verschüttet, was einen Fleck auf einem Teppich oder einer Bettdecke hinterlassen hatte. Aber dann hörte sie das Martinshorn vor dem Haus.

Jane stand auf, warf einen Blick durch das Fenster, dann steckte sie den Kopf in den Flur. Ihr Vater sprach unten mit jemandem, und die Tür zu Hannahs Zimmer stand offen.

Auf Zehenspitzen tapste Jane über den Orientläufer. Normalerweise war Hannah an einem Samstag nicht so früh auf. Sie musste wirklich krank sein.

Jane blieb im Türrahmen stehen. Hannah lag reglos auf ihrem Bett, die Augen an die Decke gerichtet, die Haut so weiß wie das frische Laken, auf dem sie lag.

Sie blinzelte nicht.

In der gegenüberliegenden Ecke, so weit von Hannah entfernt wie möglich, saß ihre Mutter am Fenster. Ihr elfenbeinfarbener Seidenmorgenmantel ergoss sich auf den Fußboden. »Geh wieder ins Bett. Sofort.«

Jane raste in ihr Zimmer. Sie zog die Tür zu und sah gerade noch durch den Spalt ihren Vater mit zwei Männern in dunkelblauen Uniformen die Treppe hochkommen. In seiner Stimme lag Bestimmtheit, und sie hörte die Worte *angeborener Herz-Soundso*.

Jane machte einen Satz in ihr Bett und zog sich die Decke über den Kopf. Zitternd lag sie dort im Dunklen und fühlte sich sehr klein und sehr verängstigt.

Das Brett hatte recht gehabt. Hannah würde keine Weihnachtsgeschenke bekommen und auch niemanden heiraten.

Aber Janes kleine Schwester hielt ihr Versprechen. Sie kam wirklich zurück.

1

»Das geht ja ü-ber-haupt nicht.«

Vishous blickte von seiner Computerwand auf. Butch O'Neal stand mitten im Wohnzimmer ihrer Höhle, an den Beinen eine schwarze Lederhose und auf dem Gesicht einen Ausdruck von *Das-ist-jetzt-nicht-dein-Ernst*.

»Passt sie dir nicht?«, fragte V seinen Mitbewohner.

»Darum geht es nicht. Nimm's mir nicht übel, aber ich bewerbe mich doch nicht bei den *Village People*.« Butch hob die Arme und drehte sich im Kreis, die nackte Brust fing das Licht ein. »Ich meine, mal ehrlich ...«

»Die sind zum Kämpfen da, nicht für den Laufsteg.«

»Das sind Kilts auch, aber trotzdem würde ich mich nicht mal tot im Schottenkaro erwischen lassen.«

»Das ist mit deinen O-Beinen auch besser so.«

Butch setzte eine gelangweilte Miene auf. »Beiß mich doch.«

Nichts dagegen, dachte V.

Gleichzeitig krümmte er sich innerlich und tastete nach

seinem Tabaksbeutel. Während er ein Blättchen bereitlegte, den Tabak darauf ausbreitete und sich eine Kippe drehte, tat er, womit er generell ziemlich viel Zeit verbrachte: Er erinnerte sich selbst daran, dass Butch glücklich vereint mit der Liebe seines Lebens war, und dass er – selbst wenn das nicht zutreffen würde – einfach nicht so drauf war.

Als V sich die Zigarette anzündete, bemühte er sich, den Ex-Cop nicht anzusehen. Und scheiterte. Scheiß peripheres Sehvermögen. Brach ihm jedes Mal das Genick.

Mann, er war vielleicht ein perverser Freak. Besonders, wenn man bedachte, wie eng sie befreundet waren.

In den vergangenen neun Monaten war V Butch näher gekommen als irgendeinem anderen Wesen in seinen über dreihundert Jahren auf dieser Erde. Er hatte sich die Wohnung mit dem Kerl geteilt, sich mit ihm betrunken, mit ihm trainiert. War mit ihm durch Leben und Tod, Prophezeiung und Verdammnis gegangen. Hatte ihm geholfen, die Gesetze der Natur zu beugen, um ihn von einem Menschen zum Vampir zu wandeln, und ihn dann jedes Mal geheilt, wenn er seine Spezialnummer mit ihren Feinden abzog. Er hatte ihn für die Mitgliedschaft in der Bruderschaft vorgeschlagen … und neben ihm gestanden, als er den Bund mit seiner *Shellan* einging.

Während Butch auf und ab wanderte, als wollte er sich mit seiner Lederhose anfreunden, starrte V die sieben Buchstaben an, die in altenglischer Schrift über den Rücken des Ex-Cops verliefen: MARISSA. V hatte beide As geschrieben, und sie waren gut geworden, obwohl seine Hand die ganze Zeit gezittert hatte.

»Hm«, murmelte Butch. »Ich weiß nicht, ob ich mit dem Ding klarkomme.«

Nach der Hochzeitszeremonie hatte V die Höhle für einen Tag geräumt, um dem glücklichen Paar etwas Privatsphäre zu gönnen. Er war über den Hof hinüber ins große

Haus gegangen und hatte sich mit drei Flaschen Wodka in einem Gästezimmer eingeschlossen. Er hatte sich professionell betrunken, richtig knietief geflutet, hatte aber sein Ziel, sich ins Koma zu befördern, nicht erreicht. Die Wahrheit hatte ihn unbarmherzig wach gehalten: V fühlte sich zu seinem Mitbewohner auf eine Art hingezogen, die alles verkomplizierte und doch nichts änderte.

Butch wusste, was los war. Zum Henker, sie waren beste Kumpel, und er kannte V besser als irgendjemand sonst. Und Marissa wusste es, weil sie nicht dumm war. Und die Bruderschaft wusste es, weil diese albernen alten Waschweiber leider irgendwann hinter jedes Geheimnis kamen.

Keiner von ihnen hatte ein Problem damit.

Er schon. Er hasste diese Gefühle. Und sich selbst auch.

»Probierst du jetzt mal den Rest der Ausrüstung an?«, fragte er mit einem Seufzen. »Oder willst du lieber noch ein bisschen wegen der Hose heulen?«

»Wenn du nicht die Klappe hältst, zeig ich dir den bösen Finger.«

»Warum sollte ich dir eins deiner liebsten Hobbys verwehren?«

»Weil ich sonst bald eine Sehnenscheidenentzündung bekomme.« Butch ging zu einem der Sofas und nahm ein Brusthalfter in die Hand. Er streifte es über die breiten Schultern, das Leder passte sich dem Oberkörper perfekt an. »Scheiße, wie hast du es geschafft, dass der so gut sitzt?«

»Ich hab deine Maße genommen, schon vergessen?«

Butch schloss die Schnallen, dann beugte er sich herunter und strich mit den Fingerspitzen über den Deckel einer schwarzen Lackdose. Er verharrte bei dem goldenen Wappen der Black Dagger, dann fuhr er die Zeichen der Alten Sprache nach, die seinen Namen bezeichneten: *Dhestroyer, Nachkomme des Wrath, Sohn des Wrath.*

Butchs neuer Name. Butchs alte, edle Abstammung.

»Ach, Mann, jetzt mach das Ding schon auf.« V drückte seine Zigarette aus, drehte sich eine neue und zündete sie an. Schön, dass Vampire keinen Krebs bekommen konnten. In letzter Zeit hatte er Kette geraucht, wie ein Schwerverbrecher. »Los doch.«

»Ich kann es immer noch nicht fassen.«

»Klapp einfach die verdammte Kiste auf.«

»Ehrlich, ich kann nicht …«

»Aufmachen.« Mittlerweile war V gereizt genug, um aus seinem bescheuerten Stuhl zu levitieren.

Der ehemalige Cop löste den massivgoldenen Verschlussmechanismus und hob den Deckel an. Auf einem Kissen aus roter Seide lagen vier identische Dolche mit schwarzer Klinge, deren Gewicht exakt für Butchs Brustmuskeln kalibriert war, und deren Schneiden einen tödlichen Schliff aufwiesen.

»Heilige Maria, Mutter Gottes … Sie sind wunderschön.«

»Danke.« Wieder stieß V beim Sprechen die Luft aus. »Ich kann übrigens auch gut Brot backen.«

Ein Blick aus den haselnussbraunen Augen des Ex-Cops flitzte quer durch den Raum. »Du hast die für mich gemacht?«

»Ja, aber das ist keine große Sache. Ich mache sie für uns alle.« V hob seine behandschuhte rechte Hand. »Ich kann gut mit Hitze umgehen, wie du weißt.«

»V … danke.«

»Ist ja gut. Wie gesagt, ich bin der Klingenmann. Mach ich ständig.«

Klar … nur vielleicht nicht mit genau derselben Hingabe. Für Butch hatte er in den letzten vier Tagen durchgehend an den Dolchen gearbeitet. Nach den sechzehnstündigen Marathonschichten, in denen er sich mit seiner verfluchten Hand an dem Verbundstahl zu schaffen gemacht hatte, brannte sein Rücken, und die Augen waren überanstrengt, aber verflucht noch mal, jedes einzelne Stück sollte des Mannes wert sein, der es führen würde.

Sie waren immer noch nicht gut genug.

Butch holte einen der Dolche aus der Schachtel, und seine Augen blitzten auf, als er ihn in der Handfläche spürte. »Herr im Himmel ... fass das Ding mal an.« Er vollführte ein paar Bewegungen vor der Brust. »Ich hab noch nie eine Waffe in der Hand gehalten, die so perfekt ausbalanciert war. Und dieser Griff. Einfach perfekt.«

Das Lob freute V mehr als jedes andere, das er je erhalten hatte.

Was bedeutete, dass es ihn auch total nervös machte.

»Tja, so sollen sie ja wohl auch sein, oder?« Wieder drückte er die Selbstgedrehte im Aschenbecher aus, zermalmte die fragile glühende Spitze. »Hätte ja keinen Zweck, dich mit ein paar Kartoffelschälern ins Feld zu schicken.«

»Danke.«

»Schon gut.«

»V, im Ernst ...«

»Ich nehm's zurück und sage lieber: Leck mich.« Als keine passende Retourkutsche kam, hob er den Kopf.

Shit. Butch stand direkt vor ihm, die braunen Augen verdunkelt von einem Wissen, das der Bursche lieber nicht haben sollte, wenn es nach V ging.

Er senkte den Blick wieder auf sein Feuerzeug. »Ist ja gut, Bulle. Sind doch nur Messer.«

Die schwarze Spitze des Dolches glitt unter Vs Kinn und neigte seinen Kopf nach oben. Als er gezwungen war, Butch in die Augen zu sehen, verspannte sich Vs gesamter Körper. Dann begann er zu zittern.

Über die Waffe mit ihm verbunden, sagte Butch: »Sie sind wunderschön.«

V schloss die Augen, er verachtete sich selbst. Dann lehnte er sich absichtlich auf die Klinge, so dass sie sich in seinen Hals grub. Er schluckte den Schmerz hinunter, hielt ihn unten in seinem Magen fest, benutzte ihn als Ermahnung, dass er ein kaputter Freak war, und Freaks es verdienten, verletzt zu werden.

»Vishous, sieh mich an.«

»Lass mich in Ruhe.«

»Zwing mich doch dazu.«

Den Bruchteil einer Sekunde lang wollte V sich auf Butch stürzen und ihm eine verpassen. Aber dann sagte der Cop: »Ich bedanke mich einfach nur für ein großartiges Geschenk bei dir. Das ist kein Staatsakt.«

Kein Staatakt? Vs Augenlider klappten hoch, und er spürte, dass sein Blick glühte. »Das ist doch großer Quatsch. Aus Gründen, die du verdammt gut kennst.«

Butch zog die Klinge weg, und als er den Arm sinken ließ, spürte V ein Rinnsal Blut über seine Kehle fließen. Es war warm … und weich wie ein Kuss.

»Sag jetzt nicht, dass es dir leidtut«, murmelte V in die Stille hinein. »Sonst werde ich gewalttätig.«

»Tut es mir aber.«

»Das ist nicht nötig.« Mann, er hielt es nicht mehr aus, hier mit Butch zu wohnen. Besser gesagt mit Butch und Marissa. Ständig vor Augen zu haben, was er nicht haben konnte und gar nicht wollen dürfte, brachte ihn um. Und er war weiß Gott schon in ausreichend schlechter Verfassung. Wann hatte er das letzte Mal einen Tag durchgeschlafen? Das musste Wochen her sein.

Butch steckte den Dolch in das Brusthalfter, mit dem Griff nach unten. »Ich möchte dir nicht wehtu-«

»Kein Wort mehr über die Angelegenheit.« Er legte den Zeigefinger an die Kehle und fing das Blut auf, das die von ihm hergestellte Klinge ihm entlockt hatte. Als er es ableckte, ging die Geheimtür zum unterirdischen Tunnel auf, und der Duft des Meeres erfüllte die Höhle.

Marissa kam um die Ecke, strahlend wie Grace Kelly, wie üblich. Mit ihrem langen blonden Haar und ihren perfekt ebenmäßigen Gesichtszügen galt sie als die größte Schönheit unter den Vampiren, und selbst Vs Miene wurde vor Liebe weich, obwohl er eigentlich nicht so auf ihren Typ stand.

»Hallo, Jungs ...« Marissa blieb abrupt sehen und starrte Butch an. »Gütiger ... jetzt sieh sich einer diese Hose an.«

Butch krümmte sich. »Ja, ich weiß. Die ist ...«

»Hast du mal einen Augenblick Zeit für mich?« Rückwärts ging sie über den Flur Richtung Schlafzimmer. »Ich bräuchte dich hier mal für eine Minute. Oder zehn.«

Butchs Bindungsduft flackerte auf, und V wusste verdammt genau, dass sein Körper hart wurde. »Baby, du kannst mich so lange haben, wie du willst.«

Als er schon halb aus der Tür war, blickte er noch einmal über die Schulter. »Diese Hose ist ja so geil. Sag Fritz, ich will fünfzig Stück davon. Aber dalli.«

Allein gelassen, legte Vishous *Music Is My Savior* von MIMS ein und drehte die Anlage auf volle Lautstärke. Zum hämmernden Rap sinnierte er, dass er den Sound früher benutzt hatte, um die Gedanken anderer zu übertönen. Seit seine Visionen versiegt waren und die ganze Gedankenlesesache sich verflüchtigt hatte, brauchte er die Bassbeats, um seinem Mitbewohner nicht beim Sex zuhören zu müssen.

V rieb sich das Gesicht. Er musste *echt* hier raus.

Eine Zeitlang hatte er versucht, sie zum Ausziehen zu bewegen, aber Marissa blieb dabei, dass die Höhle so »gemütlich« sei, und dass sie gern dort wohne. Was eine Lüge sein musste. Das halbe Wohnzimmer wurde von einem Kickertisch eingenommen, den lieben langen Tag lief der

Sportkanal auf stumm und ständig donnerte Hardcore-Rap durch alle Räume. Der Kühlschrank war eine entmilitarisierte Zone, gefüllt mit verwesenden Opfern aus diversen Imbissketten. Grey Goose und Lagavulin waren die einzigen im Haus verfügbaren Getränke. Der Lesestoff beschränkte sich auf die *Sports Illustrated* und ... na ja, alte Ausgaben der *Sports Illustrated*.

Also alles in allem nicht gerade ein niedlicher Frauentraum. Das Haus war eine Mischung aus Studentenwohnheim und Männerumkleidekabine.

Und was Butch betraf? Als V ihm einmal eine kleine Möbelpackeraktion vorgeschlagen hatte, hatte der ihm quer durch den Raum einen finsteren Blick zugeworfen, einmal den Kopf geschüttelt und war in die Küche gegangen, um sich einen Nachschlag Lagavulin zu holen.

V weigerte sich zu glauben, dass sie blieben, weil sie sich Sorgen um ihn machten oder so einen Blödsinn. Allein schon der Gedanke machte ihn irre.

Er stand auf. Wenn eine räumliche Trennung stattfinden sollte, dann musste er sie initiieren. Der Mist war nur, Butch nicht immer um sich zu haben, war ... undenkbar. Besser die Folter, die er jetzt hatte, als das Exil.

Er sah auf die Uhr. Er könnte genauso gut gleich durch den Tunnel ins große Haus gehen. Obwohl der gesamte Rest der Bruderschaft der Black Dagger in diesem Ungetüm von einem Herrenhaus mit dem steinernen Antlitz wohnte, gab es noch reichlich freie Räume. Vielleicht sollte er einfach mal einen ausprobieren. Nur für ein paar Tage.

Bei der Vorstellung drehte sich ihm der Magen um.

Auf dem Weg zur Geheimtür fing er den Bindungsduft auf, der aus Butchs und Marissas Schlafzimmer drang. Als er sich ausmalte, was dort drin gerade geschah, heizte sich sein Blut auf, obwohl ihm gleichzeitig vor Scham Eiszapfen wuchsen.

Fluchend marschierte er zu seiner Jacke und holte ein Handy aus der Tasche. Beim Wählen fühlte sich seine Brust so warm an wie ein Kühlschrank, aber wenigstens unternahm er etwas gegen seine Obsession.

Als die weibliche Stimme ertönte, fuhr V ihr schneidend durch das rauchige Hallo. »Sonnenuntergang. Heute. Du weißt, was du zu tragen hast, und dein Nacken ist frei. Wie heißt das?«

Die Antwort war ein unterwürfiges Schnurren. »Ja, mein *Lheage*.«

V legte auf und schleuderte das Telefon auf den Schreibtisch, wo es mehrmals abprallte und schließlich vor einer der vier Tastaturen liegen blieb. Die Partnerin, die er sich für heute Nacht ausgesucht hatte, mochte es besonders hart. Und er würde sie nicht enttäuschen.

Scheiße, er war wirklich pervers. Bis ins Mark. Ein amtlicher sexueller Außenseiter ohne jede Reue ... der für das, was er war, innerhalb seiner Art eine gewisse Berühmtheit genoss.

Es war schon absurd; andererseits waren die Geschmäcker der Vampirinnen schon immer schräg gewesen. Und sein schriller Ruf hatte für ihn nicht mehr Bedeutung als seine verschiedenen Subs. Für ihn zählte nur, dass er Freiwillige für das fand, was er sexuell brauchte. Das, was man sich über ihn erzählte, das, was die Frauen über ihn glauben wollten, war nur orale Selbstbefriedigung für gelangweilte Mäuler.

Auf dem Weg durch den Tunnel ins Haupthaus war er gründlich genervt. Dank diesem blöden Rotationsplan, den die Bruderschaft ausgearbeitet hatte, durfte er heute Nacht nicht raus auf die Straße, und das war ihm verhasst. Er würde viel lieber Untote, die seiner Spezies nachstellten, jagen und töten, als faul auf seinem Allerwertesten zu hocken.

Aber es gab noch andere Wege, die schädelspaltende Frustration zu verbrennen.

Dazu waren Fesseln und willige Leiber doch da.

Phury spazierte in die Großküche des Hauses und erstarrte wie beim Anblick eines Unfalls der blutigen Sorte: Seine Fußsohlen blieben am Boden kleben, der Atem stockte, das Herz setzte erst kurz aus und geriet dann in Hektik.

Bevor er noch leise rückwärts durch die Schwingtür fliehen konnte, wurde er jedoch erwischt.

Bella, die *Shellan* seines Zwillingsbruders, blickte auf und lächelte. »Hallo.«

»Hallo.« *Bloß weg hier. Schnell.*

Gott, sie roch gut.

Sie wedelte mit dem Messer in ihrer Hand, mit dem sie sich an dem gebratenen Truthahn zu schaffen machte. »Soll ich dir auch ein Sandwich machen?«

»Was?«, fragte er wie ein Vollidiot.

»Ein Sandwich.« Sie deutete mit der Klinge auf das fast leere Mayonnaiseglas und den Kopfsalat. »Du musst doch Hunger haben. Beim Letzten Mahl hast du nicht viel gegessen.«

»Äh, ja ... nein, ich hab keinen ...« Sein Magen strafte diesen Unsinn Lügen, indem er knurrte wie eine hungrige Bestie. *Verräter.*

Bella schüttelte den Kopf und machte sich wieder über die Truthahnbrust her. »Hol dir doch einen Teller und setz dich.«

Okay, das war jetzt so ungefähr das Letzte, was er gebrauchen konnte. Besser noch lebendig begraben zu werden, als allein mit ihr in der Küche zu sitzen, während sie ihm mit ihren schönen Händen etwas zu essen machte.

»Phury«, sagte sie ohne aufzublicken. »Teller. Setzen. Hopp.«

Er fügte sich, weil er sich trotz seiner Abstammung aus einer Kriegerblutlinie und seiner Zugehörigkeit zur Bruderschaft und seinen gut fünfzig Kilo mehr an Körpermasse kraftlos und matt fühlte, wenn es um Bella ging. Die *Shellan* seines Zwillingsbruders – die schwangere *Shellan* seines Zwillingsbruders – war jemand, dem Phury nichts abschlagen konnte.

Nachdem er einen Teller neben ihren gestellt hatte, setzt er sich ihr gegenüber an die Kochinsel aus Granit und schärfte sich ein, ihre Hände nicht anzusehen. Solange er ihre langen, eleganten Finger mit den kurzen, glänzenden Nägeln nicht …

Mist.

»Ich schwöre dir«, begann sie, während sie noch mehr Fleisch absäbelte. »Zsadist will mich ungefähr auf Bungalowgröße füttern. Wenn er mich noch dreizehn Monate lang so vollstopft, dann passe ich nicht mehr in den Swimmingpool. Ich bekomme meine Hosen kaum noch zu.«

»Du siehst gut aus.« Von wegen gut, sie sah *vollkommen* aus, mit ihrem langen dunklen Haar und den Saphiraugen und dem sportlichen Körper. Das Baby in ihr konnte man unter dem weiten Shirt noch nicht erkennen, aber die Schwangerschaft zeigte sich deutlich an ihrer schimmernden Haut und der Häufigkeit, mit der sie ihre Hand auf den Bauch legte.

Ihr Zustand war ebenfalls klar erkennbar an der Unruhe in Zs Augen, wann immer er sich in ihrer Nähe aufhielt. Da Vampirschwangerschaften von einer hohen Sterblichkeit sowohl der Mütter als auch der Kinder bedroht wurden, waren sie gleichzeitig Segen und Fluch für den jeweiligen *Hellren.*

»Fühlst du dich denn gut?«, fragte Phury. Zsadist war ja nicht der Einzige, der sich um sie sorgte.

»Im Prinzip schon. Ich werde schnell müde, aber so

schlimm ist das nicht.« Sie leckte sich die Finger ab, dann griff sie nach dem Mayonnaiseglas. Als sie darin herumkratzte, machte das Messer ein rasselndes Geräusch, als würde eine Münze auf und ab geschüttelt. »Aber Z treibt mich in den Wahnsinn. Er weigert sich, sich zu nähren.«

Phury erinnerte sich daran, wie ihr Blut geschmeckt hatte, und wandte den Kopf ab, als seine Fänge sich unwillkürlich verlängerten. In dem, was er für sie empfand, lag kein Edelmut, nicht im Mindesten, und als Mann, der sich immer etwas auf seine Ehrenhaftigkeit zugutegehalten hatte, konnte er seine Gefühle nicht mit seinen Prinzipien in Einklang bringen.

Und was da von seiner Seite aus stattfand, wurde definitiv nicht erwidert. Sie hatte ihn dieses eine Mal trinken lassen, weil er es dringend gebraucht hatte, und weil sie selbst eine Frau von Wert war. Nicht, weil sie das Bedürfnis hatte, ihn zu nähren, oder weil sie sich nach ihm sehnte.

Nein, all das galt seinem Zwillingsbruder. Von der ersten Begegnung an hatte Zsadist sie gefesselt, und das Schicksal hatte für sie vorgesehen, die Einzige zu sein, die ihn wahrlich aus der Hölle, in der er eingesperrt gewesen war, zu retten vermochte. Phury mochte Zs Körper nach einhundert Jahren als Blutsklave gerettet haben; aber Bella hatte seinen Geist wiederauferstehen lassen.

Was selbstverständlich nur ein weiterer Grund war, sie zu lieben.

Verflucht, er wünschte, er hätte etwas roten Rauch bei sich. Sein Vorrat lag oben in seinem Zimmer.

»Und wie geht es dir?«, fragte sie jetzt, während sie dünne Scheiben Truthahnbrust auf die Salatblätter legte. »Macht die neue Prothese immer noch Ärger?«

»Es geht schon ein bisschen besser, danke.« Die heutige Technologie war Lichtjahre weiter entwickelt als noch vor einem Jahrhundert, aber in Anbetracht all der Kämpfe, die er bestreiten musste, war sein verlorener Unterschenkel eine Dauerkrise.

Verlorener Unterschenkel ... ja, verloren hatte er ihn, das stimmte. Hatte ihn sich abgeschossen, um Z aus den Händen dieser kranken Hexe zu befreien. Das Opfer war es wert gewesen. Genau wie sein eigenes Glück zu opfern es ihm wert war, damit Z mit der Frau, die sie beide liebten, zusammenleben konnte.

Bella legte eine Brotscheibe oben auf das Sandwich und schob ihm den Teller über die Granitplatte zu. »Bitte schön.«

»Das ist genau das, was ich jetzt brauche.« Er kostete den Moment aus, in dem seine Zähne in dem weichen Brot versanken.

Beim Schlucken wurde ihm mit trauriger Freude bewusst, dass sie dieses Essen für ihn zubereitet hatte, und dass sie es mit einer gewissen Liebe getan hatte.

»Gut. Das freut mich.« Jetzt biss sie in ihr eigenes Sandwich. »Also ... ich wollte dich schon seit ein oder zwei Tagen etwas fragen.«

»Ach ja? Was denn?«

»Ich habe mit Marissa im Refugium gearbeitet, wie du weißt. Es ist so ein großartiges Projekt, lauter großartige Leute ...« Eine lange Pause entstand – von der Art, dass er sich innerlich wappnete. »Jedenfalls hat eine neue Sozialarbeiterin dort angefangen, die die Frauen und ihre Kinder betreut.« Sie räusperte sich. Wischte sich den Mund mit einer Papierserviette ab. »Sie ist wirklich toll. Warmherzig, lustig. Ich dachte, vielleicht ...«

O gütige Jungfrau im Schleier. »Danke, aber nein.«

»Sie ist aber wirklich nett.«

»Nein, danke.« Seine Haut zog sich am ganzen Körper zusammen, und er biss sich jetzt im Eiltempo durch sein Sandwich.

»Phury, ich weiß ja, dass mich das nichts angeht. Aber warum das Zölibat?«

Scheiße. Noch schneller kauen. »Können wir vielleicht das Thema wechseln?«

»Es ist wegen Z, oder? Dass du nie mit einer Frau zusammen warst. Es ist dein Opfer für ihn und seine Vergangenheit.«

»Bella, bitte …«

»Du bist über zweihundert Jahre alt, und es wird endlich Zeit, an dich zu denken. Z wird nie ganz normal sein, und niemand weiß das besser als du und ich. Aber er ist jetzt stabiler. Und er wird mit der Zeit noch gesünder werden.«

Das stimmte schon, vorausgesetzt Bella überlebte diese Schwangerschaft: Bis sie die Entbindung nicht lebend überstanden hatte, wäre sein Zwillingsbruder nicht über den Berg. Und dementsprechend auch Phury nicht.

»Bitte, lass mich euch doch miteinander bekannt …«

»Nein.« Phury stand auf. Seine Zähne mahlten wie die eines Ochsen. Tischmanieren waren sehr wichtig, aber dieses Gespräch musste ein Ende haben, bevor ihm noch der Kopf platzte.

»Phury …«

»Ich möchte keine Frau in meinem Leben.«

»Du würdest einen wunderbaren *Hellren* abgeben, Phury.«

Er wischte sich den Mund an einem Geschirrtuch ab und sagte in der Alten Sprache: »*Danke für diese Mahlzeit, zubereitet von deinen eigenen Händen. Einen gesegneten Abend, Bella, geliebte Partnerin meines Fleisch und Blut Zsadist.*«

Zwar hatte er ein schlechtes Gewissen, weil er nicht beim Abräumen half, aber das war besser, als auf der Stelle ein Aneurysma zu bekommen. Also drückte er sich durch die Schwingtür ins Esszimmer. Auf halbem Weg an der zehn

Meter langen Tafel vorbei ging ihm allerdings der Saft aus, er zog einen Stuhl heran und ließ sich darauf fallen.

Mann, sein Herz hämmerte.

Als er aufsah, stand Vishous auf der anderen Seite des Tisches und musterte ihn. »Hast du mich erschreckt!«

»Bisschen verspannt, was, mein Bruder?« Mit seinen knapp zwei Metern und seiner Abstammung von dem großen Krieger, den man nur als den Bloodletter kannte, war V eine wuchtige Erscheinung. Seine schneeweißen Iris mit dem blauen Rand, das pechschwarze Haar und das kantige, intelligente Gesicht hätten ihn durchaus als schönen Mann durchgehen lassen. Aber das Ziegenbärtchen und die warnenden Tätowierungen an der Schläfe verliehen seinem Aussehen etwas Dunkles, Bösartiges.

»Nicht verspannt. Kein bisschen.« Phury legte die Hände flach auf die glänzende Tischplatte und dachte an den Joint, den er sich anzünden würde, sobald er in sein Zimmer kam. »Eigentlich wollte ich dich gerade suchen.«

»Ach ja?«

»Wrath war nicht begeistert von der Stimmung bei der Versammlung heute Morgen.« Was noch eine Untertreibung war. Am Ende hatten V und der König wegen einiger Dinge Nase an Nase voreinander gestanden, und das war nicht der einzige Streit, der sich entladen hatte. »Er hat uns für heute Nacht alle vom Kampfplan gestrichen. Meinte, wir könnten alle eine kleine Verschnaufpause gebrauchen.«

V zog die Augenbrauen hoch, wodurch er schlauer aussah als Einstein im Doppelpack. Die Genie-Ausstrahlung war keine rein äußerliche Angelegenheit. Der Kerl sprach sechzehn Sprachen, entwickelte nur so zum Zeitvertreib Computerspiele und konnte die gesamten zwanzig Bände der Chroniken auswendig aufsagen. Gegen den Bruder wirkte Stephen Hawking wie ein Berufsschulanwärter.

»Uns alle?«, fragte V.

»Ja, ich wollte gerade los ins *ZeroSum*. Lust, mitzukommen?«

»Hab gerade einen privaten Termin gemacht.«

Ah, ja. Vs unkonventionelles Sexleben. Junge, Junge, er und Vishous lagen wirklich an genau entgegengesetzten Enden des sexuellen Spektrums: Er hatte von nichts eine Ahnung, Vishous hatte schon alles ausprobiert, und das meiste davon bis zum Exzess ... der nicht beschrittene Pfad und die Autobahn. Und das war nicht der einzige Unterschied zwischen ihnen beiden. Wenn man es recht überlegte, hatten sie absolut nichts gemein.

»Phury?«

Er schüttelte sich selbst wieder wach. »Entschuldige, was?«

»Ich sagte, ich habe einmal von dir geträumt. Vor vielen Jahren.«

Gütiger Himmel. Warum war er nicht einfach direkt in sein Zimmer geflüchtet? Er könnte jetzt schon an seinem Joint ziehen. »Wieso?«

V strich sich über das Bärtchen. »Ich sah dich an einer Kreuzung auf einem Feld aus reinem Weiß stehen. Es war ein stürmischer Tag ... genau, ein großer Sturm. Aber als du eine Wolke vom Himmel geholt hast und sie um den Brunnen wickeltest, versiegte der Regen.«

»Klingt poetisch.« Und was für eine Erleichterung. Die meisten von Vs Visionen waren total gruselig. »Aber bedeutungslos.«

»Nichts von dem, was ich sehe, ist bedeutungslos, und das weißt du genau.«

»Dann eben bildhaft. Wie kann jemand einen Brunnen einwickeln?« Phury zog die Stirn kraus. »Und warum erzählst du mir das jetzt?«

Vs schwarze Brauen senkten sich tief über die spiegelgleichen Augen. »Ich … Himmel, ich habe keine Ahnung. Ich musste es einfach sagen.« Mit einem schmutzigen Fluch ging er Richtung Küche. »Ist Bella noch da drin?«

»Woher weißt du, dass sie da drin-«

»Du siehst immer völlig fertig aus, wenn du ihr begegnet bist.«

2

Eine halbe Stunde und ein Truthahnsandwich später materialisierte sich V auf die Terrasse seines privaten Penthouses in der Innenstadt. Die Nacht war ekelhaft, März-kalt und April-nass, der bittere Wind schlängelte sich herum wie ein Betrunkener mit mieser Laune. Vishous stand vor dem Panorama der Brücke von Caldwell, und die Postkartenansicht der glitzernden Stadt langweilte ihn.

Genau wie die Aussicht auf das abendliche Spiel- und Spaßprogramm.

So ähnlich musste es einem langjährigen Koksabhängigen gehen. Das Hoch war einmal intensiv gewesen, aber jetzt diente er seiner Sucht nur noch mit wenig Begeisterung. Es war nur noch Zwang, keine Linderung mehr.

Er legte seine Hände auf den Sims, beugte sich weit hinüber und bekam einen Sandstrahl eiskalter Luft ins Gesicht, der ihm die Haare wie bei einem Fotoshooting nach hinten blies. Oder vielleicht … mehr wie in einem Superheldencomic. Genau, das war eine bessere Metapher.

Nur dass er darin der Schurke wäre, oder nicht?

Er bemerkte, dass er mit den Händen über den glatten Stein strich, ihn liebkoste. Der Sims war etwas eins zwanzig hoch und verlief um das gesamte Gebäude herum wie der Rand eines Serviertabletts. Oben war er einen Meter breit und lud geradezu zum Herunterspringen ein, ein freier Fall über zehn Meter auf der anderen Seite wäre das perfekte Vorspiel zum harten Tritt des Todes.

Das war eine interessante Aussicht.

Er wusste aus eigener Erfahrung, wie süß dieser freie Fall war. Wie die Kraft des Windes gegen die Brust drückte, das Atmen schwer machte. Wie die Augen feucht wurden und die Tränen zu den Schläfen hochflossen, nicht die Wangen herunter. Wie der Boden einem mit ausgestreckten Armen entgegeneilte, ein Gastgeber, der ihn bei der Party willkommen hieß.

Er war nicht sicher, ob es die richtige Entscheidung gewesen war, sich damals zu retten. Im letzten Augenblick aber hatte er sich zurück auf die Terrasse materialisiert. Zurück in … Butchs Arme.

Scheiß Butch. Alles führte immer wieder zu diesem Penner zurück.

V wandte sich von der Versuchung ab, einen weiteren Flugversuch zu unternehmen, und entriegelte mit seinem Geist eine der Schiebetüren. Die drei Glaswände des Penthouses waren kugelsicher, aber sie konnten das Sonnenlicht nicht herausfiltern. Nicht, dass er sich untertags hier aufhalten wollte.

Das war kein Zuhause.

Als er eintrat, drang der Raum und wofür er ihn benutzte auf ihn ein, als wäre die Schwerkraft hier von anderer Beschaffenheit. Wände, Decke und Marmorfußböden des einen großen Raums waren schwarz. Genau wie die hundert Kerzen, die er nach seinem Willen aufflackern lassen konnte. Das Einzige, was man als Möbelstück bezeichnen konnte, war ein breites Doppelbett, das er nie benutzte. Der Rest war Ausrüstung: der Tisch mit den Fesseln. Die in der Wand verankerten Ketten. Die Masken und die Knebel und die Peitschen und die Rohrstöcke und die Seile. Der Schrank voller Brustwarzengewichte und Stahlklammern und Edelstahlspielzeug.

Alles für die Frauen.

Er zog seine Lederjacke aus und warf sie aufs Bett, dann streifte er das Shirt ab. Seine Hose ließ er während der Sessions immer an. Die Subs sahen ihn nie vollständig nackt. Niemand tat das, außer seinen Brüdern während der Zeremonien in der Grotte, und das nur, weil die Rituale es verlangten.

Wie er unten aussah, ging niemanden einen feuchten Kehricht an.

Er ließ Kerzen aufflammen, das flüssige Licht wurde von dem glänzenden Boden zurückgeworfen, bevor es von der schwarzen Kuppel der Zimmerdecke aufgesaugt wurde. Es lag nichts Romantisches in der Luft. Diese Wohnung war ein Bunker, in dem das Weltliche an den Willigen vollzogen wurde, und die Beleuchtung diente nur dazu, die sachgemäße Platzierung von Leder und Metall, von Händen und Fängen zu gewährleisten.

Zudem konnten Kerzen auch noch für andere Dinge als zur Beleuchtung verwendet werden.

Er ging zu seiner Bar, goss sich einen großzügigen Wodka ein und lehnte sich an die kurze Theke. Es gab Vampirinnen, die es als eine Art Initiationsritus betrachteten, einmal mit ihm eine Session durchzustehen. Dann gab es andere, die nur bei ihm Befriedigung fanden. Und wieder andere wollten erforschen, wie Schmerz und Sex sich vermischen konnten.

Die Entdeckertypen waren diejenigen, die ihn am wenigsten interessierten. Meistens hielten sie es nicht aus und mussten schon auf halber Strecke das Safeword oder das Handzeichen, das er ihnen vorher zeigte, benutzen. Er ließ sie immer bereitwillig gehen, wobei das Trocknen der Tränen ihnen selbst überlassen blieb. In neun von zehn Fällen wollten sie es noch einmal probieren, aber das kam nicht in Frage. Wenn sie das erste Mal zu leicht einknickten, dann würden sie es wahrscheinlich wieder tun, und er fühlte sich nicht berufen, Leichtgewichten Nachhilfe in diesem Lifestyle zu geben.

Diejenigen, die es aushielten, nannten ihn *Lheage* und verehrten ihn, wobei ihre Ehrfurcht ihm persönlich scheißegal war. Seine innere Getriebenheit musste zur Ruhe kommen, und ihre Körper waren der Stein, an dem er sich wetzte. Nicht mehr, nicht weniger.

Er ging zur Wand, nahm eine der Stahlketten und ließ sie durch die Handfläche gleiten, Glied für Glied. Zwar war er von Natur aus ein Sadist, aber es gab ihm nichts, seinen Subs Schmerzen zuzufügen. Seine sadistische Ader wurde durch das Töten der *Lesser* befriedigt.

Für ihn ging es um die Kontrolle über Körper und Geist seiner Unterworfenen. Was er sexuell und anderweitig mit ihnen machte, was er sagte, was er sie tragen ließ ... das alles war sorgfältig auf den Effekt ausgerichtet. Klar, es gab auch Schmerzen, und sicher, sie weinten auch manchmal aus Verletzlichkeit und Furcht. Aber hinterher bettelten sie um mehr.

Was er ihnen auch gewährte, wenn ihm danach war.

Jetzt betrachtete er die Masken. Er zog ihnen immer Masken an, und es war ihnen untersagt, ihn zu berühren, außer er befahl ihnen, wo und wie und womit. Wenn er während einer Session einen Orgasmus hatte, dann war das ungewöhnlich und wurde von der jeweiligen Sub mit großem Stolz betrachtet. Und wenn er sich nährte, dann nur, weil er unbedingt musste.

Nie erniedrigte er diejenigen, die hierherkamen, nie zwang er sie zu den widerlichen Dingen, für die andere Doms, wie er verdammt gut wusste, eine solche Vorliebe hatten. Aber ebenfalls tröstete er sie weder am Anfang noch in der Mitte noch am Schluss, und die Sessions verliefen ausschließlich nach seinen Bedingungen. Er teilte ihnen mit, wann und wo, und wenn jemand irgendwelchen eifersüchtigen Anspruchsquatsch abzog, dann war er raus. Für immer.

Er sah auf die Uhr und hob das *Mhis,* das sein Penthouse umgab. Die Vampirin, die heute kommen würde, konnte ihn aufspüren, weil er vor einigen Monaten ihre Vene genutzt hatte. Wenn er mit ihr fertig war, würde er dafür sorgen, dass sie keine Erinnerung an den Ort behielt, an dem sie gewesen war.

Sie würde allerdings sehr wohl wissen, was passiert war. Die Spuren des Sex würden überall auf ihrem Körper sein.

Als sich die Frau auf der Terrasse materialisierte, drehte er sich um. Durch die Schiebetür war sie ein anonymer Schatten, ein kurviger Umriss in einem schwarzen Lederbustier und einem langen, weiten schwarzen Rock. Ihr dunkles Haar trug sie hochgesteckt, wie er es verlangt hatte.

Sie wusste, dass sie zu warten hatte. Wusste, dass sie nicht klopfen durfte.

Er ließ die Tür aufgehen, doch sie wusste ebenfalls, dass sie nicht ohne Aufforderung eintreten durfte.

Er musterte sie von oben bis und unten und ihr Duft stieg ihm in die Nase. Sie war wahnsinnig erregt.

Seine Fänge verlängerten sich, aber nicht, weil er sonderlich an dem feuchten Geschlecht zwischen ihren Beinen interessiert war. Er musste sich nähren, und sie war eine Frau und besaß alle möglichen Venen, die man anzapfen konnte. Es war Biologie, keine Betörung.

V streckte den Arm aus und krümmte den Zeigefinger.

Sie trat vor, zitternd, was durchaus angebracht war. Er war heute Nacht in besonders heftiger Stimmung.

»Zieh den Rock aus«, sagte er. »Der nervt mich.«

Sofort machte sie den Reißverschluss auf und ließ den Rock zu Boden rascheln. Darunter trug sie schwarze Strapse und Strümpfe. Kein Höschen.

Hmmm … ja. Er würde ihr die Strapse mit dem Dolch von der Hüfte schneiden. Später.

An der Wand suchte V eine Maske mit nur einer Öffnung aus. Sie würde durch den Mund atmen müssen, falls sie Luft kriegen wollte.

Er warf sie ihr zu und sagte: »Anziehen. Sofort.«

Ohne ein Wort bedeckte sie ihr Gesicht.

»Steig auf meinen Tisch.«

Er half ihr nicht, als sie sich durch den Raum tastete, er wusste, sie fände den Weg schon. Das taten sie immer. Frauen wie sie fanden immer den Weg zu seiner Folterbank.

Um sich die Zeit zu vertreiben, steckte er sich eine Selbstgedrehte zwischen die Lippen und nahm eine schwarze Kerze aus ihrem Halter. Als er sich die Zigarette anzündete, starrte er in die kleine Lache von flüssigem Wachs zu Füßen der Flamme. Dann ging er nachsehen, wie die Vampirin vorankam. Brav. Sie hatte sich mit dem Gesicht nach oben hingelegt, die Arme ausgebreitet, die Beine gespreizt.

Nachdem er sie gefesselt hatte, wusste er genau, wie er heute Nacht anfangen würde.

Mit der Kerze in der Hand ging er auf sie zu.

Unter den vergitterten Deckenlichtern des Trainingsraums der Bruderschaft nahm John Matthew die Grundstellung ein und konzentrierte sich auf seinen Sparringspartner. Die beiden passten so gut zusammen wie zwei Essstäbchen, jeweils dünn und schwächlich, leicht zu zerbrechen. Wie alle Vampire vor der Wandlung.

Zsadist, der Bruder, der sie heute in Nahkampftechniken unterrichtete, pfiff durch die Zähne, und John und sein Klassenkamerad verbeugten sich voreinander. Sein Gegner murmelte die passende Formel in der Alten Sprache und John erwiderte sie in der Gebärdensprache. Dann fingen sie an. Kleine Hände und knochige Arme flogen ohne große Wirkung durch die Luft; Tritte wurden geschleudert wie Papierflieger; Ausweichmanöver ohne großes Geschick ausgeführt. All ihre Bewegungen und Positionen waren Schatten dessen, was sie sein sollten, Echos von Donnerschlägen, nicht das tiefe Brüllen selbst.

Der Donnerschlag kam aus anderer Richtung.

Mitten in der Runde ertönte ein gewaltiges *RUMMS!*, als ein fester Körper auf der blauen Matte auftraf wie ein Sandsack. John und sein Gegenüber schielten zur Seite ... und gaben ihre kläglichen Kampfsportversuche auf. Zsadist arbeitete mit Blaylock, einem von Johns beiden besten Freunden. Der Rothaarige war bisher der einzige Trainingsschüler, der die Transition hinter sich gebracht hatte, weswegen er auch den doppelten Umfang von allen anderen aus der Klasse besaß. Und Zsadist hatte den Burschen gerade gefällt.

Blaylock sprang auf die Füße und stellte sich sofort wieder tapfer dem Kampf, aber er würde nur wieder den Hintern versohlt bekommen. So groß er auch war, Zsadist war nicht nur ein Riese, sondern auch ein Mitglied der Bruderschaft. Blay rannte also gegen einen Shermanpanzer mit einer Wagenladung Kampferfahrung an.

Mann, das sollte Qhuinn sehen. Wo war der überhaupt?

Alle elf Trainingsschüler stießen ein »Boah!« aus, als Z in aller Seelenruhe Blay von den Füßen holte, ihn bäuchlings auf die Matte schleuderte und in einen Knochenbrecher-Unterwerfungsgriff nahm. Sobald Blay sich ergab, ließ Z ihn los.

Z stand breitbeinig über dem Jungen, und seine Stimme

war so warm, wie sie je wurde: »Erst vor fünf Tagen gewandelt, und du machst dich ziemlich gut.«

Blay lächelte, obwohl seine Wange in die Matte gedrückt war, als klebte sie dort fest. »Danke ...« Er keuchte. »Danke, Herr.«

Z streckte die Hand aus und zog Blay vom Boden hoch. Genau in diesem Moment hörte man das Echo einer sich öffnenden Tür durch die Halle tönen.

John fielen fast die Augen aus dem Kopf bei dem, was da hereinkam. *Ach du Scheiße* ... das erklärte auch, wo Qhuinn den ganzen Nachmittag lang gewesen war.

Der Vampir, der da langsam über die Matten trottete, war das eins fünfundneunzig große, hundertfünfzehn Kilo schwere Abbild eines Wesens, das bis gestern nicht mehr gewogen hatte als ein Sack Hundefutter. Qhuinn hatte die Wandlung durchgemacht. Mein Gott, kein Wunder, dass der Kerl den ganzen Tag nichts von sich hatte hören lassen. Er war vollauf damit beschäftigt gewesen, sich einen neuen Körper wachsen zu lassen.

Als John die Hand hob, nickte Qhuinn angestrengt, als hätte er einen steifen Nacken oder hämmernde Kopfschmerzen. Der Junge sah furchtbar aus und bewegte sich, als täte ihm jeder einzelne Knochen im Leib weh. Außerdem nestelte er am Kragen seines neuen XXL-Fleecepullis herum, als wäre ihm das Gefühl auf der Haut unangenehm, und ständig riss er sich die Jeans hoch und zuckte dabei zusammen. Überraschend war sein blaues Auge, vielleicht war er mitten in der Transition gegen etwas gestoßen? Nach allem, was man sich so erzählte, schlug man dabei ganz schön um sich.

»Freut mich, dass du auftauchst«, sagte Zsadist.

Qhuinns Antwort klang tief, er besaß eine völlig andere Stimmlage als vorher. »Ich wollte kommen, obwohl ich nicht trainieren kann.«

»Finde ich gut. Du kannst dich da drüben hinsetzen.«

Auf dem Weg zum Seitenrand begegnete Qhuinn Blays Blick, und beide verzogen langsam den Mund zu einem Lächeln. Dann sahen sie John an.

In Gebärdensprache formulierte Qhuinn: *Nach dem Unterricht gehen wir zu Blaylock. Hab euch beiden einiges zu erzählen.*

Als John nickte, drang Zs Stimme durch die Halle. »Das Plauderstündchen ist vorbei, meine Damen. Zwingt mich nicht dazu, euch übers Knie zu legen. Das würde ich nämlich tun.«

John wandte sich seinem kleinen Trainingspartner zu und ging in die Grundstellung.

Auch wenn einer ihrer Klassenkameraden an der Wandlung gestorben war, konnte John kaum erwarten, bis es bei ihm so weit war. Natürlich hatte er die Hosen gestrichen voll, aber besser tot, als weiterhin als geschlechtsloser kleiner Scheißer in der Welt gefangen und anderen auf Gedeih und Verderb ausgeliefert zu sein.

Er war mehr als bereit, ein Mann zu werden.

Er hatte eine Familienangelegenheit mit den *Lessern* zu klären.

Zwei Stunden später war V so befriedigt, wie er eben sein konnte. Wenig überraschend war die Vampirin nicht in der Verfassung, sich selbst nach Hause zu dematerialisieren, weshalb er sie in einen Morgenmantel steckte, sie in einen Stupor hypnotisierte und sie im Lastenaufzug des Gebäudes nach unten brachte. Fritz wartete mit dem Wagen an der Straße, und der ältliche *Doggen* stellte keine Fragen, als V ihm die Adresse nannte.

Wie immer war der Butler ein Geschenk des Himmels.

Wieder allein im Penthouse goss sich V einen Grey Goose ein und ließ sich auf dem Bett nieder. Die Folterbank war bedeckt mit erkaltetem Wachs, Blut, ihrer Erregung und den Folgen seiner Orgasmen. Es war eine schmutzige Session gewesen. Das waren die annehmbaren immer.

Er nahm einen ausgiebigen Schluck aus dem Glas. In der dichten Stille nach seinen Perversionen traf ihn die schallende Ohrfeige seiner nicht vorhandenen Realität, eine Kaskade sinnlicher Bilder. Was er vor Wochen beobachtet hatte und ihm jetzt wieder ins Gedächtnis kam, hatte er versehentlich mit angesehen; trotzdem hatte er die Szene eingesackt wie ein Taschendieb, sie hinter seiner Stirn verstaut, auch wenn sie ihm nicht gehörte.

Damals hatte er Butch und Marissa gesehen … wie sie zusammenlagen. Das war, als der Bulle in Havers' Klinik in Quarantäne gewesen war. Eine Videokamera hing in der Ecke des Krankenzimmers, und V hatte die beiden auf einem Monitor entdeckt: sie in einem leuchtend pfirsichfarbenen Kleid, er in einem OP-Kittel. Sie hatten sich lange und heiß geküsst, ihre Körper hungernd nach Sex.

V hatte das Herz bis zum Hals geschlagen, als Butch sich auf sie gerollt hatte, wobei der Kittel aufsprang und seine Schultern und den Rücken und die Hüften freigab. Er hatte sich rhythmisch bewegt, seine Wirbelsäule hatte sich aufgebäumt und wieder entspannt, während ihre Hände auf seinen Hintern glitten und ihre Nägel sich eingruben.

Es war wunderschön gewesen, die beiden zusammen zu sehen. Völlig anders als der Sex mit den harten Kanten, den V sein gesamtes Leben lang gehabt hatte. Da war Liebe und Vertrautheit gewesen und … Güte.

Vishous ließ seine Muskeln locker und fiel rückwärts auf die Matratze, das Glas kippte und beinahe vergoss er den Inhalt, als er sich ausstreckte. Mein Gott, er fragte sich, wie es wohl wäre, solchen Sex zu haben. Würde ihm das überhaupt gefallen? Vielleicht bekäme er klaustrophobische Anfälle. Er war sich nicht sicher, ob er es aushalten könnte, wenn jemand seine Hände überall auf ihm hätte, und er konnte sich nicht vorstellen, völlig nackt zu sein.

Doch dann dachte er an Butch und kam zu dem Schluss, dass es vermutlich davon abhing, mit wem man zusammen war.

V legte die gute Hand auf sein Gesicht und wünschte sich verzweifelt, seine Gefühle würden verschwinden. Er hasste sich für diese Gedanken, für seine Zuneigung, für sein sinnloses Sehnen und die allzu vertraute Litanei der Scham, die auf dem Rücken der Ermattung heranflog. Eine bodenlose Erschöpfung ergriff ihn von Kopf bis Fuß, er kämpfte dagegen an, wohl wissend, dass sie gefährlich war.

Dieses Mal gewann er nicht. Bekam nicht mal ein Mitspracherecht. Seine Augen klappten zu, obwohl die Angst ihm den Rücken hinaufkroch und seinen gesamten Körper mit Gänsehaut überzog.

O ... Scheiße. Er schlief ein ...

In Panik versuchte er, die Lider zu öffnen, aber es war zu spät. Sie waren zu Mauern geworden. Der Strudel hatte ihn erfasst, und er wurde in die Tiefe gezogen, egal, wie sehr er sich dagegen wehrte.

Sein Griff um das Glas lockerte sich und wie durch einen Nebel hörte er, wie es auf dem Boden auftraf und zersplitterte. Sein letzter Gedanke war, dass er genau wie dieses Gefäß war – er zersprang und ergoss sich, nicht in der Lage, weiter in sich zu bleiben.

3

Ein paar Straßenzüge weiter westlich nahm Phury sein Martiniglas in die Hand und lehnte sich auf der gepolsterten Lederbank im *ZeroSum* zurück. Er und Butch waren ziemlich still gewesen, seit sie vor einer halben Stunde im Club aufgeschlagen waren, beide beobachteten einfach nur die Leute vom Tisch der Bruderschaft aus.

Und da gab es reichlich zu beobachten.

Jenseits einer Wasserfallwand zuckten Menschen auf der Tanzfläche des Clubs zu Techno, ritten Wellen von Ecstasy und Koks und benahmen sich in edlen Designerklamotten daneben. Die Bruderschaft hielt sich allerdings nie auf der Seite der Massen auf. Ihr schmaler Streifen Grund und Boden lag im VIP-Bereich und bestand aus einem Tisch ganz hinten neben dem Notausgang. Der Club war ein guter Ort, um sich mal locker zu machen. Man ließ sie dort in Ruhe, der Sprit war von ausgezeichneter Qualität, und der Laden lag mitten in der Innenstadt, wo die Bruderschaft hauptsächlich auf die Jagd ging.

Zudem gehörte der Besitzer zur Familie, nun da Bella und Z vereinigt waren. Rehvenge, der Vampir, der den Club betrieb, war ihr Bruder.

Nebenbei fungierte er außerdem noch als Phurys Dealer.

Der nahm einen langen Schluck von seinem *Geschütteltnicht-gerührt*. Er müsste heute Nacht unbedingt noch einen kleinen Einkauf tätigen. Sein Vorrat ging mal wieder ernsthaft zur Neige.

Eine blonde Frau schob sich am Tisch vorbei, ihre Brüste hüpften wie Äpfel unter silbernen Pailletten, und ihr briefmarkengroßer Rock ließ die Pobacken und den Lamétanga hervorblitzen. Der Aufzug ließ sie deutlich mehr als nur halb nackt wirken.

Obszön war vielleicht eher das Wort, nach dem er suchte.

So war das hier. Die meisten der Frauen hier im VIP-Bereich hätten ohne weiteres eine Anzeige wegen Exhibitionismus riskiert. Andererseits waren sie ja auch tendenziell entweder Professionelle oder eben das Vampiräquivalent zu Huren. Als die Blonde sich auf der nächsten Bank niederließ, überlegte er einen winzigen Augenblick, wie es wohl wäre, sich etwas Zeit mit einer wie ihr zu kaufen.

Er lebte schon so lange enthaltsam, dass es völlig absurd schien, auch nur an so etwas zu denken, geschweige denn, es in die Tat umzusetzen. Aber vielleicht würde es ihm helfen, Bella aus dem Kopf zu kriegen.

»Hast du was entdeckt?«, fragte Butch.

»Ich weiß nicht, wovon du sprichst.«

»Ach nein? Du willst sagen, du hast die Blonde hier gerade nicht bemerkt? Und wie sie dich abgecheckt hat?«

»Sie ist nicht mein Typ.«

»Dann such dir eine Brünette mit langen Haaren.«

»Was auch immer.« Als Phury den Martini austrank,

hätte er am liebsten das Glas an die Wand geworfen. Mist, er konnte nicht fassen, dass er überhaupt nur einen Gedanken an bezahlten Sex verschwendet hatte.

Armseliger Penner. Loser.

Mann, er brauchte einen Joint.

»Komm schon, Phury, du musst doch wissen, dass die Ladies hier dich alle inspizieren, wenn du kommst. Du solltest mal eine ausprobieren.«

Für seinen Geschmack rückten ihm heute Nacht deutlich zu viele Leute auf die Pelle. »Nein, danke.«

»Ich mein ja nur …«

»Leck mich und halt die Klappe.«

Butch fluchte unterdrückt und verkniff sich jeden weiteren Kommentar. Wodurch sich Phury vorkam wie ein Arschloch. Was auch richtig war. »Tut mir leid.«

»Ist schon okay.«

Phury winkte einer Kellnerin, die schleunigst an ihren Tisch kam. Als sie mit seinem leeren Glas abzog, murmelte er: »Sie hat versucht, mich mit jemandem zu verkuppeln.«

»Wie bitte?«

»Bella.« Phury fing an, eine durchweichte Serviette immer kleiner zu falten. »Sie sagte, da gäbe es eine Sozialarbeiterin im Refugium.«

»Rhym? Die ist ziemlich cool.«

»Aber ich bin …«

»Nicht interessiert?« Butch schüttelte den Kopf. »Phury, Mann, wahrscheinlich reißt du mir jetzt gleich wieder den Kopf ab, aber es wird langsam Zeit, dass du mal Interesse entwickelst. Dieser Quatsch mit dir und den Frauen? Das muss ein Ende haben.«

Phury musste lachen. »Nimm bloß kein Blatt vor den Mund.«

»Hör mal, du musst mal ein bisschen leben.«

Phury deutete mit dem Kopf auf die Blondine. »Und

du glaubst, dass man mit bezahltem Sex mal ein bisschen lebt?«

»So, wie die dich ansieht, müsstest du bestimmt nicht bezahlen.«

Phury zwang sein Gehirn dazu, sich das Szenario vorzustellen. Er malte sich aus, wie er aufstand und zu der Frau ging. Sie am Arm fasste und in einen der privaten Waschräume zog. Vielleicht würde sie ihm einen blasen. Vielleicht würde er sie auf das Waschbecken setzen und ihre Beine spreizen und in sie hineinpumpen, bis sie kam. Insgesamt verstrichene Zeit? Fünfzehn Minuten, maximal. Er mochte zwar eine Jungfrau sein, aber die Bewegungsabläufe beim Sex waren relativ einfach. Alles, was sein Körper bräuchte, wäre ein fester Griff und ein bisschen Reibung, und dann könnte er loslegen. Also theoretisch jedenfalls. Momentan war er schlaff in der Hose. Selbst wenn er demnach seiner Jungfräulichkeit heute Nacht ein Ende setzen wollte, würde es nicht klappen. Zumindest nicht mit ihr.

»Ich brauche nichts«, sagte er, als der nächste Martini eintraf. Er rührte mit der Olive um und steckte sie sich dann in den Mund. »Ehrlich. Ich brauche nichts.«

Damit verfielen die beiden wieder in ihr Schweigen, außer dem schwachen Wummern der Musik jenseits der Wasserfallwand war nichts los. Phury wollte schon anfangen, über Sport zu reden, weil er die Stille nicht mehr aushielt, als Butch erstarrte.

Eine Frau starrte sie aus der gegenüberliegenden Ecke des VIP-Bereichs an. Es war die Sicherheitschefin, die so muskulös wie ein Mann war und auch einen Männerhaarschnitt trug. Eine echt eiserne Lady. Phury hatte sie schon Männer verdreschen sehen, als würde sie Hunde mit einer Zeitung verscheuchen.

Aber Moment mal, sie sah gar nicht Phury an. Sie fixierte Butch.

»Wow, du hattest sie«, sagte Phury. »Stimmt's?«

Butch zuckte die Achseln und schluckte den Lagavulin aus seinem Glas. »Nur einmal. Und das war vor Marissa.«

Phury blickte wieder zu der Frau und musste sich unwillkürlich fragen, wie der Sex wohl gewesen war. Sie wirkte wie die Sorte, die einen Mann Sternchen sehen lassen konnte. Und nicht unbedingt auf die spaßige Art.

»Kann denn anonymer Sex überhaupt was?«, fragte er und kam sich vor wie ein Zwölfjähriger.

Butchs Lächeln war träge. Hintergründig. »Früher dachte ich das schon. Aber wenn man nichts anderes kennt, klar, dann findet man kalte Pizza super.«

Phury trank ausgiebig von seinem neuen Martini. Kalte Pizza. Also das war es, was da draußen auf ihn wartete. Das machte ja Laune.

»Scheiße, ich wollte hier nicht die Spaßbremse spielen. Es ist einfach nur besser mit der Richtigen.« Butch kippte den Rest seines Whiskys herunter. Als eine Kellnerin das Glas abholen und ihm ein neues bringen wollte, sagte er: »Nein, ich höre jetzt immer nach zweien auf. Danke.«

»Warte!«, rief Phury, bevor sie gehen konnte. »Ich nehme noch einen. Danke.«

Vishous wusste, dass der Traum zu ihm gekommen war, weil er darin glücklich war. Der Alptraum begann immer damit, dass er selig war. Am Anfang war er vollkommen glücklich, fühlte sich *vollständig*. Ein zusammengesetztes Puzzle.

Dann fiel der Schuss. Und ein hellroter Fleck erblühte auf seinem Shirt. Und ein Schrei durchschnitt die Luft, die so dicht schien, als wäre sie ein Festkörper.

Schmerz traf ihn, als wäre ein Schrapnell in ihn eingedrungen, als hätte man ihn mit Benzin übergossen und angezündet, als würde ihm die Haut in Streifen abgezogen.

O gütige Jungfrau, er starb. Niemand konnte so eine Qual überstehen.

Er sank auf die Knie und …

V schnellte vom Bett hoch, als hätte man ihm einen Schlag vor den Schädel verpasst.

Im Penthouse mit den schwarzen Wänden und den vom Nachtlicht verdunkelten Scheiben klang sein Atem wie eine Eisensäge, die sich durch Hartholz kämpfte. Shit, sein Herz klopfte so schnell, dass er es am liebsten mit den Händen festgehalten hätte.

Er brauchte was zu trinken. Und zwar schnell.

Auf Gummibeinen wankte er zur Bar, schnappte sich ein neues Glas und goss es randvoll. Es berührte schon fast seine Lippen, als er merkte, dass er nicht allein war.

»Ich bin es nur, Krieger.«

Gütiger. Die Jungfrau der Schrift stand vor ihm, von Kopf bis Fuß in einen schwarzen Umhang gehüllt. Ihr Gesicht blieb darunter verborgen, während ihre winzige Gestalt den gesamten Raum beherrschte. Unter ihrem Saum hervor ergoss sich ein Leuchten auf den Marmorfußboden, so hell wie die Mittagssonne.

Verflucht, das war genau die Audienz, die er jetzt brauchen konnte. *O ja.*

Er verneigte sich und rührte sich nicht vom Fleck. Und überlegte krampfhaft, wie er in dieser Haltung weitertrinken konnte. »Was für eine Ehre.«

»Wie du lügst«, sagte sie trocken. »Hebe dein Haupt, Krieger. Ich möchte dein Gesicht sehen.«

V gab sich alle Mühe, eine muntere Miene aufzusetzen, in der Hoffnung, dadurch das tatsächliche Leck-mich-Gesicht zu verstecken. *Verflucht.* Wrath hatte ihm damit gedroht, ihn der Jungfrau der Schrift zu melden, wenn er sich nicht zusammenriss. Offenbar war es jetzt so weit gekommen.

Während er sich wieder aufrichtete, überlegte er, dass Wodka zu trinken jetzt wohl als Beleidigung aufgefasst würde.

»Ja, das würde es«, sagte sie. »Aber tu, was du nicht lassen kannst.«

Er schluckte den Schnaps, als wäre es Wasser, und stellte das Glas auf der Theke ab. Er wollte mehr, aber hoffentlich würde sie nicht allzu lange bleiben.

»Den Anlass zu meinem Besuch gab mir nicht dein König.« Die Jungfrau der Schrift schwebte heran und verharrte nur weniger als einen halben Meter vor ihm. V widerstand dem Drang, zurückzuweichen, besonders, als sie ihre leuchtende Hand ausstreckte und ihm über die Wange strich. Ihre Kraft war wie die eines Blitzschlags: tödlich und exakt. Ihr Zielobjekt wollte man nicht sein. »Es ist Zeit.«

Zeit für was? Aber er riss sich zusammen. Man stellte der Jungfrau der Schrift keine Fragen. Nicht, wenn man keine Ambitionen hatte, sich eine Beschäftigung als Bohnerwachs in den Lebenslauf schreiben zu können.

»Dein Geburtstag jährt sich bald.«

Das stimmte, er würde bald dreihundertunddrei Jahre alt, aber warum ihm das einen Privatbesuch von ihr einbringen sollte, war ihm schleierhaft. Wenn sie ihm ein paar fröhliche Geburtstagswünsche zukommen lassen wollte, dann wäre ein Umschlag in der Post völlig ausreichend. Scheiße, von ihm aus wäre auch eine E-Card total okay.

»Und ich habe ein Geschenk für dich.«

»Ich bin geehrt.« *Und verwirrt.*

»Deine Partnerin ist bereit.«

Vishous zuckte am ganzen Körper zusammen, als hätte man ihm ein Taschenmesser in den Hintern gerammt. »Verzeihung, was …« *Keine Fragen, du Volltrottel.* »Äh … bei allem Respekt, ich habe keine Partnerin.«

»Doch, hast du.« Sie ließ ihren leuchtenden Arm sinken.

»Ich habe sie aus allen Auserwählten auserkoren, deine erste Partnerin zu sein. Sie ist von reinstem Blut und von erlesenster Schönheit.« Als V den Mund aufmachte, überrollte ihn die Jungfrau der Schrift geradezu. »Du wirst dich vereinigen, und ihr beide werdet euch mehren, und du wirst dich auch mit den anderen mehren. Deine Töchter werden die Reihen der Auserwählten auffüllen. Deine Söhne werden der Bruderschaft angehören. Das ist dein Schicksal: der Primal der Auserwählten zu werden.«

Das Wort *Primal* explodierte wie eine Wasserstoffbombe zwischen ihnen.

»Verzeiht mir, Jungfrau der Schrift … äh …« Er räusperte sich und ermahnte sich gleichzeitig, dass man Ihre Heiligkeit nicht verärgerte, weil man sonst eine Grillzange bräuchte, um die eigenen dampfenden Einzelteile wieder aufzuheben. »Ich möchte nicht anmaßend sein, aber ich werde mir keine Frau nehmen …«

»O doch, das wirst du. Und du wirst dem Zeremoniell gemäß bei ihr liegen, und sie wird deine Nachkommen tragen. Wie auch die anderen.«

Visionen von sich selbst, gefangen auf der Anderen Seite, umgeben von Frauen, nicht in der Lage zu kämpfen oder seine Brüder zu sehen … oder … Himmel, Butch … löste das Scharnier an seinem Mund. »Mein Schicksal ist das eines Kämpfers. Zusammen mit meinen Brüdern. Ich bin, wo ich sein sollte.«

Außerdem, nach allem, was man mit ihm angestellt hatte – konnte er überhaupt Kinder zeugen?

Er rechnete damit, dass sie an die Decke ging wegen seiner Ungehorsamkeit. Doch sie sagte nur: »Wie furchtlos von dir, dich über deine Stellung zu erheben. Du bist deinem Vater so ähnlich.«

Falsch. Er und der Bloodletter hatten nichts gemein. »Eure Heiligkeit …«

»Du wirst das tun. Und du wirst dich aus freiem Willen beugen.«

Seine Antwort kam prompt und kalt. »Dafür bräuchte ich einen verdammt guten Grund.«

»Du bist mein Sohn.«

V hörte auf zu atmen, seine Brust wurde hart wie Zement. Das hatte sie sicher im übertragenen Sinn gemeint.

»Vor dreihundertunddrei Jahren wurdest du aus meinem Leib geboren.« Die Kapuze der Jungfrau der Schrift fiel von ganz allein zurück und enthüllte eine geisterhafte, ätherische Schönheit. »Hebe deine sogenannte verfluchte Hand und kenne unsere Wahrheit.«

Das Herz bis zum Hals schlagend, zerrte sich V ungeschickt den Lederhandschuh herunter. Entsetzt starrte er auf das, was sich unter der tätowierten Haut befand: Das Leuchten in ihm war genau wie das in ihr.

Lieber Himmel ... Warum zum Teufel war ihm der Zusammenhang nicht schon früher aufgefallen?

»Deine Blindheit«, sagte sie, »gewährte dir die Möglichkeit zu leugnen. Du wolltest nicht sehen.«

V taumelte rückwärts. Als er gegen die Matratze stieß, ließ er sich fallen und sagte sich, dass jetzt kein guter Zeitpunkt war, den Verstand zu verlieren ...

Aber Moment mal. Er hatte ihn schon verloren. Gut so, sonst würde er jetzt total abdrehen.

»Wie ... ist das möglich?« Okay, das war definitiv eine Frage gewesen, aber wen zum Teufel interessierte das noch?

»Ja, ich werde deine Frage dieses eine Mal dulden.« Die Jungfrau der Schrift schwebte durch den Raum, ohne ihre Füße aufzusetzen, ihr Umhang blieb von der Bewegung unbeeinflusst, als wäre er in Stein gemeißelt. In der Stille erinnerte sie ihn an eine Schachfigur: die Königin, die Eine unter den anderen auf dem Brett, die in alle Richtungen ziehen durfte.

Als sie schließlich sprach, war ihre Stimme tief. Unnachgiebig. »Ich wollte die Empfängnis und die Geburt körperlich erfahren, also nahm ich eine Gestalt an, die mir den sexuellen Akt gestattete und ging in fruchtbarem Zustand ins Alte Land.« Vor der Schiebetür zur Terrasse hielt sie inne. »Ich wählte den Mann nach den Merkmalen aus, die ich für die wünschenswertesten männlichen Eigenschaften für das Leben der Art hielt: Kraft und Schläue, Ausdauer, Aggression.«

V rief sich ein Bild seines Vaters vor Augen und versuchte, sich die Jungfrau der Schrift beim Sex mit ihm vorzustellen. Scheiße, das musste eine brutale Erfahrung gewesen sein.

»Das war es«, sagte sie. »Ich erhielt genau, wonach ich getrachtet hatte, in vollem Maße. Als das Brunften erst begonnen hatte, gab es kein Zurück mehr, und er zeigte sich seinem Wesen eigentümlich. Am Ende jedoch versagte er sich mir. Er wusste aus irgendeinem Grund, wonach ich strebte und wer ich war.«

Ja, sein Vater war ausgezeichnet darin gewesen, die Motivationen anderer herauszufinden und auszunutzen.

»Vielleicht war es töricht von mir zu glauben, ich könnte mich bei einem Vampir wie ihm als etwas ausgeben, was ich nicht war. Schlau war er, wahrlich.« Sie sah V durch den Raum hinweg an. »Er sagte mir, er gäbe mir seinen Samen nur, wenn ein männlicher Nachkomme bei ihm leben könne. Er hatte nie einen lebendigen Sohn gezeugt, und er ersehnte diese Befriedigung.

Ich allerdings wollte meinen Sohn für die Auserwählten. Dein Vater mag in Taktik erfahren gewesen sein, aber er war nicht der Einzige. Ich kannte seine Schwächen gut und vermochte, das Geschlecht des Nachkommen zu bestimmen. Wir einigten uns, dass er dich drei Jahre nach der Geburt für drei Jahrhunderte bekäme, und dass er dich im Kampf auf dieser Seite unterweisen dürfe. Danach jedoch stündest du für meine Zwecke zur Verfügung.«

Ihre Zwecke? Und seines Vaters Zwecke? Und ihn fragte niemand?

Die Stimme der Jungfrau der Schrift wurde leiser. »Da wir also ein Abkommen erreicht hatten, zwang er mich für Stunden unter sich, bis die Gestalt, in der ich mich befand, beinahe daran starb. Er war besessen von dem Drang, zu zeugen, und ich ertrug ihn, weil ich ebenso empfand.«

Ertragen war das passende Wort. V war, genau wie der Rest der Vampire im Kriegerlager gezwungen gewesen, seinem Vater beim Sex zuzusehen. Der Bloodletter hatte keinen Unterschied zwischen Kämpfen und Ficken und keine Zugeständnisse an die Größe oder Robustheit einer Frau gemacht.

Wieder nahm die Jungfrau der Schrift ihr unruhiges Schweben durch den Raum auf. »An deinem dritten Geburtstag überantwortete ich dich dem Lager.«

Undeutlich nahm V ein Summen in seinem Kopf wahr, als nähme ein Zug Geschwindigkeit auf. Dank des kleinen Deals seiner Eltern hatte er ein Leben in Trümmern gelebt, sich mit den Auswirkungen der Grausamkeit seines Vaters wie auch mit den brutalen und gemeinen Lehren des Kriegerlagers herumschlagen müssen.

Seine Stimme senkte sich zu einem Knurren. »Weißt du, was er mir angetan hat? Was sie dort mit mir gemacht haben?«

»Ja.«

Jetzt warf er endgültig alle Regeln der Etikette auf den Müll. »Warum zum Teufel hast du mich dann dort gelassen?«

»Ich hatte mein Wort gegeben.«

V sprang auf die Füße, die Hände wanderten zu seinem Unterleib. »Schön zu hören, dass deine Ehre intakt geblieben ist, wenn auch ich leider nicht. Das ist doch mal ein fairer Tausch.«

»Ich kann deinen Zorn verstehen …«

»Kannst du das, *Mama*? Da geht es mir doch gleich viel besser. Ich habe zwanzig Jahre meines Lebens damit verbracht, in dieser Kloake um mein Leben zu kämpfen. Und was habe ich dafür bekommen? Einen verkorksten Kopf und einen kaputten Körper. Und jetzt soll ich mich für dich mehren?« Er lächelte kalt. »Was, wenn ich sie nicht schwängern kann? Wenn du weißt, was mit mir passiert ist – hast du jemals daran gedacht?«

»Du bist fähig dazu.«

»Woher weißt du das?«

»Glaubst du, es gibt einen Teil meines Sohnes, den ich nicht sehen kann?«

»Du … Miststück«, flüsterte er.

Eine Hitzewelle entströmte ihrem Körper, heiß genug, seine Augenbrauen zu versengen, und ihre Stimme donnerte durch das Penthouse: »Vergiss nicht, wer ich bin, Krieger. Es war eine unkluge Entscheidung, deinen Vater zu wählen, und wir beide litten unter diesem Fehler. Glaubst du, es ließ mich unversehrt, mit anzusehen, welchen Verlauf dein Leben nahm? Glaubst du, ich beobachtete dich unbewegt aus der Ferne? *Ich starb jeden Tag für dich.*«

»Du bist ja eine echte Mutter Teresa«, brüllte er. Er merkte, dass sein eigener Körper sich langsam erhitzte. »Du bist doch angeblich allmächtig. Wenn es dich nur im Mindesten interessiert hätte, dann hättest du eingegriffen …«

»Schicksale werden nicht gewählt, sie werden zugemessen …«

»Durch wen? Durch dich? Dann bist du diejenige, die ich für diese ganze Scheiße hassen müsste, die mir angetan wurde?« Jetzt leuchtete er am ganzen Körper; er musste seinen Arm gar nicht ansehen, um zu wissen, dass das, was in

seiner Hand war, sich in ihm ausbreitete. Genau. Wie. Sie.
»Gott ... *verfluche* dich.«
»Mein Sohn ...«
Er fletschte die Fänge. »Nenn mich nicht so. Niemals. Mutter und Sohn ... das sind wir nicht. *Meine Mutter* hätte etwas unternommen. Als ich mir nicht selbst helfen konnte, wäre meine Mutter für mich da gewesen ...«
»Ich wollte da ...«
»Als ich blutete und zerfetzt und verängstigt war, wäre meine Mutter da gewesen. Also verschon mich mit diesem Soccer-Mom-*Mist*.«
Ein langes Schweigen folgte. Dann ertönte ihre Stimme klar und kräftig. »Du wirst dich mir nach meiner Eremitage präsentieren, welche heute Nacht beginnt. Dir wird der Form genügend deine Partnerin gezeigt werden. Du wirst zurückkehren, wenn sie angemessen für deinen Gebrauch präpariert wurde, und du wirst tun, wozu du geboren wurdest. Und du wirst es aus freiem Willen tun.«
»Das kommt nicht in Frage. Leck mich.«
»Vishous, Sohn des Bloodletter, du wirst es tun; denn tust du es nicht, wird die Art nicht überleben. Wenn es jegliche Hoffnung gibt, den Anstürmen der Gesellschaft der *Lesser* standzuhalten, dann werden mehr Brüder benötigt. Ihr von der Bruderschaft seid nur eine Handvoll. In vergangenen Epochen gab es zwanzig und dreißig von euch. Woher sollen wir mehr erhalten, wenn nicht durch selektive Züchtung?«
»Du hast Butch in die Bruderschaft aufgenommen, und er war nicht ...«
»Eine Ausnahme für eine Prophezeiung, die sich erfüllt hat. Das ist etwas völlig anderes, und du weißt es gut. Sein Körper wird niemals so stark sein wie deiner. Hätte er nicht diese angeborene Macht, könnte er nie als Bruder dienen.«

V wandte den Blick von ihr ab.

Überleben der Spezies. Überleben der Bruderschaft.

Verdammte Scheiße.

Er wanderte im Raum herum und landete vor seiner Folterbank und der Wand mit dem Sexspielzeug. »Ich bin der Falsche für diese Sache. Ich bin nicht der Heldentyp. Ich habe kein Interesse daran, die Welt zu retten.«

»Die Logik liegt in der Biologie, ihr kann nicht widersprochen werden.«

Vishous hob seine leuchtende Hand und dachte an die unzähligen Male, die er sie dazu benutzt hatte, um Dinge einzuäschern. Häuser. Autos. »Was ist damit? Soll eine gesamte Generation den gleichen Fluch tragen wie ich? Was, wenn ich das an meine Nachkommen vererbe?«

»Es ist eine ausgezeichnete Waffe.«

»Das ist ein Dolch auch, aber er zündet nicht die eigenen Freunde an.«

»Du bist gesegnet, nicht verflucht.«

»Ach ja? Leb du mal damit.«

»Macht erfordert Opfer.«

Er lachte hart auf. »Bitte, ich würde den Quatsch ohne mit der Wimper zu zucken aufgeben, um normal zu sein.«

»Ungeachtet dessen hast du eine Verpflichtung gegenüber deiner Spezies.«

»Mhm, schon klar. Genau wie du eine dem Sohn gegenüber hattest, den du auf die Welt gebracht hast. Du solltest besser beten, dass ich mit meiner Verantwortung gewissenhafter umgehe.«

Er starrte durch die Scheibe auf die Stadt und dachte an all die Vampire, die durch die Hände der *Lesser* Omegas geschlagen, gefoltert, ermordet worden waren. Jahrhundertelang waren Unschuldige diesen Ungeheuern zum Opfer gefallen, und das Leben war schon hart genug, ohne gejagt zu werden. Er sollte das wissen.

Wie er es verabscheute, dass sie mit der Logik nicht ganz unrecht hatte. Sie waren jetzt nur noch zu fünft in der Bruderschaft, selbst mit Butch als neuem Mitglied. Wrath durfte dem Gesetz nach nicht kämpfen, weil er der König war. Tohrment war spurlos verschwunden. Darius war vergangenen Sommer gestorben. Also standen sie zu fünft einem sich ständig erneuernden Feind gegenüber. Noch schlimmer wurde die Sache dadurch, dass die *Lesser* aus einem endlosen Vorrat von Menschen schöpfen konnten, um ihre Reihen aufzufüllen, während Brüder geboren und aufgezogen werden und die Transition überstehen mussten. Sicher, die Trainingsklasse, die momentan auf dem Gelände ausgebildet wurde, würde letztendlich als Soldaten daraus hervorgehen. Aber diese Jungs würden niemals über die Art von Stärke, Ausdauer oder auch Heilungsfähigkeiten verfügen, die männliche Nachkommen der Blutlinien der Bruderschaft besäßen.

Und was den Nachschub an Brüdern betraf ... da war nur ein kleines Reservoir an möglichen Erzeugern vorhanden. Dem Gesetz nach konnte Wrath als König bei jeder Vampirin liegen, aber er hatte sich vollständig an Beth gebunden. Genau wie Rhage und Z sich einzig an ihre Frauen gebunden hatten. Tohr – vorausgesetzt, er lebte noch und käme je zurück – wäre vermutlich nicht in der geistigen Verfassung, Angehörige der Auserwählten zu schwängern. Phury war der einzige andere mögliche Kandidat, aber er lebte im Zölibat und hatte ein gebrochenes Herz. Nicht gerade die idealen Voraussetzungen für eine männliche Hure.

»Verdammt.« Während er die Lage im Kopf umwälzte, schwieg die Jungfrau der Schrift. Als wüsste sie, wenn sie nur ein Wort sagte, würde er das ganze Thema fallenlassen und Seinesgleichen einfach zum Teufel schicken.

Er drehte sich zu ihr um. »Ich tue es unter einer Bedingung.«

»Welche lautet?«

»Ich wohne hier, bei meinen Brüdern. Ich kämpfe mit meinen Brüdern. Ich gehe auf die Andere Seite und« – *Heilige Scheiße, o mein Gott* – »liege bei wem auch immer. Aber mein Zuhause ist hier.«

»Der Primal lebt …«

»Dieser hier nicht, also nimm mich oder lass es bleiben.« Er funkelte sie an. »Und wisse dies. Ich bin ein selbstsüchtiger Drecksack. Wenn du nicht einwilligst, dann bin ich weg, und was willst du dann machen? Du kannst mich nicht zwingen, den Rest meines Lebens irgendwelche Frauen zu bumsen. Außer, du kümmerst dich persönlich um meinen Schwanz.« Er lächelte kalt. »Und was wäre das für eine Biologie?«

Jetzt war sie an der Reihe, durch den Raum zu tigern. Er beobachtete sie und wartete. Es ärgerte ihn, dass sie auf dieselbe Art und Weise zu denken schien wie er – in Bewegung.

Sie blieb an der Folterbank stehen und streckte eine leuchtende Hand aus, ließ sie über der Hartholzplatte schweben. Die Überbleibsel des Sex hatten sich in Luft aufgelöst, der Schmutz war beseitigt worden, als hieße sie all das nicht gut. »Ich dachte, du würdest vielleicht ein sorgloses Leben führen. Ein Leben, in dem du beschützt wärest und nicht kämpfen müsstest.«

»Und all das Training, das ich unter der Faust meines Vaters genoss, wäre umsonst gewesen? Aber das wäre doch so eine Verschwendung. Was den Schutz betrifft – den hätte ich vor dreihundert Jahren brauchen können. Jetzt nicht mehr.«

»Ich dachte, du hättest vielleicht gern … eine eigene Partnerin. Die, die ich für dich erwählt habe, ist die Beste aller Blutlinien. Eine Reinblütige von Anmut und Schönheit.«

»Meinen Vater hast du auch ausgesucht, richtig? Dann

wirst du sicher Verständnis haben, wenn sich meine Vorfreude in Grenzen hält.«

Ihr Blick wanderte über seine Ausrüstung. »Du ziehst solch ... harte Paarungen vor.«

»Ich bin meines Vaters Sohn. Das hast du selbst gesagt.«

»Mit deiner Partnerin könntest du diese ... sexuellen Neigungen nicht verfolgen. Es wäre beschämend und Furcht einflößend für sie. Und du könntest bei keiner anderen sein als den Auserwählten. Das wäre eine Schande.«

V versuchte sich vorzustellen, seine Vorlieben aufzugeben. »Mein inneres Monster muss herausgelassen werden. Ganz besonders jetzt.«

»Jetzt?«

»Ach, komm schon, *Mama*. Du weißt doch alles über mich, oder? Also weißt du auch, dass meine Visionen versiegt sind, und ich halb durchgedreht bin vor Schlafmangel. Du musst doch mitgekriegt haben, dass ich letzte Woche hier von dieser Terrasse gesprungen bin. Je länger das noch andauert, desto schlimmer wird es werden, vor allem, wenn ich keinen ... Auslauf bekomme.«

Sie tat seinen Einwand mit einer Geste ab. »Du siehst deshalb nichts, weil du auf deinem eigenen Pfad am Scheideweg stehst. Freier Wille kann nicht ausgeübt werden, wenn man sich des letztendlichen Ergebnisses bewusst ist. Daher unterdrückt sich der vorausahnende Teil in dir selbst. Er wird zurückkehren.«

Aus irgendeinem verrückten Grund erleichterte ihn das, obwohl er sich gegen sein unfreiwilliges Eindringen in die Schicksale anderer Leute gewehrt hatte, seit es vor Jahrhunderten erstmals geschehen war.

Dann dämmerte ihm etwas. »Du weißt nicht, was mit mir passieren wird, richtig? Du weißt nicht, wie ich mich entscheiden werde.«

»Ich möchte dein Wort, dass du deine Pflichten auf der

Anderen Seite erfüllen wirst. Dass du dich dessen annehmen wirst, was dort zu tun ist. Und ich möchte es jetzt sofort.«

»Sag es. Sag, dass du nicht weißt, was geschehen wird. Wenn du mein Gelöbnis willst, dann gib mir das.«

»Zu welchem Zweck?«

»Ich will wissen, dass du über etwas keine Macht hast«, spuckte er aus. »Damit du weißt, wie *ich* mich fühle.«

Ihre Hitze stieg an, bis das Penthouse wie eine Sauna war. Aber dann sagte sie: »Dein Schicksal ist meines. Ich kenne deinen Pfad nicht.«

V verschränkte die Arme vor der Brust. Er fühlte sich, als läge eine Schlinge um seinen Hals, und er stünde auf einem wackligen Stuhl. Scheiß drauf. »Du hast mein gebundenes Wort.«

»Dann nimm dies, und füge dich in deine Ernennung zum Primal.« Sie hielt ihm einen schweren goldenen Anhänger an einem schwarzen Seidenband hin. Als er ihn entgegennahm, nickte sie einmal und besiegelte dadurch ihren Pakt. »Ich werde gehen und den Auserwählten berichten. Meine Eremitage wird einige Tage dauern. Danach wirst du zu mir kommen und als Primal eingesetzt werden.«

Ihre schwarze Kapuze hob sich ohne das Zutun ihrer Hände. Unmittelbar, bevor sie sich über ihr leuchtendes Gesicht schob, sagte sie: »Auf bald also. Gehab dich wohl.«

Sie verschwand ohne Geräusch oder Bewegung, ein verlöschtes Licht.

V ging zum Bett, bevor ihm die Knie nachgeben konnten. Als er auf der Matratze auftraf, starrte er den langen, schmalen Anhänger an. Das Gold war uralt und mit Zeichen in der Alten Sprache verziert.

Er wollte keine Nachkommen. Hatte er noch nie gewollt. Wobei er in diesem speziellen Szenario wohl nichts als ein

Samenspender wäre. Er müsste keinem von ihnen ein Vater sein, was ihn erleichterte. In so was wäre er nicht gut.

Er steckte sich den Anhänger in die Gesäßtasche seiner Lederhose und legte den Kopf in die Hände. Erinnerungen an seine Jugend im Kriegerlager strömten auf ihn ein, kristallklar und scharfkantig wie Glas. Mit einem bösen Fluch in der Alten Sprache griff er nach seiner Jacke, holte das Handy heraus und drückte eine Kurzwahltaste. Als Wraths Stimme am anderen Ende erklang, hörte man ein Dröhnen im Hintergrund.

»Hast du mal eine Minute für mich?«, fragte Vishous.

»Klar, was ist los?« Als V nicht weitersprach, wurde Wraths Stimme leiser. »Vishous? Alles in Ordnung?«

»Nein.«

Ein Rascheln, dann erklang Wraths Stimme aus der Ferne. »Fritz, könntest du vielleicht später weitersaugen? Danke, Mann.« Das Dröhnen erstarb und eine Tür wurde geschlossen. »Sprich mit mir.«

»Kannst du … äh, kannst du dich noch an das letzte Mal erinnern, als du betrunken warst? Richtig besoffen?«

»Tja, äh …« In der Pause stellte sich V die schwarzen Augenbrauen des Königs vor, die jetzt hinter seiner Panoramasonnenbrille verschwanden. »Gott, ich glaube, das war mit dir. Irgendwann Anfang des letzten Jahrhunderts, oder? Mehrere Flaschen Whisky haben wir zusammen geleert.«

»Genau genommen waren es neun.«

Wrath lachte. »Wir haben um vier Uhr nachmittags angefangen und, wie lange gebraucht, vierzehn Stunden? Ich war den kompletten nächsten Tag noch breit. Jetzt, hundert Jahre später, bin ich immer noch verkatert, glaube ich.«

V schloss die Augen. »Weißt du noch, kurz vor Sonnenaufgang hab ich dir … äh, erzählt, dass ich meine Mutter nie kannte? Dass ich keinen Schimmer hätte, wer sie war oder was mit ihr passiert ist?«

»Das meiste davon ist im Nebel versunken, aber ja, daran kann ich mich erinnern.«

Meine Güte, sie beide waren ja so voll gewesen in jener Nacht. Jenseits von Gut und Böse. Und das war der einzige Grund gewesen, warum V auch nur ein bisschen von dem rausgelassen hatte, was ihm so nonstop durch den Schädel ging.

»V? Was ist los? Hat es was mit deiner *Mahmen* zu tun?«

V ließ sich auf das Bett zurückfallen. Als er auftraf, schnitt ihm der Anhänger in der Hosentasche in den Hintern. »Ja … ich bin ihr gerade begegnet.«

4

Auf der Anderen Seite, im Heiligtum der Auserwählten, setzte sich Cormia auf die schmale Pritsche in ihrem weißen Zimmer. Neben ihr brannte eine Kerze. Cormia trug die traditionelle weiße Robe der Auserwählten, ihre Füße standen nackt auf dem weißen Marmor, die Hände waren im Schoß gefaltet.

Wartend.

Sie war ans Warten gewöhnt. Es lag in der Natur eines Lebens als eine der Auserwählten. Man wartete darauf, was der Kalender der Rituale gebot. Man wartete darauf, dass die Jungfrau der Schrift sich blicken ließ. Man wartete darauf, dass die Directrix einem eine Aufgabe zu erledigen gab. Und man wartete mit Würde und Geduld und Verständnis, denn sonst gereichte man der Gesamtheit der Tradition, der man diente, zur Schande. Hier war keine Schwester mehr wert als die andere. Als Auserwählte war man Teil eines Ganzen, ein einzelnes Molekül unter vielen, die gemeinsam einen funktionsfähigen spirituellen Korpus bildeten ... sowohl von entscheidender Bedeutung als auch restlos unwichtig.

Wehe also der Vampirin, die in ihren Pflichten versagte, auf dass sie nicht die anderen befleckte.

Heute jedoch brachte das Warten eine unausweichliche Last mit sich. Cormia hatte gesündigt und erwartete ihre Strafe voller Furcht.

Lange Zeit hatte sie sich gewünscht, dass ihr ihre Transition gewährt würde, hatte insgeheim ungeduldig darauf gewartet, wenn auch nicht zum Wohle der Auserwählten. Sie hatte sich gewünscht, vollständig als sie selbst verwirklicht zu werden. Sie hatte sich gewünscht, eine Bedeutung in ihrem Atem und ihrem Herzschlag zu spüren, die ihr als Individuum im Universum zukam, nicht ihr als einer Speiche in einem Rad. Sie hatte geglaubt, ihre Wandlung sei der Schlüssel zu dieser persönlichen Freiheit.

Erst kürzlich war ihr die Wandlung endlich gestattet worden, indem sie eingeladen wurde, vom Becher im Tempel zu trinken. Anfangs war sie in Hochstimmung gewesen, da sie annahm, ihre geheimen Sehnsüchte wären unentdeckt geblieben und würden sich dennoch erfüllen. Doch dann folgte die Strafe.

Mit einem Blick an ihrem Körper herab gab sie ihren Brüsten und ihren Hüften die Schuld für das, was ihr geschehen würde. Gab sich selbst die Schuld dafür, etwas Besonderes sein zu wollen. Sie hätte bleiben sollen, wie sie war.

Der dünne Seidenvorhang vor dem Durchgang wurde beiseitegezogen und die Auserwählte Amalya, eine der persönlichen *Attendhentes* der Jungfrau der Schrift, trat ein.

»Und so soll es geschehen«, sprach Cormia und ballte ihre Hände so fest zur Faust, dass die Knöchel schmerzten.

Amalya lächelte milde. »So sei es.«

»Wie lange noch?«

»Er kommt nach dem Abschluss der Eremitage Ihrer Heiligkeit.«

Aus Verzweiflung fragte Cormia das Undenkbare. »Kann nicht eine andere von uns berufen werden? Es gibt einige, die es sich wünschen.«

»Du wurdest erwählt.« Als Tränen in Cormias Augen stiegen, kam Amalya auf sie zu, ihre nackten Füße machten kein Geräusch. »Er wird sanft zu deinem Leib sein. Er wird ...«

»Das wird er nicht. Er ist der Sohn des Kriegers Bloodletter.«

Amalya zuckte zurück. »Was?«

»Hat es dir die Jungfrau der Schrift nicht erzählt?«

»Ihre Heiligkeit sagte nur, die Vereinbarung würde mit einem der Brüder getroffen, einem Krieger von Wert.«

Cormia schüttelte den Kopf. »Ich habe es erfahren, als sie das erste Mal zu mir kam. Ich dachte, alle wüssten davon.«

Amalyas Besorgnis ließ Falten auf ihrer Stirn erscheinen. Ohne ein Wort setzte sie sich auf die Pritsche und zog Cormia in ihre Arme. »Ich möchte das nicht«, flüsterte Cormia. »Vergib mir, Schwester. Aber nicht das.«

Amalyas Stimme klang nicht überzeugt, als sie sagte: »Alles wird gut werden ... bestimmt.«

»Was geht hier vor?« Die scharfe Stimme riss die beiden brutal auseinander.

Im Türrahmen stand die Directrix, ihr Blick war misstrauisch. Mit einem Buch in der einen und einer Schnur Gebetsperlen in der anderen Hand gab sie das perfekte Bild der Bestimmung und Berufung der Auserwählten ab.

Rasch stand Amalya auf, doch der Augenblick konnte nicht geleugnet werden. Als Auserwählte hatte man sich zu jeder Zeit seinem Status gemäß zu verhalten; alles andere wurde als irrige Abweichung betrachtet, für die man Buße tun musste. Und sie waren ertappt worden.

»Ich werde jetzt mit der Auserwählten Cormia sprechen«, verkündete die Directrix. »Allein.«

»Ja, natürlich.« Amalya ging mit gesenktem Kopf zur Tür. »Wenn ihr mich entschuldigen wollt, Schwestern.«

»Du wirst dich zum Sühnetempel aufmachen, nicht wahr.«

»Ja, Directrix.«

Cormia kniff die Augen zu und betete für ihre Freundin, als sie ging. Ein ganzer Zyklus in diesem Tempel? Man konnte durch den Reizentzug verrückt werden.

Die Worte der Directrix waren knapp. »Ich würde auch dich dorthin schicken, gäbe es nicht Dinge, denen du dich zu widmen hast.«

Cormia wischte sich die Tränen ab. »Ja, Directrix.«

»Du wirst deine Vorbereitung damit beginnen, das hier zu lesen.« Das ledergebundene Buch landete auf dem Bett. »Darin werden ausführlich die Rechte des Primals und deine Pflichten beschrieben. Wenn du damit fertig bist, wirst du deine sexuelle Unterweisung bekommen.«

O gütige Jungfrau, bitte, nicht die Directrix ... bitte, nicht die Directrix ...

»Layla wird dich instruieren.« Als Cormias Schultern herabsackten, fauchte die Directrix: »Soll ich mich beleidigt fühlen von deiner Erleichterung, dass nicht ich dich unterrichten werde?«

»Überhaupt nicht, meine Schwester.«

»Jetzt beleidigst du mich durch die Unwahrheit. Sieh mich an. *Sieh mich an.*«

Cormia hob den Kopf und zog unwillkürlich ängstlich den Kopf zurück, da die Directrix sie mit einem unnachgiebigen Blick durchbohrte.

»Du wirst deine Pflicht tun, und du wirst sie gut tun, oder ich verstoße dich. Hast du mich verstanden? Du wirst verstoßen werden.«

Cormia war so fassungslos, dass sie nicht antworten konnte. Verstoßen? Verstoßen ... auf die Abgewandte Seite?

»Antworte mir. Haben wir uns verstanden?«

»J-ja, Directrix.«

»Täusche dich nicht. Einzig das Überleben der Auserwählten und der von mir hier aufgebauten Ordnung sind von Bedeutung. Jedes Individuum, das sich einem von beidem in den Weg stellt, wird unschädlich gemacht. Denk daran, wenn du das Bedürfnis verspürst, dich selbst zu bemitleiden. Dies ist eine Ehre, und sie wird nur mit den dementsprechenden Konsequenzen durch mich widerrufen werden. Ist das klar. *Ist das klar?*«

Cormia hatte ihre Stimme verloren, deshalb nickte sie.

Die Directrix schüttelte den Kopf, ein merkwürdiges Licht schlich sich in ihre Augen. »Bis auf deine Blutlinie bist du gänzlich unannehmbar. Genau genommen ist das alles in seiner Gesamtheit gänzlich unannehmbar.«

Mit einem leisen Rascheln verließ die Directrix das Zimmer, die weiße Seide ihres Gewandes umspielte den Türrahmen hinter ihr.

Cormia legte den Kopf in die Hände und biss sich auf die Unterlippe, während sie über ihre Lage nachsann: Ihr Körper wurde soeben einem Krieger versprochen, den sie noch nie gesehen hatte ... der von einem brutalen und grausamen Vater gezeugt worden war ... und auf ihren Schultern ruhte die vornehme Tradition der Auserwählten.

Ehre? Nein, das war eine Strafe – für ihre Dreistigkeit, sich etwas für sich selbst zu wünschen.

Als der nächste Martini ankam, versuchte Phury sich zu erinnern, ob es der fünfte war? Oder der sechste? Ganz sicher war er sich nicht.

»Mann, nur gut, dass wir heute Nacht nicht kämpfen«, bemerkte Butch. »Du schluckst das Zeug ja wie Wasser.«

»Ich hab Durst.«

»Sieht so aus.« Der Ex-Cop reckte sich auf seiner Bank. »Wie lange hast du noch vor, hier am Wasserloch zu bleiben, Lawrence von Arabien?«

»Du musst nicht meinetwegen hier …«

»Rutsch rüber, Bulle.«

Sowohl Phury als auch Butch blickten auf. V war aus dem Nichts am Tisch aufgetaucht und etwas war mit ihm nicht in Ordnung. Mit seinen geweiteten Augen und dem bleichen Gesicht sah er aus, als wäre er in einen Unfall verwickelt gewesen, obwohl keine äußerlichen Verletzungen zu sehen waren.

»Hey, mein Freund.« Butch rückte nach rechts, um Platz zu machen. »Ich dachte nicht, dass wir dich heute Nacht zu Gesicht bekommen.«

V setzte sich, wodurch seine lederne Motorradjacke höher rutschte und seine breiten Schultern geradezu gewaltig aussehen ließ. Völlig untypisch für ihn fing er an, mit den Fingern auf den Tisch zu trommeln.

Butch runzelte die Stirn. »Du siehst aus, als wärst du vom Bus überfahren worden. Was ist los?«

Vishous verschränkte die Hände ineinander. »Das ist nicht der passende Ort.«

»Dann fahren wir nach Hause.«

»Auf gar keinen Fall. Ich bin noch den ganzen Tag dort eingesperrt.« V hob die Hand. Als die Kellnerin kam, legte er ihr einen Hunderter aufs Tablett. »Grey Goose, bis ich Stopp sage. Und das hier ist nur dein Trinkgeld.«

Sie lächelte. »Aber gern doch.«

Sie wetzte los, als hätte sie Rollschuhe an den Füßen, und V ließ mit zusammengezogenen Augenbrauen den Blick durch den VIP-Bereich schweifen. Und zwar nicht rein informativ. Er suchte Streit. Und konnte es sein, dass der Bruder … irgendwie leuchtete?

Phury sah nach links und tippte sich zweimal ans Ohr, das Signal für einen der beiden Mauren, die ein Privatzimmer bewachten. Der Türsteher nickte und sprach in eine Armbanduhr.

Sekunden später kam ein riesiger Vampir mit einem kurz geschnittenem Irokesen heraus. Rehvenge trug einen perfekt sitzenden schwarzen Anzug und hatte einen schwarzen Stock in der rechten Hand. Als er langsam zum Tisch der Bruderschaft ging, wichen seine Kunden zur Seite, zum Teil aus Respekt vor seiner Größe, zum Teil aus Furcht vor seinem Ruf. Jeder wusste, wer er war und zu was er fähig war: Rehv gehörte zu der Sorte Drogenbaron, die ein persönliches Interesse an ihrer Verdienstquelle zeigte. Wenn man sich mit ihm anlegte, tauchte man in fein säuberlichen Würfeln wie aus einer Kochshow wieder auf.

Zsadists Mischlings-Schwager hatte sich als überraschender Verbündeter der Bruderschaft erwiesen, obwohl Rehvs wahres Wesen alles verkomplizierte. Es war nicht weise, mit einem Symphathen ins Bett zu steigen, egal ob buchstäblich oder im übertragenen Sinne. Daher war er unbehaglicher Freund und Verwandter.

Sein verkniffenes Lächeln ließ von den Fängen kaum etwas erkennen. »Schönen Abend, die Herren.«

»Hättest du was dagegen, wenn wir dein Büro für eine kleine Privatunterredung benutzen?«, fragte Phury.

»Ich rede nicht«, brummte V, als sein Wodka kam. Mit einer knappen Drehung des Handgelenks kippte er ihn herunter, als stünde sein Bauch in Flammen und das Zeug wäre Wasser. »Kein Gequatsche.«

Phury und Butch sahen sich an und einigten sich wortlos: Und wie Vishous plaudern würde.

»Dein Büro?«, wiederholte Phury an Rehvenge gewandt.

Rehv zog eine elegante Augenbraue hoch, ein scharfsinniger Blick lag in den Amethystaugen. »Ich weiß nicht, ob ihr das wirklich benutzen wollt. Das Ding ist verwanzt, und jede Silbe wird aufgezeichnet. Außer natürlich ... ich wäre auch drin.«

Nicht ganz ideal, aber alles, was der Bruderschaft schadete, schadete auch Rehvs Schwester als Zs Partnerin. Obwohl der Kerl also ein Symphath war, hatte er guten Grund, verschwiegen zu bleiben, egal, worum es ging.

Phury glitt von der Bank und sah V unverwandt an. »Nimm dein Glas mit.«

»Nein.«

Butch stand auf. »Dann lass es hier. Denn wenn du nicht nach Hause willst, reden wir hier.«

Vs Augen funkelten. Und das war nicht das Einzige. »Verdammt ...«

Butch beugte sich auf den Tisch herunter. »Im Moment hast du eine Ausstrahlung, als würde dein Arsch in einer Steckdose klemmen. Also rate ich dir dringend, den Einsamer-Wolf-Quatsch aufzugeben und dein erbärmliches bisschen Selbst in Rehvs Büro zu schieben, sonst geraten wir beide aneinander. Kapiert?«

Lange passierte gar nichts, nur V und Butch fixierten einander. Dann stand V auf und schlurfte auf Rehvs Büro zu. Auf dem Weg dorthin verströmte seine Wut einen giftigen chemischen Geruch, der einem die Nase von innen wund werden ließ.

Mann, der Bulle war wirklich der Einzige, der eine Chance bei V hatte, wenn er so drauf war.

Dem Himmel sei Dank für seinen irischen Dickschädel.

Das Grüppchen Männer schritt durch die von den beiden Mauren bewachte Tür in Rehvenges dunkle Grotte von einem Büro. Als die Tür ins Schloss fiel, trat Rehv hinter seinen Schreibtisch, griff unter die Platte und ein Piepen ertönte.

»Alles klar«, sagte er und ließ sich in einem schwarzen Ledersessel nieder.

Sie alle starrten V an ... der sich prompt verhielt wie ein Tiger im Käfig, hin und her wanderte und dabei aussah, als wollte er jemanden fressen. Schließlich blieb der Bruder so weit wie möglich von Butch entfernt stehen. Die in der Decke versenkten Leuchten waren nicht so hell wie das, was unter seiner Haut schimmerte.

»Sprich mit mir«, murmelte Butch.

Ohne ein Wort zu sagen, zog V etwas aus seiner Gesäßtasche. Als er die Hand vor den Körper hielt, pendelte darin ein schwerer Goldanhänger an einem schwarzen Seidenband.

»Sieht aus, als hätte ich einen neuen Job.«

»Ach ... du Scheiße«, flüsterte Phury.

Das Arrangement in Blays Zimmer war Standard für John und seine Kumpel: John saß am Fußende des Bettes. Blay im Schneidersitz auf dem Fußboden. Qhuinn hing mit seinem neuen Körper halb auf, halb neben einem Sitzsack. Offene Coronaflaschen standen zwischen ihnen auf dem Boden und Chipstüten wurden herumgereicht.

»Also, erzähl«, sagte Blay. »Wie war deine Transition?«

»Scheiß auf die Wandlung, ich wurde flachgelegt.« Als Blay und John beinahe die Augen aus dem Kopf fielen, kicherte Qhuinn. »Ja. Echt. Ich wurde sozusagen zum Mann gemacht.«

»Ich glaub, ich spinne«, raunte Blay.

»Ganz im Ernst.« Qhuinn warf den Kopf in den Nacken und leerte seine halbvolle Flasche in einem Zug. »Was ich allerdings sagen kann, ist dass die Transition ... Mann ...« Er verengte die ungleichfarbigen Augen und sah John an. »Mach dich auf was gefasst, J-man. Das ist echt knüppelhart. Man wünscht sich, man würde sterben. Man betet darum. Und dann wird es echt kritisch.«

Blay nickte. »Es ist furchtbar.«

Qhuinn leerte sein Bier und warf die Flasche in den Papierkorb. »Und meine wurde beobachtet. Deine auch, oder?« Als Blay nickte, machte Qhuinn den Minikühlschrank auf und holte noch ein Corona heraus. »Ja, ich meine ... das war schon komisch. Mein Vater war im Zimmer. Ihr Vater auch. Und das alles, während mein Körper völlig verrückt spielte. Eigentlich hätte mir das peinlich sein müssen, aber ich war zu beschäftigt damit, mich elend zu fühlen.«

»Wer war es?«, fragte Blay.

»Marna.«

»Nicht schleeeecht.«

Qhuinns Lider sanken herab. »Ja, sie war *wirklich* nicht schlecht.«

Blay fiel die Kinnlade runter. »Sie? Sie war die, mit der du ...«

»Ganz genau.« Qhuinn lachte, als Blay sich rücklings auf den Boden fallen ließ, als wäre er in die Brust geschossen wurden. »Marna. Ich weiß. Ich kann es selbst kaum glauben.«

Blay hob den Kopf. »Wie ist es passiert? Und untersteh dich, auch nur das winzigste Detail wegzulassen.«

»Ha! Als wärst du damals so mitteilsam gewesen.«

»Jetzt weich nicht meiner Frage aus. Spuck's schon aus, du Sack.«

Qhuinn lehnte sich nach vorn, und John machte es ihm nach und hockte sich ganz vorne auf die Bettkante.

»Okay, also, das Ganze war vorbei. Ich meine ... das Trinken war erledigt, die Wandlung beendet, ich lag auf dem Bett, total im Arsch. Sie ist noch geblieben, falls ich noch mehr aus ihrer Vene bräuchte, und saß in einem Sessel in der Ecke. Jedenfalls haben sich ihr Vater und meiner unterhalten, und ich bin irgendwie ohnmächtig geworden. Als ich wieder zu mir kam, war ich allein im Zimmer. Dann ging die Tür auf und Marna kam rein. Sagte, sie hätte ihren Pulli vergessen oder so was. Ich sah sie an und ... ich meine, Blay, du weißt ja wie sie aussieht, oder? Sofortiger Ständer. Kannst du mir das verdenken?«

»Nicht im Geringsten.«

»Auf jeden Fall hatte ich ein Laken über mir liegen, aber irgendwie wusste sie es. Mann, sie hat mich von Kopf bis Fuß abgecheckt, und ich so: ›O mein Gott ...‹ Aber dann hat ihr Vater sie gerufen. Die beiden mussten den Tag über bei uns bleiben, weil es schon hell war, als ich es überstanden hatte. Aber ganz eindeutig wollte er nicht, dass sie sich bei mir einquartiert. Also sagte sie beim Rausgehen zu mir, sie würde sich später wieder reinschleichen. Ich hab ihr nicht ganz geglaubt, aber natürlich gehofft.

Stunden vergehen, ich warte ... ich bin total scharf. Dann denke ich mir, okay, sie kommt also nicht. Ich rufe meinen Vater über das Haustelefon an und sag ihm, ich hau mich jetzt aufs Ohr. Dann schleppe ich mich in die Dusche, komme zurück und ... sie ist im Zimmer. *Nackt. Auf dem Bett.* Jesus, ich konnte sie nur anstarren. Aber davon hab ich mich dann ziemlich schnell erholt.« Qhuinns Augen waren auf den Fußboden geheftet und er schüttelte den Kopf hin und her. »Ich hab sie dreimal genommen. Direkt hintereinander.«

»Ach du Scheiße«, flüsterte Blay. »Hat es dir gefallen?«

»Was glaubst du denn, Einstein?« Als Blay nickte und seine Bierflasche an die Lippen hob, sagte Qhuinn: »Als ich fertig war, hab ich sie unter die Dusche gestellt, abgewaschen und es ihr dann eine halbe Stunde lang mit dem Mund gemacht.«

Blay verschluckte sich an seinem Bier und prustete sich den Latz voll. »O Gott ...«

»Sie hat geschmeckt wie eine reife Pflaume. Süß und sirupartig.« Als John ihn mit riesigen Augen anstarrte, musste

Qhuinn lächeln. »Ich hatte sie im ganzen Gesicht. Es war fantastisch.«

Der Junge nahm einen tiefen Zug aus der Flasche, als wäre er ein echter Kerl, und unternahm keine Anstrengungen, seine körperliche Reaktion auf das, was er zweifellos im Geiste noch einmal erlebte, zu verbergen. Als seine eigene Jeans um den Reißverschluss herum zu eng wurde, bedeckte sich Blay die Hüften mit einem Pulli.

Da er nichts zu verhüllen hatte, betrachtete John seine Flasche.

»Wirst du sie zur Partnerin nehmen?«, fragte Blay.

»Um Himmels willen, nein!« Qhuinns Hand wanderte nach oben und er betastete vorsichtig sein blaues Auge. »Es war nur so ... eine Sache, die passiert ist. Ich meine, *no*. Sie und ich? Niemals.«

»Aber war sie denn keine ...«

»Nein, sie war keine Jungfrau. Natürlich nicht. Also keine Hochzeit. Sie würde mich sowieso nie nehmen, nicht auf die Art.«

Blay warf John einen Seitenblick zu. »Vampirinnen der Aristokratie sollen eigentlich Jungfrauen bleiben, bis sie einen Partner nehmen.«

»Aber die Zeiten haben sich geändert.« Qhuinn zog die Stirn in Falten. »Trotzdem, kein Wort zu irgendjemandem, okay? Wir haben uns gut amüsiert, und es war keine große Sache. Sie ist echt nett.«

»Meine Lippen sind versiegelt.« Blay holte tief Luft, dann räusperte er sich. »Äh ... es ist besser mit jemand anderem, oder?«

»Sex? Um Längen, Kumpel. Es sich selber zu machen verschafft eine gewisse Erleichterung, aber es ist kein Vergleich. Wahnsinn, sie war so weich ... vor allem zwischen den Beinen. Es war toll, auf ihr zu liegen, ganz tief in ihr drin zu sein, sie stöhnen zu hören. Ich wünschte, ihr hättet dabei sein können, Jungs. Ihr wärt total drauf abgefahren.«

Blay verdrehte die Augen. »Du beim Sex. Das muss ich unbedingt sehen, ist klar.«

Qhuinns Lächeln war träge und ein bisschen böse. »Du siehst mir doch auch gern beim Kämpfen zu, oder?«

»Ja, schon, weil du es gut kannst.«

»Warum sollte Sex anders sein? Es ist einfach etwas, was man mit dem Körper macht.«

Blay schien perplex. »Aber ... was ist mit deiner Privatsphäre?«

»Privatsphäre ist eine Frage des Kontexts.« Qhuinn holte sich ein drittes Bier. »Und Blay?«

»Was?«

»Ich bin auch gut beim Sex.« Er öffnete die Flasche und nahm einen Schluck. »Also, wir müssen Folgendes machen. Ich erhole mich ein paar Tage, um wieder zu Kräften zu kommen, und dann fahren wir zusammen in die Stadt. Ich möchte es nochmal machen, aber es kann nicht mit ihr sein.« Qhuinn sah zu John. »J-man, du kommst mit uns ins *ZeroSum*. Mir egal, ob du noch ein Prätrans bist. Wir gehen zusammen.«

Blay nickte. »Wir drei sind ein gutes Team. Außerdem, John, wirst du auch bald deine Transition erleben.«

Während die beiden Pläne machten, wurde John still. Die ganze Aufreißer-Nummer war unvorstellbar, und nicht nur, weil er als Prätrans noch auf seine Wandlung wartete. Er hatte schlimme Erfahrungen in Sachen Sex. Die allerschlimmsten.

Für den Bruchteil einer Sekunde blitzte eine lebhafte Erinnerung an das schmutzige Treppenhaus in ihm auf, wo es passiert war. Er spürte die Waffe an seiner Schläfe. Spürte, wie seine Jeans heruntergezogen wurde. Spürte das Unfassbare, das ihm angetan worden war. Er erinnerte sich an den im Hals kratzenden Atem, an die Tränen in seinen Augen und daran, dass er, als er sich bepinkelt hatte, die Spitzen der billigen Turnschuhe des Kerls getroffen hatte.

»An diesem Wochenende«, erklärte Qhuinn, »werden wir uns um dich kümmern, Blay.«

John stellte sein Bier ab und rieb sich das Gesicht, während Blay rote Wangen bekam.

»Ach, Qhuinn, ich weiß nicht ...«

»Vertrau mir. Ich regle das für dich. Und dann, John? Dann bist du dran.«

Johns erster Impuls war, den Kopf abwehrend zu schütteln, doch er bremste sich, damit er nicht aussah wie ein Idiot. Er kam sich ohnehin schon vor wie ein Niemand, klein und unmännlich. Jetzt noch ein Angebot abzulehnen, sich flachlegen zu lassen, würde ihn endgültig nach Loserland befördern.

»Also, sind wir uns einig?«, wollte Qhuinn wissen.

Als Blay am Saum seines T-Shirts fummelte, bekam John den deutlichen Eindruck, dass er Nein sagen würde. Weswegen er sich schon um einiges besser fühlte ...

»Ja.« Blay räusperte sich. »Ich ... äh, ja. Ich bin total heiß drauf. Ich kann an fast nichts anderes mehr denken, wisst ihr? Und es tut auch weh, ehrlich.«

»Ich weiß genau, was du meinst.« Qhuinns ungleichfarbige Augen blitzten. »Und wir werden uns prächtig amüsieren. Scheiße, John, kannst du deinem Körper nicht mal Beine machen?«

John zuckte nur die Achseln und wünschte, er könnte hier abhauen.

»Also, wie wär's mit einer Runde sKillerz?«, fragte Blay und deutete mit dem Kopf auf die Xbox. »John wird uns wieder schlagen, aber wir können immer noch Platz zwei auskämpfen.«

Es war eine Riesenerleichterung, sich endlich auf etwas

anderes zu konzentrieren, und die drei verbissen sich in das Spiel, brüllten den Fernseher an, bewarfen einander mit Bonbonpapier und Kronkorken. Gott, wie John das liebte. Auf dem Bildschirm waren sie einander ebenbürtig. Er war nicht klein und zurückgeblieben; er war besser als sie. Bei sKillerz konnte er der Krieger sein, der er gerne wäre.

Während er die beiden in Grund und Boden stampfte, schielte er zu Blay. Er wusste, dass sein Freund das Spiel nur vorgeschlagen hatte, damit John sich besser fühlte. Aber Blay wusste meistens, wo die Leute in ihren Köpfen waren, und wie man nett sein konnte, ohne jemanden zu blamieren. Er war ein großartiger Freund.

Vier Sechserpacks, drei Abstecher in die Küche, zwei komplette Durchgänge sKillerz und einen Godzillafilm später sah John auf die Uhr und stand vom Bett auf. Fritz würde ihn bald abholen, weil er jede Nacht um vier Uhr eine Verabredung hatte, die er nicht verpassen durfte; sonst würde er aus dem Trainingsprogramm gefeuert.

Sehen wir uns morgen in der Schule?, fragte er in Gebärdensprache.

»Klar doch«, sagte Blay.

Qhuinn lächelte. »Nachher chatten?«

Mach ich. An der Tür blieb er stehen. *Ach ja, was ich noch fragen wollte.* Er tippte sich ans Auge und zeigte auf Qhuinn. *Woher kommt das Veilchen?*

Qhuinns Blick blieb vollkommen ausdruckslos, sein Lächeln strahlte wie immer. »Ach, das war nichts. Bin nur in der Dusche ausgerutscht. Wirklich dämlich.«

John runzelte die Stirn und blickte zu Blay, dessen Blick fest auf den Boden geheftet war. Okay, hier stimmte etwas ...

»John«, sagte Qhuinn mit fester Stimme. »Unfälle können vorkommen.«

John glaubte ihm nicht, vor allem, weil Blay immer noch

wie gebannt seine Füße anstarrte. Aber als jemand, der sein eigenes Geheimnis mit sich herumtrug, wollte er nicht schnüffeln.

Schon klar, gab er zurück. Dann pfiff er zum Abschied und ging.

Als er die Tür hinter sich zuzog, hörte er ihre tiefen Stimmen und legte die Hand auf das Holz. Er wünschte sich so sehr, dort zu sein, wo sie waren, aber der Sexkram ... Nein, bei seiner Transition ging es darum, ein Mann zu werden, um seine Toten rächen zu können. Es hatte nichts damit zu tun, Frauen aufzureißen. Eigentlich sollte er sich vielleicht eine Scheibe von Phury abschneiden.

Das Zölibat hatte einiges für sich. Phury enthielt sich jetzt schon seit einer halben Ewigkeit, und was machte das aus ihm? Er war total klar im Kopf, ein super Typ.

Kein so schlechtes Vorbild.

5

»Du wirst was?«, platzte Butch heraus.

Als er seinen Mitbewohner ansah, bekam Vishous das schreckliche Wort kaum über die Lippen. »Der Primal. Der Auserwählten.«

»Was zum Henker ist das?«

»Im Prinzip ein Samenspender.«

»Moment mal … wie in *In-Vitro-Fertilisation*?«

V zog sich eine Hand durch die Haare und dachte, wie gut es jetzt tun würde, seine Faust durch die Wand zu schlagen. »Ein bisschen praxisbezogener läuft es schon ab.«

Apropos praxisbezogen – es war ziemlich lange her, seit er normalen Sex mit einer Frau gehabt hatte. Konnte er überhaupt bei dem formellen, rituellen Akt der Auserwählten einen Orgasmus bekommen?

»Warum du?«

»Muss ein Mitglied der Bruderschaft sein.« V wanderte in dem dunklen Raum auf und ab. Die Identität seiner Mutter wollte er lieber noch ein Weilchen für sich behalten. »Der in Frage kommende Kreis ist ziemlich klein. Und wird immer kleiner.«

»Wirst du drüben leben?«, fragte Phury.

»Wo leben?«, schaltete sich Butch ein. »Du meinst, du wirst nicht mehr mit uns kämpfen können? Oder überhaupt ... bei uns sein?«

»Nein, das hab ich zur Bedingung für den Deal gemacht.«

Als Butch erleichtert ausatmete, musste V sich die peinliche Seligkeit verkneifen, dass seinem Mitbewohner seine Anwesenheit genauso wichtig war, wie ihm selbst dessen Zuneigung.

»Wann geht es los?«

»In ein paar Tagen.«

Phury ergriff das Wort. »Weiß Wrath davon?«

»Ja.«

Jetzt wurde V noch einmal bewusst, auf was er sich da eingelassen hatte, und sein Herz zappelte in seiner Brust herum, ein Vogel, der mit den Flügeln schlägt, um dem Käfig seines Brustkorbs zu entfliehen. Dass zwei seiner Brüder und Rehvenge ihn taxierten, verschlimmerte die Panik noch. »Hört mal, würdet ihr mich mal einen Augenblick entschuldigen? Ich muss ... Scheiße, ich muss hier raus.«

»Ich komme mit«, sagte Butch.

»Nein.« V war in hoffnungsloser Verfassung. Wenn es jemals eine Nacht gab, in der er versucht hätte sein können, etwas grob Unangebrachtes zu tun, dann heute. Schlimm genug, dass das, was er für seinen Mitbewohner empfand, unterschwellig immer da war; es zu einer Realität zu machen, indem er es auslebte, wäre eine Katastrophe, mit der weder er, noch Butch oder Marissa umgehen könnten. »Ich muss allein sein.«

V schob sich das verwünschte goldene Amulett zurück

in die Hosentasche und verließ die erdrückende Stille des Büros. Als er sich schleunigst durch den Seitenausgang auf die Nebenstraße verkrümelte, wollte er einen *Lesser* finden. Musste einen finden. Betete zur Jungfrau der Schr–.

V blieb wie angewurzelt stehen. *O nein.* Auf gar keinen Fall würde er weiter zu seiner Mutter beten. Oder auch nur diese Formulierung benutzen.

Gott ... verflucht.

V ließ sich gegen die kalten Ziegel des *ZeroSum* sinken, und so sehr es ihn schmerzte, er musste einfach an sein Leben im Kriegerlager zurückdenken.

Das Camp hatte in Mitteleuropa gelegen, tief in einer Höhle. Etwa dreißig Soldaten hatten es als Basis genutzt, aber darüber hinaus hatte es noch weitere Bewohner gegeben. Ein Dutzend Prätrans-Vampire waren zur Grundausbildung dorthin geschickt worden, außerdem gab es ungefähr ebenso viele Huren, die die Vampire mit Nahrung versorgten und ihnen zu Diensten waren.

Der Bloodletter hatte es jahrelang befehligt und einige der besten Kämpfer hervorgebracht, die es je gab. Vier Mitglieder der Bruderschaft hatten dort unter Vs Vater ihre Ausbildung angefangen. Viele andere aber, auf allen Befehlsebenen, hatten nicht überlebt.

Vs früheste Erinnerungen waren die an Hunger und Kälte, er beobachtete andere beim Essen, während sein eigener Magen knurrte. Seine gesamten jungen Jahre hindurch hatte ihn der Hunger angetrieben, und wie bei den anderen noch ungewandelten Vampiren war seine alleinige Motivation gewesen, sich Nahrung zu verschaffen, egal wie.

Vishous wartete im Schatten der Höhle, hielt sich vom flackernden Lichtschein der Feuerstelle fern. Sieben frische Hirsche wurden in einem brachialen Rausch verspeist, die Soldaten schnitten Fleisch von den Knochen und kauten wie Tiere, Blut befleckte ihre Gesich-

ter und Hände. Am Rand um die Essenden herum drückten sich die Prätrans, zitternd vor Gier.

Wie bei den anderen auch waren Vs Nerven durch die Auszehrung bis zum Zerreißen gespannt. Aber er suchte die Nähe seiner Altersgenossen nicht. Er wartete weit abseits in der Dunkelheit, den Blick auf seine Beute geheftet.

Der Soldat, den er nicht aus den Augen ließ, war fett wie ein Schwein, Hautfalten hingen ihm über die lederne Hose, seine Gesichtszüge waren schwammig. Der Vielfraß trug meistens keinen Waffenrock, seine pralle Brust und die aufgeblähte Wampe wackelten, wenn er herumstolzierte und nach den Hunden des Lagers trat oder den Huren nachstellte. Trotz seiner Faulheit war er allerdings ein bösartiger Meuchler; was ihm an Schnelligkeit fehlte, machte er durch rohe Kraft wett. Angeblich riss er den Lessern *mit seinen Händen, die so groß waren wie der Kopf eines ausgewachsenen Vampirs, die Gliedmaßen ab und fraß sie auf.*

Bei jeder Mahlzeit war er unter den Ersten, die sich auf das Fleisch stürzten, und er aß schnell, wenn ihn auch ein Mangel an Sorgfalt leicht beeinträchtigte. Er achtete nicht sonderlich darauf, was wirklich in seinem Mund landete: Fleischstücke und Blutklumpen und Knochensplitter hüllten seinen Bauch und die Brust ein wie eine Uniform, gewebt aus seinen schlampigen Handgriffen.

In dieser Nacht hörte der Mann früh auf und ging in die Hocke, einen Hirschschenkel in der Faust. Obwohl er gesättigt war, hielt er sich in der Nähe des Kadavers auf, von dem er gegessen hatte, und schubste nur aus Spaß andere Soldaten weg.

Als es Zeit für die Trainigsstrafen wurde, rückten die Kämpfer von der Feuerstelle zum Podest des Bloodletter vor. Im Schein der Fackeln mussten sich Soldaten, die in den Übungskämpfen verloren hatten, bücken und wurden von jenen, die sie besiegt hatten, geschändet und verhöhnt – angefeuert durch die anderen. In der Zwischenzeit fielen die Prätrans über die Reste der Hirsche her, während die Frauen des Lagers mit starren Blicken warteten, bis sie an der Reihe waren.

Der von V beobachtete Dickwanst begeisterte sich nicht sehr für die Demütigungen. Der Soldat sah ein Weilchen zu, dann schlenderte er weg, das Hirschbein in der Hand baumelnd. Sein schmutziges Lager befand sich am hintersten Rand des Schlafbereichs der Soldaten, weil sein Gestank selbst für seine Kampfgefährten zu übel war.

Ausgestreckt sah er aus wie ein hügeliges Gelände, sein Körper bildete eine Reihe von Bergen und Tälern. Der Hirschschenkel quer über seinem Bauch war das Gipfelkreuz.

V hielt sich im Hintergrund, bis die Knopfaugen des Soldaten von fleischigen Lidern bedeckt waren und seine massige Brust sich immer langsamer und gleichmäßiger hob und senkte. Bald schon klappte der Fischmund auf und ein Schnarchen entschlüpfte den Lippen, gefolgt von einem weiteren. Da erst schlich sich V auf nackten Füßen heran, ohne ein Geräusch auf dem Erdboden zu machen.

Der widerliche Geruch des Vampirs schreckte V nicht ab, und er gab auch nichts auf den Schmutz auf dem frischen Hirschmuskel. Er streckte die Hand aus, die kleinen Finger gespreizt, und näherte sich langsam dem Knochen.

Gerade, als er ihn festhielt, sauste ein schwarzer Dolch unmittelbar neben dem Ohr des Soldaten herab und das Geräusch das er verursachte, als er in den gestampften Fußboden der Höhle eindrang, ließ die Augenlider des Mannes hochschnellen.

Vs Vater ragte drohend über ihm auf, die Beine breit, die dunklen Augen starr. Er war der Größte von allen im Camp, es ging das Gerücht, er sei der größte Vampir, den es je gegeben hatte, und seine Anwesenheit löste aus zwei Gründen Furcht aus: wegen seiner Größe und seiner Unberechenbarkeit. Seine Gemütslage änderte sich ständig, seine Launen waren brutal und eigenwillig. Doch V kannte die Wahrheit hinter dem unbeständigen Naturell: Es gab nichts, was nicht auf den Effekt ausgerichtet war. Die heimtückische Schläue seines Vaters ging so tief, wie seine Muskeln dick waren.

»Erwache«, zischte der Bloodletter. »Du liegst auf der faulen Haut, während du von einem Schwächling beraubt wirst.«

V duckte sich von seinem Vater weg und begann zu essen, versenkte seine Zähne tief in das Fleisch und kaute, so schnell er nur konnte. Er würde dafür geschlagen werden, vermutlich von beiden, also musste er so viel wie möglich verzehren, bevor ihn die Hiebe trafen.

Der Dicke stotterte Ausreden, bis ihn der Bloodletter mit den Stacheln an seinem Stiefel in die Fußsohle trat. Der Mann wurde grau im Gesicht, gab aber wohlweislich keinen Mucks von sich.

»Die Gründe dafür öden mich an.« Der Bloodletter starrte den Soldaten an. »Wie du es zu vergelten gedenkst, wünsche ich zu erfahren.«

Ohne zu zögern ballte der Soldat eine Faust, beugte sich vor und rammte sie V in die Seite. Die Wucht des Aufpralls presste ihm die Luft aus den Lungen und den Fleischbissen aus dem Mund. Er keuchte, hob das Stück aus dem Staub auf und steckte es sich wieder zwischen die Lippen. Es schmeckte salzig vom Höhlenboden.

Während die Schläge auf ihn einprasselten, kaute V immer weiter, bis er spürte, wie sein Wadenbein sich verbog und beinahe brach. Er stieß einen Schrei aus und ließ den Hirschschenkel fallen. Ein anderer hob ihn auf und rannte damit davon.

Die ganze Zeit über lachte der Bloodletter, ohne zu lächeln, das bellende Geräusch wurde von Lippen ausgestoßen, die schnurgerade und so dünn wie Messerklingen waren. Und dann machte er dem Schauspiel ein Ende. Ohne jegliche Anstrengung packte er den fetten Soldaten im Nacken und schleuderte ihn gegen die Felswand.

Die Stiefel mit den Stacheln wurden vor Vs Gesicht aufgepflanzt. »Hol mir meinen Dolch.«

V blinzelte mit trockenen Augen und versuchte, sich zu rühren.

Man hörte das Knarren von Leder, dann schob sich das Gesicht des Bloodletter vor V. »Hol mir meinen Dolch, Junge. Sonst wirst du heute Nacht den Platz der Huren einnehmen.«

Die Soldaten, die sich hinter seinem Vater versammelt hatten, lachten, und jemand warf einen Stein, der V genau an der Stelle traf, an der sein Bein verletzt war.

»Meinen Dolch, Junge.«

Vishous bohrte seine kleinen Finger in die Erde und schleppte sich zu der Waffe. Obwohl sie nur einen halben Meter von ihm entfernt lag, kam es ihm vor wie viele Meilen. Als er sie endlich mit der Faust umschloss, brauchte er beide Hände, um sie aus der Erde zu befreien, so schwach war er. Sein Magen drehte sich vor Schmerz um, und als er an der Klinge zog, gab er das Fleisch wieder von sich, das er gestohlen hatte.

Nachdem das Würgen vorbei war, streckte er seinem Vater, der sich wieder zu voller Größe aufgerichtet hatte, den Dolch hin.

»Steh auf«, befahl der Bloodletter. »Oder glaubst du etwa, ich sollte mich vor etwas so Wertlosem verneigen?«

Mühsam rappelte sich V in eine sitzende Position hoch. Ihm war schleierhaft, wie er auf die Beine kommen sollte, wo er doch kaum seine Schultern heben konnte. Er nahm den Dolch in die linke Hand, stützte seine rechte auf die Erde und stieß sich ab. Der Schmerz war so groß, dass ihm schwarz vor Augen wurde ... und dann geschah ein Wunder. Eine Art strahlendes Licht überkam ihn von innen heraus, als wäre ihm Sonnenschein in die Venen gedrungen und hätte den Schmerz herausgespült, bis er ganz frei davon war. Sein Sehvermögen kehrte zurück ... und er sah, dass seine Hand leuchtete.

Doch jetzt war nicht die Zeit, um darüber zu staunen. Er löste sich vom Fußboden und erhob sich, wobei er versuchte, das Bein nicht zu belasten. Mit einer bebenden Hand bot er seinem Vater den Dolch dar.

Einen Herzschlag lang musterte ihn der Bloodletter, als hätte er nicht damit gerechnet, dass V auf die Füße käme. Dann nahm er die Waffe und wandte sich ab.

»Jemand schleudere ihn wieder zu Boden. Seine Dreistigkeit beleidigt mich.«

V sackte zusammen, als der Befehl ausgeführt wurde, und mit einem Schlag verließ ihn das Leuchten wieder, und die Pein kehrte zurück. Er wartete auf die Schläge, doch als er das Brüllen der

Menge vernahm, wusste er, dass die Bestrafung der Verlierer der Übungskämpfe als Amüsement bevorzugt wurde.

Wie er so im Sumpf seines Elends lag, wie er matt dem Pochen seines geschundenen Körpers lauschte, sah er das Bild einer kleinen Frau in einem schwarzen Umhang vor sich, die zu ihm kam und ihn in die Arme schloss. Mit sanften Worten wiegte sie ihn und streichelte über sein Haar, tröstete ihn.

Er begrüßte die Vision. Sie war seine imaginäre Mutter. Diejenige, die ihn liebte und wollte, dass er sicher und warm und satt war. Wahrlich, dieses Bild von ihr war es, was ihn am Leben erhielt, ihm den einzigen Frieden gab, den er kannte.

Der dicke Soldat beugte sich herunter, sein fauliger, feuchter Atem erfüllte Vishous' Nase. »Wenn du mich noch mal bestiehlst, dann wirst du von dem, was ich dir angedeihen lasse, nicht mehr genesen.«

Dann spuckte er V ins Gesicht, hob ihn auf und schleuderte ihn wie nutzlosen Unrat von seinem schmutzigen Lager weg.

Das Letzte, was V noch sah, bevor er die Besinnung verlor, war ein anderer Prätrans, der genussvoll den Hirschschenkel verspeiste.

6

Mit einem Fluch löste sich V aus seinen Erinnerungen, sein Blick schwirrte durch die Seitenstraße, in der er stand. Mann, er war ein totales Wrack. Sein Schutzmantel war zerstört und an allen Ecken und Enden quoll sein Inneres hervor.

Chaos. Unschönes Chaos.

Gut, dass er damals noch nicht gewusst hatte, was für ein Haufen Müll die ganze *Meine Mami hat mich lieb*-Nummer war. Das hätte ihn mehr verletzt als jede andere Misshandlung.

Er zog das Amulett des Primals aus der Tasche und betrachtete es. Minuten später, als das Ding auf den Boden fiel und wie eine Münze aufsprang, starrte er es immer noch an. Es dauerte einen Moment, bis er begriff, dass seine »normale« Hand ebenfalls leuchtete und sich durch das Seidenband gebrannt hatte.

Verdammt, seine Mutter war eine Egomanin. Sie hatte seine Art geschaffen, aber das reichte ihr nicht. O nein. Sie musste sich auch noch selbst mit einbringen.

Scheiß drauf. Er würde ihr nicht die Befriedigung Hunderter von Enkeln gönnen. Als Mutter war sie ein Totalausfall, warum also sollte er ihr noch eine Generation verschaffen, die sie vermasseln konnte?

Und außerdem gab es noch einen weiteren Grund, warum er nicht Primal sein sollte. Er war trotz allem seines Vaters Sohn, das hieß, die Grausamkeit lag ihm in den Genen. Wie konnte er sicher sein, dass er seine Veranlagung nicht an den Auserwählten auslieόe? Diese Frauen traf keine Schuld, und sie verdienten nicht, was ihnen mit ihm als Partner zwischen die Beine käme.

Er würde das nicht tun.

V zündete sich eine Selbstgedrehte an, hob das Amulett auf und bog rechts in die Trade Street ein. Er brauchte unbedingt einen Kampf, bevor der Morgen graute.

Und er baute darauf, im Asphaltdschungel der Innenstadt einen *Lesser* aufzuspüren.

Das war eine sichere Sache. Im Krieg zwischen der Gesellschaft der *Lesser* und den Vampiren gab es nur eine Grundregel: Keine Kämpfe in der Nähe von Menschen. Das Letzte, was beide Seiten gebrauchen konnten, waren menschliche Opfer oder Zeugen. Deshalb waren verborgene Schlachten das A und O, und die Innenstadt von Caldwell bot eine ausgezeichnete Bühne für Scharmützel. Denn dank des Einzelhandelsexodus der 70er Jahre gab es reichlich dunkle Gassen und leerstehende Gebäude. Zudem widmeten sich die wenigen Menschen, die auf den Straßen unterwegs waren, hauptsächlich der Befriedigung ihrer diversen Laster. Was bedeutete, dass sie anderweitig beschäftigt waren und zudem die Polizei ausreichend auf Trab hielten.

Vishous mied beim Gehen die Lichtkegel der Straßenlaternen und Autoscheinwerfer. Da die Nacht so bitterkalt war, trieben sich nur wenige Fußgänger herum. Deshalb war er allein, als er an *McGrider's Bar,* dem *Screamer's* und einem gerade neu eröffneten Stripclub vorbeikam. Weiter die Straße hinauf kamen das *Tex-Mex-Buffet* und ein chinesisches Restaurant, die zwischen konkurrierenden Tattoo-Studios eingequetscht waren. Ein paar Straßen weiter sah er den Wohnkomplex auf der Redd Avenue, in dem Beth früher gewohnt hatte.

Er wollte schon wieder umkehren und zurück ins Herz des Amüsierviertels stoßen, als er stehen blieb. Die Nase reckte. Luft einsaugte. Der Duft von Talkum schwang in der Brise mit, und da Babys und alte Muttchen um diese Uhrzeit keinen Ausgang mehr hatten, wusste er, dass sein Feind ganz in der Nähe war.

Doch es lag auch noch etwas anderes in der Luft, das ihm das Blut in den Adern gefrieren ließ.

V machte seine Jacke auf, um freien Zugang zu seinen Dolchen zu haben, und verfiel in einen lockeren Trab. Er folgte den Gerüchen auf die Twentieth Street. Das war eine Einbahnstraße, die von der Trade Street abging und von Bürogebäuden gesäumt war, die um diese späte Stunde im Tiefschlaf lagen. Während seine Schritte über den unebenen, rutschigen Asphalt donnerten, wurde der Duft stärker.

Er hatte so ein Gefühl, als käme er zu spät.

Fünf Blocks weiter sah er, dass er recht hatte.

Der andere Geruch kam von vergossenem Vampirblut, und als die Wolken sich teilten, fiel Mondlicht auf eine schauerliche Szenerie: ein bereits gewandelter männlicher Vampir in zerrissenen Partyklamotten lag mehr als tot auf der Straße, den Oberkörper verdreht, das Gesicht bis zur Unkenntlichkeit zerschlagen. Der *Lesser*, der für diesen Tod verantwortlich war, durchwühlte die Taschen des Vampirs, zweifellos in der Hoffnung, eine Heimatadresse zu finden, um sein Gemetzel fortzusetzen.

Der Jäger spürte Vs Nähe und blickte ihn über die Schulter an. Das Wesen war kalkweiß, Haut, Haare und Augen so blass wie Kreide. Dieser hier war groß, von stabiler Statur wie ein Rugby-Spieler und hatte offenbar seine Initiation schon länger hinter sich, was V nicht nur daran erkannte, dass seine natürlichen Pigmente völlig verblasst waren. Der *Lesser* sprang auch routiniert auf die Füße, die Hände vor der Brust, den Körper nach vorn geneigt.

Die beiden rannten aufeinander zu und kollidierten wie zwei Autos auf einer Kreuzung: Kühler auf Kühler, Masse auf Masse, Kraft auf Kraft. Beim ersten Zusammentreffen steckte V einen ungeschickten Kinnhaken ein, die Sorte von Schlag, die einem das Gehirn im Schädel herumschwappen lässt. Er war vorübergehend benommen, doch dann gelang es ihm, die Gefälligkeit hart genug zu erwidern, um den *Lesser* wie einen Kreisel zu drehen. Dann schnappte er sich seinen Gegner hinten an der Lederjacke und holte ihn von den Springerstiefeln.

V mochte das Ringen. Und er war gut in der Bodendisziplin.

Doch der Jäger war schnell, er sprang von dem eisigen Pflaster hoch und teilte einen Tritt aus, der Vs innere Organe durchmischte wie ein Kartenspiel. Als V rückwärtstaumelte, stolperte er über eine Colaflasche, verdrehte sich den Knöchel und nahm Platz im Schnellzug Richtung Asphalt. Er ließ sich fallen, behielt den Jäger aber im Auge. Der stürzte sich blitzschnell auf Vs Knöchel, umklammerte den daran hängenden Stiefel und drehte ihn mit all der Kraft seiner massigen Arme und Brust herum.

V stieß einen Schrei aus, als er mit dem Gesicht voran auf den Boden kippte, aber er blendete den Schmerz aus. Den verletzten Knöchel und die Arme als Hebel einsetzend, drückte er sich vom Pflaster ab, brachte das freie Bein zur Brust hoch und hämmerte auf seinen Gegner ein. Er erwischte den Dreckskerl am Knie und zerschmetterte das

Gelenk. Der *Lesser* tanzte auf einem Fuß, sein Bein war in die völlig falsche Richtung verbogen, als er auf Vs Rücken stürzte.

Die beiden gingen heftig in den Clinch, ihre Unterarme und Bizepse spannten sich an, während sie herumrollten und unmittelbar neben dem getöteten Vampir zu liegen kamen. Als V ins Ohr gebissen wurde, ging ihm wirklich die Hutschnur hoch. Er entriss sich den Zähnen des *Lesser* und donnerte ihm mit der Faust einen Schlag vor die Stirn. Der Hieb setzte den Scheißkerl lange genug außer Gefecht, um sich von ihm zu befreien.

Dachte er.

Das Messer fuhr ihm in die Seite, als er gerade seine Beine unter dem Jäger hervorzog. Der scharfe, durchdringende Schmerz war wie der Stich einer Biene auf Steroiden, und er wusste sofort, dass die Klinge Haut und Muskeln direkt unterhalb seines Brustkorbs auf der linken Seite durchtrennt hatte.

Mann, wenn der Darm etwas abbekommen hätte, dann würde es ganz schnell steil bergab gehen. Also wurde es Zeit, die Sache zu beenden.

Von der Verletzung in einen Adrenalinrausch versetzt packte V den *Lesser* an Kinn und Hinterkopf und schraubte an seinem Kopf herum wie an einer Wasserflasche. Das Geräusch des Schädels, der sich von der Wirbelsäule löste, klang wie ein knickender Ast, und der Körper wurde sofort schlaff, die Arme fielen zu Boden, die Beine wurden reglos.

V hielt sich die Seite, seine Kräfte ließen nach. Er war von kaltem Schweiß bedeckt, und seine Hände zitterten, aber er musste die Sache zu Ende bringen. Rasch tastete er den *Lesser* ab, suchte nach einer Identifikation, bevor er dem Typen endgültig die Luft rausließ.

Der Blick des Untoten begegnete seinem, langsam bewegte sich der Mund. »Mein Name ... war einst Michael. Vor drei ... undachtzig Jahren. Michael Klosnick.«

V klappte die Brieftasche auf und fand einen gültigen Führerschein. »Tja, Michael, dann gute Reise in die Hölle.«

»Froh ... dass es vorbei ist.«

»Ist es nicht. Wusstest du das nicht?« Scheiße, die Wunde in der Seite machte ihn wahnsinnig. »Deine neue Bleibe ist bei Omega, Freundchen. Da darfst du mietfrei bis in alle Ewigkeit wohnen.«

Blasse Augen weiteten sich. »Du lügst.«

»Ach bitte. Als würde ich mir die Mühe machen.« V schüttelte den Kopf. »Erwähnt euer Boss das nicht? Offenbar nicht.«

V zog einen seiner Dolche aus der Scheide, hob mühsam den Arm über die Schulter und bohrte die Klinge mitten in die breite Brust. Es gab einen Lichtblitz, der die gesamte Straße taghell erleuchtete, dann ein Ploppen und ... Mist, der Funke sprang auf den toten Vampir über und entflammte ihn dank eines heftigen Windstoßes. Die beiden Leichen verbrannten und ließen nur den klebrigen Geruch von Talkum in der kalten Luft zurück.

Mist. Wie sollten sie jetzt die Familie des Vampirs benachrichtigen?

Vishous suchte die Gegend ab, und als er keine weitere Brieftasche fand, hockte er sich an einen Müllcontainer und blieb einfach dort sitzen, in flachen Zügen atmend. Jedes Mal, wenn er Luft einsaugte, fühlte es sich an, als würde erneut zugestochen, aber auf Sauerstoff zu verzichten war auch keine Option, also machte er weiter.

Bevor er das Handy zückte, um Hilfe zu rufen, betrachtete er seinen Dolch. Die schwarze Klinge war mit dem tintigen Blut des *Lesser* befleckt. Er spielte den Kampf im Kopf noch einmal durch und stellte sich einen anderen Vampir an seiner Stelle vor, einen, der nicht so stark war wie er. Einen, der nicht von der gleichen Abstammung war wie er.

Abwesend hielt er seine behandschuhte Hand hoch. Wenn sein Fluch seine Bestimmung war, dann hatten die Bruderschaft und ihr edles Ziel sein Leben geprägt. Und wenn er heute Nacht getötet worden wäre? Wenn die Klinge sein Herz getroffen hätte? Dann wären sie jetzt nur noch vier Kämpfer.

Verdammt.

Auf dem Schachbrett seines gottverlassenen Daseins waren die Figuren aufgestellt, die Partie vorherbestimmt. So oft im Leben durfte man seinen Pfad nicht selbst wählen, weil der Weg, den man nahm, schon längst entschieden war.

Freier Wille war doch totaler Blödsinn.

Es ging nicht um seine Mutter und ihr persönliches Drama – er musste der Primal für die Bruderschaft werden. Das war er dem Vermächtnis, dem er diente, schuldig.

Nachdem er die Klinge an seiner Hose abgewischt hatte, steckte er die Waffe mit dem Griff nach unten zurück in das Halfter, rappelte sich auf und klopfte seine Jacke ab. *Shit* ... sein Handy. Wo war sein Handy? Im Penthouse. Er musste es dort vergessen haben, nachdem er mit Wrath telefoniert-

Ein Schuss ertönte.

Eine Kugel traf ihn mitten in die Brust.

Die Wucht holte ihn von den Fersen, und er kippte in Zeitlupe rückwärts durch die Luft. Als er flach auf dem Boden landete, blieb er einfach liegen, ein niederschmetternder Druck brachte sein Herz aus dem Rhythmus und vernebelte sein Gehirn. Er konnte nur nach Luft schnappen, kleine, schnelle Atemzüge hüpften ihm die Luftröhre auf und ab.

Mit seinem letzten bisschen Kraft hob er den Kopf und

sah an seinem Körper herunter. Eine Schusswunde. Blut auf seinem Shirt. Der brüllende Schmerz in seiner Brust. Der Alptraum war wahr geworden.

Bevor er in Panik geraten konnte, kam die Schwärze und verschluckte ihn ganz und gar ... verdaute ihn in einem Säurebad der Qual.

»Was zum Teufel haben Sie sich dabei gedacht, Whitcomb?«

Dr. Jane Whitcomb blickte von dem Krankenblatt auf, das sie gerade unterschrieb, und zuckte zusammen. Dr. Manuel Manello, Leiter der Chirurgie im St. Francis Medical Center stürmte auf sie zu wie ein Bulle. Und sie wusste genau, warum.

Das würde hässlich werden.

Rasch kritzelte Jane ihr Zeichen auf das Rezept, gab der Schwester das Klemmbrett zurück und blickte der Frau nach, wie sie sich in Windeseile aus dem Staub machte. Gutes Defensivmanöver. Nicht unüblich hier. Wenn der Chef so drauf war, gingen die Leute in Deckung ... was eine völlig nachvollziehbare Maßnahme war, wenn eine Bombe kurz vor der Explosion stand und man einigermaßen bei Sinnen war.

Jane stellte sich ihm entgegen. »Also hast du davon gehört.«

»Hier rein. Sofort.« Er drückte die Tür zum Ärztezimmer auf.

Als sie mit ihm hereinkam, warfen Priest und Dubois, zwei der besten Operateure des St. Francis, nur einen Blick auf ihren Chef. Dann sammelten sie ihre Automaten-Cuisine zusammen und flohen aus dem Zimmer. Die Tür fiel ohne das leiseste Geräusch hinter ihnen zu, als wollte sie ebenfalls nicht Manellos Aufmerksamkeit erregen.

»Wann wolltest du mir davon erzählen? Oder dachtest

du, Columbia wäre ein anderer Planet, und ich würde nicht dahinterkommen?«

Jane verschränkte die Arme vor der Brust. Sie war eine große Frau, aber Manello überragte sie noch um einige Zentimeter, und er hatte eine Statur wie die Profisportler, die er operierte: breite Schultern, breite Brust, breite Hände. Mit seinen fünfundvierzig Jahren war er körperlich in Topform und überdies einer der besten Orthopäden des Landes.

Außerdem ein Furcht einflößender Mistkerl, wenn er wütend wurde.

Gut, dass sie mit Stresssituationen umgehen konnte.

»Ich weiß, dass du dort Kontakte hast, aber ich dachte, sie wären so diskret zu warten, bis ich mich entschieden habe, ob ich die Stelle haben will …«

»Natürlich willst du sie, sonst würdest du keine Zeit damit verschwenden, hinzufahren. Liegt es am Geld?«

»Okay, erstens: unterbrich mich nicht. Und zweitens senkst du deine Stimme.« Als Manello sich mit der Hand durch das dicke, dunkle Haar fuhr und tief einatmete, tat es ihr leid. »Es stimmt ja, ich hätte es dir sagen sollen. Es war sicher peinlich für dich, so unvorbereitet getroffen zu werden.«

Er schüttelte den Kopf. »Nicht gerade toll für mich, einen Anruf aus Manhattan zu bekommen, dass eine meiner besten Ärztinnen ein Vorstellungsgespräch bei meinem ehemaligen Mentor in einer anderen Klinik hat.«

»Hat Falcheck es dir erzählt?«

»Nein, einer seiner Untergebenen.«

»Es tut mir leid, Manny. Ich wusste einfach nicht, wie es laufen würde, und wollte nicht voreilig sein.«

»Warum überlegst du, unsere Abteilung zu verlassen?«

»Du weißt, dass ich mehr will, als ich hier haben kann. Du wirst bis zu deinem fünfundsechzigsten Lebensjahr Chefarzt bleiben, außer du gehst vorher in den Ruhestand. Falcheck an der Columbia ist achtundfünfzig. Ich habe dort einfach bessere Aufstiegschancen.«

»Ich habe dich doch schon zur Leiterin der Unfallchirurgie befördert.«

»Und das habe ich auch verdient.«

Seine Lippen verzogen sich zu einem Lächeln. »Wie bescheiden du bist.«

»Warum nicht? Wir wissen beide, dass es die Wahrheit ist. Und was die Columbia betrifft – würdest du die nächsten zwanzig Jahre jemanden vor deiner Nase sitzen haben wollen?«

Seine Lider senkten sich über die mahagonifarbenen Augen. Einen winzigen Augenblick lang glaubte sie, darin etwas aufflackern zu sehen, aber dann stützte er die Hände in die Hüften, sein Kittel straffte sich über den Schultern. »Ich möchte dich nicht verlieren, Whitcomb. Du bist die beste Unfallchirurgin, die ich habe.«

»Und ich muss in die Zukunft blicken.« Sie ging zu ihrem Schrank. »Ich möchte meine eigene Abteilung leiten, Manello. So bin ich eben.«

»Wann ist das verdammte Gespräch?«

»Gleich morgen Nachmittag. Das Wochenende habe ich dann frei und keine Bereitschaft, also bleibe ich in New York.«

»Mist.«

Es klopfte an der Tür.

Eine Schwester steckte ihren Kopf durch den Spalt. »Notfall, voraussichtliche Ankunftszeit in zwei Minuten. Männlich, Mitte dreißig. Schusswunde mit Verdacht auf perforierte Herzkammer. Zweimal kollabiert während des Transports. Übernehmen Sie den Patienten, Dr. Whitcomb, oder soll ich Dr. Goldberg rufen?«

»Nein, ich übernehme. Bereiten Sie die Vier vor und sagen Sie Ellen und Jim, dass ich gleich da bin.«

»Geht in Ordnung, Dr. Whitcomb.«

»Danke, Nan.«

Die Tür wurde geschlossen, und Jane sah Manello an. »Nochmal zur Columbia. Du würdest an meiner Stelle genau dasselbe tun. Also kannst du mir nicht erzählen, dass du überrascht bist.«

Schweigen folgte, dann beugte er sich ein wenig vor. »Und ich werde dich nicht kampflos gehen lassen. Was dich ebenfalls nicht überraschen sollte.«

Er verließ den Raum und nahm den Großteil des Sauerstoffs mit sich.

Jane lehnte sich mit dem Rücken an ihren Spind und blickte über den Küchenbereich hinweg in den Spiegel an der Wand. Ihr Bild war kristallklar im Glas, von ihrem weißen Arztkittel über die grüne OP-Kleidung darunter bis hin zu ihrem kurz geschnittenen blonden Haar.

»Das hat er doch ganz gut aufgenommen«, sagte sie zu sich selbst. »Im Großen und Ganzen.«

Wieder öffnete sich die Tür, und Dubois steckte den Kopf herein. »Ist die Luft rein?«

»Ja. Und ich bin auf dem Weg nach unten.«

Dubois drückte die Tür weit auf und kam herein, seine Crocs machten kein Geräusch auf dem Linoleum. »Ich weiß nicht, wie du das machst. Du bist die Einzige, die nach einer Begegnung mit ihm kein Riechsalz braucht.«

»Er ist eigentlich gar nicht so schwierig.«

Dubois schnaubte. »Versteh mich nicht falsch, ich respektiere ihn absolut, ehrlich. Aber ich möchte auf keinen Fall in seine Schusslinie geraten.«

Sie legte ihrem Kollegen die Hand auf die Schulter. »Der Druck zermürbt Menschen. Du hattest letzte Woche selbst einen Ausraster, weißt du noch?«

»Stimmt, du hast recht.« Dubois lächelte. »Und immerhin wirft er nicht mehr mit Gegenständen.«

7

Die T.-Wibble-Jones-Notfallstation des St. Francis Medical Center war dank einer großzügigen Spende ihres Namensgebers auf dem neuesten Stand der Technik. Der viereinhalbtausend Quadratmeter große Komplex war erst vor eineinhalb Jahren eröffnet worden und bestand aus zwei Hälften, jede mit sechzehn Behandlungsräumen. Notfallpatienten wurden entweder Trakt A oder Trakt B zugewiesen, und dort blieben sie auch, bis sie entlassen, auf die Station überwiesen oder ins Leichenschauhaus gebracht wurden.

Genau durch die Mitte der Einrichtung verlief, was das Personal »die Rutsche« nannte. Die Rutsche war ausschließlich für Notfälle reserviert, und davon gab es zwei Sorten: »auf Rädern« waren diejenigen, die im Krankenwagen kamen, »vom Dach« waren die, welche elf Stockwerke höher auf dem Hubschrauberlandeplatz landeten. Die »vom Dach« waren tendenziell die härteren Fälle und wurden aus einem Radius von etwa zweihundertfünfzig Kilometern um Caldwell herum eingeflogen. Für diese Patienten gab es einen Aufzug, der sie direkt unten auf die Rutsche ausspuckte und der Platz für zwei Tragen und zehn Angestellte gleichzeitig bot.

Die Notfallstation verfügte über sechs offene Patientenbereiche, jeder mit Röntgen- und Ultraschallgerät, Sauerstoffzufuhr, Verbandszeug und reichlich Bewegungsspielraum ausgestattet. Die Einsatzzentrale, auch Kontrollturm genannt, lag genau in der Mitte, eine Ansammlung von Computern und Personal, das tragischerweise immer auf den Beinen war. Zu jeder Zeit befanden sich ein Aufnahmearzt, vier Fachärzte und sechs Schwestern auf der Station, bei üblicherweise zwei oder drei stationären Patienten.

Caldwell war nicht so groß wie Manhattan, bei weitem nicht, aber es gab dort reichlich Bandengewalt, Schießereien im Drogenmilieu und Autounfälle. Zudem erlebte man bei den drei Millionen Einwohnern endlos viele menschliche Fehlkalkulationen: eine Nagelpistole traf jemanden in den Bauch, weil er seinen Jeansreißverschluss damit reparieren wollte; ein Pfeil durchbohrte einen Schädel, weil jemand zeigen wollte, wie gut er zielen konnte, und sich leider verschätzte; ein Familienvater hielt es für eine super Idee, seinen Herd selbst zu reparieren und bekam 240 Volt ab, weil er das Ding nicht erst ausstöpselte.

Jane wohnte auf der Rutsche und war ihre Herrscherin. Als Leiterin der Unfallstation war sie administrativ verantwortlich für alles, was in diesen sechs offenen Patientenbereichen vor sich ging. Doch sie war außerdem ausgebildete Notfallärztin und Unfallchirurgin, weshalb sie auch selbst Hand anlegte. Tag für Tag traf sie Entscheidungen darüber, wer ein Stockwerk höher in den OP musste, und häufig griff sie selbst zu Nadel und Faden.

Während sie auf die Ankunft der Schusswunde wartete, überprüfte sie die Krankenakten der beiden Patienten, die momentan hier stationär lagen, und sah den Ärzten und

Schwestern bei der Arbeit über die Schulter. Jedes Mitglied des Unfallteams war von Jane handverlesen, und wenn sie Personal einstellte, suchte sie nicht unbedingt nur nach den Eliteuni-Typen, obwohl sie selbst in Harvard studiert hatte. Was sie brauchte, waren die Qualitäten eines guten Soldaten, oder – wie sie es gern nannte – die trockene Sherlock-Wesensart: Pfiffigkeit, Stehvermögen und Eigenständigkeit. Vor allem Eigenständigkeit. Man musste in Krisensituationen den Hintern zusammenkneifen können, wenn man die Rutsche im Griff behalten wollte.

Aber das bedeutete nicht, dass Mitgefühl nicht unerlässlich für alles war, was sie hier taten.

Im Allgemeinen brauchten die Notfallpatienten selbst wenig Trost oder Händchenhalten. Meistens waren sie vollgepumpt mit Medikamenten oder standen unter Schock, weil sie Blut in Strömen verloren hatten oder eins ihrer Körperteile auf Eis lag oder fünfundsiebzig Prozent ihrer Haut verbrannt waren. Was diese Patienten brauchten, war das beste medizinische Gerät in den Händen gut ausgebildeter, besonnener Fachleute.

Ihre Angehörigen und Freunde allerdings brauchten immer Mitgefühl und Freundlichkeit, und manchmal musste ihnen auch Mut zugesprochen werden, wenn das möglich war. Jeden Tag wurden auf der Rutsche Leben zerstört oder wiederhergestellt, und das galt nicht nur für die Menschen auf den Liegen, die zu atmen aufhörten und dann wieder anfingen. Die Warteräume waren ebenfalls voller Betroffener: Ehemänner, Ehefrauen, Eltern, Kinder.

Jane wusste, wie es war, jemanden zu verlieren, der zu einem gehörte, und sie verrichtete ihre Arbeit im vollen Bewusstsein der menschlichen Seite der ganzen Medizin und Technologie. Sie sorgte dafür, dass ihre Mitarbeiter auf einer Wellenlänge mit ihr lagen: Um auf der Rutsche zu arbeiten, musste man beide Seiten des Jobs beherrschen, man brauchte die Schlachtfeldmentalität und die Fürsorglichkeit. Wie sie ihren Mitarbeitern wieder und wieder einschärfte – es blieb immer Zeit, jemandes Hand zu halten oder jemanden zu trösten; denn schneller, als man dachte, konnte man sich selbst auf der anderen Seite finden. Tragödien machten vor niemandem halt, deshalb war jeder denselben Launen des Schicksals unterworfen. Gleich welche Hautfarbe oder wie viel Geld auf dem Konto, ob homo oder hetero, Atheist oder wahrer Gläubiger, in Janes Augen waren alle gleich. Und wurden von irgendjemandem, irgendwo geliebt.

Eine Schwester kam auf sie zu. »Dr. Goldberg hat sich gerade krankgemeldet.«

»Diese Grippe?«

»Ja, aber er hat Dr. Harris überredet, für ihn einzuspringen.«

Gott segne Goldberg. »Braucht der Gute etwas?«

Die Schwester lächelte. »Er meinte, seine Frau sei entzückt, ihn mal zu Hause zu haben, wenn sie wach ist. Sarah kocht ihm Hühnersuppe und bemuttert ihn von oben bis unten.«

»Sehr gut. Er braucht ein paar Tage frei. Schade nur, dass er sie nicht genießen können wird.«

»Ja. Er sagte, sie würde ihm sämtliche Kinofilme, die sie in den vergangenen sechs Monaten verpasst haben, auf DVD vorsetzen.«

Jane lachte. »Davon wird er wohl noch kränker werden. Ach, übrigens, ich möchte noch mal eine ausführliche Untersuchung des Robinson-Falls. Wir hätten nichts weiter für ihn tun können, aber ich finde, wir sollten uns seinen Tod trotzdem noch mal ganz genau ansehen.«

»Ich dachte mir schon, dass Sie das sagen würden. Ich hab schon alles für den Tag nach Ihrem New-York-Trip vorbereitet.«

Jane drückte die Hand der Schwester kurz. »Sie sind ein Schatz.«

»Ach was, ich kenne nur unsere Chefin, das ist alles.« Sie lächelte. »Sie geben nie einen ab, ohne noch mal doppelt und dreifach zu prüfen, ob man etwas hätte anders machen können.«

Das stimmte. Jane konnte sich an jeden einzelnen Patienten erinnern, der auf der Rutsche gestorben war, ob sie nun die Aufnahmeärztin gewesen war oder nicht, und sie hatte die Geschichten der Toten alle gespeichert. Nachts, wenn sie nicht schlafen konnte, ratterten die Namen und Gesichter durch ihren Kopf wie ein altmodischer Mikrofiche, bis sie glaubte, verrückt zu werden.

Das war die ultimative Motivation für sie, ihre Liste der Verstorbenen, und sie würde auf keinen Fall zulassen, dass die gleich eintreffende Schusswunde sich darin einreihte.

Jane ging zu einem Computer und rief die Informationen über den Patienten ab. Das würde ein Kampf. Sie hatten es sowohl mit einer Stichwunde, als auch mit einer Kugel in der Brusthöhle zu tun, und in Anbetracht seines Fundortes hätte sie wetten wollen, dass er entweder ein Drogendealer war, der im falschen Revier gewildert hatte, oder ein Großkunde, den man aufs Kreuz gelegt hatte. So oder so war nicht damit zu rechnen, dass er krankenversichert war. Wobei das keine Rolle spielte. St. Francis nahm jeden auf, egal, ob man bezahlen konnte oder nicht.

Drei Minuten später schwang die Flügeltür auf, und der Notfall kam hereingeschossen: Mr Michael Klosnick war auf eine Liege geschnallt, ein Hüne von einem Mann mit haufenweise Tattoos, einer Lederhose und einem Ziegenbärtchen. Der Sanitäter am Kopfende beatmete ihn mit dem Ambubeutel, während ein anderer die Geräte festhielt und die Liege zog.

»In die Vier«, wies Jane die Sanitäter an. »Wo stehen wir?«

Der Mann am Beatmungsbeutel sagte: »Ringer-Laktat über zwei dicke Venenkatheter. Blutdruck sechzig zu vierzig, fallend. Puls hundertvierzig. Atmung vierzig. Hab ihn zweimal mit zweihundert Joule zurückgeholt. Sinustachykardie bei hundertvierzig.«

In Bereich vier fixierten die Sanitäter die Liege, während das Personal der Rutsche sich versammelte. Eine Schwester setzte sich an einen kleinen Tisch, um alles zu protokollieren, zwei weitere standen parat, um Jane auf Zuruf mit Gerät zu versorgen, und eine vierte begann, die Lederhose aufzuschneiden. Zwei Ärzte hielten sich bereit, um zu helfen, falls nötig.

»Ich hab die Brieftasche«, sagte der Sanitäter und reichte sie der Schwester mit der Schere.

»Michael Klosnick, Alter siebenunddreißig«, las sie. »Das Bild auf dem Ausweis ist verschwommen, aber ... könnte er sein, falls er sich die Haare schwarz gefärbt und sich den Bart erst später hätte wachsen lassen.«

Sie gab die Brieftasche weiter an ihre Kollegin, die Notizen machte.

»Ich überprüfe, ob er registriert ist«, sagte die andere Schwester, während sie sich einloggte. »Hab ihn schon – Moment mal, das ... muss ein Fehler sein. Nein, Adresse stimmt, aber Geburtsdatum nicht.«

Jane fluchte unterdrückt. »Vielleicht ein Problem mit der neuen Software, auf die Infos da drin möchte ich mich lieber nicht verlassen. Bestimmen wir sofort die Blutgruppe und machen eine Röntgenaufnahme der Brusthöhle.«

Während Blut abgenommen wurde, führte Jane eine schnelle Voruntersuchung durch. Die Schusswunde war ein sauberes kleines Loch unmittelbar neben einer Art Ziernarbe auf dem Brustmuskel. Außer einem dünnen Blutrinnsal war äußerlich nichts zu erkennen, kein Hinweis auf den möglichen innerlichen Schaden. Die Messerwunde war ähnlich. Oberflächlich wenig zu sehen. Sie hoffte, der Darm war nicht angekratzt.

Dann musterte sie seinen restlichen Körper. Diverse Tätowierungen – *aua*. Da war eine heftige alte Unterleibsverletzung. »Zeig mir mal das Röntgenbild, und ich möchte einen Ultraschall von seinem Herz –«

Ein Schrei gellte durch den OP.

Janes Kopf schnellte nach links. Die Schwester, die dem Patienten die Kleider entfernt hatte, lag in Krämpfen auf dem Boden, Arme und Beine schlugen auf die Fliesen. In der Hand hielt sie den schwarzen Handschuh, den der Patient getragen hatte.

Eine Hundertstelsekunde lang erstarrten alle.

»Sie hat nur seine Hand berührt«, sagte jemand.

»Zurück an die Arbeit«, befahl Jane. »Estevez, du kümmerst dich um sie. Ich will sofort wissen, was mit ihr los ist. Der Rest von euch: Konzentration. Hopp, hopp!«

Ihre Befehle rissen die Mitarbeiter aus ihrer Starre. Jeder war wieder bei der Sache, während die verletzte Schwester in den Raum nebenan getragen wurde und Estevez, einer der diensthabenden Ärzte, sie begleitete.

Das Röntgenbild der Brust war ganz in Ordnung, aber aus irgendeinem Grund hatte der Ultraschall vom Herzen eine schlechte Qualität. Beides jedoch zeigte genau, was Jane erwartet hatte: Herzbeuteltamponade durch Einschuss in der rechten Kammer: Blut war in den Herzbeutel eingeflossen und drückte auf den Herzmuskel, was zu einer Funktionsstörung und vermindertem Schlagvolumen führte.

»Wir brauchen ein Ultraschall der Bauchhöhle, während ich mich um sein Herz kümmere.« Nun, da die akutere Verletzung bestimmt war, wollte Jane mehr Einzelheiten über den Messerstich wissen. »Und danach müssen beide Apparate überprüft werden. Manche der Brustaufnahmen haben ein Echo.«

Ein Arzt machte sich mit dem Ultraschallstab an die Arbeit, und Jane pfropfte eine 21-Gauge-Kanüle auf eine 50-ml-Spritze. Eine Schwester desinfizierte den Brustbereich und Jane durchstach die Haut und navigierte die Kanüle an den Knochen vorbei in den Herzbeutel. Dort saugte sie vierzig Milliliter Blut ab, um den Druck auf den Herzmuskel zu lindern. In der Zwischenzeit gab sie Anweisung, OP zwei eine Etage höher für eine Bypass-Operation vorzubereiten.

Sie gab einer Schwester die Kanüle zum Entsorgen. »Lass mal den Bauchraum sehen.«

Der Apparat benahm sich eindeutig daneben, denn die Bilder waren nicht so scharf, wie sie es gern gehabt hätte. Allerdings konnte man deutlich erkennen, dass offenbar keine wichtigen inneren Organe betroffen waren, wie sie durch das Abtasten bestätigen konnte.

»Okay, Bauchhöhle so weit stabil. Dann ab mit ihm nach oben.«

Auf dem Weg zur Rutsche steckte sie den Kopf um die Ecke, wo Estevez die Schwester behandelte. »Wie geht es ihr?«

»Sie kommt zu sich.« Estevez schüttelte den Kopf. »Ihr Herz hat sich stabilisiert, nachdem wir ihr die Paddles aufgedrückt haben.«

»Sie hat geflimmert? Du meine Güte.«

»Genau wie der Telefontechniker von gestern. Als hätte sie eine Ladung Strom abgekriegt.«

»Hast du Mike angerufen?«

»Ja, ihr Mann ist unterwegs.«

»Gut. Kümmere dich gut um sie.«

Estevez nickte und blickte auf seine Kollegin herunter. »Immer.«

Jane holte ihren Patienten ein, als die Schwestern ihn die Rutsche hinab und in den Aufzug rollten. Eine Etage höher wusch sie sich die Hände und zog frische OP-Kleidung über, während die Schwestern den Mann auf den Tisch wuchteten. Auf ihre Anweisungen hin standen das Besteck für eine Herz-Lungen-OP und das Bypass-Gerät bereit, außerdem schimmerten die Ultraschall- und Röntgenbilder auf einem Computerbildschirm.

Beide Hände in Latexhandschuhen und von sich abgestreckt überprüfte sie noch einmal die Brustscans. Offen gestanden ließen beide zu wünschen übrig, sie waren körnig und hatten dieses seltsame Echo. Trotzdem genügten sie ihr als Orientierung. Die Kugel steckte in der Rückenmuskulatur und das würde sie nicht ändern: Das Risiko einer Entfernung war höher als das, sie einfach in Frieden zu lassen. Tatsächlich verließen die meisten Opfer einer Schussverletzung die Rutsche mit ihrer Bleitrophäe an Ort und Stelle.

Sie runzelte die Stirn und beugte sich näher zum Bildschirm vor. Interessante Kugel. Sie war rund, hatte gar nicht die übliche längliche Form, die sie bisher gesehen hatte. Dennoch schien sie aus dem üblichen Blei zu bestehen.

Dann ging sie zum OP-Tisch, wo der Patient inzwischen an die Narkoseapparate angeschlossen war. Seine Brust war präpariert, die Haut um die Wunde herum mit Mull abgedeckt. Die orange Färbung des Desinfektionsmittels ließ ihn aussehen, als hätte er sich ungeschickt mit Selbstbräuner eingeschmiert. »Kein Bypass. Ich möchte keine Zeit vergeuden. Haben wir Blut für ihn zur Hand?«

Eine der Schwestern meldete sich links von ihr. »Haben wir, obwohl sein Blut nicht zu bestimmen war.«

Jane warf einen Blick über den Patienten. »Nicht?«

»Die Probe war nicht identifizierbar. Aber wir haben acht Liter 0.«

Jane zog die Stirn kraus. »Na gut, fangen wir an.«

Mit einem Laserskalpell machte sie einen Schnitt durch

die Brust, dann sägte sie das Sternum durch und stemmte es mit einem Rippenspreizer auf, um freizulegen, was ...

Jane stockte der Atem. »Ach du ...«

»Scheiße«, beendete jemand den Satz.

»Absaugen.« Als niemand reagierte, blickte sie auf. »Absaugen, Jacques. Ist mir völlig egal, wie es aussieht, ich kann es reparieren – vorausgesetzt, ich kann was erkennen.«

Man hörte ein Zischen, als das Blut entfernt wurde, dann hatte sie einen klaren Blick auf eine körperliche Anomalie, die ihr vollkommen unbekannt war: ein Herz mit sechs Kammern in einer menschlichen Brust. Das »Echo«, das sie auf dem Ultraschall bemerkt hatte, waren in Wirklichkeit zwei extra Kammern.

»Bilder!«, rief sie. »Aber schnell, bitte.«

Als die Fotos gemacht wurden, dachte sie: Junge, Junge, die Kardiologie wird durchdrehen, wenn sie das in die Finger bekommen. So etwas hatte sie noch nie gesehen – obwohl das in die rechte Kammer gerissene Loch völlig normal aussah. Das hatte sie schon oft erlebt.

»Nadel.«

Jacques drückte ihr eine Zange in die Hand, an deren Ende eine gebogene Nadel mit einem schwarzen Faden darin klemmte. Mit der linken Hand griff Jane hinter das Herz, verstopfte das hintere Loch mit dem Finger und nähte die Eintrittswunde zu. Im Anschluss hob sie das Herz aus dem Herzbeutel und tat dasselbe auf der Rückseite.

Insgesamt waren weniger als sechs Minuten verstrichen. Sie lockerte den Spreizer, drückte den Brustkorb wieder dahin zurück, wohin er gehörte, und verband die beiden Seiten des Sternums mit Edelstahldraht miteinander. Gerade wollte sie ihn vom Zwerchfell bis zum Schlüsselbein zutackern, als der Narkosearzt sich meldete und die Apparate zu piepen begannen.

»Blutdruck sechzig zu vierzig, fallend.«

Jane rief die üblichen Anweisungen bei Herzversagen und beugte sich tief über ihren Patienten. »Komm bloß nicht auf dumme Ideen«, zischte sie. »Wenn du mir hier wegstirbst, dann bin ich wirklich sauer.«

Aus dem Nichts und gegen jede medizinischen Basis verstoßend, öffneten sich die Augen des Mannes blinzelnd und fokussierten sich auf sie.

Jane zuckte zurück. Du lieber Himmel ... seine Iris hatten den farblosen Glanz eines Diamanten, sie strahlten so hell, dass sie seine Augen an einen Wintermond in einer wolkenlosen Nacht erinnerten. Und zum ersten Mal in ihrem Leben konnte sie sich vor Schreck nicht mehr bewegen. Ihre Blicke waren ineinander verhaftet, und es war, als wären sie auch körperlich miteinander verbunden, verschlungen, untrennbar ...

»Er flimmert wieder«, bellte der Anästhesist.

Jane kam wieder zu sich.

»Bleib bloß bei uns«, befahl sie dem Patienten. »Hörst du mich? Bleib gefälligst hier.«

Sie hätte schwören können, dass der Kerl nickte, bevor er die Lider wieder schloss. Und sie machte sich weiter an die Arbeit, sein Leben zu retten.

»Du musst dich dringend mal locker machen wegen diesem Vorfall mit der Kartoffelkanone«, sagte Butch.

Phury verdrehte die Augen und ließ sich wieder an die Lehne der Bank sinken. »Ihr habt mein Fenster zerbrochen.«

»Natürlich. Darauf hatten V und ich ja gezielt.«

»Zweimal.«

»Womit bewiesen wäre, dass er und ich hervorragende Scharfschützen sind.«

»Könntet ihr euch das nächste Mal bitte ein anderes ...«

Phury runzelte die Stirn und setzte den Martini ab. Aus

keinem ersichtlichen Grund waren all seine Instinkte plötzlich hellwach und leuchteten auf wie ein Spielautomat. Er sah sich im VIP-Bereich um, auf der Suche nach irgendwie geartetem Ärger. »Hey, Bulle, hast du auch –«

»Irgendwas stimmt nicht.« Butch rieb sich die Brust, dann zog er sein dickes Goldkreuz unter dem Hemd hervor. »Was zum Teufel geht hier ab?«

»Keine Ahnung.« Phury ließ den Blick wieder über die Menge schweifen. Mann, es war, als hätte sich ein fauliger Geruch eingeschlichen und die Luft so verpestet, dass seine Nase spontan mit einem Jobwechsel liebäugelte. Und doch war nichts zu erkennen.

Phury holte sein Handy aus der Tasche und rief seinen Zwillingsbruder an. Als Zsadist abhob, war seine erste Frage, ob Phury in Ordnung sei.

»Alles in Butter, Z, aber du spürst es auch, oder?«

Ihm gegenüber hielt sich Butch das Telefon ans Ohr. »Süße? Alles in Ordnung bei dir? Alles klar? Ich weiß nicht ... Wrath will mit mir reden? Hol ihn dran ... Hallo, Großer. Mhm. Phury und ich. Nein. Ist Rhage bei dir? Gut. Ja, ich rufe sofort Vishous an.«

Er legte auf und tippte eine Kurzwahl ein. Butch zog die Brauen zusammen. »V? Ruf mich an. Sobald du das abhörst.«

Er beendete den Anruf gerade, als Phury bei Z auflegte.

Die beiden lehnten sich wieder zurück. Phury fummelte an seinem Glas herum. Butch spielte mit seinem Kreuz.

»Vielleicht ist er ins Penthouse gefahren, um sich eine Frau vorzuknöpfen«, meinte Butch.

»Er hat mir erzählt, dass er das heute am frühen Abend vorhatte.«

»Okay. Dann ist er vielleicht in einen Kampf verwickelt.«

»Ja. Er ruft uns bestimmt gleich zurück.«

Obwohl eigentlich alle Handys der Bruderschaft GPS-

Chips hatten, funktionierte der von V nicht, wenn er das Telefon bei sich trug. Deshalb hätte es nicht viel Zweck, auf dem Anwesen anzurufen und zu versuchen, seinen Standort aufzuspüren. V machte seine Hand dafür verantwortlich; er behauptete, was auch immer sie zum Glühen brachte, verursache eine elektrische oder magnetische Störung. Definitiv beeinträchtigte es die Verbindungsqualität. Wann immer man mit V telefonierte, gab es ein Rauschen in der Leitung, selbst bei einem Festnetzanschluss.

Phury und Butch hielten es ungefähr eineinhalb Minuten aus, bevor sie sich ansahen und gleichzeitig den Mund aufmachten.

»Hättest du was dagegen –«

»Lass uns doch –«

Beide standen sie auf und gingen durch den Notausgang.

Draußen auf der Straße blickte Phury in den Nachthimmel. »Soll ich mich schnell in seine Wohnung dematerialisieren?«

»Ja. Mach das.«

»Ich brauche die Adresse. Bin noch nie dort gewesen.«

»Commodore. Oberstes Stockwerk, Südwestecke. Ich warte hier.«

Für Phury war es ein Kinderspiel, sich auf die windige Terrasse des schicken Gebäudes etwa zehn Blocks Richtung Fluss zu verfrachten. Er machte sich nicht einmal die Mühe, durch die Glasschiebetür zu sehen. Er konnte spüren, dass sein Bruder nicht da war. Einen Herzschlag später stand er wieder neben Butch.

»Nichts.«

»Dann ist er auf der Jagd ...« Der Ex-Cop erstarrte, ein eigenartiger, leere Ausdruck erschien auf seinem Gesicht. Sein Kopf wirbelte nach rechts herum. »*Lesser.*«

»Wie viele?«, fragte Phury und machte seine Jacke auf.

Seit Butch seine kleine Konfrontation mit Omega gehabt hatte, konnte er die Vampirjäger untrüglich wittern, die Scheißer waren für ihn wie Münzen für einen Metalldetektor.

»Zwei Stück. Lass uns keine Zeit verlieren.«

»Damit hast du hast völlig recht.«

Die *Lesser* kamen um die Ecke, warfen einen Blick auf Phury und Butch und gingen in Angriffsstellung. Die Straße unmittelbar vor dem *ZeroSum* war nicht der ideale Ort für einen Kampf, aber glücklicherweise war die Nacht so kalt, dass keine Menschen in der Nähe waren.

»Ich mach hinterher sauber«, sagte Butch.

»Roger.«

Die beiden stürzten sich auf ihren Feind.

8

Zwei Stunden später drückte Jane die Tür zur Intensivstation weit auf. Sie war gestiefelt und gespornt und auf dem Weg nach Hause, Ledertasche über die Schulter geschlungen, Autoschlüssel in der Hand, Windjacke übergezogen. Doch sie würde nicht gehen, ohne noch einmal nach ihrem Schusswundenpatienten gesehen zu haben.

Als sie sich der Pflegestation näherte, blickte die Frau hinter dem Tresen auf. »Hallo, Dr. Whitcomb. Wollen Sie nach Ihrem Neuzugang sehen?«

»Ja, Shalonda. Sie kennen mich ja – ich kann sie nicht in Ruhe lassen. In welchen Raum haben Sie ihn gelegt?«

»Nummer sechs. Faye ist gerade bei ihm und vergewissert sich, dass er alles hat, was er braucht.«

»Sehen Sie, deshalb liebe ich euch so. Ihr seid das beste Pflegepersonal der ganzen Stadt. Übrigens, hat sich jemand nach ihm erkundigt? Haben wir Angehörige ausfindig gemacht?«

»Ich hab die Nummer auf seinem Krankenblatt angerufen. Der Kerl am Telefon meinte, er wohne seit zehn Jahren in der Wohnung und habe noch nie von einem Michael Klosnick gehört. Die Adresse war also schon mal falsch. Ach ja, haben Sie die Ausrüstung gesehen, die er bei sich trug? Das nenn ich mal bis an die Zähne bewaffnet.«

Shalonda verdrehte die Augen und beide sagten sie genau gleichzeitig: »Drogenszene.«

Jane schüttelte den Kopf. »Das überrascht mich nicht.«

»Mich auch nicht. Mit diesen Tattoos im Gesicht sieht er nicht gerade wie ein Versicherungsvertreter aus.«

»Außer, er wäre auf Profiboxer spezialisiert.«

Shalonda lachte noch, als Jane winkte und in den Korridor einbog. Zimmer sechs lag ganz hinten auf der rechten Seite, und auf dem Weg dorthin schaute sie noch bei zwei weiteren Patienten vorbei, die sie operiert hatte. Eine Frau war mit perforiertem Darm nach einer misslungenen Fettabsaugung eingeliefert worden, der andere Patient hatte sich bei einem Motorradunfall auf einem Zaun aufgespießt.

Die Intensivräume waren sieben mal sieben Meter groß und bis zum Rand voll mit Technik. Jeder besaß eine Glasfront und einen Vorhang, mit dem man für etwas Privatsphäre sorgen konnte, und in keinem davon hing ein Monet-Poster oder ein Fernseher für Talkshows. Wenn es einem gut genug ging, um sich Gedanken über das TV-Programm zu machen, dann gehörte man nicht hierher. Die einzigen Monitore und Bilder waren die der Kontrollgeräte, die um das Bett herum angeordnet waren.

Als Jane in Zimmer sechs ankam, sah Faye Montgomery, eine altgediente Schwester, vom intravenösen Zugang des Patienten auf, den sie gerade überprüfte. »N'Abend, Dr. Whitcomb.«

»Faye, wie geht es Ihnen?« Jane stellte ihre Tasche ab und nahm sich das Krankenblatt, das in einem Halter neben der Tür steckte.

»Gut, und ehe Sie fragen: Er ist stabil. Was wirklich erstaunlich ist.«

Jane blätterte durch die jüngsten Ergebnisse. »Das können Sie laut sagen.«

Gerade wollte sie die Akte zuklappen, als ihr die Nummer in der linken oberen Ecke auffiel. Die zehnstellige Patientennummer war tausende und abertausende von denen entfernt, die Neuzugänge bekamen, und sie suchte das Datum, zu dem die Akte erstmals angelegt worden war: 1971. Beim Durchblättern stieß sie auf zwei Behandlungen in der Notaufnahme: einmal wegen einer Messerwunde, ein anderes Mal wegen einer Überdosis; das war '71 und '73 gewesen.

Ach, Quatsch, so was hatte sie doch schon oft gesehen. Nullen und Siebenen konnte man leicht verwechseln, wenn sie schlampig geschrieben wurden. Das Krankenhaus hatte seine Daten erst Ende 2003 digitalisiert, davor war alles von Hand notiert worden. Diese Akte war eindeutig von einem Datenverarbeiter erfasst worden, der sich verlesen hatte: statt '01 und '03 hatte derjenige die Vorfälle in die Siebziger zurückdatiert.

Nur ... das Geburtsdatum konnte nicht stimmen. Bei diesem hier hätte der Patient vor dreißig Jahren siebenunddreißig sein müssen.

Sie schlug die Akte zu. »Wir müssen darauf pochen, dass die Digitalisierungsfirma präziser arbeitet.«

»Ich weiß. Mir ist es auch aufgefallen. Möchten Sie vielleicht kurz mit ihm allein sein?«

»Das wäre toll.«

An der Tür blieb Faye kurz stehen. »Ich hörte, Sie waren heute ziemlich gut im OP.«

Jane lächelte zaghaft. »Das Team war gut. Ich hab nur meinen Beitrag geleistet.«

Nachdem Faye gegangen war, zog Jane den Vorhang vor

die Glasfront und ging zum Bett. Der Patient wurde künstlich über einen Schlauch beatmet und seine Sauerstoffsättigung war annehmbar. Der Blutdruck war niedrig, aber stabil. Die Herzfrequenz war träge und gab ein merkwürdiges Bild auf dem Monitor ab, aber immerhin hatte er ja auch sechs Kammern, die da schlugen.

Wahnsinn, dieses Herz.

Sie beugte sich über ihn und musterte eingehend seine Gesichtszüge. Von der Abstammung her wahrscheinlich Mitteleuropäer. Gutaussehend – nicht, dass das eine Rolle spielte; zudem wurde die Attraktivität durch die Tätowierungen auf der Schläfe etwas beeinträchtigt. Sie ging noch näher heran, um die Tinte auf seiner Haut zu begutachten. Sie musste zugeben, dass es kunstvoll gemacht war, die komplizierten Muster ähnelten einer Mischung aus chinesischer Schrift und Hieroglyphen. Wahrscheinlich hatten die Symbole einen Bandenbezug, obwohl er nicht wie ein Junge wirkte, der Krieg spielte; er hatte eine grimmigere Ausstrahlung, wie ein Soldat. Vielleicht hatten die Tattoos etwas mit östlicher Kampfkunst zu tun?

Als sie einen Blick auf den Schlauch in seinem Mund warf, bemerkte sie etwas Ungewöhnliches. Mit dem Daumen schob sie die Oberlippe zurück. Seine Eckzähne waren sehr ausgeprägt. Erschreckend scharf.

Kosmetik, ohne Zweifel. Die Leute stellten heutzutage alle möglichen durchgeknallten Sachen mit ihrem Aussehen an, und er hatte sich auch schon das komplette Gesicht markiert.

Sie hob die dünne Decke hoch, die ihn bedeckte. Der Verband auf der Brust war in Ordnung, also arbeitete sie sich systematisch nach unten vor und schob die Decke immer weiter zur Seite. Sie inspizierte den Verband der Stichwunde, dann tastete sie seinen Bauchraum ab. Als sie sanft drückte, um seine inneren Organe zu spüren, betrachtete sie die Tätowierungen in seinem Schambereich, dann konzentrierte sie sich auf die Narben auf seinem Unterleib.

Er war partiell kastriert worden.

In Anbetracht der unsauberen Narbenbildung war das keine operative Entfernung gewesen, eher schon ein Unfall. Oder zumindest hoffte sie das, denn die einzig andere Erklärung wäre Folter.

Sie betrachtete sein Gesicht, während sie ihn wieder zudeckte. Einem Impuls folgend legte sie ihm eine Hand auf den Unterarm und drückte sanft. »Du hast ein hartes Leben hinter dir, nicht wahr?«

»Ja, aber es hat mir nicht geschadet.«

Jane wirbelte herum. »Verdammt, Manello. Du hast mich erschreckt.«

»Tut mir leid. Ich wollte nur mal nach dem Rechten sehen.« Der Chef ging um das Bett herum auf die andere Seite und ließ den Blick über den Patienten schweifen. »Weißt du, ich glaube nicht, dass er bei einem anderen Chirurgen überlebt hätte.«

»Hast du die Bilder gesehen?«

»Von seinem Herz? Ja. Ich möchte sie den Jungs an der Columbia schicken, mal sehen, was die dazu sagen. Du kannst sie ja dann gleich mal fragen, wenn du da bist.«

Sie kommentierte das nicht weiter. »Seine Blutgruppe ließ sich auch nicht bestimmen.«

»Ehrlich?«

»Wenn wir seine Einwilligung bekommen, sollten wir ihn mal von Kopf bis Fuß durchleuchten, bis hin zu den Chromosomen.«

»Ah ja, deine zweite Liebe. Die Gene.«

Komisch, dass er das noch wusste. Sie hatte wahrscheinlich nur einmal erwähnt, dass sie beinahe in der Genforschung gelandet wäre.

Wie ein Junkie im Rausch stellte sich Jane das Innere

ihres Patienten vor, sah sein Herz in ihrer Hand, fühlte das Organ in ihren Fingern, während sie sein Leben rettete. »Er könnte eine faszinierende Gelegenheit zu klinischen Studien bieten. Mein Gott, ich würde ihn irrsinnig gern untersuchen. Oder zumindest an einer Untersuchung mitwirken.«

Das leise Piepsen der Kontrollapparate schien sich in der Stille zwischen ihnen auszudehnen, bis sie bald darauf ein seltsames Gefühl im Nacken kitzelte. Sie blickte auf. Manello starrte sie an, die Miene ernst, den kräftigen Kiefer angespannt, die Brauen tief nach unten gezogen.

»Manello?« Sie sah ihn misstrauisch an. »Alles okay bei dir?«

»Geh nicht.«

Um seinem Blick auszuweichen betrachtete sie das Laken, das sie gefaltet und unter den Arm des Patienten geschoben hatte. Versonnen strich sie es glatt – bis sie diese Bewegung an etwas erinnerte, was ihre Mutter immer getan hatte.

Sie zwang ihre Hand, damit aufzuhören. »Du kannst dir doch einen and-«

»Scheiß auf die Station. Ich will nicht, dass du gehst, weil ...« Manello fuhr sich mit der Hand durch die dicken, dunklen Haare. »Verflucht noch mal, Jane, ich will nicht, dass du gehst, weil ich dich wahnsinnig vermissen würde und weil ... ich dich brauche, okay? Ich brauche dich hier. Bei mir.«

Jane blinzelte wie eine Gestörte. In den letzten vier Jahren hatte nichts darauf hingedeutet, dass der Mann sich von ihr angezogen fühlte. Sicher, sie standen sich nahe und so. Und sie war die Einzige, die ihn wieder auf den Teppich holen konnte, wenn er die Beherrschung verlor. Und okay, sie unterhielten sich ständig darüber, was hinter den Kulissen des Krankenhauses so vor sich ging, selbst nach Dienstschluss.

Und sie aßen jeden Abend zusammen, wenn sie gemeinsam Schicht hatten und ... er hatte ihr von seiner Familie erzählt und sie ihm von ihrer ...

Mist.

Ja, schon, aber der Typ war die heißeste Nummer auf dem ganzen Klinikgelände. Und sie war ungefähr so sexy wie ... na ja, wie ein OP-Tisch.

Jedenfalls war sie in etwa so kurvig wie einer.

»Komm schon, Jane, wie ahnungslos kannst du denn sein? Wenn du mir nur den Hauch von Ermutigung geben würdest, würde ich dir in der nächsten Sekunde den Kittel vom Leib reißen.«

»Spinnst du?«, hauchte sie.

»Nein.« Seine Lider sanken schwer herab. »Ich bin bei sehr, sehr klarem Verstand.«

Angesichts dieses glutvollen Ausdrucks nahm sich Janes Gehirn eine Auszeit. Verflüchtigte sich einfach aus ihrem Schädel. »Es würde keinen guten Eindruck machen.«

»Wir wären diskret.«

»Wir streiten uns immer.« Was zum Teufel kam da aus ihrem Mund?

»Ich weiß.« Er lächelte, die vollen Lippen wölbten sich. »Das gefällt mir. Niemand außer dir gibt mir Kontra.«

Über ihren Patienten hinweg starrte sie ihn an, immer noch so perplex, dass sie nicht wusste, was sie sagen sollte. Gott, es war so lange her, dass sie einen Mann in ihrem Leben gehabt hatte. In ihrem Bett. In ihrem Kopf. So verdammt lange. Seit Jahren kehrte sie in ihre leere Wohnung zurück, duschte allein und fiel allein ins Bett, wachte allein auf und ging allein zur Arbeit. Seit ihre Eltern nicht mehr da waren, hatte sie keine Verwandten mehr, und bei ihrem Arbeitspensum im Krankenhaus gab es keinen Freundeskreis neben den Kollegen. Der einzige Mensch, mit dem sie sich wirklich unterhielt, war ... tja, Manello.

Als sie ihn jetzt betrachtete, kam ihr der Gedanke, dass er wahrhaftig der Grund für sie war, wegzugehen. Nicht nur, weil er ihr beruflich den Weg versperrte. Sondern weil sie tief drinnen gewusst hatte, dass diese Aussprache eines Tages kommen würde, und sie flüchten wollte, bevor es so weit war.

»Schweigen«, murmelte Manello, »ist momentan keine gute Sache. Außer, du formulierst gerade im Kopf einen Satz in der Art von ›Manny, ich liebe dich seit Jahren, lass uns in deine Wohnung gehen und die nächsten vier Tage in der Horizontalen verbringen.‹«

»Du hast morgen Dienst«, gab sie ohne zu überlegen zurück.

»Ich würde mich krankmelden. Erzählen, dass ich die Grippe habe. Und als dein Vorgesetzter würde ich dich anweisen, dasselbe zu tun.« Er beugte sich über den Patienten. »Fahr morgen nicht zu dem Vorstellungsgespräch. Bleib hier. Lass uns ausprobieren, wohin es uns führt.«

Jane senkte den Blick und stellte fest, dass sie seine Hände anstarrte ... seine starken, breiten Hände, die schon so viele Hüften und Schultern und Knie geheilt hatten, die Karrieren und das Glück so vieler Sportler gerettet hatten, sowohl von Amateuren wie von Profis. Und er operierte nicht nur die Jungen, Fitten. Er hatte auch die Beweglichkeit der Älteren und der Versehrten und der Krebskranken erhalten, hatte so vielen geholfen, ihre Arme und Beine weiter gebrauchen zu können.

Sie versuchte, sich diese Hände auf ihrer Haut vorzustellen.

»Manny«, flüsterte sie. »Das ist doch verrückt.«

Am anderen Ende der Stadt erhob sich Phury vom reglosen Körper eines bleichen *Lesser*. Mit seinem schwarzen Dolch hatte er dem Wesen einen klaffenden Spalt in den Hals geschnitten und glänzendes schwarzes Blut pulsierte auf den Asphalt. Sein Instinkt trieb ihn, die Klinge in sein Herz zu treiben und ihn zu Omega zu schicken, aber das war die altmodische Art. Die neue Methode war besser.

Wenn sie auch Butch teuer zu stehen kam. Sehr teuer.

»Der hier ist bereit für dich«, sagte Phury und trat zurück.

Butch kam näher, seine Stiefel knirschten über eisige Pfützen. Seine Miene war finster, die Fänge verlängert, sein Duft enthielt nun die Talkum-Süße ihrer Feinde. Er war fertig mit dem Jäger, mit dem er gekämpft hatte, hatte sein Ding mit ihm abgezogen, und jetzt würde er es wieder tun.

Der Ex-Cop wirkte gleichzeitig belebt und gequält, als er auf die Knie sank, seine Hände auf beide Seiten des bleichen Gesichts aufstützte und sich herunterbeugte. Dann öffnete er den Mund, hielt ihn über die Lippen des *Lesser* und fing langsam an einzuatmen.

Die Augen des Jägers flackerten, als schwarzer Dunst aus seinem Körper aufstieg und in Butchs Lungen gesaugt wurde. Es gab keine Unterbrechung, keine Pause im Luftzug, nur einen stetigen Strom des Bösen, der aus einem Gefäß in ein anderes wechselte. Am Ende wurde ihr Feind zu nichts als grauer Asche, der Körper bröckelte, dann zerfiel er in einen feinen Staub, der vom kalten Wind davongetragen wurde.

Butch sackte in sich zusammen, dann stürzte er zu Boden und lag auf der Seite auf dem feuchten Asphalt der Straße. Phury ging zu ihm und streckte die Hand aus …

»Fass mich nicht an.« Butchs Stimme war nur mehr ein Pfeifen. »Sonst stecke ich dich an.«

»Lass mich –«

»Nein!« Butch zog sich vom Boden hoch. »Gib mir nur eine Minute zum Erholen.«

Phury stand über dem Cop und bewachte ihn, behielt die

Straße im Auge, falls noch mehr Feinde kämen. »Willst du nach Hause? Ich werde V suchen.«

»Scheiße, nein.« Butchs braune Augen hoben sich. »Er gehört mir. Ich werde ihn finden.«

»Bist du sicher?«

Butch kam auf die Füße, und obwohl er schwankte wie eine Pappel im Wind, war er wild entschlossen. »Hauen wir ab.«

Phury fiel neben ihm in Trab, und die beiden liefen die Trade Street entlang. Ihm gefiel der Ausdruck auf Butchs Gesicht nicht. Er sah aus, als wäre sein Magen im Schleudergang, strahlte aber trotzdem aus, erst aufgeben zu wollen, wenn er umkippte.

Während die beiden die urbane Höhle Caldwells durchkämmten, ohne auch nur das Geringste zu finden, fühlte sich Butch in seiner V-losen Lage eindeutig noch elender.

Sie waren schon am Rand der Innenstadt angelangt, weit draußen in der Nähe der Redd Avenue, als Phury stehen blieb. »Wir sollten umkehren. So weit ist er bestimmt nicht gegangen.«

Butch hielt an und blickte sich um. Mit dumpfer Stimme sagte er: »Hey, schau mal. Da drüben liegt Beths ehemalige Wohnung.«

»Wir müssen kehrtmachen.«

Der Ex-Cop schüttelte den Kopf und rieb sich die Brust. »Wir müssen weiter.«

»Ich sag ja nicht, dass wir die Suche aufgeben sollen. Aber warum sollte er so weit außerhalb unterwegs sein? Wir sind kurz vor den Wohngebieten. Zu viele Beobachter für einen Kampf, deshalb würde er es hier nicht probieren.«

»Phury, Mann, was, wenn er gekidnappt wurde? Wir haben heute Nacht keine anderen *Lesser* auf der Straße gesehen. Was, wenn was richtig Übles passiert ist, wenn sie ihn eingesackt haben?«

»Wenn er bei Bewusstsein war, dann wäre das ziemlich unwahrscheinlich, immerhin hat er seine Hand. Eine krasse Waffe, selbst wenn er seine Dolche verloren hätte.«

»Was, wenn er k. o. geschlagen wurde?«

Bevor Phury noch antworten konnte, raste ein Übertragungswagen von Channel Six vorbei. Zwei Straßen weiter leuchteten die Bremslichter auf, und der Wagen bog mit quietschenden Reifen links ab.

Scheiße, war das Einzige, was Phury dazu einfiel. Nachrichtenteams legten keinen solchen Auftritt hin, nur weil die Katze einer alten Oma nicht mehr vom Baum runterkam. Trotzdem – vielleicht war es ja eine Menschenangelegenheit, eine Bandenschießerei oder so was.

Das Blöde war, dass eine schreckliche, niederschmetternde Vorahnung Phury sagte, dass das nicht der Fall war. Als Butch sich in die Richtung aufmachte, schloss er sich sofort an. Kein Wort wurde gewechselt, was bedeutete, dass der Bulle genau dasselbe dachte wie er: Bitte, lieber Himmel, lass es eine fremde Tragödie sein, nicht unsere.

Als sie neben dem Übertragungswagen ankamen, war da schon der übliche Aufmarsch zu sehen: Zwei Streifenwagen parkten an der Mündung der Sackgasse der Twentieth Avenue. Eine Reporterin stand von Scheinwerfern beleuchtet da und sprach in eine Kamera, um sie herum wuselten Uniformierte mit gelbem Absperrband herum, und Schaulustige drängten sich aneinander, gierig auf Sensationen und aufgeregt schnatternd.

Der Windstoß, der die schmale Straße durchwehte, trug den Geruch von Vs Blut mit sich, ebenso wie den Talkum-Gestank der *Lesser.*

»O mein Gott…« Butchs Seelenqual floh in die Nachtluft und fügte der Mischung noch einen scharfen, schellackartigen Geruch hinzu.

Der Bruder machte einen Satz nach vorn auf das Absperrband zu, doch Phury hielt ihn am Arm fest – und wurde bleich. Das Böse in Butch war so greifbar, dass es Phurys Arm emporschoss und in seinen Eingeweiden landete, so dass sich ihm der Magen umdrehte.

Er hielt seinen Freund trotzdem weiter fest.

»Du hältst dich verflucht noch mal zurück. Wahrscheinlich sind da ehemalige Kollegen von dir dabei.« Als der Bulle den Mund öffnete, ließ Phury ihn nicht zu Wort kommen. »Klapp deinen Kragen hoch, zieh die Kappe runter und rühr dich nicht vom Fleck.«

Butch zupfte an seiner Red-Sox-Kappe und vergrub das Kinn im Kragen. »Wenn er tot ist –«

»Halt die Klappe und pass lieber auf, dass du selbst nicht umkippst.« Was eine Herausforderung wäre, denn Butch war in einem erbärmlichen Zustand. Himmel – wenn V tot war, dann würde das nicht nur jeden einzelnen der Brüder schaffen, sondern der ehemalige Bulle hätte ein ganz spezielles Problem. Nach der Staubsaugernummer mit den *Lessern* war V der Einzige, der ihm das Böse austreiben konnte.

»Komm schon, Butch. Du stehst hier zu auffällig. Geh weiter.«

Gehorsam marschierte der Ex-Cop ein paar Meter weiter und lehnte sich mit dem Rücken an ein geparktes Auto. Als Phury das Gefühl hatte, der Bursche bliebe auch da, gesellte er sich zu den Schaulustigen am Absperrband. Er ließ den Blick über den Tatort schweifen und bemerkte als Erstes die Rückstände eines *Lesser*, der dort erledigt worden war. Glücklicherweise schenkte die Polizei dem keine Beachtung. Wahrscheinlich dachten sie, die glänzende Pfütze wäre nur eine Ölspur und der versengte Fleck die Überreste des Lagerfeuers eines Obdachlosen. Nein, die Uniformierten konzentrierten sich auf die Mitte des Schauplatzes, wo Vishous eindeutig in einer Lache roten Blutes gelegen hatte.

O gütige Jungfrau im Schleier.

Phury wandte sich dem Menschen zu, der zufällig neben ihm stand. »Was ist passiert?«

Der Kerl zuckte die Achseln. »Schießerei oder so.«

Ein Junge in Raver-Klamotten meldete sich zu Wort, total überdreht, als wäre das hier das Coolste überhaupt. »Ein Schuss in die Brust. Ich hab's beobachtet, und ich hab auch den Notarzt gerufen.« Er wedelte mit seinem Handy, als wäre es eine Trophäe. »Die Polizei will, dass ich hier warte, damit sie mich befragen können.«

Phury sah ihn an. »Was war los?«

»Gott, das glaubst du nicht. Das war original wie im Fernsehen, echt.«

»Aha.« Phury untersuchte die Gebäude zu beiden Seiten der kleinen Straße. Keine Fenster. Der Typ hier war vermutlich der einzige Zeuge. »Was ist passiert?«

»Also, ich spazier so die Trade runter. Meine Freunde haben mich am *Screamer's* abgehängt, und ich hab kein Auto, weißt du? Jedenfalls laufe ich so und dann sehe ich vor mir einen hellen Lichtblitz. Wie ein gigantisches Stroboskop, hier in der Straße. Ich geh also schneller, weil ich sehen will, was da abgeht, und da hör ich den Schuss. Wie so ein Ploppen. Eigentlich wusste ich zuerst gar nicht, dass das ein Schuss war, bis ich hier ankam. Irgendwie hätte ich mir das lauter vorgestellt –«

»Wann hast du den Notarzt gerufen?«

»Also, ich hab ein bisschen gewartet, weil ich damit gerechnet habe, dass gleich jemand angerannt kommt, und ich nicht erschossen werden wollte. Aber da kam niemand, also dachte ich, die sind bestimmt hintenrum abgehauen oder so. Dann hab ich gesehen, dass es gar keinen hinteren Ausgang aus der Straße gibt. Also hat er vielleicht selbst auf sich geschossen, weißt du?«

»Wie sah der Typ denn aus?«

»Das Opfer?« Der Junge neigte sich ihm zu. »So nennen die von der Polizei das. Ich hab sie belauscht.«

»Danke für die Info«, murmelte Phury. »Also, wie sah er aus?«

»Dunkle Haare. Mit einem Ziegenbärtchen. Viel Leder. Ich hab mich über ihn gebeugt, als ich den Krankenwagen gerufen habe. Er hat geblutet, aber noch gelebt.«

»Hast du sonst noch jemanden gesehen?«

»Nee. Nur den einen. Also, ich werd noch von der Polizei befragt, in Echt. Hab ich das schon gesagt?«

»Ja, Glückwunsch. Du musst ja begeistert sein.« Mann, Phury musste sich wirklich schwer zusammenreißen, dem Kleinen nicht eine dicke Lippe zu verpassen.

»Hey, mach dich mal locker. Das ist doch total cool.«

»Nicht für den Kerl, den sie angeschossen haben.« Wieder nahm Phury den Tatort in Augenschein. Wenigstens war V nicht den *Lessern* in die Hände gefallen, und er war nicht hier gestorben. Möglich, dass der Jäger V zuerst angeschossen hatte, der Bruder aber noch genug Kraft gehabt hatte, um ihn platzen zu lassen, bevor er das Bewusstsein verlor.

Aber Moment mal ... der Schuss kam nach dem Blitz. Also musste ein zweiter *Lesser* dazugekommen sein.

Von links hörte Phury eine wohlklingende Stimme: »Hier ist Bethany Choi von Channel Six, wir berichten live vom Tatort einer weiteren Schießerei in der Innenstadt. Laut Polizeiangaben wurde das Opfer, Michael Klosnick –«

Michael Klosnick? Gut möglich, dass V den Ausweis des *Lesser* eingesteckt hatte und er bei ihm gefunden worden war.

»– ins St. Francis Medical Center gebracht und befindet sich mit einer Schusswunde im Brustraum in kritischem Zustand ...«

Alles klar, das würde eine lange Nacht: Vishous verletzt.

In Menschenhänden. Und sie hatten nur vier Stunden bis zur Dämmerung.

Schnellstmögliche Evakuierung war angesagt.

Phury wählte die Nummer des Anwesens, während er zurück zu Butch joggte. »Er lebt, Schusswunde, sie haben ihn nach St. Francis gebracht«, informierte er den wartenden Ex-Cop.

Butch sackte erleichtert zusammen und sagte etwas, das klang wie: *Lob sei dem Herrn.* »Also, holen wir ihn raus?«

»Du hast es erfasst.« Warum ging Wrath nicht ans Telefon? *Komm schon, Wrath … geh dran.* »Scheiße, diese verdammten Ärzte müssen den Schock ihres Lebens bekommen haben, als sie ihn aufgeschnitten – Wrath? Wir haben ein Problem.«

Vishous war in seinem komatösen Körper hellwach, bei vollem Bewusstsein, auch wenn er in einem Käfig aus unbrauchbarem Fleisch und Knochen gefangen war. Er konnte seine Arme und Beine nicht bewegen, und seine Augenlider waren so fest geschlossen, als hätte er Gummilösung geweint. Sein Gehör schien das Einzige zu sein, was noch funktionierte: Irgendwo über ihm fand ein Gespräch statt. Eine Frau und ein Mann, deren Stimmen er nicht erkannte.

Nein, Moment mal. Eine von beiden Stimmen kannte er. Eine von beiden hatte ihn herumkommandiert. Die Frau. Aber warum?

Und warum zum Henker hatte er das zugelassen?

Er lauschte ihrer Stimme, ohne den Worten wirklich zu folgen. Ihr Tonfall war ziemlich maskulin. Direkt. Herrisch. Befehlend.

Wer war sie? Wer …

Die Erkenntnis traf ihn wie eine Ohrfeige und brachte ihn wieder einigermaßen zu Sinnen. Die Ärztin. Die *menschliche* Ärztin, die ihn operiert hatte. Verflucht, er war in einem Menschenkrankenhaus. Er war in die Hände von Menschen gefallen, nachdem ... Verflucht, was war heute Nacht mit ihm passiert?

Panik durchfuhr ihn ... was ihn keinen Schritt weiterbrachte. Sein Körper war nichts als ein Stück Fleisch, und der Schlauch in seiner Kehle bedeutete sehr wahrscheinlich, dass eine Maschine seine Lunge antrieb. Ganz offensichtlich hatten sie ihn gnadenlos sediert.

O mein Gott. Wie kurz vor Morgengrauen war es? Er musste hier weg. Wie würde er ...

Seine Fluchtgedanken rissen abrupt ab, als seine Instinkte brüllend zum Leben erwachten, das Ruder übernahmen, die Kontrolle an sich rissen.

Allerdings brach sich nicht der Kämpfer in ihm Bahn. Sondern die ganzen besitzergreifenden männlichen Triebe, die immer geschlummert hatten; von denen er gelesen oder gehört hatte, die er bei anderen beobachtet, von denen er sich selbst aber frei geglaubt hatte. Der Auslöser war ein Aroma im Raum, das Aroma eines Mannes, der Sex wollte ... mit der Frau, mit Vs Ärztin.

Mein.

Das Wort flog ihn aus dem Nichts an, und im Schlepptau hatte es einen gewaltigen Drang zu töten. Vishous war so aufgebracht, dass er die Augen aufschlug.

Als er den Kopf drehte, entdeckte er eine große Frau mit kurzen blonden Haaren. Sie trug eine randlose Brille, kein Make-up, keine Ohrringe. Auf ihrem weißen Kittel stand DR. JANE WHITCOMB, LEITERIN NOTFALLSTATION in schwarzer Schreibschrift.

»Manny«, sagte sie. »Das ist doch verrückt.«

V wandte seinen Blick dem dunkelhaarigen Mann zu. Er trug ebenfalls einen weißen Kittel; nur stand auf seinem Revers DR. MANUEL MANELLO, CHEFARZT, CHIRURGIE.

»Das ist überhaupt nicht verrückt«, erwiderte der Mann.

Seine Stimme war tief und herrisch, seine Augen klebten viel zu intensiv an Vs Ärztin. »Ich weiß, was ich will. Und ich will dich.«

Mein, dachte V. *Nicht dein. MEIN.*

»Ich kann nicht morgen *nicht* nach New York fahren«, sagte sie. »Selbst wenn zwischen uns etwas wäre, dann müsste ich immer noch gehen, wenn ich weiterkommen will.«

»Etwas zwischen uns.« Jetzt lächelte der Blödmann. »Heißt das, du denkst darüber nach?«

»Darüber?«

»Über uns.«

Vs Oberlippe zog sich über seine Fänge hoch. Während er zu knurren begann, kreiste immer weiter das eine Wort durch seinen Kopf, eine Granate mit gezogenem Splint: *MEIN.*

»Ich weiß nicht«, sagte Vs Ärztin.

»Das ist ein Nein, oder? Jane? Das ist ein Nein.«

»Nein ... ist es nicht.«

»Gut.« Der Mann blickte nach unten und wirkte überrascht. »Sieh mal einer an ... da ist jemand wach.«

Und ob ich wach bin, dachte V. *Und wenn du sie anfasst, dann reiße ich dir deinen beschissenen Arm an der Schulter ab.*

9

Faye Montgomery war eine praktisch veranlagte Frau, weshalb sie eine so großartige Krankenschwester abgab. Sie war schon ausgeglichen auf die Welt gekommen. Ihre Ausgeglichenheit gehörte zu ihr wie ihr dunkles Haar und ihre dunklen Augen, und in Krisensituationen war sie unschlagbar. Mit einem Ehemann bei den Marines, zwei Kindern zu Hause und zwölf Jahren Berufserfahrung auf der Intensivstation konnte man sie nicht so leicht aus der Fassung bringen.

Doch in diesem Augenblick im Schwesternzimmer der Intensivstation hatte sie die Fassung verloren.

Auf der anderen Seite der Trennwand standen drei Männer in der Größe von Kleinlastern. Einer hatte lange, bunte Haare und gelbe Augen, die nicht echt wirkten, so leuchtend waren sie. Der Zweite war hinreißend schön und hatte eine so starke sexuelle Ausstrahlung, dass sie sich bewusst daran erinnern musste, glücklich verheiratet zu sein. Der Dritte hielt sich im Hintergrund, außer einer Red-Sox-

Kappe, einer Sonnenbrille und einer Aura des reinen Bösen, die nicht zu seinem attraktiven Gesicht passte, war nicht viel zu erkennen.

Hatte einer von ihnen eine Frage gestellt? Sie glaubte schon.

Da keine der anderen Schwestern der Sprache mächtig zu sein schien, stammelte Faye: »Entschuldigung? Äh ... was haben Sie gesagt?«

Der mit den irren Haaren – meine Güte, waren die wirklich echt? – lächelte knapp. »Wir suchen Michael Klosnick, er wurde als Notfall eingeliefert. In der Aufnahme sagte man uns, er sei nach seiner Operation hierher verlegt worden.«

Wahnsinn, diese Iris hatten die Farbe von Butterblumen im Sonnenschein, ein schimmerndes Gold. »Sind Sie Angehörige?«

»Wir sind seine Brüder.«

»Gut, aber er kommt gerade erst aus dem OP, und wir können Sie nicht ...« Aus keinem ersichtlichen Grund änderten Fayes Gedanken plötzlich die Richtung, wie eine Spielzeugeisenbahn, die von einem Gleis hochgehoben und auf ein anderes gesetzt wurde. Sie hörte sich sagen: »Den Flur entlang, Zimmer sechs. Aber nur einer von Ihnen kann rein und auch nur kurz. Und Sie müssen warten, bis seine Ärztin –«

In dem Augenblick kam Dr. Manello auf sie zu. Er musterte die Männer und fragte: »Alles in Ordnung hier?«

Faye nickte, während ihr Mund sagte: »Ja, alles wunderbar.«

Dr. Manello runzelte die Stirn und sah den Männern nacheinander in die Augen. Dann krümmte er sich leicht und rieb sich die Schläfen, als hätte er Kopfschmerzen. »Ich bin in meinem Büro, falls Sie mich brauchen, Faye.«

»Okay, Dr. Manello.« Sie warf noch einmal einen Blick

auf die Männer. Was wollte sie gerade sagen? *Ach ja.* »Sie müssen aber warten, bis seine Ärztin gegangen ist, okay?«

»In Ordnung, danke.«

Diese gelben Augen bohrten sich in ihren Kopf ... und urplötzlich wusste sie nicht mehr, ob wirklich ein Patient in Zimmer sechs lag oder nicht. Moment ...

»Verzeihung«, sagte der Mann. »Wie lauten Ihr Benutzername und das Passwort?«

»Äh ... wie bitte?«

»Für den Computer.«

Warum sollte er – aber natürlich, er brauchte diese Information. Absolut. Und sie musste sie ihm geben. »FMONT2 ist das Login, das Passwort lautet 11Eddie11, mit großem E.«

»Danke.«

Gerade wollte sie sagen *Gern geschehen,* als in ihr der Gedanke aufblitzte, dass es Zeit für eine Besprechung war. Aber warum eigentlich? Sie hatten doch gerade erst eine ...

Nein, es war definitiv höchste Zeit für eine Besprechung, sie mussten unbedingt eine Besprechung abhalten. Und zwar sofort ...

Faye blinzelte und stellte fest, dass sie über den Tresen des Schwesternzimmers hinweg ins Leere starrte. Komisch, sie hätte schwören können, dass sie gerade mit jemandem gesprochen hatte. Einem Mann und ...

Besprechung. Jetzt.

Faye massierte sich die Schläfen, sie hatte das Gefühl, ihre Stirn wäre in einen Schraubstock eingeklemmt. Normalerweise neigte sie nicht zu Kopfschmerzen, aber es war ein hektischer Tag gewesen, und sie hatte viel Koffein und wenig Nahrung zu sich genommen.

Über die Schulter warf sie einen Blick auf die anderen drei Schwestern, die alle ein wenig verwirrt wirkten. »Ab ins Besprechungszimmer, meine Damen. Wir müssen die Krankenakten abgleichen.«

Eine von Fayes Kolleginnen zog die Augenbrauen hoch. »Haben wir das nicht schon heute Abend gemacht?«

»Wir müssen es noch mal machen.«

Alle standen auf und gingen in das Besprechungszimmer. Faye ließ die Flügeltür offen stehen und setzte sich ans Kopfende des Tisches, um den Flur wie auch die Monitore im Auge zu behalten, die den Zustand jedes Patienten auf dem Stockwerk anzeigten ...

Sie erstarrte auf ihrem Stuhl. *Was war das denn?* Da stand ein Mann mit bunten Haaren im Schwesternzimmer, über eine Tastatur gebeugt.

Sie wollte schon aufstehen und die Wachleute rufen, doch dann blickte der Mann sich zu ihr um. Als seine gelben Augen sie fanden, vergaß sie plötzlich, warum es so falsch sein sollte, dass er sich an einem ihrer Computer zu schaffen machte. Außerdem erkannte sie, dass es unerlässlich war, jetzt auf der Stelle über den Patienten in der Fünf zu sprechen.

»Wie ist der neueste Stand im Fall Mr. Hauser?«, fragte sie in einem Tonfall, der alle zur Ordnung rief.

Nachdem Manello gegangen war, starrte Jane ihren Patienten ungläubig an. Trotz sämtlicher Sedativa in seinem Organismus waren seine Augen geöffnet, und er blickte sie völlig ungetrübt aus seinem harten, tätowierten Gesicht heraus an.

Mein Gott ... diese Augen. Noch nie hatte sie so etwas gesehen, die Iris waren unnatürlich weiß mit einem dunkelblauen Rand.

Das war nicht richtig, dachte sie. Wie er sie ansah, war nicht richtig. Das Herz mit den sechs Kammern in seiner Brust war nicht richtig. Diese langen Zähne in seinem Oberkiefer waren nicht richtig.

Er war kein Mensch.

Aber das war doch lächerlich. Das oberste Gebot der Medizin: Wenn man Huftrappeln hört, darf man nicht an Zebras denken. Wie hoch standen die Chancen, dass es da draußen eine unbekannte humanoide Spezies gab? Einen Labrador neben dem *Homo sapiens*-Retriever?

Sie dachte an die Zähne des Patienten. Vielleicht eher ein Dobermann statt eines Labradors.

Der Patient erwiderte ihren Blick, irgendwie gelang es ihm, bedrohlich zu wirken, obwohl ihm ein Schlauch im Hals steckte und seine Not-OP erst zwei Stunden her war.

Warum, zum Teufel, war der Kerl bei Bewusstsein?

»Können Sie mich hören?«, fragte sie. »Nicken Sie bitte mit dem Kopf, wenn Sie mich hören.«

Seine Hand – die mit den Tätowierungen – tastete blind nach seinem Hals, dann umschloss er den Atmungsschlauch in seinem Mund.

»O nein, der bleibt drin.« Als sie sich über ihn beugte, um ihn festzuhalten, riss er die Hand vor ihr weg und hielt sie so weit es eben ging von ihr entfernt. »So ist es gut. Sonst müsste ich Sie fixieren.«

Bei der Drohung weiteten sich seine Augen in Entsetzen, und sein riesiger Körper begann zu zittern. Die Lippen bewegten sich mühsam um den Schlauch in seinem Hals herum, als stieße er einen Schrei aus. Seine Furcht rührte sie an; er wirkte wie ein Wolf, dessen Pfote in einer Falle steckte: *Hilf mir, dann töte ich dich unter Umständen nicht, wenn du mich befreist.* Sie legte ihm die Hand auf die Schulter. »Ist ja gut, ist ja gut, so weit muss es ja nicht kommen. Aber den Schlauch brauchen wir –«

Die Tür ging auf, und Jane wurde stocksteif.

Die beiden Männer, die hereinkamen, waren in schwarzes Leder gekleidet und sahen aus wie Kerle, die Waffen am Körper trugen. Einer war der wahrscheinlich größte, attraktivste blonde Mann, den sie je zu Gesicht bekommen hatte.

Der andere erschreckte sie. Er hatte sich eine Red-Sox-Kappe tief ins Gesicht gezogen und war von einem furchtbaren Dunstkreis der Bösartigkeit umgeben. Von seinem Gesicht konnte sie nicht viel erkennen, aber seiner grauen Blässe nach zu urteilen war er krank.

Janes erster Gedanke beim Anblick der beiden war, dass die zwei wegen ihres Patienten gekommen waren, und zwar nicht nur, um ihm Blümchen zu bringen und ihn aufzuheitern.

Ihr zweiter Gedanke war, dass sie den Sicherheitsdienst rufen musste. Schleunigst.

»Raus hier«, sagte sie. »Sofort.«

Der Vordere, der mit der Baseballkappe, ignorierte sie einfach und ging zum Bett. Als die Blicke der beiden Männer sich trafen, fassten er und ihr Patient sich an den Händen.

Mit heiserer Stimme sagte Red Sox: »Ich dachte, wir hätten dich verloren, du Arschloch.«

Die Augen ihres Patienten schienen angestrengt kommunizieren zu wollen. Dann schüttelte er nur den Kopf von einer Seite des Kissens zur anderen.

»Wir bringen dich jetzt nach Hause, okay?«

Als ihr Patient nickte, dachte Jane sich, *Schluss jetzt mit dem Geplauder.* Sie machte einen Satz auf den Notfallklingelknopf zu, und zwar dem, der einen Herzstillstand anzeigte und dementsprechend die halbe Besatzung ins Zimmer rufen würde.

Sie schaffte es nicht.

Der Kumpel von Red Sox, der schöne Blonde, bewegte sich so schnell, dass sie ihm nicht mit den Augen folgen konnte. Im einen Moment stand er noch an der Tür; im nächsten umschlang er sie von hinten und hob sie hoch. Als sie zu brüllen anfing, legte er ihr die Hand auf den Mund und bändigte sie mit einer Leichtigkeit, als wäre sie nur ein Kind, das einen Wutanfall hat.

In der Zwischenzeit befreite Red Sox den Patienten systematisch von allen Schläuchen, Kathetern, Drähten und Monitoren.

Jane rastete völlig aus. Als sämtliche Warnsignale der Maschinen loslegten, holte sie mit dem Fuß aus und trat ihrem Gegner vor das Schienbein. Der blonde Koloss grunzte, quetschte ihr dann aber einfach den Brustkorb zusammen, bis sie so beschäftigt mit Luftholen war, dass sie das Fußballmanöver vorübergehend einstellte.

Wenigstens würde der Lärm die andern …

Das schrille Piepen verstummte, obwohl niemand die Apparate angefasst hatte. Und sie hatte die furchtbare Ahnung, dass niemand kommen würde.

Jane wehrte sich noch heftiger, bis ihr die Tränen in die Augen traten.

»Ganz locker bleiben«, raunte ihr der Blonde ins Ohr. »Wir sind in einer Minute wieder verschwunden. Entspann dich einfach.«

Nichts dergleichen würde sie, verflucht noch mal. Die wollten ihren Patienten umbringen …

Der Patient machte einen selbstständigen, tiefen Atemzug. Und noch einen. Und noch einen.

Dann hefteten sich diese unheimlichen Diamantaugen wieder auf sie, und sie wurde reglos, als hätte er sie durch seinen bloßen Willen dazu gebracht.

Einen Augenblick lang herrschte Stille. Und dann sprach ihr Patient mit rauer Stimme vier Worte, die alles veränderten … ihr Leben, ihr Schicksal:

»Sie. Kommt. Mit. Mir.«

In der Zwischenzeit hackte sich Phury rasch in das Datensystem des Krankenhauses ein. Er war nicht so ein Zauberer an der Tastatur wie V, aber hierfür reichte es aus. Er fand die Einträge unter dem Namen Michael Klosnick und verunreinigte die Daten zu Vishous' Behandlung durch wahllose Skriptsprachen: Alle Testergebnisse, Scans, Röntgenbilder, digitalen Fotos, Abläufe, OP-Protokolle wurden unlesbar. Dann trug er eine kurze Anmerkung ein, dass Klosnick mittellos sei und auf eigenes Risiko die Klinik verlassen habe.

Gott, er liebte kompakte, digitalisierte Krankenakten. Ein Kinderspiel.

Zusätzlich reinigte er die Gedächtnisse der meisten Angehörigen des Personals. Auf dem Weg nach oben hatte er einen Abstecher in den Operationstrakt gemacht und ein kleines Tête-à-tête mit den diensthabenden Schwestern gehabt. Das Glück war auf seiner Seite gewesen. Es hatte in der Zwischenzeit kein Schichtwechsel stattgefunden, und alle an Vs OP Beteiligten waren noch vor Ort und konnten blank geschrubbt werden. Keine dieser Schwestern würde eine klare Erinnerung an das haben, was sie bei dem Eingriff gesehen hatte.

Natürlich war es keine perfekte Ausradierung. Es gab Leute, die er nicht hatte erreichen können, und vielleicht auch Hilfsprotokolle, die ausgedruckt worden waren. Doch das war nicht sein Problem. Die Ungereimtheiten, die nach Vs Verschwinden noch blieben, würden im hektischen Alltag eines geschäftigen städtischen Krankenhauses untergehen. Selbst wenn sich noch Nachfragen nach der Patientenversorgung ergäben, wäre V schon längst nicht mehr aufzuspüren, und das allein zählte.

Als Phury mit dem Computer fertig war, joggte er den Flur hinunter. Unterwegs kümmerte er sich noch um die Überwachungskameras, die in regelmäßigen Abständen in die Decke eingelassen waren, so dass sie nur mehr Schnee zeigen würden.

Er erreichte die Tür zu Zimmer sechs genau, als sie sich öffnete. Vishous sah aus wie der Tod, er hing bleich und wackelig in Butchs Armen. Er schien Schmerzen zu haben und hatte den Kopf an Butchs Hals vergraben. Doch er atmete noch, und seine Augen waren offen.

»Ich trage ihn«, sagte Phury, da Butch beinahe genauso schlecht aussah.

»Ich hab ihn schon. Kümmere du dich um die Personalkrise schalt die Überwachungskameras aus.«

»Was für eine Personalkrise?«

»Wart's ab«, murmelte Butch und steuerte auf einen Notausgang am Ende des Korridors zu.

Den Bruchteil einer Sekunde später bekam Phury hautnah mit, was der Bruder mit der Krise gemeint hatte: Rhage kam in den Flur, mit einer zeternden Frau im Schwitzkasten. Sie wehrte sich mit Zähnen und Klauen, das gedämpfte Gebrüll legte nahe, dass sie über den Wortschatz eines Fernfahrers verfügte.

»Du musst sie ausknocken, mein Bruder«, sagte Rhage. Dann knurrte er: »Ich will ihr nicht wehtun, und V hat gesagt, sie muss mit.«

»Das war aber nicht als Entführungsaktion geplant.«

»Zu spät. Und jetzt bring sie zum Schweigen, wenn's denn möglich wäre«, grunzte Rhage. Seine Hand ließ ihren Mund los und hielt einen der um sich schlagenden Arme fest.

Ihre Stimme ertönte laut und deutlich. »Ich lasse nicht zu, dass ...«

Phury nahm ihr Kinn in die Hand und zwang ihren Kopf nach oben. »Ganz ruhig«, sagte er sanft. »Einfach lockerlassen.«

Er sah ihr direkt in die Augen und zwang ihr Ruhe auf ... Ruhe ... Ruhe –

»Leck mich!«, schrie sie. »Ich lasse nicht zu, dass ihr meinen Patienten umbringt!«

Okay, so ging das nicht. Hinter dieser randlosen Brille und den dunkelgrünen Augen steckte ein starker Geist. Also fuhr er fluchend die schweren Geschütze auf und schaltete sie mental komplett ab. Sie sackte in sich zusammen wie ein nasses Handtuch.

Phury zog ihr die Brille ab, klappte sie zusammen und steckte sie sich in die Brusttasche seiner Jacke. »Jetzt lasst uns hier abhauen, bevor sie wieder zu sich kommt.«

Rhage warf sich die Frau wie einen Schal über die breite Schulter. »Hol ihre Handtasche aus dem Zimmer.«

Phury schlüpfte durch die Tür, schnappte sich eine große Ledertasche und die Akte mit der Aufschrift KLOSNICK, dann verließ er schleunigst den Raum. Als er wieder in den Flur kam, lief Butch gerade einer Schwester in die Arme, die aus einem Krankenzimmer getreten war.

»Was machen Sie da!«, rief die Frau.

Phury sprang vor sie, versetzte sie mit seinem Blick in Stupor und pflanzte ihr das dringende Bedürfnis in den Stirnlappen, zu einer Besprechung zu gehen. Als er den Rest seines Teams wieder einholte, war die Frau auf Rhages Schulter schon wieder im Begriff, die Kontrolle über ihren Geist abzuschütteln, sie warf den Kopf vor und zurück, der im Rhythmus von Rhages Schritten auf und ab hüpfte.

Als sie den Notausgang des Treppenhauses erreichten, bellte Phury: »Bleib mal kurz stehen, Rhage.«

Der Bruder befolgte den Befehl unverzüglich, und Phury legte der Ärztin die Hand seitlich um den Hals und schickte sie mit einem Druckgriff ins Land der Träume.

»Die ist weg. Alles paletti.«

Sie nahmen die Hintertreppe und gaben Gas. Vishous' rasselnder Atem bezeugte, wie heftig die Sprintaktion für ihn war, aber er war so beinhart wie immer, obwohl er die Farbe von Erbsensuppe angenommen hatte.

Jedes Mal, wenn sie an einem Treppenabsatz anlangten, machte sich Phury an den Überwachungskameras zu schaffen, schickte einen Stromstoß durch die Geräte, so dass sie den Geist aufgaben. Seine große Hoffnung war, es bis zum

Escalade zu schaffen, ohne sich mit einem Haufen Wachleuten anlegen zu müssen. Menschen standen niemals im Fadenkreuz der Bruderschaft. Doch abgesehen davon würden sie vor nichts haltmachen, falls die Vampire Gefahr liefen, entdeckt zu werden. Und da das Hypnotisieren größerer Gruppen erregter und aggressiver Menschen eine niedrige Erfolgsquote hatte, blieb dann nur der Kampf. Und für sie der Tod.

Acht Stockwerke weiter unten flachte das Treppenhaus ab, und Butch blieb vor einer Eisentür stehen. Der Schweiß strömte ihm über das Gesicht, und er schwankte, doch sein Blick war ungerührt wie der eines Soldaten: Er würde seinen Kumpel hier rausholen, und nichts würde sich ihm in den Weg stellen, nicht einmal seine eigene körperliche Schwäche.

»Ich kümmere mich um die Tür«, sagte Phury und stellte sich an die Spitze ihres Trupps. Nachdem er die Alarmanlage unschädlich gemacht hatte, hielt er die schwere Tür für die anderen auf. Hinter der Schwelle verzweigte sich ein Labyrinth von Versorgungsgängen.

»Ach du Scheiße«, murmelte er. »Wo zum Henker sind wir?«

»Keller.« Der Ex-Cop marschierte voran. »Kenn ich gut. Hier ist das Leichenschauhaus. Hab in meinem alten Job viel Zeit hier verbracht.«

Etwa hundert Meter weiter führte Butch sie in einen niedrigen Gang, der eher einem Schacht ähnelte und voller Heizungsrohre steckte. Und dann standen sie davor: Rettung in Form einer Feuerschutztür.

»Der Escalade steht da draußen«, sagte der Bulle zu V. »Und wartet brav auf uns.«

»Gott ... sei Dank.« V presste die Lippen wieder zusammen, als müsste er sich anstrengen, sich nicht zu übergeben.

Wieder setzte sich Phury an die Spitze, dann fluchte er. Diese Alarmanlage war anders eingestellt als die bisherigen, sie funktionierte über einen anderen Schaltkreis. Was nicht überraschen durfte. Außentüren waren häufig schwerer gesichert als die inneren. Das Blöde war, dass seine kleinen mentalen Tricks hier nicht funktionieren würden, und er nicht mal eben eine Auszeit nehmen konnte, um das Gerät abzurüsten. V sah aus, als wäre er unter einen Laster gekommen.

»Macht euch bereit, gleich wird's laut«, sagte Phury, dann drückte er gegen die Tür.

Die Alarmanlage heulte los wie eine wütende Banshee.

Als sie in die Nacht hinausrannten, wirbelte Phury noch einmal herum und suchte die Rückseite der Klinik ab. Er fand die Überwachungskamera über der Tür, störte ihren Empfang und hielt Blickkontakt mit dem roten Blinklicht, während V und die Frau in den Escalade geladen wurden und Rhage sich ans Steuer setzte.

Butch nahm den Beifahrersitz, und Phury sprang mit der Fracht auf den Rücksitz. Er sah auf die Uhr. Insgesamt waren zwischen ihrer Ankunft und Rhages Fuß auf dem Gaspedal neunundzwanzig Minuten vergangen. Die Operation war einigermaßen reibungslos verlaufen. Jetzt blieb nur noch, jeden in einem Stück zurück zum Anwesen zu schaffen und die Autokennzeichen des SUV loszuwerden.

Es gab nur eine Komplikation.

Phury blickte die Frau an.

Eine riesige, gigantische Komplikation.

10

John wartete nervös in der in leuchtenden Farben gestalteten Eingangshalle des großen Hauses. Er und Zsadist trafen sich jede Nacht eine Stunde vor Morgengrauen zum Spazierengehen, und soweit ihm bekannt war, hatte es keine Änderung im Plan gegeben. Doch der Bruder war schon fast eine halbe Stunde zu spät.

Um die Zeit totzuschlagen, spazierte John ein weiteres Mal quer über den Mosaikfußboden. Wie immer hatte er das Gefühl, nicht hierher zu gehören, zu all dem Prunk, doch er liebte diesen Ort und war dankbar dafür. Das Foyer war so prachtvoll, als stünde man in einer Schmuckschatulle: Säulen aus rotem Marmor und von einer Art grünschwarzem Stein getragene Wände, verziert mit verschnörkeltem Goldlaub-Zeug und Kristall-Kronleuchtern. Die Freitreppe in den ersten Stock war breit und mit rotem Teppich ausgelegt, die ideale Kulisse für einen Filmstar, um oben eine dramatische Pause einzulegen und dann auf eine glamouröse Party herunterzuschweben. Und der Boden unter seinen Füßen bildete einen Apfelbaum in voller Blüte ab, das leuchtende Bild des Frühlings strahlte und schimmerte dank Millionen von glitzernden Glassteinchen.

Am liebsten aber mochte er die Decke. Drei Stockwerke über ihm prangte ein riesiges Gemälde, das Krieger und Hengste zeigte, die mit Riesensätzen zum Leben erwachten. Schwarze Dolche waren zum Kampf gezückt. Sie wirkten so echt, als könnte man sie berühren.

So echt, als könnte man dazugehören.

Er dachte an den Tag zurück, als er all das zum ersten Mal gesehen hatte. Tohr hatte ihn damals zu Wrath gebracht.

John musste schlucken. Er hatte Tohr nur so kurze Zeit für sich gehabt. Nur wenige Monate. Nach einem ganzen Leben ohne jeden Halt, nach zwanzig Jahren, in denen er ohne den Anker einer Familie durch das Meer der Tage getrieben war, hatte er einen flüchtigen Blick auf das erhascht, was er sich immer gewünscht hatte. Und dann waren mit einer einzigen Kugel sowohl sein Adoptivvater als auch seine Adoptivmutter fort gewesen.

Er wünschte, er besäße die Größe zu sagen, dass er dankbar war, Tohr und Wellsie wenigstens für die kurze Zeit gekannt zu haben. Doch das wäre eine Lüge. Er wünschte, er hätte sie nie getroffen. Ihr Verlust war so viel schwerer zu ertragen als der unbestimmte Schmerz, den er früher empfunden hatte, als er noch allein war.

Das zeugte nicht gerade von einem Mann von Wert, oder?

Ohne Vorwarnung schlenderte Z aus der Geheimtür unter der Treppe, und John erstarrte. Er konnte nichts dagegen tun. Egal, wie oft er den Bruder sah, Zsadists Auftauchen brachte ihn immer aus dem Konzept. Es lag nicht nur an der Narbe und den kurz geschorenen Haaren. Es war die tödliche Aura, die sich nicht verflüchtigt hatte, obwohl er nun eine Partnerin hatte und Vater wurde.

Zudem hatte Zs Gesicht heute die Härte von Gusseisen, und sein Körper war sogar noch angespannter als sonst.
»Können wir los?«

John verengte die Augen und sagte mit den Händen: *Was ist denn los?*

»Nichts, worum du dir Sorgen machen müsstest. Bist du so weit.«

Keine Frage, ein Befehl.

Als John nickte und seinen Parka zuzog, gingen die beiden durch die vordere Eingangshalle hinaus.

Die Nacht hatte die Farbe einer Taube, die Sterne leuchteten blass hinter einer dünnen Wolkendecke hervor. Dem Kalender nach nahte der Frühling, doch das war reine Theorie, wenn man der Landschaft Glauben schenkte: Der Springbrunnen vor dem Anwesen war den Winter über außer Betrieb, leer wartete er darauf, erneut mit Wasser gefüllt zu werden. Die Bäume sahen aus wie schwarze Skelette, die sich in den Himmel reckten, die Sonne mit ihren knochigen Armen anflehten, an Stärke zu gewinnen. Schnee lag auf dem Rasen, klammerte sich störrisch an einen Untergrund, der immer noch fest gefroren war.

Der Wind fühlte sich an wie eine eisige Ohrfeige, als John und Zsadist sich nach rechts wandten. Der Kies des Innenhofs knirschte unter ihren Sohlen. Die Sicherheitsmauer um das Gelände herum war in der Ferne erkennbar, ein sieben Meter hohes, einen Meter dickes Bollwerk, welches das Anwesen der Bruderschaft umgab. Es war gespickt mit Überwachungskameras und Bewegungsmeldern. Doch das alles war nur Kinderkram. Die wahre Abschreckung lag in dem mit 120 Volt geladenen Stacheldraht oben auf der Mauer.

Vorsicht ist die Mutter der Porzellankiste.

John folgte Z über den mit Schneeflecken übersäten Rasen, vorbei an abgedeckten Blumenbeeten und dem leeren Swimmingpool hinter dem Haus. Nach einem sanften Anstieg erreichten sie den Waldrand. An dieser Stelle beschrieb die gigantische Mauer eine scharfe Linkskurve und fiel über die Bergflanke ab. Sie folgten ihr nicht, sondern traten zwischen die Bäume.

Unter dicken Kiefern und Ahornen mit dichten Kronen lag ein Polster von trockenen Nadeln und Laub, und das Unterholz war nicht üppig. Hier roch es nach Erde und kalter Luft, eine Kombination, die innen in der Nase kitzelte.

Wie üblich ging Zsadist voran. Die Pfade, die sie jede Nacht entlangwanderten, waren immer andere und kamen ihm willkürlich gewählt vor, doch sie führten sie immer an dieselbe Stelle, einen niedrigen Wasserfall: Der Bach, der vom Berg hinunterfloss, stürzte sich von einem kleinen Felsen und bildete dann ein flaches Becken von etwa drei Metern Breite.

John hielt die Hand in den gurgelnden Strom. Seine Finger wurden sofort taub vor Kälte.

Schweigend überquerte Zsadist den Fluss, indem er von Stein zu Stein sprang. Die Anmut des Bruders glich der des Wassers, fließend und kraftvoll. Seine Schritte waren sicher, er wusste exakt, wie sein Körper auf jede Muskelbewegung reagieren würde.

Auf der anderen Seite stieg er zum Wasserfall hinauf, so dass er nun John gegenüberstand.

Ihre Blicke trafen sich. *O Mann, heute Nacht hatte Z etwas zu sagen.*

Diese Spaziergänge hatten begonnen, nachdem John einen Klassenkameraden attackiert und ihn in der Dusche verprügelt hatte. Sie waren eine von Wraths Bedingungen dafür gewesen, dass John weiter an der Ausbildung teilnehmen durfte. Anfangs hatte er Bammel davor gehabt, weil er befürchtet hatte, Z würde versuchen, ihm im Kopf herumzuwühlen. Bisher allerdings hatten sie immer nur geschwiegen.

Was heute Nacht nicht der Fall wäre.

John zog seinen Arm zurück und ging ein paar Schritte den Bach entlang, dann überquerte er ihn ohne Zsadists Eleganz oder Geschick.

Als er bei dem Bruder ankam, sagte Z: »Lash kommt zurück.«

John verschränkte die Arme vor der Brust. Na super, der Arsch, dem John die Fresse poliert hatte. Zugegeben, Lash hatte geradezu darum gebettelt, hatte ihn genervt und provoziert, hatte Blay angegriffen. Aber trotzdem ...

»Und er ist durch die Wandlung gegangen.«

Großartig. Das wird ja immer besser. Jetzt würde der Kerl mit riesigen Muskelpaketen ausgestattet auf ihn Jagd machen.

Wann?, fragte John.

»Morgen. Ich habe ziemlich deutlich gemacht, dass er endgültig fliegt, wenn er irgendwelchen Ärger macht. Falls du Probleme mit ihm hast, wendest du dich an mich, haben wir uns verstanden?«

Scheiße. John wollte auf sich selbst aufpassen. Er wollte nicht beschützt werden wie ein Kleinkind.

»John? Du kommst zu mir. Nick gefälligst mit dem Kopf.«

John gehorchte langsam.

»Du wirst nicht aggressiv zu dem kleinen Scheißer sein. Ist mir egal, was er sagt oder tut. Nur, weil er dich blöd anmacht, musst du noch nicht blöd reagieren.«

John nickte, weil er so eine Ahnung hatte, dass Z ihn nicht noch einmal bitten würde.

»Wenn ich dich dabei erwische, wie du Dirty Harry spielst, dann gnade dir Gott.«

John starrte in das rauschende Wasser. *Mein Gott* ... Blay, Qhuinn, jetzt Lash. Alle gewandelt.

Angst überfiel ihn, und er schaute Z an. *Was, wenn die Transition bei mir nicht passiert?*

»Das wird sie.«

Warum bist du dir da so sicher?

»Biologie.« Z deutete mit dem Kopf auf eine riesige Eiche. »Das Ding da wird neues Laub bekommen, wenn die Sonne darauf scheint. Es kann nicht anders. Dasselbe gilt für dich. Deine Hormone werden gnadenlos durchdrehen und dann passiert es. Du spürst sie doch schon, oder?«

John zuckte die Achseln.

»Ja, du spürst sie. Deine Ess- und Schlafgewohnheiten haben sich verändert. Genau wie dein Verhalten. Glaubst du, vor einem Jahr hättest du Lash auf die Fliesen gedrückt und auf ihn eingedroschen, bis er Blut spuckt?«

Auf keinen Fall.

»Du hast Hunger, aber du magst nichts essen, richtig? Du bist ruhelos und erschöpft. Gereizt.«

Himmel, woher wusste er das alles?

»Ich hab das selbst durchgemacht, vergiss das nicht.«

Wie lange dauert es noch?, wollte John wissen.

»Bis zur Wandlung? Männer neigen dazu, es ihrem Vater gleichzutun. Darius hat seine Transition tendenziell etwas früher durchgemacht. Aber so genau weiß man das nie. Manche hängen jahrelang in dem Zustand fest, in dem du jetzt bist.«

Jahrelang? *Ach du Schande. Wie war es danach für dich? Wann bist du aufgewacht?*

In der darauf folgenden Stille wirkte der Bruder auf unheimliche Weise verändert. Es war, als wäre ein Nebel aufgezogen und hätte ihn verschluckt – obwohl John nach wie vor jede Kontur seines narbigen Gesichts und des großen Körpers so deutlich wie eh und je erkennen konnte.

»Sprich mit Blay und Qhuinn darüber.«

Tut mir leid. John errötete. *Ich wollte nicht neugierig sein.*

»Schon gut. Hör mal, du solltest dir keine Sorgen darüber machen. Layla steht für dich bereit, bei ihr kannst du trinken, und du wirst dich in einer sicheren Umgebung befinden. Ich sorge schon dafür, dass nichts Schlimmes passiert.«

John hob den Blick zu dem zerstörten Kriegergesicht und dachte an den Klassenkameraden, den sie verloren hatten. *Hhurt ist aber gestorben.*

»Ja, das kann vorkommen. Aber Laylas Blut ist sehr rein. Sie ist eine Auserwählte. Das kommt dir zugute.«

John dachte an die blonde Schönheit. Und daran, dass sie ihre Robe vor ihm hatte fallen lassen, um ihm ihren Körper zu zeigen. Mann, er konnte immer noch nicht fassen, dass sie das getan hatte.

Woher werde ich wissen, was ich tun soll?

Z reckte den Hals und sah in den Himmel. »Keine Sorge. Dein Körper wird das Kommando übernehmen. Er wird wissen, was er will und was er braucht.« Sein kahler Schädel neigte sich wieder herab, und er wandte den Kopf zur Seite, die gelben Augen brachen durch die Dunkelheit wie die Sonne durch eine Lücke zwischen den Wolken. »Dein Körper wird für ein Weilchen das Sagen haben.«

Obwohl es ihm etwas peinlich war, sagten Johns Hände: *Ich glaube, ich habe Angst.*

»Das heißt nur, dass du klug bist. Das ist wirklich kein Zuckerschlecken. Aber wie ich schon gesagt habe ... Ich sorge dafür, dass nichts Schlimmes passiert.«

Z wandte sich ab, als wäre er verlegen, und John betrachtete forschend das Profil des Mannes vor dem Hintergrund der Bäume.

Bevor er noch seiner aufwallenden Dankbarkeit Ausdruck verleihen konnte, winkte Z ab. »Wir sollten lieber zurückgehen.«

Auf dem Weg über den Fluss und den Rasen wanderten

Johns Gedanken zu seinem biologischen Vater, den er nie gekannt hatte. Er vermied es, nach Darius zu fragen, weil er Tohrs bester Freund gewesen war, und über Tohr zu sprechen, fiel den Brüdern sehr schwer.

Er wünschte, er hätte jemanden, mit dem er über seinen Dad sprechen konnte.

11

Als Jane aufwachte, benahmen sich ihre Nervenbahnen wie billige Lichterketten, sie flimmerten unkontrolliert, dann gab es einen Kurzschluss: Geräusche drangen in ihr Bewusstsein, zerbröckelten und tauchten wieder auf. Ihr Körper war erst matt, dann angespannt, dann wieder rastlos. Ihr Mund war trocken, und ihr war zu warm, gleichzeitig zitterte sie.

Sie atmete tief ein und stellte fest, dass sie halb aufrecht saß. Und irrsinniges Kopfweh hatte.

Aber etwas roch gut. O Gott, da lag ein unglaublicher Duft in der Luft ... halb nach einem Tabak wie der, den ihr Vater geraucht hatte, und halb dunkle Gewürze, als befände sie sich in einem indischen Laden für Essenzen und Aromen.

Sie zog ein Augenlid hoch. Ihre Sicht war verschwommen, vermutlich, weil sie ihre Brille nicht trug, aber sie konnte genug sehen um zu erkennen, dass sie sich in einem dunklen, kargen Raum befand, in dem ... überall stapelweise Bücher lagen. Außerdem stellte sie fest, dass der Sessel, in dem sie saß, direkt neben einem Heizkörper stand, was die Hitzeschübe erklären würde. Zudem war ihr Kopf in einem ungesunden Winkel abgeknickt, was wiederum die Kopfschmerzen verursachte.

Ihr erster Impuls war, sich aufzusetzen, aber sie war nicht allein, also verhielt sie sich still: Am anderen Ende des Raums stand ein Mann mit mehrfarbigem Haar über ein riesiges Bett gebeugt, in dem jemand lag. Der Kerl war angestrengt dabei, etwas ... einen Handschuh über die Hand ...

... ihres Patienten zu ziehen. Ihr Patient lag in diesem Bett, das Laken bis zur Hüfte heruntergezogen, die bloße Brust von ihren Verbänden bedeckt. Um Himmels willen, was war passiert? Sie erinnerte sich daran, ihn operiert ... und eine unglaubliche Herzanomalie entdeckt zu haben. Dann hatte eine Unterhaltung mit Manello auf der Intensivstation stattgefunden und dann ... du lieber Gott, sie war von dem Mann am Bett, einem Sexgott und jemandem mit einer Red-Sox-Baseballkappe entführt worden.

Panik flackerte in ihr auf, neben einer anständigen Portion Wut, aber ihre Emotionen schienen keinen Kontakt zu ihrem Körper herstellen zu können, die Gefühlsaufwallung verlor sich in der Lethargie, die sie umhüllte. Sie blinzelte und versuchte, den Schleier vor den Augen loszuwerden, ohne die Aufmerksamkeit auf sich zu lenken ...

Sie riss die Augen weit auf.

Der Typ in der Red-Sox-Kappe kam mit einer umwerfend schönen blonden Frau an der Seite herein. Er stand dicht neben ihr, und obwohl sie sich nicht berührten, war klar, dass sie ein Paar waren. Sie gehörten einfach zusammen.

Der Patient sprach keuchend. »Nein.«

»Du musst«, sagte Red Sox.

»Du hast mal zu mir gesagt ... du würdest mich umbringen, wenn ich je ...«

»Mildernde Umstände.«

»Layla –«

»Hat Rhage heute Nachmittag genährt, und wir können keine andere Auserwählte herschaffen, ohne uns mit der Directrix auseinanderzusetzen. Was Zeit in Anspruch nähme, die wir nicht haben.«

Die blonde Frau näherte sich dem Bett des Patienten und setzte sich langsam hin. Sie trug einen maßgeschneiderten schwarzen Hosenanzug, was ihr das Aussehen einer Anwältin oder Geschäftsfrau gab; und doch wirkte sie mit ihrem langen, üppigen Haar irrsinnig weiblich.

»Benutz mich.« Sie hielt ihr Handgelenk über den Mund des Patienten und ließ es direkt über seinen Lippen schweben. »Und wenn nur, damit du stark genug bist, um dich um ihn zu kümmern.«

Es gab keine Frage, wer gemeint war. Red Sox sah noch elender aus als vorhin im Krankenzimmer, und die Medizinerin in ihr fragte sich, was in diesem Fall genau mit »kümmern« gemeint sein mochte.

In der Zwischenzeit ging Red Sox rückwärts, bis er gegen die Wand stieß. Er schlang die Arme um die Brust und hielt sich fest.

Mit sanfter Stimme sagte die Blonde: »Er und ich haben darüber gesprochen. Du hast so viel für uns getan –«

»Nicht … für dich.«

»Deinetwegen ist er am Leben. Das ist *sehr viel.*« Die Blonde streckte den Arm aus, als wollte sie dem Patienten das Haar glatt streichen, zog die Hand aber zurück, weil er zusammenzuckte. »Lass uns für dich sorgen. Nur dieses eine Mal.«

Die Augen des Patienten suchten Red Sox an der gegenüberliegenden Wand. Als der nickte, fluchte der Patient und schloss die Augen. Dann öffnete er den Mund …

Großer Gott. Seine ausgeprägten Eckzähne hatten sich verlängert. Waren sie vorher schon spitz gewesen, so sahen sie jetzt geradezu wie Fänge aus.

Okay, das hier war eindeutig ein Traum. Genau. Denn so etwas passierte mit kosmetisch veränderten Zähnen nicht. Niemals.

Als der Patient seine »Fänge« fletschte, trat der Mann mit den bunten Haaren vor Red Sox, stützte beide Hände an die Wand und beugte sich vor, bis ihre Brustkörbe sich beinahe berührten.

Doch dann schüttelte der Patient den Kopf und wandte sich von dem Handgelenk ab. »Ich kann nicht.«

»Ich brauche dich«, flüsterte Red Sox. »Ich bin krank von dem, was ich tue. Ich brauche dich.«

Der Mann im Bett fixierte ihn, ein machtvolles Sehnen blitzte in seinen Diamantaugen auf. »Nur für ... dich ... nicht für mich.«

»Für uns beide.«

»Uns alle«, warf die blonde Frau ein.

Der Patient holte tief Luft, dann – *Himmel!* – biss er der Blonden ins Handgelenk. Er schlug schnell und entschlossen zu wie eine Kobra, und als er die Zähne in ihr versenkte, machte die Frau einen kleinen Satz, dann atmete sie mit offensichtlicher Erleichterung aus. Red Sox an der gegenüberliegenden Wand zitterte am ganzen Körper, er wirkte trostlos und verzweifelt, während der Mann mit den umwerfenden Haaren ihm den Weg versperrte, ohne mit ihm in Berührung zu kommen.

Jetzt bewegte sich der Kopf des Patienten in einem gleichmäßigen Rhythmus, wie ein Baby, das an der Brust lag. Aber er konnte ja wohl nicht trinken, oder?

Und wie er konnte.

Ein Traum. Das war alles nur ein Traum. Ein Traum aus der Klapsmühle. Oder? Sie hoffte inständig, dass es so war. Sonst steckte sie in einer Art Gothic-Halluzination fest.

Als es vorbei war, ließ sich der Patient wieder in die Kissen sinken und die Frau leckte sich über die Stelle, an der er sie gebissen hatte.

»Jetzt ruh dich aus«, sagte sie, bevor sie sich an Red Sox wandte. »Alles in Ordnung bei dir?«

Er schüttelte den Kopf hin und her. »Ich möchte dich berühren, aber ich kann nicht. Ich möchte in dich, aber … ich kann nicht.«

Der Patient meldete sich zu Wort. »Leg dich zu mir. Jetzt sofort.«

»Das schaffst du nicht«, sagte Red Sox mit schnarrender, heiserer Stimme.

»Du brauchst es. Und ich bin bereit.«

»Blödsinn. Und ich muss mich hinlegen. Ich komme später zurück, wenn ich mich ausgeruht habe …«

Wieder flog die Tür auf, Licht fiel aus einem Flur herein, und ein hünenhafter Mann mit hüftlangem, schwarzem Haar und einer Panoramasonnenbrille stolzierte herein. Das sah nach Ärger aus. Sein unbarmherziges Gesicht ließ vermuten, dass er es geil fand, Leute zu foltern, und Jane befürchtete, er könnte jetzt gleich damit anfangen. In der Hoffnung, seiner Aufmerksamkeit zu entgehen, klappte sie schnell die Lider wieder zu und versuchte, nicht zu atmen.

Seine Stimme war so hart wie der Rest von ihm. »Wenn du nicht schon so groggy wärst, würde ich dich persönlich fertigmachen. Was zum Henker hast du dir dabei gedacht, sie hierher zu bringen?«

»Entschuldigt uns«, sagte Red Sox. Man hörte ein Schlurfen, dann fiel die Tür ins Schloss.

»Ich hab dich was gefragt.«

»Sie musste mit mir kommen«, sagte der Patient.

»Musste? Musste? Hast du völlig den Verstand verloren?«

»Ja … aber nicht, was sie betrifft.«

Jane machte vorsichtig ein Auge auf und beobachtete durch ihre Wimpern hindurch, wie der große Typ zu dem mit den bunten Haaren schielte. »In einer halben Stunde treten alle in meinem Arbeitszimmer an. Wir müssen entscheiden, was zum Henker wir mit ihr unternehmen.«

»Nicht … ohne mich …«, ließ sich der Patient vernehmen, nun schon in schärferem Tonfall.

»Du wirst nicht gefragt.«

Der Patient drückte die Handflächen in die Matratze und setzte sich auf, obwohl seine Arme dabei vor Anstrengung zitterten. »Ich werde als *Einziger* gefragt, wenn es um sie geht.«

Der Riese zeigte mit dem Finger auf den Patienten. »Leck mich.«

Aus dem Nichts verspürte Jane plötzlich einen Adrenalinschub. Traum hin oder her, sie hatte zu dieser heiteren Unterhaltung auch etwas beizutragen. Sie setzte sich aufrecht hin und räusperte sich.

Alle Köpfe schnellten zu ihr herum.

»Ich will hier raus«, sagte sie mit einer Stimme, die nach ihrem Geschmack ruhig etwas weniger gehaucht und dafür etwas schärfer hätte klingen können. »Und zwar sofort.«

Der große Mann legte eine Hand auf seinen Nasenrücken, schob die Brille hoch und rieb sich die Augen. »Dank ihm steht das momentan nicht zur Debatte. Phury, kümmere dich noch mal um sie, ja?«

»Werden Sie mich umbringen?«, stieß sie hervor.

»Nein«, sagte der Patient. »Dir wird nichts passieren. Darauf hast du mein Wort.«

Einen winzigen Augenblick lang glaubte sie ihm. Was verrückt war. Sie wusste nicht mal, wo sie überhaupt war, und diese Männer waren ganz eindeutig Verbrecher –

Der mit den schönen Haaren trat vor sie. »Du wirst dich einfach noch ein bisschen ausruhen.«

Gelbe Augen blickten in ihre, und plötzlich war sie ein ausgesteckter Fernseher, das Kabel aus der Steckdose gezogen, der Bildschirm schwarz.

Vishous starrte seine Ärztin an, als sie erneut in dem Sessel zusammensank.

»Geht es ihr gut?«, wollte er von Phury wissen. »Du hast sie doch nicht verschmort, oder?«

»Nein, aber sie hat einen starken Geist. Wir müssen sie hier so schnell wie möglich wegschaffen.«

Wraths Stimme brummte durch den Raum. »Sie hätte niemals hierher gebracht werden dürfen.«

Behutsam ließ sich Vishous aufs Bett zurückfallen, er fühlte sich, als hätte man ihm einen Betonklotz in die Brust gerammt. Es kümmerte ihn nicht besonders, dass Wrath stinksauer war. Seine Ärztin musste hier sein, das war einfach so. Aber wenigstens konnte er einen rationalen Erklärungsansatz dazu liefern.

»Sie kann mir helfen, gesund zu werden. Havers ist seit der Sache mit Butch so kompliziert geworden.«

Wraths Blick war ausdruckslos. »Glaubst du im Ernst, sie wird dir helfen, nachdem du sie hast kidnappen lassen? Der hippokratische Eid hat seine Grenzen.«

»Ich gehöre ihr.« V runzelte die Stirn. »Ich meine, sie wird für mich sorgen, weil sie mich operiert hat.«

»Du klammerst dich an einen Strohhalm, um zu rechtfertigen –«

»Ach ja? Ich hatte gerade eine Operation am offenen Herzen, weil ich in die Brust geschossen wurde. Das klingt für mich nicht nach Strohhalmen. Soll ich etwa Komplikationen riskieren?«

Wrath warf einen Seitenblick auf die Ärztin, dann rieb er sich wieder die Augen. »Mist. Wie lange?«

»Bis es mir besser geht.«

Die Sonnenbrille des Königs fiel wieder auf die Nase zurück. »Dann heil schnell, Bruder. Ich will, dass ihr Gedächtnis so schnell wie möglich sauber ist und sie hier verschwindet.«

Wrath verließ den Raum und knallte die Tür hinter sich zu.

»Das lief doch ganz gut«, sagte V zu Phury.

In seiner versöhnlichen Art murmelte Phury etwas von »wir alle sind etwas angespannt, bla, bla, bla«, dann trat er an den Sekretär, um das Thema zu wechseln. Mit ein paar Selbstgedrehten, einem Feuerzeug und einem Aschenbecher kam er zum Bett.

»Du willst sicher eine haben. Was wird sie brauchen, um dich zu behandeln?«

V ratterte aus dem Stegreif einiges herunter. Mit Marissas Blut in sich würde er schnell wieder auf die Beine kommen, da ihre Blutlinie fast rein war: Er hatte sozusagen gerade Super plus getankt.

Die Sache war nur die – er wollte eigentlich gar nicht so schnell heilen.

»Sie wird etwas zum Anziehen brauchen«, sagte er. »Und etwas zu essen.«

»Ich kümmere mich darum.« Phury ging zur Tür. »Willst du was essen?«

»Nein.« Als der Bruder schon halb im Flur stand, sagte V: »Siehst du noch mal nach Butch?«

»Natürlich.«

Nachdem Phury gegangen war, betrachtete V die Frau. Sie war nicht unbedingt schön, befand er, eher interessant. Ihr Gesicht war kantig, die Züge beinahe männlich: Kein Schmollmund. Keine dichten Wimpern. Keine verführerisch gewölbten Augenbrauen. Und da drückten keine vollen Brüste von innen gegen den weißen Kittel, keine ausgeprägten Kurven, soweit er erkennen konnte.

Aber er begehrte sie wie eine sich vor ihm räkelnde, nackte Schönheitskönigin.

Mein. Vs Hüften wanden sich, eine Hitzewelle breitete sich unter seiner Haut aus, obwohl er auf keinen Fall die Energie haben dürfte, sexuell erregt zu sein.

Die Wahrheit war, dass er überhaupt kein schlechtes Gewissen hatte, sie entführt zu haben. Denn es war vorherbestimmt. Gerade als Butch und Rhage in seinem Krankenzimmer aufgetaucht waren, hatte er seine erste Vision seit Wochen gehabt. Er hatte diese Ärztin in einem Türrahmen stehen sehen, eingerahmt von strahlend weißem Licht. Sie hatte ihn mit einem liebevollen Ausdruck auf dem Gesicht angelockt, hatte ihn einen Korridor entlanggezogen. Die Güte, die sie ihm entgegengebracht hatte, war so warm und weich gewesen, so besänftigend wie stilles Wasser, so kräftigend wie die Sonne, die er nicht mehr kannte.

Dennoch – obwohl er keine Schuldgefühle hatte, machte er sich doch für die Furcht und die Wut in ihrer Miene verantwortlich, als sie zu sich gekommen war. Dank seiner Mutter hatte er am eigenen Leib erfahren müssen, wie es war, zu etwas gezwungen zu werden, und er hatte ausgerechnet dem Menschen dasselbe angetan, der ihm das Leben gerettet hatte.

Er fragte sich, was er getan hätte, wenn er nicht diese Vision gehabt hätte, wenn sein Fluch, die Zukunft sehen zu können, sich nicht wieder zurückgemeldet hätte. Hätte er sie dort gelassen? Ja. Natürlich. Selbst wenn ihm das Wort *mein* durch den Kopf schwirrte, hätte er sie in ihrer Welt gelassen.

Doch die verdammte Vision hatte ihr Schicksal besiegelt.

Er dachte an die Vergangenheit. An die erste seiner Visionen ...

Lesen und Schreiben besaßen keinen Wert im Kriegerlager, da man damit nicht töten konnte.

Vishous lernte nur, die Alte Sprache zu lesen, weil einer der Soldaten etwas Bildung besaß und die Aufgabe hatte, rudimentäre Aufzeichnungen über das Camp zu führen. Er tat es schlampig und gelangweilt, also hatte V sich freiwillig dafür gemeldet, seine Pflichten zu übernehmen, wenn ihm der Mann im Gegenzug Lesen und Schreiben beibrachte. Es war der perfekte Tausch. V war schon immer verzückt von der Vorstellung gewesen, ein Ereignis auf Papier zu bannen und ihm dadurch die Vergänglichkeit zu nehmen, es dauerhaft zu machen. Für immer.

Er hatte schnell gelernt und dann das Lager nach Büchern durchstöbert und sie an abseitigen, vergessenen Stellen gefunden, zum Beispiel unter alten, unbrauchbaren Waffen oder in verlassenen Zelten. Er hatte die abgegriffenen, ledergebundenen Schätze gesammelt und sie am äußersten Rand des Lagers versteckt, wo die Tierhäute aufbewahrt wurden. Kein Soldat ging dort jemals hin, da es Frauenterritorium war, und wenn die Frauen dorthin gingen, dann nur, um sich das eine oder andere Fell zu holen und Kleidung oder Bettzeug daraus zu fertigen. Darüber hinaus war es nicht nur ein sicheres Versteck für die Bücher, sondern auch der ideale Ort zum Lesen, da die Höhlendecke tief hing und der Fußboden aus Stein war: Sich nähernde Schritte waren leicht zu hören, da man sich bücken musste, um dorthin zu gelangen.

Ein Buch jedoch gab es, für das selbst dieses Versteck nicht sicher genug war.

Der wertvollste Band seiner kümmerlichen Sammlung war das Tagebuch eines Vampirs, der ungefähr dreißig Jahre zuvor zum Lager gestoßen war. Er war ein gebürtiger Aristokrat gewesen, der durch eine Familientragödie dazu gezwungen wurde, sich im Lager ausbilden zu lassen. Das Tagebuch war in einer wundervollen Handschrift verfasst, mit großen Worten, deren Bedeutung V nur erraten konnte, und es umfasste drei Jahre im Leben dieses Mannes. Der Gegensatz zwischen den beiden Teilen – dem, der die Vorfälle vor seiner Ankunft dort beschrieb, und dem, der sich mit der Zeit danach befasste – war drastisch. Am Anfang hatte sich das Leben des Vampirs um die glanzvollen Ereignisse im gesellschaftlichen Leben der Glymera gedreht, um Bälle und schöne Frauen und höfisches Benehmen. Dann war alles zu Ende gewesen. Tiefe Verzweiflung, eben die Empfindung, mit der Vishous zu leben hatte, verfinsterte die Zeilen, nachdem sich das Leben des Mannes unmittelbar nach seiner Transition für immer gewandelt hatte.

Vishous las das Tagebuch wieder und wieder und erkannte sich in der Traurigkeit des Schreibers selbst wieder. Und nach jeder Lektüre schloss er das Buch und fuhr mit den Fingerspitzen über den Namen, der in das Leder geprägt war.

DARIUS, SOHN DES MARKLON.

V hatte sich oft gefragt, was wohl aus ihm geworden war. Die Einträge endeten an einem Tag, an dem nichts Bedeutsames vorgefallen war, daher konnte man nicht ahnen, ob er bei einem Unfall gestorben war oder sich unvermittelt entschlossen hatte, das Lager zu verlassen. V hoffte, eines Tages mehr über das Schicksal des Kriegers zu erfahren, vorausgesetzt, er selbst lebte lange genug, um sich selbst von hier zu befreien.

Da dieses Tagebuch zu verlieren ihn untröstlich gemacht hätte, verwahrte er es an dem einen Platz, an dem niemand je verweilte. Bevor die Soldaten hier einzogen, war die Höhle von einer Art Ur-Mensch genutzt worden, und die früheren Bewohner hatten primitive Zeichnungen an den Wänden hinterlassen. Die undeutlichen Darstellungen von Wisenten und Pferden, von Handabdrücken und einzelnen Augen wurde von den Soldaten als verwunschen betrachtet und von jedermann gemieden. Eine Trennwand war vor diesem Abschnitt der Felsen errichtet worden, und wenngleich man die Malerei auch gänzlich hätte übertünchen können, wusste Vishous sehr genau, warum sein Vater sie nicht vernichten wollte. Der Bloodletter wollte das Lager in einem Zustand des Ungleichgewichts und der Ruhelosigkeit erhalten, und er verspottete Soldaten und Frauen gleichermaßen mit den Drohungen, dass die Geister dieser Tiere Besitz von ihnen ergreifen oder dass die Abbildungen der Augen und Hände mit Feuer und Raserei zum Leben erwachen würden.

V hatte keine Angst vor den Zeichnungen. Er liebte sie. Die schlichte Darstellung der Tiere verfügte über Kraft und Anmut, und er legte gern seine eigenen Hände auf die Abdrücke. Ja, er empfand es als Trost, zu wissen, dass es jene gab, die vor ihm hier gelebt hatten. Vielleicht war es ihnen besser ergangen.

V verbarg das Tagebuch zwischen zwei der größeren Abbildungen von Wisenten in einem Spalt, der ausreichend Raum in der Breite und Tiefe bot. Tagsüber, wenn alle ruhten, schlich er sich hinter die Trennwand und ließ seine Augen aufleuchten und las, bis seine Einsamkeit gelindert wurde.

Nur ein Jahr, nachdem er sie gefunden hatte, wurden Vishous' Bücher zerstört. Seine einzige Freude wurde verbrannt, wie er es immer befürchtet hatte. Und es war keine Überraschung, durch wessen Hand.

Er hatte sich seit Wochen krank gefühlt, da er sich seiner Transition näherte, was er damals nicht wusste. Er fand keinen Schlaf, war aufgestanden, auf leisen Sohlen zu dem Haufen Tierfelle getapst und hatte sich dort mit einem Märchenbuch niedergelassen. Mit diesem Buch auf dem Schoß schlief er ein.

Als er erwachte, ragte ein Prätrans über ihm auf. Der Junge gehörte zu den aggressiveren von ihnen, sein Blick war hart, sein Körper drahtig.

»Wie kannst du müßiggehen, während wir anderen arbeiten«, verhöhnte er Vishous. »Und ist das da ein Buch in deinen Händen? Man sollte es dir wegnehmen, da es dich doch von deinen Aufgaben ablenkt. Ich könnte mir einen extra Happen verdienen, wenn ich es aushändige.«

Vishous schob seine Bücher heimlich weiter unter den Fellstapel und stand auf, ohne ein Wort zu sagen. Er würde um seine Kleinodien kämpfen, so wie er um Brosamen kämpfte oder um die abgelegten Kleider, die seinen Körper verhüllten. Und der Junge vor ihm würde um das Vorrecht kämpfen, den Besitz der Bücher zu verraten. So war es immer. Der Prätrans wartete nicht mit seinem Angriff, er rammte V mit dem Rücken gegen die Wand der Höhle. Obwohl Vishous hart mit dem Kopf aufschlug und ihm kurz die Luft wegblieb, schlug er zurück, traf seinen Gegner mit dem Buch ins Gesicht. Während die anderen ungewandelten Vampire herbeieilten und zusahen, versetzte er dem anderen Jungen einen Hieb nach dem anderen. Man hatte ihn gelehrt, jede Waffe zu benutzen, die ihm zur Verfügung stand; dennoch hätte er am liebsten aufgeschrien, weil er mit seinem wertvollsten Besitz jemanden verletzte. Doch er durfte nicht nachlassen. Sonst unterläge er womöglich und verlöre die Bücher, bevor er sie noch in ein anderes Versteck bringen konnte.

Endlich lag der andere Prätrans ganz still, das Gesicht zu Brei zerschlagen, der Atem röchelnd, während V seine Kehle gegen den Boden drückte. Das Märchenbuch triefte vor Blut, der Lederumschlag hatte sich vom Rücken gelöst.

Erst nach dem Handgemenge geschah es. Ein seltsames Prickeln schoss durch Vs Arm nach unten und schlängelte sich in die Hand, mit der er seinen Gegner auf dem Höhlenboden festhielt. Dann wurde plötzlich ein unheimlicher Schatten geworfen, der einem Leuchten aus seiner Handfläche entsprang. Sofort begann der Junge unter ihm um sich zu schlagen, mit Armen und Beinen zu zappeln, als schmerzte sein gesamter Körper.

V ließ los und starrte voller Entsetzen seine Hand an.

Als er den Blick wieder dem Jungen zuwandte, traf ihn eine Vision wie ein Faustschlag, nahm V die Sprache und das Sehvermögen. In einem verschwommenen Trugbild sah er das Gesicht des Jungen in einem starken Wind, das Haar zurückgeweht, die Augen auf einen fernen Punkt gerichtet. Hinter ihm lagen Felsbrocken, wie man sie in den Bergen fand, und Sonnenlicht beschien die Steine und den reglosen Körper.

Tot. Der Junge war tot.

Plötzlich flüsterte der unterlegene Prätrans: »Dein Auge ... dein Auge ... was ist geschehen?«

Die Worte kamen über Vs Lippen, bevor er sie zurückhalten konnte: »Der Tod wird dich auf dem Berg finden, und wie der Wind über dich kommt, so wirst du fortgetragen werden.«

Ein Keuchen ließ V den Kopf heben. Eine der Frauen stand in der Nähe, das Gesicht vor Schreck verzerrt, als hätte er zu ihr gesprochen.

»Was geht hier vor?«, ertönte eine dröhnende Stimme.

V sprang von dem Prätrans auf, um Abstand zwischen sich und seinen Vater zu bringen und den Jungen im Auge zu behalten. Der Bloodletter stand mit aufgeknöpfter Hose vor ihm, augenscheinlich hatte er eben erst eine der Küchenfrauen bestiegen. Was erklärte, warum er sich in diesem Teil des Lagers aufhielt.

»Was hast du da in deiner Hand?«, donnerte der Bloodletter und trat näher. »Gib es mir augenblicklich.«

Im Angesicht des Zorns seines Vaters hatte V keine andere Wahl, als das Buch zu zeigen. Es wurde ihm mit einem Fluch entrissen.

»Du hast es nur weise gebraucht, als du ihn damit schlugst.« Verschlagene schwarze Augen wurden zu Schlitzen und musterten die Einbuchtung in dem Fellhaufen, wo V seinen Rücken angelehnt hatte. »Du hast hier auf der faulen Haut gelegen, ist es nicht so? Du hast Zeit hier verbracht.«

Als V nichts erwiderte, machte sein Vater einen weiteren Schritt nach vorn. »Was tust du hier? Alte Schinken lesen? So ist es wohl, und du wirst sie mir aushändigen. Vielleicht möchte ich ja selbst gern lesen, statt meinen nützlichen Bemühungen nachzugehen.«

V zögerte ... und erhielt eine Ohrfeige, die ihn rückwärts auf die Felle stürzen ließ. Er rutschte daran entlang und rollte herunter, bis er auf den Knien vor drei weiteren Büchern auftraf. Blut aus seiner Nase tropfte auf die Deckel.

»Soll ich dich erneut schlagen? Oder wirst du mir geben, wonach ich verlange?« Der Tonfall seines Vaters klang gelangweilt, als wären beide Möglichkeiten für ihn annehmbar, da beide V schmerzen und ihm daher Befriedigung verschaffen würden.

V streckte die Hand aus und streichelte einen weichen Leder-

einband. Seine Brust brüllte vor Schmerz bei diesem Abschied, doch diese Empfindung war ja doch nur vergeudet, nicht wahr. Die Dinge, die ihm etwas bedeuteten, waren im Begriff, zerstört zu werden, und nichts könnte das verhindern, ganz gleich, was er tat. Sie waren bereits so gut wie verloren.

V blickte über die Schulter den Bloodletter an und erkannte eine Wahrheit, die sein Leben veränderte: Sein Vater würde alles und jeden zerstören, woran V sich Trost suchend klammerte. Das hatte er unzählige Male und auf unzählige Arten getan, und er würde es weiter tun. Diese Bücher und dieser Vorfall waren nur ein Fußabdruck auf einem endlosen Pfad, der viel beschritten würde.

Diese Erkenntnis ließ allen Schmerz jäh vergehen. Für V lag nun kein Nutzen mehr in Gefühlen und Bindungen, am Ende wartete nur Qual, wenn sie zerstört wurden. Also würde er nicht mehr länger empfinden.

Vishous hob die Bücher auf, die er Stunden um Stunden in liebevollen Händen gewiegt hatte, und wandte sein Gesicht dem Vater zu. Was ihm ein Rettungsanker gewesen, händigte er diesem nun ohne Regung, ohne Anteilnahme aus. Es war, als hätte er diese Bücher nie zuvor gesehen.

Der Bloodletter nahm nicht an, was ihm dargereicht wurde. »Gibst du mir diese Bücher, mein Sohn?«

»Ja.«

»Aha ... hmm. Weißt du, vielleicht möchte ich doch nicht lesen. Vielleicht ziehe ich es vor, wie ein Mann zu kämpfen. Für meinesgleichen und meine Ehre.« Sein massiger Arm wurde ausgestreckt und deutete auf eines der Kochfeuer. »Bring sie dorthin. Verbrenn sie dort. Da wir Winter haben, wird wenigstens die Hitze von Nutzen sein.«

Die Augen des Bloodletter verengten sich, als V ruhig tat, wie ihm geheißen war. Dann drehte er sich wieder zu seinem Vater um, der ihn eingehend betrachtete.

»Was sagte der Junge über deine Augen?«, murmelte der Bloodletter. »Ich glaube, ich habe etwas gehört.«

»Er sagte: ›Dein Auge … dein Auge … was ist geschehen?‹«, erwiderte V ohne jede Gemütsregung.

In der darauf folgenden Stille tropfte Blut aus Vs Nase und rann ihm warm und träge über die Lippen und das Kinn. Sein Arm schmerzte von den Hieben, die er ausgeteilt hatte, und sein Kopf tat weh. Nichts von alldem kümmerte ihn jedoch. Er verspürte eine überaus eigenartige Kraft.

»Weißt du, warum der Junge so etwas sagen sollte?«

»Das weiß ich nicht.«

Er und sein Vater starrten einander an, während sich immer mehr Schaulustige versammelten.

An niemanden im Besonderen gerichtet sagte der Bloodletter: »Mir will scheinen, dass mein Sohn gerne liest. Da ich wünsche, mit den Vorlieben meines Nachwuchses vertraut zu sein, möchte ich in Kenntnis gesetzt werden, falls jemand ihn dabei beobachtet. Ich würde es als persönlichen Gefallen betrachten, mit dem eine beachtliche Gunst verknüpft wäre.« Vs Vater wirbelte herum, packte eine Frau um die Hüfte und schleifte sie auf das Hauptfeuer des Lagers zu. »Und jetzt wenden wir uns der Körperertüchtigung zu, meine Soldaten! Folgt mir!«

Ein stürmischer Jubel erhob sich aus der Mitte der Vampire und die Menge zerstob.

V sah ihnen allen nach und stellte fest, dass er keinen Hass empfand. Üblicherweise ließ er, wenn sein Vater ihm den Rücken kehrte, seiner Abscheu freien Lauf. Doch nun war da nichts. Es war wie vorher, als er die Bücher betrachtet hatte. Er empfand … nichts.

Dann blickte er auf den jungen Vampir herab, den er besiegt hatte. »Wenn du dich mir jemals wieder näherst, werde ich dir beide Arme und Beine brechen und dafür sorgen, dass du nie wieder gesund wirst. Hast du mich verstanden?«

Der Junge lächelte, obgleich sein Mund so angeschwollen war wie nach einem Bienenstich. »Und was, wenn ich zuerst durch die Wandlung gehe?«

V stützte die Hände auf die Knie und beugte sich herunter. »Ich bin meines Vaters Sohn. Daher bin ich zu allem in der Lage. Ungeachtet meiner Größe.«

Die Augen des Jungen weiteten sich, da die Wahrheit ohne Zweifel deutlich zu erkennen war: So empfindungslos, wie V nun war, gab es nichts, was er nicht erdulden, keine Tat, die er nicht vollbringen, keine Mittel, die er nicht freisetzen konnte, um sein Ziel zu erreichen.

Er war, wie sein Vater immer gewesen war: nichts als seelenlose Berechnung, umhüllt von Haut. Der Sohn hatte seine Lektion gelernt.

12

Als Jane das nächste Mal zu sich kam, tauchte sie aus einem Furcht einflößenden Traum auf, in dem etwas, das es überhaupt nicht gab, sich gesund und munter im selben Raum mit ihr befand: Sie sah die scharfen Fangzähne ihres Patienten im Handgelenk einer Frau versenkt, und er trank aus ihrer Vene.

Die verschleierten, unsortierten Bilder ließen sich nicht verscheuchen und versetzten sie in Panik, wie eine Decke, die sich bewegt, weil etwas darunter ist. Etwas Gefährliches.

Vampir.

Normalerweise ließ sie sich nicht schnell einschüchtern, aber als sie sich jetzt langsam aufsetzte, hatte sie Angst. Ein Rundblick durch den spartanischen Raum verriet ihr, dass der Entführungsteil schon mal kein Traum gewesen war. Aber was war mit dem Rest? Sie war nicht sicher, was real war und was nicht, denn ihr Gedächtnis wies zu viele Lücken auf. Sie erinnerte sich daran, den Patienten operiert zu haben. Erinnerte sich auch, ihn auf die Intensivstation verlegt zu haben. Erinnerte sich, dass die Männer sie entführt hatten. Aber danach? War alles verschwommen.

Als sie tief einatmete, roch sie Essen und sah, dass ein Tablett neben ihrem Sessel stand. Sie hob einen silbernen Deckel hoch … Gütiger, das war aber ein schöner Teller. Imari, wie das Porzellan ihrer Mutter. Stirnrunzelnd nahm sie zur Kenntnis, dass sich darauf eine Feinschmecker-Mahlzeit befand: Lamm mit kleinen neuen Kartoffeln und Sommerkürbis. Ein Stück Schokoladenkuchen und ein Krug mit einem Glas standen daneben.

Hatten diese Kerle nur so aus Jux auch gleich noch Wolfgang Puck entführt?

Sie schielte zu ihrem Patienten hinüber.

Im Schein einer Nachttischlampe lag er still auf einem schwarzen Laken, die Augen geschlossen, das schwarze Haar auf dem Kissen ausgebreitet, die Schultern unter der Decke hervorlugend. Sein Atem ging langsam und gleichmäßig, das Gesicht hatte etwas Farbe angenommen, und es war kein Fieberschweißfilm darauf zu entdecken. Obwohl seine Augenbrauen zusammengezogen waren und sein Mund nur ein dünner Strich, wirkte er … deutlich lebendiger.

Was unmöglich war, außer, sie hatte eine Woche lang im Koma gelegen.

Steif stand Jane auf, reckte die Arme über den Kopf und bog ihren Rücken durch, um die Wirbelsäule wieder einzurenken. Leise schlich sie zum Bett und fühlte den Puls des Mannes. Gleichmäßig. Kräftig.

Mist. Nichts von alldem war logisch. Überhaupt nichts. Patienten mit Schuss- und Messerwunden und zweimaligem Herzstillstand, gefolgt von einer Operation am offenen Herzen erholten sich nicht einfach so wieder. Niemals.

Vampir.

Ach, hör schon auf damit.

Sie warf einen Blick auf den Digitalwecker neben dem

Bett. Er zeigte das Datum an: Freitag. Freitag? Ach du liebe Zeit, es war Freitagmorgen, zehn Uhr. Sie hatte ihn erst vor acht Stunden operiert, und er sah aus, als hätte er wochenlang Zeit zur Genesung gehabt.

Vielleicht war das Ganze ein Traum. Vielleicht war sie im Zug nach Manhattan eingeschlafen und würde gleich aufwachen, wenn sie in die Penn Station einfuhren. Sie würde verlegen lachen, sich einen Becher Kaffee besorgen, wie geplant zur Columbia fahren und die Hallus auf das Automatenessen schieben.

Sie wartete. Hoffte, ein Holpern auf den Gleisen würde sie mit einem Ruck aufwecken.

Doch stattdessen ratterte auf dem Digitalwecker eine Minute nach der anderen durch.

Genau. Also zurück zur Variante: Verflucht, das alles ist real. Irrsinnig einsam und verängstigt tappte Jane zur Tür, probierte die Klinke und fand sie verschlossen. Wer hätte das gedacht. Sie war versucht, dagegenzuhämmern, aber was sollte das bringen? Niemand würde sie herauslassen, und außerdem wollte sie nicht, dass irgendjemand bemerkte, dass sie wach war.

Ihr blieb nichts übrig, als die Umgebung zu sondieren: Die Fenster waren mit einer Art Absperrung von außen verkleidet, die so dicht war, dass kein Schimmer Tageslicht durchdrang. Die Tür stand aus offensichtlichen Gründen nicht zur Debatte. Die Wände waren massiv. Es gab weder Telefon noch Computer.

Im Schrank fanden sich ausschließlich schwarze Klamotten, große Stiefel und eine feuerfeste Truhe. Mit einem Vorhängeschloss.

Das Badezimmer bot auch keine Fluchtmöglichkeit. Ein Fenster war nicht vorhanden, genauso wenig wie eine Belüftungsöffnung, die groß genug war, um sich durchzuquetschen.

Sie ging wieder ins Zimmer. Mann, das war kein Zimmer, das war eine Zelle mit einer Matratze.

Und das war kein Traum.

Ihre Nebennieren heizten die Adrenalinproduktion an, ihr Herz schlug Purzelbäume in ihrer Brust. Sie sagte sich, dass die Polizei auf jeden Fall nach ihr suchen würde. Ganz sicher. Bei den ganzen Überwachungskameras und dem Personal in der Klinik musste jemand gesehen haben, wie man sie und den Patienten verschleppte. Außerdem würden Fragen gestellt werden, wenn sie ihr Vorstellungsgespräch versäumte.

Um wieder einen etwas klareren Kopf zu bekommen, ging sie ins Badezimmer und zog die Tür hinter sich zu. Der Schlüssel fehlte, das war ja zu erwarten gewesen. Nachdem sie die Toilette benutzt hatte, wusch sie sich das Gesicht und griff nach einem Handtuch, das an der Tür hing. Als sie ihre Nase in den Stoff drückte, erschnupperte sie einen umwerfenden Duft und wurde stocksteif. Es war der Geruch des Patienten, er musste das Handtuch benutzt haben, bevor er loszog und sich die Kugel einfing.

Sie schloss die Augen und atmete tief ein. Sex war das Erste und Einzige, was ihr in den Sinn kam. Gott, wenn man das in Flaschen abfüllen könnte, dann könnten diese Jungs ihr Glücksspiel und die Drogen an den Nagel hängen und gesetzestreu werden.

Angewidert von sich selbst ließ sie das Handtuch fallen und bemerkte aus dem Augenwinkel etwas Blitzendes hinter der Toilette. Sie bückte sich und fand auf dem Marmorfußboden eine Rasierklinge von der altmodischen Sorte, die sie an Westernfilme erinnerte. Sie hob sie auf und betrachtete die glänzende Schneide.

Das war doch mal eine anständige Waffe, dachte sie. Eine verdammt anständige Waffe.

Gerade ließ sie die Klinge in die Tasche ihres Arztkittels gleiten, als sie hörte, wie die Tür zum Zimmer geöffnet wurde.

Sie verließ das Badezimmer, die Hand in der Tasche, den Blick geschärft. Mr. Red Sox war wieder da, und er hatte zwei Reisetaschen bei sich. Sie schienen nicht besonders schwer zu sein, zumindest nicht für einen so großen Kerl wie ihn; trotzdem mühte er sich sichtlich damit ab.

»Das sollte für den Anfang ausreichen«, sagte er mit rauer, müder Stimme und einem deutlich erkennbaren Bostoner Akzent.

»Für den Anfang von was?«

»Seiner Behandlung.«

»Wie bitte?«

Red Sox bückte sich und öffnete eine der Taschen. Darin waren Schachteln mit Verbänden und Mullbinden. Gummihandschuhe. Plastikbettpfannen. Pillenröhrchen.

»Er hat uns gesagt, was du brauchen würdest.«

»Hat er das.« Verflucht. Sie hatte keine Lust, Doktor zu spielen. Es reichte ihr schon völlig aus, ein Entführungsopfer zu sein, vielen Dank.

Vorsichtig richtete sich der Mann wieder auf, als wäre ihm schwindlig. »Du wirst ihn versorgen.«

»Ach ja?«

»Ja. Und ehe du fragst: Ja, du wirst lebendig hier rauskommen.«

»Vorausgesetzt, ich mache mich nützlich als Ärztin, richtig?«

»Mehr oder weniger. Aber darum mache ich mir keine Gedanken. Das würdest du sowieso tun, oder?«

Jane starrte den Kerl an. Viel konnte man unter der Kappe nicht von seinem Gesicht erkennen, aber sein Kiefer hatte eine Kontur, an die sie sich erinnerte. Und dann war da noch dieser Bostoner Akzent.

»Kenne ich Sie?«, fragte sie.

»Nicht mehr.«

Stille setzte ein, und sie musterte ihn mit dem Blick der Medizinerin. Seine Haut war grau und fahl, die Wangen hohl, die Hände zitterten. Er sah aus, als wäre er zwei Wochen lang auf Sauftour gewesen, er schwankte und seine Atmung ging unregelmäßig. Und was war das für ein Geruch? Mein Gott, er erinnerte sie an ihre Großmutter: aufdringliches Parfüm und Gesichtspuder. Oder auch etwas anderes, etwas, das sie in ihr Studium zurückversetzte ... ja, genau, das war's. Er stank nach dem Formaldehyd aus Makroskopischer Anatomie.

Die Gesichtsfarbe einer Leiche hatte er jedenfalls. Und so krank, wie er aussah, fragte sie sich, ob sie mit ihm nicht fertig werden würde.

Sie tastete nach der Rasierklinge in ihrer Tasche und schätzte die Distanz zwischen ihnen ab, dann beschloss sie, zunächst nichts zu unternehmen. Er war zwar schwach, aber die Tür war verschlossen. Wenn sie ihn attackierte, riskierte sie nur, verletzt oder getötet zu werden, was sie ihrer Flucht keinen Schritt näher brächte. Das Beste wäre, sich in der Nähe der Tür aufzuhalten, bis einer von ihnen hereinkäme. Allerdings bräuchte sie dazu das Überraschungsmoment, denn sonst würde sie mit Sicherheit überwältigt werden.

Nur – was sollte sie tun, wenn sie erst aus dem Zimmer entkommen war? Befand sie sich in einem großen Haus? Einem kleinen? Sie hatte so eine Ahnung, dass die festungsartige Verbarrikadierung der Fenster im ganzen Gebäude Standard war.

»Ich will hier raus«, sagte sie.

Red Sox atmete aus, als wäre er erschöpft. »In ein paar Tagen wirst du in dein altes Leben zurückkehren, ohne dich an all das hier zu erinnern.«

»Aber sicher doch. Komischerweise vergisst man eine Entführung üblicherweise nicht so schnell.«

»Du wirst schon sehen. Beziehungsweise auch nicht, in diesem Fall.« Auf dem Weg zum Bett stützte er sich erst am Sekretär, dann an der Wand ab. »Er sieht besser aus.«

Sie wollte ihn anbrüllen, die Finger von ihrem Patienten zu lassen.

»V?« Behutsam ließ sich Red Sox auf der Bettkante nieder. »V?«

Die Augen des Patienten öffneten sich nach einem kurzen Moment, und seine Mundwinkel zuckten. »Bulle.«

Die beiden Männer streckten exakt im selben Augenblick die Hände nacheinander aus. Die beiden mussten Brüder sein – nur, dass sie völlig unterschiedliche Typen waren. Vielleicht waren sie nur enge Freunde? Oder Liebhaber?

Der Patient ließ den Blick zu ihr schweifen und musterte sie von Kopf bis Fuß, als wollte er sich überzeugen, dass sie keinen Schaden genommen hatte. Dann entdeckte er das Essen, das sie nicht angerührt hatte, und runzelte missbilligend die Stirn.

»Haben wir das nicht gerade hinter uns?«, murmelte Red Sox. »Nur, dass ich damals derjenige war, der halbtot im Bett lag. Wie wär's, wenn wir uns auf Unentschieden einigen und den Scheiß in Zukunft sein lassen?«

Diese eisig hellen Augen ließen von ihr ab und wanderten zu seinem Kumpel. Die Stirn blieb gerunzelt. »Du siehst furchtbar aus.«

»Und du bist Miss Amerika.«

Der Patient zog seinen anderen Arm so mühsam unter der Decke hervor, als wöge er mehr als ein Klavier. »Hilf mir, den Handschuh abzuziehen –«

»Vergiss es. Du bist noch nicht so weit.«

»Dein Zustand verschlechtert sich.«

»Morgen –«

»Jetzt. Wir machen es jetzt.« Die Stimme des Patienten

sank zu einem Flüstern. »Noch ein Tag, und du kannst nicht mehr aufrecht stehen. Du weißt, was passiert.«

Red Sox ließ den Kopf hängen, als wäre er ein Sack Mehl. Dann stieß er einen leisen Fluch aus und streckte die Hand nach dem Handschuh aus.

Jane wich zurück, bis sie gegen den Sessel stieß. Diese Hand hatte ihrer Krankenschwester den Krampfanfall beschert, und trotzdem taten die beiden Männer so, als wäre die Berührung damit keine große Sache.

Sanft zog Red Sox das schwarze Leder ab und enthüllte eine Hand, die mit Tätowierungen bedeckt war. Du lieber Himmel, seine Haut schien zu leuchten.

»Komm her«, sagte der Patient zu dem anderen Mann und breitete die Arme weit aus. »Leg dich zu mir.«

Jane blieb die Luft weg.

Cormia schritt durch die Hallen des Allerheiligsten, die bloßen Füße lautlos, die weiße Robe ohne jedes Geräusch, selbst ihr Atem verließ ihre Brust ohne auch nur ein Seufzen. So wandelte sie nach Art einer Auserwählten umher, ohne dem Auge wahrnehmbar einen Schatten zu werfen, ohne ein Flüstern laut werden zu lassen.

Doch sie hatte ein persönliches Bestreben, und das war falsch. Als Auserwählte musste man zu jeder Zeit der Jungfrau der Schrift dienen, alle Absichten galten immer nur ihr.

Cormias eigener Wunsch war jedoch unleugbar.

Der Tempel der Bücher lag am Ende eines langen Säulengangs, und seine Flügeltüren standen immer offen. Von allen Gebäuden des innersten Heiligtums – selbst einschließlich des Juwelensaals – enthielt dieses hier das wertvollste Gut: Hier ruhten die Aufzeichnungen der Jungfrau der Schrift über ihre Art, eine Niederschrift von unermesslichem Umfang, die tausende von Jahren umspannte. Von

Ihrer Heiligkeit gesondert geschulten Auserwählten in die Feder diktiert, war dieses Werk ein Zeugnis der Geschichte ebenso wie des Glaubens.

Im Inneren der elfenbeinernen Mauern tappte Cormia im Schein weißer Kerzen über den Marmorfußboden, vorbei an zahllosen Bücherregalen. Sie lief immer schneller, je mehr ihre Beklemmung wuchs. Die Bände der Aufzeichnungen waren chronologisch angeordnet, und innerhalb der einzelnen Jahrgänge nach sozialem Stand gruppiert. Doch wonach sie suchte, wäre nicht in dieser allgemeinen Abteilung untergebracht.

Sie blickte über die Schulter, kontrollierte, ob auch niemand in der Nähe war, dann schlüpfte sie in einen Korridor und gelangte vor eine glänzende, rote Tür. In deren Mitte prangte eine Abbildung von zwei an der Klinge gekreuzten schwarzen Dolchen, die Spitzen nach oben gerichtet. Um die Griffe herum wand sich in Blattgold ein heiliger Wahlspruch in der Alten Sprache:

DIE BRUDERSCHAFT DER
BLACK DAGGER
ZUM SCHUTZ UND ZUR VERTEIDIGUNG
UNSERER MUTTER, UNSERER
ART, UNSERER BRÜDER

Ihre Hand bebte, als sie die goldene Klinke niederdrückte. Zu diesem Bereich war der Zutritt verboten, und wenn man sie ertappte, würde sie bestraft werden. Doch das kümmerte sie nicht. Obgleich ihr Bestreben sie in Furcht versetzte, konnte sie ihre Unkenntnis nicht länger ertragen.

Der Raum war von würdevoller Größe, die hohe Decke vergoldet. Die Regale waren hier nicht weiß, sondern schimmernd schwarz. Die Bücher waren in schwarzes Leder gebunden, ihre Rücken mit Gold verziert, in dem sich das

Licht der Kerzen in der Farbe von Schatten spiegelte. Der Teppich war blutrot und so weich wie ein Fell.

Die Luft hier hatte einen ungewöhnlichen Geruch, der sie an gewisse Gewürze erinnerte. Sie ahnte, dass es daran lag, dass die Brüder tatsächlich selbst gelegentlich hierherkamen und in ihrer Geschichte stöberten, Bücher aus den Regalen zogen, vielleicht über sich selbst, vielleicht über ihre Ahnen. Sie versuchte, sie sich hier vorzustellen und konnte es nicht, da sie noch nie einen von ihnen zu Gesicht bekommen hatte. Sie hatte überhaupt noch nie einen Mann zu Gesicht bekommen.

Cormia beeilte sich, die Ordnung der Bände zu durchschauen. Offenbar waren sie nach Jahren arrangiert. *Oh, Augenblick.* Es gab auch eine Abteilung für Lebensgeschichten.

Sie kniete sich hin. Jeder dieser Bände trug eine Nummer und den Namen eines Bruders, neben seiner Abstammungslinie väterlicherseits. Das erste dieser Bücher war ein uralter Wälzer, der mit Zeichen einer antiken Schriftvariante versehen war, an die sich Cormia noch aus einigen der älteren Abschnitte der Aufzeichnungen der Jungfrau der Schrift erinnerte. Diesem ursprünglichen Krieger waren mehrere Bücher gewidmet, und die nächsten beiden Brüder nannten ihn als ihren Erzeuger.

Weiter hinten nahm sie wahllos einen Band heraus und schlug ihn auf. Die Titelseite war prächtig, ein gemaltes Portrait des Bruders wurde umrahmt von einer ausführlichen schriftlichen Darstellung seines Namens und seines Geburtsdatums und seiner Einführung in die Bruderschaft, wie auch seiner Tapferkeit im Kampf. Auf der nächsten Seite fand sich die Abstammung des Kriegers über Generationen hinweg, gefolgt von einer Auflistung der Frauen, mit denen er sich vereint, und des Nachwuchses, den er gezeugt hatte. Im Anschluss wurde Kapitel für Kapitel sein

Leben beschrieben, sowohl auf dem Schlachtfeld als auch im häuslichen Bereich.

Dieser Bruder namens Tohrture hatte augenscheinlich lange gelebt und sich im Kampf bewährt. Es gab drei Bücher über ihn, und eine der letzten Eintragungen betraf die Freude des Kriegers, dass sein einziger überlebender Sohn, Rhage, in die Bruderschaft aufgenommen worden war.

Cormia stellte den Band zurück und ging weiter, fuhr mit dem Zeigefinger über die Einbände, berührte die Namen. Diese Männer hatten dafür gekämpft, ihr Sicherheit zu bieten; sie waren diejenigen, die herbeigeeilt waren, als vor vielen Jahrzehnten die Auserwählten angegriffen wurden. Sie waren auch diejenigen, die die Vampire vor den *Lessern* beschützten. Vielleicht wäre dieses Primal-Arrangement trotz allem gut. Sicherlich würde doch einer, dessen Aufgabe es war, die Unschuldigen zu behüten, ihr nicht wehtun?

Da sie keine Ahnung hatte, wie alt ihr Versprochener war oder wann er sich der Bruderschaft angeschlossen hatte, nahm sie jedes Buch in Augenschein. Es gab so viele davon, Reihe um Reihe ...

Ihr Finger verharrte auf dem Rücken eines dicken Bandes, eines von vieren:

BLOODLETTER
356

Der Name des Vaters des künftigen Primals jagte ihr einen eisigen Schauer über den Körper. Sie hatte in der Geschichte der Vampire über ihn gelesen, und gütige Jungfrau, möglicherweise irrte sie sich: Wenn die Erzählungen über diesen Mann der Wahrheit entsprachen, dann konnten selbst jene, die edel kämpften, grausam sein.

Merkwürdig, dass seine väterliche Abstammungslinie nicht aufgezeichnet war.

Sie suchte weiter, Rücken für Rücken, Namen für Namen.

VISHOUS
SOHN DES BLOODLETTER
428

Da gab es nur einen Band, und er war dünner als ihr Finger. Als sie ihn hervorgezogen hatte, legte sie mit pochendem Herzen die Handfläche auf den Buchdeckel. Der Einband war steif, als sie ihn aufschlug, als wäre er selten geöffnet worden. Was auch so war. Es gab kein Bildnis, keine sorgfältig dargelegte Anerkennung seiner Kampfkünste, nur ein Geburtsdatum, aus dem hervorging, dass er bald dreihundertunddrei Jahre alt sein würde, und eine Notiz, wann er in die Bruderschaft aufgenommen worden war. Sie blätterte um. Abgesehen von Bloodletter gab es keinen Hinweis auf seine Abstammung, und der Rest des Buches war leer.

Sie stellte es zurück, wandte sich wieder den Büchern des Vaters zu und zog das dritte heraus. Sie las über den Erzeuger, in der Hoffnung, dadurch etwas über den Sohn zu erfahren, was ihre Ängste zerstreuen würde. Doch was sie fand war ein Ausmaß an Grausamkeit, das sie beten ließ, der Primal schlüge nach seiner Mutter, wer immer sie sein mochte. *Bloodletter* war in der Tat ein passender Name für den Krieger, denn er hatte das Blut von Vampiren und *Lessern* gleichermaßen vergossen.

Ganz hinten im Buch entdeckte sie auf der letzten Seite sein Sterbedatum, das ihr jedoch keinen Aufschluss über die Art seines Todes gab. Sie klappte den ersten Band auf, um das Bild zu betrachten. Der Vater hatte pechschwarzes Haar gehabt, einen Vollbart und Augen, die in ihr den Wunsch weckten, das Buch zuzuschlagen und nie wieder in die Hand zu nehmen.

Sie stellte es zurück und setzte sich auf den Boden. Nach Ablauf der Eremitage der Jungfrau der Schrift würde der Sohn des Bloodletter sie holen kommen, und er würde ihren Körper als seinen rechtmäßigen Besitz in Anspruch nehmen. Sie konnte sich nicht ausmalen, was der Akt beinhaltete oder was der Mann tun würde, und sie fürchtete die sexuelle Lektion.

Wenigstens würde er als Primal auch bei anderen liegen, erinnerte sie sich. Vielen anderen, von denen einige dazu geschult waren, Männern Lust zu bereiten. Zweifellos würde er deren Gesellschaft bevorzugen. Mit ein wenig Glück würde er sie nur selten aufsuchen.

13

Als Butch sich auf Vishous' Bett ausstreckte, musste V sich wider Willen eingestehen, dass er schon sehr viel Zeit damit verbrachte hatte, sich genau das auszumalen. Wie es sich anfühlen würde. Riechen würde. Nun, da es wirklich passierte, war er froh, sich auf Butchs Heilung konzentrieren zu müssen. Sonst, das ahnte er, wäre es zu intensiv und er müsste sich zurückziehen.

Seine Brust streifte die von Butch und er versuchte sich einzureden, dass er all das nicht brauchte. Versuchte so zu tun, als bräuchte er dieses Gefühl eines anderen neben sich nicht, als löste es ihn nicht innerlich, einen anderen zu spüren, als bedeutete ihm die Wärme eines Körpers nichts.

Als würde ihn die Heilung des Freundes nicht auch selbst heilen.

Doch das war natürlich großer Blödsinn. Als V seine Arme um Butch schlang und sich öffnete, um das Böse Omegas in sich aufzunehmen, brauchte er all das. Nach dem Besuch seiner Mutter und der Schusswunde sehnte er sich verzweifelt nach der Nähe eines anderen, brauchte das Gefühl, dass jemand seine Umarmung erwiderte. Er musste ein Herz neben seinem schlagen spüren.

Immer bemühte er sich, seine Hände von anderen fernzuhalten, Abstand zu halten. Einmal den Schutzpanzer abzulegen, bei dem Einen, dem er wirklich vertraute, brachte seine Augen zum Brennen.

Gut, dass er nie weinte, sonst wären seine Wangen so nass gewesen wie Kiesel in einem Fluss.

Ein Beben der Erleichterung durchfuhr Butch, Vishous spürte das Zittern in den Schultern und Hüften des anderen. Obwohl er wusste, dass es unerlaubt war, konnte er sich nicht davon abhalten, seine tätowierte Hand in Butchs Nacken zu legen. Während der Polizist noch einmal aufstöhnte und näher rückte, wandte V den Blick der Ärztin zu.

Sie stand neben dem Sessel und beobachtete ihn und Butch, die Augen groß, der Mund leicht geöffnet.

Dass V das Ganze nicht irrsinnig peinlich war, lag einzig und allein daran, dass er wusste, sie hätte später keine Erinnerung an diesen sehr persönlichen Moment. Ansonsten hätte er das nicht verkraftet. Solche Dinge passierten nicht häufig in seinem Leben – hauptsächlich, weil er sie nicht zuließ. Und es kam ja überhaupt nicht in Frage, dass irgendein Fremder über seine Privatangelegenheiten Bescheid wusste.

Nur, dass sie ihm gar nicht wie eine Fremde vorkam.

Die Hand der Ärztin griff an ihre Kehle, und sie sank auf den Sessel. Die Sekunden dehnten sich träge aus, reckten sich wie ein fauler Hund an einem schwülen Sommertag. Ihre Augen lösten sich nicht von ihm, und auch er wandte den Blick nicht von ihr ab.

Dieses Wort kam ihm wieder in den Kopf: *Mein.*

Doch wen meinte er damit eigentlich? Butch oder sie?

Sie, stellte er fest. Es war die Frau dort in der Zimmerecke, die dieses Wort in ihm hervorrief.

Butch verlagerte sein Gewicht, seine Beine berührten die von V durch die Decke. Schuldbewusst dachte V daran, wie oft er sich das erträumt hatte, sie beide so wie jetzt zusammen auf dem Bett liegend und ... na ja, um die Heilung ging es dabei eher am Rande. Seltsam, aber jetzt, da es geschah, hatte V Butch gegenüber keinerlei sexuelle Wünsche. Nein, der Sex- und der Bindungstrieb richteten sich auf die schweigende Frau dort hinten, die eindeutig unter Schock stand.

Vielleicht kam sie nicht damit klar, dass zwei Männer zusammen waren? Nicht, dass er und Butch das jemals wären.

Aus irgendeinem total absurden Grund sagte V zu ihr: »Er ist mein bester Freund.«

Sie schien überrascht, dass er unaufgefordert eine Erklärung ablieferte. Womit sie schon zu zweit waren.

Jane konnte die Augen nicht vom Bett abwenden. Der Patient und Red Sox leuchteten zusammen, ein weiches Licht entströmte ihren Körpern, und etwas passierte zwischen den beiden, eine Art Austausch. Der süßliche Geruch verblasste mehr und mehr.

Und *beste Freunde?* Sie betrachtete die Hand ihres Patienten, die im Haar des anderen vergraben war, und die schweren Arme, die den Mann fest an sich drückten. Klar waren sie Kumpels, aber wie weit genau ging das?

Nach einer kleinen Ewigkeit stieß Red Sox ein langes Seufzen aus und hob den Kopf. Die Gesichter der beiden schwebten nur Zentimeter voneinander entfernt, und Jane hielt den Atem an. An sich hatte sie kein Problem damit, wenn zwei Männer etwas miteinander hatten, aber aus irgendeinem wahnwitzigen Grund wollte sie nicht zusehen, wie ihr Patient seinen Freund küsste. Oder sonst jemanden.

»Alles in Ordnung?«, fragte Red Sox.

Die Stimme des Patienten klang tief und leise. »Ja. Müde.«

»Das kann ich mir lebhaft vorstellen.« Der andere stand geschmeidig auf. Unfassbar, er sah aus, als hätte er einen Monat in einem Kurbad verbracht. Seine Hautfarbe war wieder normal und seine Augen klar und wach. Und diese Aura des Bösen war verschwunden.

Der Patient legte sich auf den Rücken. Dann zuckte er zusammen und rollte sich auf die Seite. Probierte wieder den Rücken. Seine Beine zappelten ununterbrochen unter der Decke, als wollte er vor dem weglaufen, was er in sich fühlte.

»Hast du Schmerzen?«, fragte Red Sox. Als keine Reaktion kam, sah er Jane an. »Kannst du ihm helfen, Doc?«

Sie wollte nein sagen. Sie wollte ein paar Beleidigungen ausstoßen und verlangen, freigelassen zu werden. Und sie wollte diesen Angehörigen der Baseballkappennation in die Weichteile treten, weil er ihren Patienten mit dieser Aktion gerade noch elender gemacht hatte.

Der Eid des Hippokrates brachte sie auf die Füße. »Kommt darauf an, was Sie mir mitgebracht haben.«

Sie wühlte in einer der Taschen und fand in etwa das komplette Sortiment an lieferbaren Schmerzmitteln. Und alles in Originalverpackung, weshalb diese Leute eindeutig Bezugsquellen innerhalb eines Krankenhauses haben mussten: Die Medikamente waren noch verschweißt, was bedeutete, dass sie keinen weiten Weg über den Schwarzmarkt genommen hatten. Ach was, diese Jungs hier hatten wahrscheinlich den Schwarzmarkt in der Hand.

Um sich zu vergewissern, dass es nicht noch etwas Besseres gab, sah sie auch noch in der anderen Tasche nach …

und fand darin ihre Lieblingsyogahose ... und den Rest der Dinge, die sie für die Fahrt zum Vorstellungsgespräch an der Columbia eingepackt hatte.

Sie waren bei ihr zu Hause gewesen. Diese Mistkerle waren in ihrer Wohnung gewesen.

»Wir mussten dein Auto zurückbringen«, erklärte Red Sox. »Und dachten uns, du hättest sicher nichts gegen frische Klamotten. Das hier stand schon parat.«

Sie waren mit ihrem Audi gefahren, durch ihre Zimmer gelaufen, hatten ihre Sachen angefasst.

Jane stand auf und trat die Tasche quer durch den Raum. Ihre Kleider flogen durch die Gegend, doch sie schob die Hand in die Kitteltasche und umschloss die Rasierklinge, bereit, sie Red Sox an die Kehle zu halten.

Die Stimme des Patienten war fest. »Entschuldige dich.«

Sie wirbelte herum und funkelte zornig das Bett an. »Wofür? Sie halten mich hier gegen meinen W-«

»Nicht du. Er.«

Mit zerknirschtem Tonfall beeilte sich Red Sox zu sagen: »Es tut mir leid, dass wir in deiner Wohnung waren. Wir wollten es nur etwas leichter für dich machen.«

»Leichter? Mit Verlaub, ich scheiße auf eure Entschuldigung. Man wird mich vermissen, versteht ihr? Die Polizei sucht bestimmt nach mir.«

»Darum haben wir uns schon gekümmert, selbst um das Vorstellungsgespräch in New York. Wir haben die Zugfahrkarte und die Wegbeschreibung gefunden. Die erwarten dich nicht länger.«

Die Wut verschlug ihr vorübergehend die Sprache. »Wie können Sie es wagen ...«

»Sie haben den Termin problemlos verschoben, als sie hörten, dass du krank bist.« Als könnte das die Angelegenheit wiedergutmachen.

Jane machte den Mund auf, um auf ihn loszugehen, als

ihr dämmerte, dass sie ihnen auf Gedeih und Verderb ausgeliefert war. Ihre Kidnapper zu verärgern war also vielleicht nicht die schlaueste Idee.

Mit einem leisen Fluch wandte sie sich an den Patienten. »Wann werden Sie mich gehen lassen?«

»Sobald ich wieder auf den Beinen bin.«

Sie betrachtete forschend sein Gesicht, vom Bärtchen über die Diamantaugen bis hin zu den Tattoos an der Schläfe. Ohne zu überlegen sagte sie: »Geben Sie mir Ihr Wort. Schwören Sie es mir bei dem Leben, das ich Ihnen zurückgab. Sie werden mich unverletzt freilassen.«

Er zögerte nicht. Nicht einmal, um Luft zu holen. »Bei meiner Ehre und dem Blut in meinen Adern, du wirst frei sein, sobald ich gesund bin.«

Auf sich selbst und die beiden Männern schimpfend zog sie die Hand aus der Tasche, bückte sich und holte eine Ampulle Demerol aus der größeren Reisetasche. »Hier sind keine Spritzen.«

»Ich hab welche.« Red Sox kam zu ihr und hielt ihr ein steriles Päckchen unter die Nase. Als sie es ihm aus der Hand nehmen wollte, hielt er es fest. »Ich weiß, dass du davon weisen Gebrauch machen wirst.«

»Weise?« Sie riss ihm die Spritze aus der Hand. »Nein, ich werde ihm damit ins Auge stechen. Denn das hat man mir ja auf der Uni beigebracht.«

Wieder bückte sie sich und wühlte in der Tasche, bis sie ein Paar Gummihandschuhe, ein Päckchen Desinfektionstupfer sowie ein paar Mullbinden und Bandagen zur Erneuerung des Brustverbands zusammengesucht hatte.

Obwohl sie dem Patienten vor seiner OP prophylaktisch Antibiotika verabreicht hatte und daher das Risiko einer Infektion nicht hoch war, fragte sie: »Können Sie auch Antibiotika besorgen?«

»Alles, was du brauchst.«

O ja, die hatten definitiv Verbindungen zu einem Krankenhaus. »Ich könnte etwas Ciprofloxacin oder vielleicht etwas Amoxicillin gebrauchen. Hängt davon ab, wie es unter dem Verband da aussieht.«

Sie legte die Kanüle, die Ampulle und das andere Material auf den Nachttisch, zog sich die Handschuhe über und riss eins der quadratischen Heftchen auf.

»Einen Moment noch, Doc«, meldete sich Red Sox.

»Entschuldigung?«

Er fixierte sie mit einem stechenden Blick. »Bei allem Respekt, aber ich muss noch einmal betonen, dass ich, falls du ihm absichtlich Schaden zufügst, dich mit bloßen Händen töten werde. Obwohl du eine Frau bist.«

Vor Schreck wurde sie stocksteif, gleichzeitig erfüllte ein Knurren den Raum, wie von einem Mastiff kurz vor dem Angriff.

Entsetzt blickten sie beide auf den Mann im Bett herab.

Seine Oberlippe war zurückgezogen, und die scharfen Eckzähne hatten sich zu doppelter Größe verlängert. »Niemand fasst sie an. Egal, was sie tut oder mit wem.«

Der Kappenmann zog die Stirn in Falten, als hätte sein Kumpel nicht mehr alle Tassen im Schrank. »Du kennst unsere Abmachung, Mitbewohner. Ich sorge für deine Sicherheit, bis du es wieder selbst kannst. Und wenn dir das nicht passt, dann sieh zu, dass du schleunigst wieder aufrecht stehst, dann kannst du dir in Ruhe Sorgen um sie machen.«

»Niemand.«

Einen Augenblick herrschte Stille; dann blickte der Kappentyp von Jane zum Patienten und zurück, als müsste er die Gesetze der Physik neu berechnen – und käme mit der Gleichung nicht klar.

Jetzt schaltete sich Jane ein, weil sie das Gefühl hatte, die beiden wieder auf Siedepunkt runterkochen zu müssen. »Okay, okay. Schluss mit dem dämlichen Macho-Gepose, ja?« Überrascht sahen die beiden sie an und schienen sogar noch mehr zu staunen, als sie Red Sox mit dem Ellbogen aus dem Weg schob. »Wenn Sie schon hier sind, dann lassen Sie Ihre verdammten Aggressionen stecken. Damit helfen Sie ihm nicht.« Dann funkelte sie den Patienten an. »Und Sie – Sie entspannen sich einfach.«

Nach einem Moment totalen Schweigens räusperte sich Red Sox, und der Patient zog sich den Handschuh über und schloss die Augen.

»Danke«, murmelte sie. »Und wenn Sie nichts dagegen hätten, würde ich gern meine Arbeit machen, damit ich hier irgendwann abhauen kann.«

Sie verabreichte dem Patienten eine Dosis Demerol und innerhalb von Sekunden lockerten sich die Augenbrauen, als hätte man die Schrauben daran gelöst. Während die Anspannung aus seinem Körper wich, wickelte sie den Verband von der Brust ab und hob die Mullbinde hoch.

»O mein Gott«, hauchte sie.

Red Sox sah ihr über die Schulter. »Was ist denn? Ist doch perfekt abgeheilt.«

Sachte piekte sie mit dem Finger in die Reihe von Metallklammern und die darunterliegende rosa Naht. »Ich könnte die jetzt entfernen.«

»Brauchst du Hilfe?«

»Das ist einfach nicht normal.«

Die Augen des Patienten öffneten sich und man konnte ihm ansehen, dass er genau wusste, was sie dachte: *Vampir.*

Ohne den anderen anzusehen, sagte sie: »Könnten Sie mir die Verbandsschere und die Zange aus der Tasche bringen? Ach ja, und das antibiotische Spray.«

Als sie hinter sich ein Rascheln hörte, flüsterte sie ihm zu: »Was sind Sie?«

»Am Leben«, entgegnete der Patient. »Dank dir.«

»Hier, bitte.«

Jane hüpfte hoch wie eine Marionette. Red Sox hatte zwei Edelstahlgerätschaften in der Hand, aber sie konnte sich beim besten Willen nicht erinnern, warum sie ihn darum gebeten hatte.

»Die Klammern«, murmelte sie.

»Was?«

»Ich hole die Klammern raus.« Sie nahm die Schere und die Zange und besprühte die Brust des Patienten mit dem Antibiotikum.

Obwohl das Gehirn in ihrem Schädel Turnübungen veranstaltete, schaffte sie es, die etwa zwanzig Metallklammern zu entfernen und in den Papierkorb fallen zu lassen. Danach tupfte sie die Bluttropfen ab, die aus jedem Einstichloch quollen, dann besprühte sie ihn noch einmal ausgiebig mit Antibiotikum.

Als sie ihm in die leuchtenden Augen sah, wusste sie definitiv, dass er kein Mensch war. Sie hatte schon zu viele Körper von innen gesehen und zu viele mühsame Heilungsprozesse erlebt, um einen anderen Schluss zu ziehen. Was sie nicht wusste, war, was das für sie bedeutete. Und für den Rest der Menschheit.

Wie war das möglich? Dass es eine andere Spezies mit so vielen menschlichen Merkmalen gab? Andererseits blieben sie vermutlich genau dadurch im Verborgenen.

Jane legte eine dünne Schicht Mull auf die Brust und klebte sie fest. Als sie fertig war, zog der Patient eine Grimasse, und seine Hand – die mit dem Handschuh – wanderte zu seinem Bauch.

»Alles in Ordnung?«, fragte Jane, als alle Farbe aus seinem Gesicht wich.

»Mir ist schlecht.« Schweißperlen bildeten sich auf seiner Oberlippe.

Sie sah den Mann mit der Kappe an. »Ich glaube, Sie sollten sich lieber verziehen.«

»Warum?«

»Er muss sich gleich übergeben.«

»Mir geht's gut«, brummelte der Patient und schloss die Augen.

Jane steuerte auf die Reisetasche zu, um eine Bettpfanne zu suchen, gleichzeitig sprach sie mit dem anderen Mann. »Jetzt gehen Sie schon. Ich kümmere mich um ihn. Dafür brauchen wir kein Publikum.«

Verdammtes Demerol. Es half zwar fantastisch gegen die Schmerzen, aber die Nebenwirkungen waren manchmal wirklich schlimm für die Patienten.

Red Sox zögerte noch, bis der Mann im Bett aufstöhnte und anfing, zwanghaft zu schlucken. »Na gut. Aber bevor ich gehe: Soll ich dir was Frisches zu essen bringen? Irgendwas Bestimmtes, worauf du Appetit hast?«

»Wollen Sie mich verarschen? Soll ich etwa die Entführung und die Todesdrohung vergessen und bei Ihnen eine Bestellung aufgeben?«

»Kein Grund, nichts zu essen, solange du hier bist.« Er hob das Tablett auf.

Gütiger, diese Stimme ... diese raue, heisere Stimme mit dem Bostoner Akzent. »Ich kenne Sie. Ich kenne Sie definitiv irgendwoher. Nehmen Sie die Kappe ab. Ich will Ihr Gesicht sehen.«

Mit dem kalten Essen in der Hand durchquerte der Kerl den Raum. »Ich bringe dir was anderes.«

Als die Tür ins Schloss fiel und verriegelt wurde, spürte sie den kindischen Drang, hinzurennen und dagegenzuhämmern.

Der Patient stöhnte wieder, und sie sah ihn an. »Hören Sie jetzt endlich auf, sich gegen die Übelkeit zu wehren?«

»Scheiße ... noch mal ...« Er krümmte sich auf der Seite zusammen und fing an zu würgen.

Eine Bettpfanne war nicht nötig, weil er nichts im Magen

hatte, also raste Jane ins Bad, holte ein Handtuch und hielt es ihm vor den Mund. Während er jämmerlich würgte, hielt er die Hand mitten auf seine Brust, als wollte er nicht, dass die Wunde wieder aufplatzte.

»Keine Sorge«, sagte sie und legte ihre Hand auf seinen glatten Rücken. »Das ist gut genug verheilt. Die Narbe wird nicht aufreißen.«

»Fühlt sich an ... als ... ob ... Scheiße –«

Mein Gott, er litt, das Gesicht war verzerrt und rot, er war schweißgebadet, sein Körper gekrümmt. »Ist schon gut, lassen Sie es einfach durch sich durchschwappen. Je weniger Sie sich wehren, desto leichter wird es. Genau ... so ist es richtig ... tief atmen. Gut so ...«

Sie streichelte ihm über den Rücken und hielt das Handtuch und konnte nicht anders, als immer weiter mit ihm zu sprechen. Als es vorbei war, lag der Patient ganz still, atmete durch den Mund, die Hand mit dem Handschuh um das Laken geklammert.

»Das war nicht lustig«, röchelte er.

»Wir finden ein anderes Schmerzmittel«, sagte sie und strich ihm das Haar aus dem Gesicht. »Kein Demerol mehr. Und jetzt würde ich mir gern die Wunden ansehen, okay?«

Er nickte und rollte sich auf den Rücken, sein Brustkorb schien so breit zu sein wie das ganze Bett. Vorsichtig zog sie die Klebestreifen ab und hob sanft den Mull hoch. Du lieber Himmel ... die Haut, die noch vor fünfzehn Minuten von den Klammern perforiert gewesen war, war vollständig verheilt. Das Einzige, was noch zu sehen war, war die dünne rosa Linie über dem Brustbein.

»Was sind Sie?«, platzte es aus ihr heraus.

Ihr Patient rollte sich zurück zu ihr. »Müde.«

Ohne nachzudenken begann sie wieder, ihn zu streicheln, ihre Hand machte ein gedämpftes Geräusch auf seiner Haut. Es dauerte nicht lang, bis ihr auffiel, dass seine

Schultern harte Muskelpakete waren ... und dass, was sie berührte, warm und sehr männlich war.

Sie zog die Hand zurück.

»Bitte.« Er fing ihr Handgelenk mit der normalen Hand auf – obwohl seine Augen geschlossen waren. »Fass mich an, oder ... halt mich fest. Ich ... schwebe in der Luft. Als würde ich davontreiben. Ich kann nichts fühlen. Nicht das Bett ... nicht meinen Körper.«

Sie betrachtete seine Hand um ihr Gelenk, dann musterte sie seinen Bizeps und die breite Brust. Flüchtig schoss ihr durch den Kopf, dass er ihren Arm mühelos brechen könnte, aber sie wusste, er würde es nicht tun. Noch vor einer halben Stunde hätte er bereitwillig seinem besten Freund die Kehle herausgerissen, um sie zu beschützen –

Schluss damit.

Fühl dich nicht sicher bei ihm. Das Stockholm-Syndrom tut dir nicht gut.

»Bitte.« Sein Atem ging zittrig, die Verlegenheit schnürte ihm den Hals zu.

Bisher hatte sie nie begriffen, wie Entführungsopfer eine Beziehung zu ihren Kidnappern aufbauen konnten. Das verstieß ebenso gegen jede Logik wie auch gegen den Selbsterhaltungstrieb: Dein Feind kann nicht dein Freund sein.

Aber ihm die Wärme zu verweigern, war undenkbar.

»Dann brauche ich aber meine Hand zurück.«

»Du hast zwei. Nimm die andere.« Damit rollte er sich um die Hand, die er festhielt, zusammen, wobei die Decke noch weiter an seinem Oberkörper herunterrutschte.

»Lassen Sie mich die Seiten wechseln«, murmelte sie, entzog ihm die eine Hand, ersetzte sie durch die andere, dann legte sie ihm die jetzt freie auf die Schulter.

Seine Haut hatte den goldbraunen Ton einer Sommerbräune und war glatt ... Mann, sie war so glatt und weich. Sie zog die Wölbung seiner Wirbelsäule nach bis in den

Nacken, und ehe sie sich versah, streichelte sie sein glänzendes Haar. Hinten kurz, um das Gesicht herum länger – sie fragte sich, ob er es extra so trug, um die Tätowierungen an der Schläfe zu verstecken. Andererseits – warum sollte er sich an so einer auffälligen Stelle kennzeichnen lassen und es dann nicht zeigen?

Seiner Kehle entstieg ein Geräusch, ein Schnurren, das durch seine Brust und den Rücken rollte; dann rückte er etwas zur Seite, wodurch er an ihrem Arm zog. Eindeutig wollte er, dass sie sich neben ihm ausstreckte, doch als sie sich widersetzte, ließ er locker.

Sie betrachtete ihren Arm in seinem Griff und dachte an das letzte Mal, als sie mit einem Mann so verschlungen gewesen war. Lange her. Und offen gestanden, war es nicht so gut gewesen.

Manellos dunkle Augen kamen ihr in den Sinn ...

»Denk nicht an ihn.«

Jane zuckte zurück. »Woher wussten Sie, dass ich an ihn gedacht habe?«

Der Patient ließ sie los und drehte sich langsam von ihr weg. »Entschuldigung. Geht mich nichts an.«

»Woher wussten Sie es?«

»Ich versuche jetzt, zu schlafen, okay?«

»Okay.«

Jane stand auf und ging zurück zu ihrem Sessel. Sie dachte an das Herz mit den sechs Kammern. Sein nicht bestimmbares Blut. Seine Fangzähne im Handgelenk der blonden Frau. Beim Blick zum Fenster musste sie sich unwillkürlich fragen, ob die Abdeckung der Scheiben von außen nicht nur der Sicherheit diente, sondern auch dazu, das Sonnenlicht abzuhalten.

Was bedeuten würde? Dass sie mit einem ... Vampir in einem Raum eingesperrt war?

Ihre rationale Seite wies den Gedanken sofort zurück,

aber in ihrem tiefsten Inneren regierte die Logik. Mit einem Kopfschütteln rief sie sich ihr Lieblingszitat von Sherlock Holmes ins Gedächtnis und formulierte es um: Wenn man alle möglichen Erklärungen ausschließt, dann bleibt nur das Unmögliche als Lösung. Logik und Biologie konnten nicht lügen, oder? Das war einer der Gründe, warum sie sich entschieden hatte, Ärztin zu werden.

Sie sah wieder ihren Patienten an und verlor sich in den Folgen ihrer Überlegungen. Ihr Verstand taumelte angesichts der evolutionären Möglichkeiten, doch sie machte sich auch Gedanken über die praktischen Dinge. Sie dachte an die Medikamente in dieser Reisetasche und daran, dass ihr Patient in einem gefährlichen Teil der Stadt unterwegs gewesen war, als er angeschossen wurde. Und hallo, die Kerle hatten sie entführt.

Wie um alles in der Welt sollte sie ihm oder seinem Wort trauen?

Jane steckte die Hand in die Kitteltasche und tastete nach der Rasierklinge. Die Antwort darauf war einfach. Das konnte sie unter keinen Umständen.

14

Oben in seinem Zimmer saß Phury an das Kopfende seines Bettes gelehnt, die blaue Samtdecke über den Beinen. Seine Prothese hatte er abgelegt, und ein Joint glühte in einem schweren Glasaschenbecher neben ihm. Mozart wehte aus verborgenen Bose-Lautsprechern herüber.

Das Buch über Schusswaffen vor ihm diente nur als Unterlage. Ein dickes Blatt weißes Papier lag darauf, aber sein Ticonderoga-Bleistift ruhte schon seit einer Weile. Das Portrait war vollendet. Er hatte es vor etwa einer Stunde fertig gezeichnet und versuchte jetzt, sich aufzuraffen, es zu zerknüllen und wegzuwerfen.

Obwohl er mit seinen Bildern nie zufrieden war, gefiel ihm das hier beinahe. Aus der Leere des Blattes heraus waren Gesicht, Hals und Haare einer Frau durch kräftige Bleistiftstriche geformt worden. Bella blickte nach links, ein zartes Lächeln auf den Lippen, eine Strähne ihres dunklen Haares über der Wange. Er hatte diese Pose heute beim Letzten Mahl erhascht. Sie hatte Zsadist angesehen, was auch die geheimnisvoll nach oben geneigten Mundwinkel erklärte.

Egal, aus welchem Blickwinkel er sie schon gezeichnet hatte, Phury ließ sie immer in die andere Richtung sehen. Es käme ihm unangemessen vor, wenn ihre Augen aus dem Blatt blicken würden, zu ihm. Ach Quatsch, sie überhaupt zu zeichnen war unangemessen.

Er legte die Hand flach auf das Papier, bereit, es zusammenzuknüllen.

Im letzten Moment griff er stattdessen nach dem Joint. Er brauchte künstliche Linderung, da sein Herz zu heftig schlug. In letzter Zeit rauchte er ziemlich viel. Mehr als je zuvor. Und obwohl er sich schmutzig fühlte, wenn er sich so stark auf den chemischen Trost verließ, kam ihm nie der Gedanke, damit aufzuhören. Ohne Hilfe durch den Tag zu kommen, war unvorstellbar.

Als er erneut einen Zug nahm und den Rauch in den Lungen behielt, dachte er kurz an seine flüchtige Begegnung mit Heroin. Damals im Dezember war der Rückwärtssalto von der H-Klippe nicht durch seine eigene kluge Entscheidung verhindert worden, sondern weil John Matthew zufällig den richtigen Augenblick wählte, um ihn zu stören.

Phury stieß den Rauch aus und starrte die Spitze des Joints an. Die Versuchung, etwas Härteres auszuprobieren, war wieder da. Er spürte den Drang, zu Rehv zu gehen und ihn wieder um ein Tütchen schöne Träume zu bitten. Vielleicht fände er dann etwas Frieden.

Ein Klopfen an der Tür ertönte, und Zs Stimme sagte: »Kann ich reinkommen?«

Phury stopfte die Zeichnung in das Buch und klappte es zu. »Ja.«

Z kam durch die Tür, ohne ein weiteres Wort zu sagen. Die Hände in die Hüften gestützt tigerte er vor dem Fußende des Bettes auf und ab, auf und ab. Phury wartete, zündete sich einen neuen Joint an und folgte seinem eineiigen Zwilling mit den Augen, während dieser den Teppich abnutzte.

Man drängte Z ebenso wenig zum Sprechen, wie man einen Fisch durch einen Haufen Geplapper auf das ungemütliche Ende eines Angelhakens zwang. Schweigen war der einzige Köder, der funktionierte.

Schließlich blieb der Bruder stehen. »Sie blutet.«

Phurys Herz machte einen Satz, und er breitete seine Hand über den Buchdeckel. »Wie schlimm und seit wann?«

»Sie versteckt es vor mir, deshalb weiß ich es nicht.«

»Wie hast du es herausgefunden?«

»Ich hab eine Schachtel Binden ganz hinten im Schrank neben der Toilette entdeckt.«

»Vielleicht sind sie schon älter?«

»Als ich das letzte Mal meinen Langhaarrasierer rausgeholt habe, waren sie noch nicht da.«

Mist. »Dann muss sie zu Havers.«

»Ihr nächster Termin ist erst in einer Woche.« Z nahm seine Wanderung wieder auf. »Ich weiß, dass sie mir nichts davon erzählt, weil sie Angst hat, dass ich dann durchdrehe.«

»Vielleicht braucht sie das, was du gefunden hast, zu einem anderen Zweck?«

Z blieb stehen. »Na klar. Genau. Weil diese Dinger ja multifunktional sind. Wie Wattestäbchen oder was. Bitte, kannst du nicht mal mit ihr sprechen?«

»Was?« Rasch nahm Phury einen Zug. »Das ist privat. Zwischen dir und ihr.«

Z rubbelte sich über den geschorenen Kopf. »Du kannst solche Sachen besser als ich. Das Letzte, was sie braucht, ist, dass ich vor ihr zusammenbreche, oder schlimmer noch, dass ich sie anbrülle, weil ich Todesangst habe und nicht vernünftig bleiben kann.«

Phury versuchte, tief durchzuatmen, aber er konnte kaum Luft durch seinen Hals quetschen. Er wollte so gerne helfen. Er wollte über den Flur mit den Statuen zum Zimmer des Paares gehen und sich zu Bella setzen und ihr die Wahrheit entlocken. Er wollte ein Held sein. Aber das stand ihm nicht zu.

»Du bist ihr *Hellren*. Du musst das Reden erledigen.« Phury drückte den Stummel seines Joints im Aschenbecher aus, drehte sich einen neuen und klappte sein Feuerzeug auf. Das Reibrad gab ein schnarrendes Geräusch ab, als die Flamme aufzüngelte. »Du schaffst das.«

Zsadist fluchte und machte noch ein paar Schritte, bis er endlich auf die Tür zuging. »Über diese Schwangerschaft zu sprechen, erinnert mich immer daran, dass ich total am Arsch bin, wenn ich sie verliere. Ich fühle mich so verdammt machtlos.«

Nachdem sein Zwillingsbruder gegangen war, ließ Phury den Kopf in den Nacken fallen. Beim Rauchen betrachtete er das Aufflackern der glühenden Zigarettenspitze und überlegte versonnen, ob das wohl für die Selbstgedrehte wie eine Art Orgasmus war.

Gütiger. Wenn sie Bella verlören, würden sowohl Z als auch er in einer Abwärtsspirale versinken, aus der sich ein Mann nicht wieder befreien konnte.

Bei diesem Gedanken bekam er wieder ein schlechtes Gewissen. Er sollte wirklich nicht so viel für die Frau seines Bruders empfinden.

Die innere Unruhe fühlte sich an, als hätte er einen Heuschreckenschwarm verschluckt, und er rauchte sich durch die Emotion, bis sein Blick an der Uhr hängen blieb. Shit. In einer Stunde musste er eine Unterrichtsstunde über Schusswaffen halten. Er sollte sich besser unter die Dusche stellen und versuchen, nüchtern zu werden.

Verwirrt wachte John auf, schemenhaft nahm er wahr, dass sein Gesicht schmerzte und eine Art Meckern im Raum hing.

Er hob den Kopf von seinem Schulblock und rieb sich die Nase. Die Spiralbindung hatte ein Muster aus Dellen in seiner Haut hinterlassen, die ihn an Worf aus *Star Trek: Das nächste Jahrhundert* erinnerte. Und der Lärm kam vom Wecker.

Zehn vor vier nachmittags. Der Unterricht begann um vier.

John stand auf, schwankte ins Badezimmer und stellte sich über die Toilette. Da ihm das zu anstrengend vorkam, drehte er sich um und setzte sich.

Mann, war er erschöpft. Die letzten Monate hatte er immer in Tohrs Sessel im Trainingskeller geschlafen, aber nachdem Wrath ein Machtwort gesprochen und John ins große Haus geholt hatte, war er in ein echtes Bett zurückgekehrt. Man hätte meinen sollen, dass sich der viele Beinspielraum toll anfühlen würde. Doch er fühlte sich wie gerädert.

Nachdem er gespült hatte, knipste er das Licht an und zuckte in der Helligkeit zusammen. Verdammt noch mal. Keine gute Idee, und nicht nur, weil seine Augen höllisch wehtaten. Vom Deckenlicht beleuchtet sah sein kleiner Körper furchtbar aus, nichts als bleiche Haut über hervorstehenden Knochen. Mit einer Grimasse bedeckte er sein daumengroßes Geschlecht mit der Hand, um wenigstens das nicht sehen zu müssen, und löschte das Licht wieder.

Für eine Dusche blieb keine Zeit. Schnell die Zähne geputzt, ein bisschen Wasser ins Gesicht gespritzt, mit den Haaren hielt er sich erst gar nicht auf.

Am liebsten wäre er wieder ins Bett gekrochen, aber er zog sich eine Kinderjeans über und runzelte die Stirn, als er den Reißverschluss zuzog. Das Ding saß locker auf der Hüfte, obwohl er sich bemüht hatte, zu essen.

Na super. Statt in die Transition zu kommen, schrumpfte er weiter.

Als ihn schon wieder eine Welle der Panik überrollte, dass die Wandlung bei ihm vielleicht nie einsetzen würde, spürte er ein Pochen hinter der Stirn. Mist. Es fühlte sich an, als stünde in jeder seiner Augenhöhlen ein Männchen mit einem Hammer und prügelte auf seinen Sehnerv ein.

Er schnappte sich seine Bücher vom Schreibtisch, schob sie in den Rucksack und ging los. Sobald er in den Flur trat, legte er sich den Arm vor das Gesicht. Der Anblick der hell erleuchteten Eingangshalle verursachte ihm brüllende Kopfschmerzen, er taumelte rückwärts und stieß gegen eine griechische Statue. Wodurch ihm auffiel, dass er kein T-Shirt übergezogen hatte.

Wild schimpfend ging er zurück in sein Zimmer, warf etwas über und schaffte es irgendwie die Treppe hinunter, ohne über seine eigenen Füße zu stolpern. Mannomann, allmählich ging ihm alles auf die Nerven. Das Geräusch seiner Turnschuhe auf dem Hallenboden klang wie eine Horde ihn verfolgender, laut quietschender Mäuse. Das Einschnappen der Geheimtür zum Tunnel kam ihm so laut wie ein Pistolenschuss vor. Sein Weg durch den unterirdischen Gang zur Trainingshalle zog sich endlos hin.

Das würde nicht sein Tag. Er hatte jetzt schon schlechte Laune, und die Erfahrungen des letzten Monats zeigten, dass er desto schneller die Beherrschung verlor, je früher seine miese Stimmung einsetzte.

Und sobald er das Klassenzimmer betrat, wusste er, dass er heute die Arschkarte gezogen hatte.

Ganz hinten an dem Einzeltisch, der früher Johns Stammplatz gewesen war, bevor er sich mit den Jungs angefreundet hatte, saß ... Lash.

Der jetzt ein Sackgesicht in Familienpackungsgröße war.

Der Kerl war riesig und massig, hatte eine Statur wie ein Kämpfer. Und er hatte eine Typveränderung Richtung G.I. Joe hinter sich. Früher hatte er Designerklamotten und ein Vermögen an Edelschmuck getragen; nun trug er eine schwarze Cargohose und ein hautenges schwarzes Nylonhemd. Sein blondes Haar, das vorher lang genug gewesen war, um es zu einem Pferdeschwanz zu binden, hatte er sich militärisch kurz schneiden lassen.

Es war, als wäre die ganze Prahlerei nach außen überflüssig geworden, weil er wusste, dass seine Qualitäten jetzt im Inneren lagen.

Nur eins hatte sich nicht verändert: Seine Augen waren immer noch so grau wie Haihaut und unverwandt auf John gerichtet – der genau wusste, wenn er dem Kerl allein begegnete, dann drohte ihm eine Welt des Schmerzes. Beim letzten Mal mochte er Lash noch besiegt haben, aber das würde nicht mehr vorkommen. Schlimmer noch, Lash würde ihn sich schnappen. Das Versprechen von Rache lag in diesen breiten Schultern und dem halben Lächeln, das deutlich sagte: *Leck mich.*

John setzte sich neben Blay, er spürte eine dunkle Angst in sich.

»Hey, Kumpel«, sagte sein Freund leise. »Mach dir keine Sorgen um den Blödmann, okay?«

John wollte nicht so schwächlich aussehen, wie er sich fühlte, also zuckte er nur die Achseln und öffnete seinen Rucksack. Mann, diese Kopfschmerzen brachten ihn um. Andererseits war so ein Schocker auf leeren Magen auch nicht gerade ein wirksames Mittel gegen Migräne.

Qhuinn beugte sich vor und ließ einen Zettel vor John auf den Tisch fallen. *Wir stehen hinter dir,* stand darauf.

John blinzelte vor Dankbarkeit, als er sein Lehrbuch herausholte und sich auf das konzentrierte, was sie heute durchnehmen würden. Wie passend, dass es um Schusswaffen ging. Er fühlte sich, als wäre eine auf seinen Hinterkopf gerichtet.

Er sah sich um. Als hätte Lash nur darauf gewartet, beugte er sich vor und legte seine Arme auf den Tisch. Seine Hände ballten sich ganz langsam zu Fäusten, die so groß wie Johns Kopf zu sein schienen, und als er lächelte, blitzten seine neuen Fänge so scharf wie Messer und so weiß wie das Jenseits auf.

Fuck. Wenn seine Transition nicht bald käme, dann war John ein toter Mann.

15

Vishous wachte auf und sah als Erstes seine Ärztin in dem Sessel in der anderen Ecke des Zimmers. Selbst im Schlaf hatte er sie überwacht.

Sie beobachtete ihn ebenfalls.

»Wie geht es Ihnen?« Ihre Stimme war tief und gleichmäßig. Professionelle Wärme, dachte er.

»Besser.« Wobei auch schwer vorstellbar war, sich noch mieser fühlen zu können, als vorhin, als er sich übergeben musste.

»Haben Sie Schmerzen?«

»Ja, aber nicht so schlimm. Mehr so ein Ziehen.«

Ihre Augen tasteten ihn ab, aber wieder nur in professioneller Absicht. »Ihre Gesichtsfarbe sieht gesünder aus.«

Er wusste nicht, was er darauf sagen sollte. Denn je länger er ungesund aussah, desto länger konnte sie bleiben. Gesundheit war überhaupt nicht positiv.

»Können Sie sich an irgendetwas erinnern?«, fragte sie. »Von der Schießerei?«

»Eher nicht.«

Was nur zum Teil gelogen war. Er hatte nur noch Ereignisblitze vor Augen, kurze Ausschnitte statt eines ganzen Films: Er erinnerte sich an eine Seitenstraße. Einen Kampf mit einem *Lesser*. Einen Schuss. Um danach auf ihrem OP-Tisch zu landen und von seinen Brüdern aus dem Krankenhaus geholt zu werden.

»Warum wollte jemand Sie erschießen?«, fragte sie.

»Ich habe Hunger. Ist da irgendwas zu essen?«

»Sind Sie ein Drogendealer? Oder ein Zuhälter?«

Er rieb sich über das Gesicht. »Wie kommst du darauf?«

»Sie wurden in einer der Nebenstraßen der Trade Street angeschossen. Die Sanitäter sagten, Sie hätten Waffen bei sich gehabt.«

»Auf die Idee, dass ich ein verdeckter Ermittler sein könnte, bist du nicht gekommen?«

»Die Cops in Caldwell tragen keine Dolche bei sich. Und jemand von Ihrer Art würde ja wohl kaum so einen Beruf ergreifen.«

V verengte die Augen. »Meiner Art?«

»Zu auffällig, oder nicht? Außerdem – warum sollten Sie sich die Mühe machen, auf eine andere Art von Lebewesen aufzupassen?«

O Himmel, er hatte jetzt keine Energie, um diese Spezies-Debatte mit ihr durchzustehen. Zudem wollte er eigentlich gar nicht, dass sie ihn für so andersartig hielt.

»Essen«, sagte er und schielte nach einem Tablett, das auf dem Schreibtisch abgestellt war. »Kann ich was haben?«

Sie stand auf und stützte die Hände in die Hüften. Er hatte so eine Ahnung, dass sie ihm etwas im Stil von »Hol's dir doch selbst, du ätzender Freak« um die Ohren hauen würde.

Doch sie kam quer durch den Raum auf ihn zu. »Wenn Sie Hunger haben, bitte. Ich habe nichts von dem angerührt, was Red Sox mir gebracht hat, und es wegzuschmeißen bringt ja auch nichts.«

Er zog die Brauen zusammen. »Ich werde nichts essen, was für dich bestimmt war.«

»Ich esse es bestimmt nicht. Entführt zu werden, hat mir irgendwie den Appetit verdorben.«

V fluchte unterdrückt, weil er sie in diese unmögliche Situation gebracht hatte. »Tut mir leid.«

»Wie wäre es, wenn Sie mich einfach gehen lassen, statt sich ständig zu entschuldigen?«

»Noch nicht.« *Niemals,* murmelte eine verrückte innere Stimme.

Ach verdammt, nicht noch mehr von dem –
Mein.

Unmittelbar auf den Fersen folgte diesem Wort ein übermächtiger Drang, sie zu kennzeichnen. Er wollte sie nackt unter sich haben und von seinem Duft eingehüllt, während er in ihren Körper hineinstieß. Er sah es geschehen, sah sie beide Haut an Haut auf dem Bett, er auf ihr liegend, ihre Beine weit gespreizt, um seine Hüften und seinen Schwanz aufzunehmen.

Als sie das Tablett herübertrug, flammte seine Körpertemperatur auf und das Gerät zwischen seinen Beinen pulsierte wie wahnsinnig. Verstohlen bauschte er die Decke auf, damit man nichts erkennen konnte. Sie stellte das Essen ab und nahm den Silberdeckel von dem Teller.

»Also, wie viel besser muss es Ihnen gehen, bevor ich frei bin?« Ihre Augen wanderten über seine Brust, in rein professioneller Absicht, als versuche sie zu begutachten, was unter den Verbänden war.

Ach, Hölle. Er wollte, dass sie ihn als Mann betrachtete. Er wollte ihre Augen auf seiner Haut spüren, nicht um eine Wunde zu überprüfen, sondern weil sie ihre Hände auf ihn legen wollte und nicht wusste, wo sie anfangen sollte.

V schloss die Augen und drehte sich weg, der Schmerz in seiner Brust rang ihm ein Knurren ab. Er redete sich ein, dass das Herzweh von der Operation kam, hatte aber den starken Verdacht, dass es eher an der Ärztin lag.

»Ich verzichte auf das Essen. Wenn das nächste Mal jemand kommt, bitte ich um welches.«

»Sie brauchen das dringender als ich. Und ich mache mir Sorgen um Ihre Flüssigkeitszufuhr.«

Ihm ging es gut, weil er sich genährt hatte. Mit ausreichend Blut konnte ein Vampir mehrere Tage ohne Nahrung überstehen.

Was großartig war. Reduzierte die Ausflüge zum Klo.

»Ich möchte, dass Sie das essen.« Sie blickte auf ihn herab. »Als Ihre Ärztin –«

»Ich nehme nichts von deinem Teller.« Du lieber Himmel, kein Mann von Wert würde jemals seiner Frau das Essen rauben, nicht einmal, wenn ihm vor Auszehrung schwindlig war. Ihre Bedürfnisse standen immer an erster Stelle …

V hätte am liebsten seinen Kopf ein paar Mal gegen eine Autotür geschlagen. Woher zum Teufel kam plötzlich dieses mentale Handbuch des Paarungsverhaltens? Es war, als hätte ihm jemand eine neue Software ins Gehirn geladen.

»Okay«, sagte sie und wandte sich ab. »Bitte.«

Plötzlich hörte er ein Hämmern. Sie schlug gegen die Tür.

V setzte sich auf. »Was zum Henker machst du da?«

Butch stürmte ins Zimmer und holte dabei fast die Ärztin von den Füßen. »Was ist los?«

V wollte schon beschwichtigen: »Nichts –«

Doch die Ärztin übertönte sie beide mit ruhiger Autorität. »Er muss sich stärken, und er will nichts von dem essen, was da auf dem Tablett steht. Bringen Sie ihm etwas Leichtes, gut Verdauliches. Reis. Hühnchen. Wasser.«

»Ist gut.« Butch beugte sich zur Seite und blickte V an. Eine längere Pause entstand. »Wie geht's dir?«

Totale Mattscheibe im Kopf, danke. »Gut.«

Aber wenigstens eines lief nach Plan; der Ex-Cop war wieder normal, der Blick klar, seine Haltung gerade, sein Geruch eine Mischung aus Marissas Meeres- und seinem eigenen Bindungsduft. Offenbar hatte er zu tun gehabt.

Interessant. Normalerweise fühlte sich Vs Brust an wie mit Stacheldraht umwickelt, wenn er an die beiden zusammen dachte. Und jetzt? Freute er sich nur, dass sein Freund gesund war.

»Du siehst super aus, Bulle.«

Butch strich sich das seidene Nadelstreifenhemd glatt. »Gucci kann jeden in einen Rockstar verwandeln.«

»Du weißt genau, was ich meine.«

Die ihm so vertrauten Haselnussaugen wurden ernst. »Ja. Danke ... wie immer.« In der verlegenen Stille hingen Worte in der Luft, Dinge, die nicht vor Publikum ausgesprochen werden konnten. »Also dann ... ich bin dann gleich wieder mit was zu beißen zurück.«

Als die Tür zufiel, sah Jane über die Schulter. »Wie lange sind Sie schon ein Paar?«

Sie sah ihm direkt in die Augen, und er hatte keine Chance, der Frage auszuweichen.

»Sind wir nicht.«

»Sind Sie sich da ganz sicher?«

»Glauben Sie mir.« Aus keinem besonderen Grund senkte er den Blick auf ihren Kittel. »Dr. Jane Whitcomb«, las er. »Notfallstation.« Das leuchtete ein. Sie hatte diese Art von Selbstvertrauen. »Dann war ich wohl in schlechter Verfassung, als ich eingeliefert wurde?«

»Ja, aber ich habe Ihnen den Arsch gerettet.«

Eine Welle der Ehrfurcht überrollte ihn. Sie war sein *Rahlman,* seine Retterin. Sie waren gebunden –

Ja, ja, schon klar. Im Augenblick wich seine Retterin langsam aber sicher vor ihm zurück, bis sie mit dem Rücken an die Wand stieß. Er schloss die Lider, er wusste, dass seine Augen leuchteten. Der Rückzug, das Entsetzen in ihrer Miene taten ihm höllisch weh.

»Ihre Augen«, sagte sie mit dünner Stimme.

»Mach dir darüber keine Gedanken.«

»Was, um Himmels willen sind Sie?« Ihr Tonfall deutete an, dass *Missgeburt* vielleicht eine passende Bezeichnung wäre, und damit hatte sie ja nun gar nicht so Unrecht.

»Was sind Sie?«, wiederholte sie.

Die Versuchung zu lügen, war groß, aber sie würde ihm keinen Mist abkaufen. Außerdem hätte er sich schlecht gefühlt, wenn er sie anlöge.

Er sah sie ruhig an und sagte leise: »Du weißt, was ich bin. Du bist klug genug, um es zu wissen.«

Lange Stille. Dann: »Ich kann das nicht glauben.«

»Du bist auch zu klug, um es nicht zu glauben. Du hast doch sogar schon darauf angespielt.«

»Vampire gibt es nicht.«

Zorn flackerte in ihm auf, obwohl sie das nicht verdiente. »Ach nein? Dann erklär mir doch mal, wie du in mein verfluchtes Wunderland geraten bist?«

Ohne Luft zu holen, zischte sie zurück: »Sagen Sie mal – legt Ihresgleichen irgendwelchen Wert auf Menschenrechte?«

»Wir legen mehr Wert aufs Überleben«, fauchte er. »Aber wir werden auch seit Generationen gejagt.«

»Und der Zweck heiligt die Mittel. Wie edel.« Ihre Stimme war genauso scharf wie seine. »Bedienen Sie sich immer dieser Logik, um Menschen einzufangen?«

»Nein, ich mag sie einfach nicht.«

»Aha, aber weil Sie mich brauchen, benutzen Sie mich. Hab ich ein Glück, dass ich eine Ausnahme bin.«

Scheiße. Das turnte ihn echt an. Je direkter sie sich gegen seine Aggression wehrte, desto härter wurde sein Körper. Selbst in seinem geschwächten Zustand war die Erektion ein aufdringliches Pochen zwischen seinen Beinen, und in seiner Vorstellung stand sie nur mit dem Kittel bekleidet über das Bett gebeugt ... und er nahm sie von hinten.

Vielleicht sollte er dankbar sein, dass sie sich von ihm abgestoßen fühlte. Als könnte er irgendwelche Verwicklungen mit Frauen gebrauchen ...

Völlig unvermittelt stand ihm die Nacht seiner Verwundung mit absoluter Klarheit vor Augen. Er erinnerte sich an die fröhliche kleine Stippvisite seiner Mutter und ihr fabelhaftes Geburtstagsgeschenk: den Primalposten. Er war bedrängt worden, der Primal zu werden.

V zog eine Grimasse und schlug sich die Hände vors Gesicht. »Ach ... du Scheiße.«

Widerwillig fragte sie: »Was liegt denn im Argen?«

»Mein gottverdammtes Schicksal.«

»Ach, wirklich? Ich bin in diesem Zimmer eingesperrt. Wenigstens können Sie machen, was Sie wollen.«

»Ich kann nichts dergleichen.«

Sie schnaubte abschätzig, und keiner von beiden sagte ein weiteres Wort, bis Butch etwa eine halbe Stunde später ein neues Tablett brachte. Der Bulle hatte die Geistesgegenwart, nicht viel zu sagen und sich zu beeilen – und den Weitblick, die Tür die ganze Zeit verriegelt zu lassen, während er seine Lieferung erledigte. Was schlau war.

Vs Ärztin hatte vor, einen Ausbruchsversuch zu wagen. Sie folgte Butch mit den Augen und ließ die Hand in der rechten Kitteltasche.

Sie musste eine Art Waffe darin haben. *Verflucht.*

V beobachtete Jane sehr genau, während Butch das Tablett auf den Nachttisch stellte, und betete, dass sie nichts Unüberlegtes täte. Als er sah, wie sich ihr Körper anspannte und sie ihr Gewicht nach vorn verlagerte, setzte er sich auf, bereit, aufzuspringen. Denn er wollte nicht, dass irgendjemand außer ihm sie anfasste. Jemals.

Doch nichts passierte. Sie nahm seine Bewegung aus dem Augenwinkel wahr, und die Ablenkung reichte für Butch aus, das Zimmer zu verlassen und die Tür wieder abzuschließen.

V ließ sich in die Kissen sinken und musterte die harte Kontur ihres Kinns. »Zieh deinen Kittel aus.«

»Wie bitte?«

»Zieh ihn aus.«

»Nein.«

»Er soll weg.«

»Dann sollten Sie lieber die Luft anhalten. Mir macht das nicht das Geringste aus, aber der Sauerstoffmangel wird Ihnen die Zeit leichter vertreiben.«

Seine Erregung *hämmerte*. Er musste sie lehren, dass Ungehorsam seinen Preis hatte. Und was für eine Session das werden würde. Sie würde sich mit Händen und Füßen wehren, bevor sie sich unterwarf. *Falls* sie sich unterwarf.

Vishous' Wirbelsäule bog sich ganz von allein durch, seine Hüften rotierten, seine Erektion zuckte unter der Decke. Gütiger ... Er war so total und komplett angeturnt, dass er kurz davor stand, zu kommen.

Aber er musste sie noch entwaffnen. »Ich möchte, dass du mich fütterst.«

Ihre Augenbrauen schnellten nach oben. »Sie sind absolut in der Lage, selbst –«

»Füttere mich. Bitte.«

Sie trat ans Bett, sehr geschäftig und sehr schlecht gelaunt. Sie entrollte die Serviette und ...

V trat in Aktion. Er packte sie an den Armen und zerrte sie über seinen Körper. Vor Schreck wehrte sie sich nicht, was aber mit Sicherheit nur vorübergehend war – weshalb er sich beeilte. Er zog ihr den Kittel aus und hielt sie so sanft wie möglich fest, während ihr Körper sich wand, um sich zu befreien.

Er konnte nicht anders, der Drang, sie zu unterwerfen war überwältigend. Plötzlich ging es ihm nicht mehr nur darum, ihre Hände von der Kitteltasche und dem, was darin war, fernzuhalten; sondern er wollte sie auf das Bett drücken und sie seine Kraft und seine Macht spüren lassen. Er umschloss ihre beiden Handgelenke mit einer Faust und streckte sie hoch über ihren Kopf, dann klemmte er ihre Oberschenkel mit seiner Hüfte fest.

»Lassen Sie mich sofort los!« Ihre Zähne waren gefletscht, die Wut flackerte in ihren dunkelgrünen Augen.

Aufs Äußerste erregt beugte er sich zu ihr herunter, atmete tief ein ... und erstarrte. Ihr Duft enthielt keine Spur von der sinnlichen Süße einer Frau, die Sex will. Sie war überhaupt nicht von ihm angezogen. Sie war stinksauer.

Sofort ließ V sie los und rollte sich weg, allerdings mit dem Kittel in der Hand. Sobald sie frei war, schoss sie vom Bett hoch, als stünde die Matratze in Flammen, und drehte sich zu ihm um. Ihr Haar war an den Spitzen zerzaust, die Bluse verrutscht, ein Hosenbein bis zum Knie hochgeschoben. Sie atmete schwer von der Anstrengung und starrte ihren Kittel an.

Als er die Taschen durchsuchte, fand er eine seiner Rasierklingen.

»Ich kann nicht zulassen, dass du bewaffnet bist.« Sorgfältig faltete er den Kittel zusammen und legte ihn ans Fußende des Bettes, wohl wissend, dass sie nicht für Geld in seine Nähe kommen würde. »Wenn du mich oder einen meiner Brüder mit so etwas angreifen würdest, dann könntest du verletzt werden.«

Wütend stieß sie die Luft aus. Dann überraschte sie ihn. »Wie habe ich mich verraten?«

»Deine Hand ist in die Tasche gewandert, als Butch das Tablett gebracht hat.«

Sie schlang die Arme um sich. »Mist. Ich dachte, ich wäre unauffälliger gewesen.«

»Ich habe ein bisschen Erfahrung mit versteckten Waffen.« Er zog die Schublade in seinem Nachtschränkchen auf. Die Rasierklinge klirrte stumpf, als er sie hineinfallen ließ. Dann schob er sie wieder zu und verriegelte sie.

Als er wieder aufblickte, wischte sie sich rasch über die Wange. Als weinte sie. Mit einer schnellen Drehung wandte sie sich von ihm ab und ging in die Ecke, die Schultern nach vorn gebeugt. Sie machte kein Geräusch. Ihr Körper rührte sich nicht. Ihre Würde blieb unversehrt.

Er schwang seine Beine herum und stellte die Füße auf den Boden.

»Wenn Sie auch nur in meine Nähe kommen«, sagte sie heiser, »dann finde ich einen Weg, Ihnen wehzutun. Wird vermutlich nicht weltbewegend sein, aber so oder so werde ich Sie erwischen. Verstanden? Lassen Sie mich verdammt noch mal in Ruhe.«

Er stützte die Arme auf die Bettkante und ließ den Kopf hängen. Am Boden zerstört lauschte er ihren völlig geräuschlosen Tränen. Lieber hätte er sich mit einem Hammer verprügeln lassen.

Er war daran schuld.

Urplötzlich wirbelte sie herum und holte tief Luft. Abgesehen von den roten Rändern um ihre Augen hätte man ihr niemals angemerkt, dass sie die Fassung je verloren hatte. »Also gut. Essen Sie jetzt allein oder brauchen Sie wirklich Hilfe mit Messer und Gabel?«

V blinzelte.

Ich bin verliebt, dachte V, als er sie ansah. *Ich habe mich ja so verliebt.*

Im Laufe des Unterrichts fühlte sich John mehr und mehr wie durch den Fleischwolf gedreht: Gliederschmerzen. Übelkeit. Erschöpft und ruhelos. Und sein Kopf tat so weh – er hätte schwören können, dass seine Haare in Flammen standen.

Er blinzelte, als würde er von einem Scheinwerfer geblendet, dann schluckte er durch eine staubtrockene Kehle. Er hatte schon länger nichts in sein Heft geschrieben und war nicht ganz sicher, worüber Phury eigentlich redete. Ging es immer noch um Schusswaffen?

»Hey, John«, flüsterte Blay. »Alles okay bei dir, Mann?«

John nickte, weil man das so machte, wenn einem jemand diese Frage stellte.

»Willst du dich hinlegen?«

John schüttelte den Kopf, in der Annahme, dass das ebenfalls eine passende Reaktion wäre und überdies ein bisschen Abwechslung in die Sache brächte. Es gab keinen Grund, in einer Endlosschleife Nicken hängen zu bleiben.

Meine Güte, was war nur los mit ihm? Sein Gehirn war wie Zuckerwatte, ein Knäuel, das zwar viel Raum einnahm, aber wenig Substanz hatte.

Vor der Klasse klappte Phury das Buch zu, aus dem er unterrichtet hatte. »Und jetzt dürft ihr mal ein paar echte Knarren ausprobieren. Zsadist wartet im Schießstand auf euch, und wir sehen uns morgen wieder.«

Geplapper wirbelte auf wie eine Windböe, und John hievte kraftlos seinen Rucksack auf den Tisch. Wenigstens machten sie heute kein Fitnesstraining. Seinen müden Hintern überhaupt vom Stuhl hoch und zum Übungsplatz zu schleifen, war heute schon fast mehr, als er verkraften konnte.

Der Schießstand lag hinter der Trainingshalle, und unterwegs war deutlich zu merken, wie Qhuinn und Blay ihn wie zwei Bodyguards abschirmten. Johns Ego verabscheute das, aber seine praktische Seite war dankbar. Bei jedem Schritt konnte er Lashs Blick auf sich spüren, und das fühlte sich an, als hätte er eine Stange Dynamit in der Gesäßtasche.

Zsadist wartete an der Stahltür, und als er sie öffnete, sagte er: »Stellt euch an der Wand auf, meine Damen.«

John folgte den anderen hinein und lehnte sich an den weiß getünchten Beton. Der Übungsraum hatte die Form einer Schuhschachtel, lang und schmal, und es gab mehr als ein Dutzend voneinander abgetrennte Schießstände. Die Zielscheiben hatten die Form von Oberkörpern mit Köpfen und waren an einem von der Decke hängenden Gestänge befestigt. Von der Kontrollstation aus konnte per Fernbedienung der Abstand verändert oder die Zielscheiben in Bewegung gebracht werden.

Lash kam als Letzter herein und marschierte direkt zum Ende der Schlange, den Kopf hoch erhoben, als wüsste er, dass er an der Pistole der Champion wäre. Er sah niemanden direkt an. Außer John.

Zsadist schloss die Tür, dann runzelte er die Stirn und griff nach dem Handy an seiner Hüfte.

»Einen Moment.« Er ging in die Ecke und sprach kurz in den Hörer, dann kam er zurück, plötzlich blass geworden. »Lehrerwechsel. Wrath übernimmt heute Nacht.«

Den Bruchteil einer Sekunde später, als hätte sich der König direkt dorthin materialisiert, stand Wrath im Zimmer.

Er war sogar noch größer als Zsadist und trug eine schwarze Lederhose und ein schwarzes Hemd, dessen Ärmel hochgekrempelt waren. Er und Z unterhielten sich kurz; dann drückte der König dem Bruder die Schulter, als wollte er ihm Mut machen.

Bella, dachte John. Das musste etwas mit Bella und der Schwangerschaft zu tun haben. Er hoffte nur, dass alles in Ordnung war.

Wrath zog die Tür hinter Z zu, dann baute er sich vor

der Klasse auf, verschränkte die tätowierten Arme vor der Brust und stellte sich breitbeinig hin. Er musterte die elf Trainingsschüler und wirkte dabei selbst so undurchdringlich wie die Mauer, an die John sich lehnte.

»Die Pistole für heute Nacht ist der Neun-Millimeter-Selbstlader. Die Bezeichnung *halbautomatisch* ist für diese Handfeuerwaffen unzutreffend. Ihr werdet Glocks benutzen.« Er griff nach hinten und zog ein Stück tödliches schwarzes Metall aus dem Hosenbund. »Bitte beachtet, dass sich die Sicherung bei diesen Waffen am Abzug befindet.«

Er überprüfte den Lauf und die Kugeln in der Waffe, während zwei *Doggen* ein Wägelchen hereinrollten, auf dem elf Pistolen exakt gleicher Bauart und gleichen Typs aufgereiht waren. Neben jeder lag außerdem ein Magazin.

»Heute üben wir Haltung und Zielen.«

John betrachtete die Waffen. Er wollte wetten, dass er beim Schießen eine Niete wäre, genau wie er in jedem anderen Bereich des Trainings eine Niete war. Wut wallte in ihm auf und verschlimmerte das Hämmern in seinem Kopf noch.

Wenn er doch nur ein Mal gut in etwas wäre. Nur ein Mal.

16

Der Patient starrte sie so komisch an, dass Jane unwillkürlich ihre Kleider abtastete, ob auch nichts heraushing.

»Was«, murmelte sie und trat mit ihrem Bein in die Luft, so dass die Hose wieder herunterrutschte.

Sie brauchte jedoch nicht groß zu fragen. Harte Burschen wie er standen üblicherweise bei Frauen nicht so auf die Heulnummer. Falls das allerdings bei ihm der Fall war, müsste er es einfach schlucken. Jeder in ihrer Lage stünde ein bisschen neben sich. Jeder.

Doch statt einen Kommentar über die Schwäche von Heulsusen im Allgemeinen oder sie im Speziellen abzugeben, nahm er den Teller mit dem Hühnchen vom Tablett und begann zu essen.

Empört über ihn und die ganze Situation ging sie wieder zu ihrem Sessel. Die Rasierklinge zu verlieren, hatte ihrer heimlichen Rebellion die Substanz geraubt, und obgleich sie eine Kämpfernatur war, musste sie sich damit abfinden, zu warten. Sofort töten wollte man sie offenbar nicht; jetzt ging es um ihr Verschwinden. Sie betete, dass es bald einen Ausweg gäbe. Und dass dabei kein Bestattungsunternehmer und eine Kaffeedose mit ihrer Asche darin im Spiel wären.

Während der Patient sich über einen Hühnchenschenkel hermachte, dachte sie geistesabwesend, dass er wunderschöne Hände hatte.

Na toll, jetzt war sie auch noch über sich selbst empört. Mit eben diesen Händen hatte er sie festgehalten und ihr den Kittel ausgezogen, als wäre sie nur eine Puppe. Und nur weil er das gute Stück hinterher sorgfältig gefaltet hatte, war er noch lange kein Held.

Die Stille dehnte sich aus, und das leise Klappern des Bestecks auf dem Teller erinnerte sie an die schrecklich schweigsamen Abendessen, die sie früher mit ihren Eltern verbracht hatte.

Mein Gott, diese in dem stickigen, antik möblierten Esszimmer eingenommenen Mahlzeiten waren schmerzhaft gewesen. Ihr Vater hatte am Kopfende gesessen wie ein missbilligender König und hatte überwacht, wie das Essen gesalzen und verzehrt wurde. Laut Dr. William Rosdale Whitcomb war nur Fleisch zu salzen, kein Gemüse, und da das sein Standpunkt in dieser Angelegenheit war, musste jeder im Haushalt seinem Beispiel folgen. Theoretisch. Jane hatte häufig gegen das Kein-Salz-Gesetz verstoßen und hatte gelernt, ihr Handgelenk so zu verdrehen, dass auch der gedämpfte Brokkoli oder die gekochten Bohnen oder gebratenen Zucchini etwas abbekamen.

Sie schüttelte den Kopf. Nach all der Zeit und seinem Verscheiden dürfte sie eigentlich beim Gedanken daran nicht mehr so wütend werden, denn das waren vergeudete Emotionen. Außerdem hatte sie momentan wahrlich dringlichere Probleme.

»Frag mich«, sagte der Patient plötzlich.

»Was denn?«

»Frag mich, was du wissen willst.« Er wischte sich den Mund, die Damastserviette rieb über sein Ziegenbärtchen und die nachgewachsenen Stoppeln. »Das macht die Sache zwar am Ende für mich schwieriger, aber dann müssen wir wenigstens nicht hier sitzen und dem Besteckklappern zuhören.«

»Was für eine Sache ist das denn genau am Ende?« *Bitte sag jetzt nicht, Müllsäcke kaufen, um meine Körperteile darin zu verstauen.*

»Interessiert dich gar nicht, was ich bin?«

»Ich sag Ihnen mal was, Sie lassen mich gehen, und ich stelle Ihnen haufenweise Fragen über Ihre Spezies. Bis es so weit ist, bin ich aber leicht abgelenkt durch die Frage, wie mein kleiner Ausflug auf dem Entführungsdampfer sich für mich entwickeln wird.«

»Ich habe dir mein Wort gegeben –«

»Ja, ja. Aber Sie haben mich auch gerade ziemlich unsanft behandelt. Und wenn Sie sagen, dass es zu meinem eigenen Besten war, dann bin ich Ihnen wohl ausgeliefert.« Jane betrachtete ihre kurz geschnittenen Nägel und schob die Haut zurück. Als sie mit der linken Hand fertig war, blickte sie auf. »Also, diese Sache, die Sie am Ende erledigen müssen – werden Sie dazu eine Schaufel brauchen?«

Der Blick des Patienten senkte sich auf den Teller, er schob den Reis mit der Gabel hin und her, silberne Zinken tauchten zwischen den Körnern ein, schufen Muster. »Diese Sache ... sozusagen ... ist, dafür zu sorgen, dass du dich an nichts von dem hier erinnerst.«

»Das höre ich jetzt schon zum zweiten Mal, und ehrlich gesagt glaube ich, dass das Blödsinn ist. Es ist etwas schwer vorstellbar, dass ich lebendig hier rauskomme und mich nicht voller Nostalgie daran erinnere, wie ich über der

Schulter eines Wildfremden hing, aus meinem Krankenhaus geschleift und zu Ihrem Leibarzt bestellt wurde. Wie stellen Sie sich das vor?«

Sein diamantheller Blick hob sich wieder. »Ich werde dir die Erinnerungen nehmen. Alles sauber schrubben. Es wird sein, als hätte ich nie existiert und du wärest nie hier gewesen.«

Sie verdrehte die Augen. »Mhm, ist schon klar –«

Sie spürte ein Stechen im Kopf und legte mit verzerrtem Mund die Fingerspitzen an die Schläfen. Als sie die Hände wieder sinken ließ, sah sie den Patienten an und runzelte die Stirn. Was war denn das? Er aß, aber nicht von dem Tablett, das vorher hier gewesen war. Wer hatte neues Essen gebracht?

»Mein Kumpel mit der Red-Sox-Kappe«, sagte der Patient und wischte sich den Mund. »Weißt du noch?«

Sofort fiel ihr siedend heiß alles wieder ein: Red Sox mit dem Tablett, der Patient, der ihr die Rasierklinge abnahm, ihre Tränen.

»Gütiger … Himmel«, flüsterte Jane.

Der Patient aß einfach weiter, als wäre es nicht exotischer, ihre Erinnerungen zu löschen, als ein Hühnchen zu verspeisen.

»Wie?«

»Manipulation von Nervenbahnen. Flickwerk, gewissermaßen.«

»Wie?«

»Was meinst du damit?«

»Wie finden Sie die Erinnerungen? Wie unterscheiden Sie? Können Sie –«

»Mein Wille. Dein Gehirn. Das ist genau genug.«

Sie verengte die Augen. »Eine kurze Frage. Gehört zu diesen Zauberkünsten im Umgang mit den grauen Zellen ein totaler Mangel an Verantwortungsbewusstsein bei Ihresgleichen generell, oder sind es nur Sie im Speziellen, der ohne Gewissen auf die Welt kam?«

Er senkte das Besteck. »*Wie* bitte?«

Es war ihr völlig egal, dass er sich gekränkt fühlte. »Erst entführen Sie mich und jetzt wollen Sie mir meine Erinnerungen nehmen, und das tut Ihnen überhaupt nicht leid, oder? Ich bin wie eine Lampe, die Sie sich ausgeliehen haben ...«

»Ich versuche, dich zu beschützen«, zischte er. »Wir haben Feinde, Dr. Whitcomb. Die würden herausfinden, was du über uns weißt, und sie würden dich finden und an einen geheimen Ort bringen und umbringen – nach einer Weile. Das lasse ich nicht zu.«

Jane stand auf. »Jetzt hör mir mal zu, Prince Charming, dieser ganze Beschützerquatsch klingt ja wirklich spitze, aber er stünde gar nicht zur Debatte, wenn ihr mich nicht verschleppt hättet.«

Er ließ sein Besteck auf den Teller fallen, und sie machte sich darauf gefasst, dass er gleich zu brüllen beginnen würde. Doch er sagte nur leise: »Du warst dazu bestimmt, mit mir zu kommen, klar?«

»Ach so. Tatsächlich. Dann hatte ich also ein ›Bitte Entführen‹-Schild auf dem Hintern kleben, das nur Sie sehen konnten?«

Er stellte den Teller auf den Nachttisch und schob ihn weg, als ekelte ihn das Essen darauf plötzlich an.

»Ich habe Visionen«, murmelte er.

»Visionen.« Als er das nicht weiter ausführte, dachte sie an den Radiergummi-Trick, den er mit ihrem Kopf abgezogen hatte. Wenn er so etwas konnte ... sprach er dann etwa davon, in die Zukunft sehen zu können?

Jane schluckte heftig. »Diese Visionen, das ist wahrscheinlich kein Jahrmarkts-Firlefanz, oder?«

»Nein.«

»Shit.«

Er strich sich über den Bart, als grübelte er, wie viel er ihr genau erzählen sollte. »Früher hatte ich sie ständig, aber dann blieben sie aus. Ich hatte keine mehr, seit ... also, vor ein paar Monaten hatte ich eine von einem Freund, und weil ich sie befolgte, konnte ich sein Leben retten. Und als meine Brüder ins Krankenhaus kamen, hatte ich eine Vision von dir. Deshalb habe ich ihnen aufgetragen, dich mitzunehmen. Du sprichst von Gewissen? Wenn ich keines hätte, dann hätte ich dich dort gelassen.«

Sie erinnerte sich daran, wie aggressiv er ihretwegen seinem besten Freund gegenüber geworden war. Und dass er sogar, als er ihr die Rasierklinge abgenommen hatte, vorsichtig mit ihr umgegangen war. Und er hatte sich an sie gekuschelt und sich trösten lassen.

Es war möglich, dass er geglaubt hatte, das Richtige zu tun. Das sollte nicht heißen, dass sie ihm verzieh, aber ... na ja, es war immer noch besser, als sie ohne jedes Bedauern zur Patty Hearst zu machen.

Nach einem beklemmenden Schweigen sagte sie: »Sie sollten das da aufessen.«

»Ich bin fertig.«

»Nein, sind Sie nicht.« Sie deutete mit dem Kopf auf den Teller. »Aufessen.«

»Kein Hunger.«

»Ich habe nicht gefragt, ob Sie Hunger haben. Und glauben Sie bloß nicht, ich würde mich scheuen, Ihnen die Nase zuzuhalten und Ihnen das Zeug reinzuschieben, wenn es sein muss.«

Es entstand eine kurze Pause und dann ... lieber Gott ... dann lächelte er sie an. Mitten in seinem Bärtchen verzogen sich seine Mundwinkel nach oben, und um die Augen herum entstanden kleine Fältchen.

Jane stockte der Atem. Er sah wunderschön aus, fand

sie, wenn das trübe Licht der Lampe auf den harten Kiefer und das glänzend schwarze Haar fiel. Obwohl seine langen Eckzähne immer noch merkwürdig waren, sah er viel ... menschlicher aus. Zugänglich. Begehrenswert –

O nein. Hör bloß auf. Das kommt nicht in Frage.

Jane kümmerte sich nicht darum, dass sie ein bisschen rot geworden war. »Was soll denn das Zahnpastawerbungslächeln? Glauben Sie, ich mache Scherze wegen des Essens?«

»Nein, es ist nur, dass sonst niemand so mit mir spricht.«

»Tja, ich eben schon. Haben Sie ein Problem damit? Dann können Sie mich ja gehen lassen. Und jetzt essen Sie, oder ich füttere Sie wie einen Säugling, und ich kann mir kaum vorstellen, dass Ihr Stolz besonders gut damit klarkommt.«

Das Lächeln lag immer noch auf seinem Gesicht, als er den Teller wieder auf den Schoß nahm und sich langsam, aber gewissenhaft über das Essen hermachte. Als er fertig war, ging sie zu ihm und holte das Wasserglas, das er ausgetrunken hatte.

Sie füllte es im Badezimmer auf und brachte es ihm zurück. »Trinken.«

Er gehorchte und trank das große Glas komplett leer. Als er es auf dem Nachttisch abstellte, konzentrierte sie sich auf seinen Mund, und die Wissenschaftlerin in ihr wurde neugierig.

Nach einer kleinen Weile zog er die Oberlippe zurück. Seine Fänge schimmerten geradezu im Schein der Lampe. Scharf und weiß.

»Sie verlängern sich, oder?«, fragte sie und beugte sich vor. »Wenn Sie trinken, werden sie länger.«

»Ja.« Er schloss den Mund wieder. »Oder wenn ich aggressiv werde.«

»Und wenn es vorbei ist, dann ziehen sie sich zurück in den Kiefer. Machen Sie noch mal auf.«

Als er es tat, legte sie den Finger auf die Spitze eines der Eckzähne – woraufhin sein ganzer Körper zurückzuckte.

»Entschuldigung.« Sie zog die Hand zurück. »Sind sie noch wund von der Intubation?«

»Nein.« Er senkte die Lider, und sie dachte sich, dass er wohl müde sein musste –

Meine Güte, was war das für ein Duft? Sie atmete tief ein und erkannte die Mischung dunkler Gewürze, die sie schon an dem Handtuch im Badezimmer gerochen hatte.

Der Gedanke an Sex drängte sich auf. Die Art von Sex, die man hatte, wenn man alle Hemmungen ablegte. Die Art von Sex, die man noch Tage später spürte.

Hör auf damit.

»Alle acht Wochen ungefähr«, sagte er.

»Was? Ach, so oft müssen Sie …«

»Mich nähren. Hängt vom Stress ab. Auch vom Beschäftigungsgrad.«

Okay, die Idee mit dem Sex war ihr vergangen. In einer schauerlichen Abfolge von Bram-Stoker-Szenen stellte sie sich vor, wie er Menschen verfolgte und zur Strecke brachte, sie hinterher blutig und mit Bissspuren übersät in dunklen Gassen liegen ließ.

Ganz offensichtlich sah man ihr den Ekel an, denn seine Stimme wurde eisig. »Für uns ist es natürlich. Nicht widerlich.«

»Bringt ihr sie um? Die Menschen, die ihr jagt?« Innerlich wappnete sie sich für die Antwort.

»Menschen? Versuch's mal mit Vampiren. Wir nähren uns von Angehörigen des anderen Geschlechts. Von unserer Art, nicht von eurer. Und getötet wird nicht.«

Ihre Augenbrauen hoben sich. »Ach.«

»Dieses Draculamärchen ist so ermüdend.«

Fragen über Fragen schwirrten ihr im Kopf herum. »Wie fühlt es sich an? Wie schmeckt es?«

Seine Augen wurden zu Schlitzen, dann wanderten sie von ihrem Gesicht zu ihrem Hals. Rasch legte Jane die Hand auf die Kehle.

»Keine Sorge«, sagte er grob. »Ich bin genährt. Und außerdem steh ich nicht auf menschliches Blut. Zu schwach, um interessant zu sein.«

Aha. Genau. Super.

Nur – was sollte das denn jetzt heißen? War sie evolutionär nicht gut genug, oder was?

Ach verdammt, jetzt schnappte sie langsam total über, und dieses spezielle Thema machte die Sache nicht besser. »Äh, also ... ich wollte noch mal nach dem Verband sehen. Vielleicht können wir ihn schon ganz entfernen.«

»Bitte, wie du willst.«

Der Patient schob sich auf seinen Kissen höher, man konnte das Muskelspiel der massigen Arme unter der glatten Haut erkennen. Als ihm die Decke von den Schultern rutschte, hielt sie kurz inne. Er schien größer zu werden, je mehr er sich erholte. Größer und ... sinnlicher.

Ihr Verstand scheute vor dem Gedankengang zurück, den sie da gerade anpeilte, und klammerte sich an seinen medizinischen Zustand wie an eine Rettungsweste. Mit ruhigen, professionellen Händen zog sie ihm die Decke ganz von der Brust und löste die Klebestreifen von seiner Haut. Sie hob den Mull hoch und schüttelte den Kopf. Erstaunlich. Die einzige Beschädigung der Haut war die kreisförmige Narbe, die schon vorher da gewesen war. Die Operationsrückstände beschränkten sich auf eine leichte farbliche Abweichung, und wenn sie daraus auf den Zustand seiner inneren Organe schließen konnte, dann waren sie ebenso gut verheilt.

»Ist das immer so?«, fragte sie. »Verlaufen Heilungsprozesse immer so schnell?«

»Innerhalb der Bruderschaft ja.«

O Mann. Wenn sie die Regeneration seiner Zellen erforschen könnte, dann wäre sie vielleicht in der Lage, einige der Geheimnisse des menschlichen Alterungsprozesses zu entschlüsseln.

»Vergiss es.« Sein Kiefer spannte sich an, während er die Beine an der anderen Bettseite aufsetzte. »Wir lassen uns nicht von euch als Laborratten missbrauchen. Und wenn es gestattet wäre, dann möchte ich jetzt duschen und eine Zigarette rauchen.« Sie machte den Mund auf, und er schnitt ihr das Wort ab. »Wir bekommen keinen Krebs, also erspar mir die Predigt.«

»Keinen Krebs? Wie kann das –«

»Später. Ich brauche heißes Wasser und Nikotin.«

Sie runzelte die Stirn. »Ich mag es nicht, wenn man in meiner Gegenwart raucht.«

»Genau deswegen werde ich es im Badezimmer tun. Da drin ist ein Abluftgebläse.«

Als er aufstand und die Decke an seinem Körper herabglitt, drehte sie schnell den Kopf weg. Ein nackter Mann war nun wirklich nichts Neues für sie, aber aus irgendeinem Grund kam er ihr *anders* vor.

Ach nein. Er war knapp zwei Meter groß und hatte eine Statur wie ein Kleiderschrank.

Sie ging zurück zu ihrem Sessel und setzte sich, da hörte sie ein Schlurfen, dann einen dumpfen Schlag. Beunruhigt sah sie auf. Der Patient war so unsicher auf den Beinen, dass er das Gleichgewicht verloren hatte und gegen die Wand geprallt war.

»Brauchen Sie Hilfe?« *Bitte sag nein. Bitte sag –*

»Nein.«

Danke, lieber Gott.

Er griff sich ein Feuerzeug und eine offenbar selbstgedrehte Zigarette vom Nachttisch und taumelte durch den Raum. Von ihrem Aussichtspunkt in der Ecke aus ließ sie ihn nicht aus den Augen, bereit, ihn mit einem Rettungsgriff aufzufangen, falls es nötig wurde.

Na gut, vielleicht beobachtete sie ihn auch noch aus einem anderen Grund, außer um ihm einen Teppichabdruck im Gesicht zu ersparen: Sein Rücken war fantastisch, die Muskeln schwer, aber elegant, wie sie über seine Schultern verliefen und sich von der Wirbelsäule fächerförmig ausbreiteten. Und sein Hintern war ...

Jane hielt sich die Augen zu und ließ die Hand erst wieder fallen, als die Tür zugefallen war. Nach vielen Jahren in der Medizin war sie mit dem »Du sollst deine Patienten nicht befummeln«-Teil des hippokratischen Eides doch ausreichend vertraut.

Besonders, wenn der fragliche Patient der eigene Kidnapper war. *Gütiger.* Erlebte sie das alles wirklich?

Kurz darauf hörte sie die Toilettenspülung und wartete auf das Rauschen der Dusche. Als sie nichts hörte, vermutete sie, dass er wohl zuerst seine Zigarette rauchte ...

Die Tür flog auf, und der Patient kam heraus, schwankend wie eine Boje im offenen Meer. Er hielt sich mit der behandschuhten Hand am Türrahmen fest, an seinem Unterarm traten die Sehnen hervor.

»Mir ... ist schwindlig.«

Sofort schaltete Jane auf Arztmodus und eilte zu ihm, ungeachtet der Tatsache, dass er nackt und doppelt so groß war wie sie, und dass sie noch vor zwei Minuten seinen Hintern begutachtet hatte, als stünde er zum Verkauf. Sie schlang ihm einen Arm um die Taille und drückte sich in seinen Körper, um mit der Hüfte die Last aufzunehmen. Als er sich auf sie stützte, war er so schwer, dass sie ihn kaum zum Bett zu schleppen vermochte.

Fluchend streckte er sich darauf aus. Als sie über ihn hinweg nach der Decke griff, fiel ihr Blick auf die Narben zwischen seinen Beinen. In Anbetracht der Geschwindigkeit, mit der seine Operationswunde verheilt war, fragte sie sich, warum sie geblieben waren.

Er riss ihr die Decke aus der Hand, und der schwarze Stoff senkte sich auf ihn herab wie eine Wolke. Dann legte er sich den Arm über die Augen, nur noch das vorgeschobene Kinn mit den Bartstoppeln darauf war zu erkennen.

Er schämte sich.

In der Stille zwischen ihnen beiden ... schämte er sich.

»Möchten Sie, dass ich Sie wasche?«

Sein Atem stockte, und als er eine Weile lang überhaupt nichts sagte, rechnete sie mit einer Ablehnung. Doch dann sagte er fast ohne den Mund zu bewegen: »Das würdest du tun?«

Sie war kurz versucht, ehrlich zu antworten. Doch sie ahnte, dass das seine Verlegenheit noch verschlimmern würde. »Tja, was soll ich sagen. Ich strebe danach, heiliggesprochen zu werden. Das ist mein neues Lebensziel.«

Er lächelte schwach. »Du erinnerst mich an Bu– ... meinen besten Freund.«

»Sie meinen Red Sox?«

»Ja, dem fällt auch immer eine passende Bemerkung ein.«

»Wussten Sie, dass Schlagfertigkeit ein Zeichen von Intelligenz ist?«

Der Patient ließ den Arm sinken. »Deine habe ich nie angezweifelt. Nicht eine Sekunde lang.«

Jane blieb die Luft weg. In seinen Augen schimmerte ein solcher Respekt, und sie musste innerlich fluchen, als sie das erkannte. Nichts fand sie attraktiver, als wenn ein Mann auf kluge Frauen abfuhr.

Mist.

Stockholm, Stockholm, Stockholm!

»Ich würde wahnsinnig gern gewaschen werden«, sagte er. Und dann schob er noch ein »bitte« nach.

Jane räusperte sich. »Okay. Klar.«

Sie durchsuchte die Reisetasche, fand eine große Plastikschüssel und ging ins Badezimmer. Nachdem sie die Schale mit warmem Wasser gefüllt und einen Waschlappen gefunden hatte, kam sie zurück und stellte alles auf den linken Nachttisch. Sie befeuchtete den Lappen und wrang das überschüssige Wasser aus, das plätschernd in die Schale tropfte.

Sie zögerte. Tauchte den Waschlappen erneut ein und drückte.

Jetzt komm schon, du hast seine Brust aufgeschnitten und in ihm gearbeitet. Du kannst das. Kein Problem.

Stell ihn dir einfach vor wie eine Motorhaube. Nur Oberfläche.

»Also gut.« Jane legte ihm das warme Frottee auf den Oberarm, und der Patient zuckte. Mit dem ganzen Körper. »Zu heiß?«

»Nein.«

»Warum dann die Grimasse?«

»Nur so.«

Unter anderen Umständen hätte sie nachgebohrt, aber sie hatte ihre eigenen Probleme. Sein Bizeps war verdammt eindrucksvoll, durch seine leicht getönte Haut zeichnete sich jeder Strang ab. Dasselbe galt für die Schultern und die sanfte Neigung hinab zum Brustmuskel. Er war in hervorragender physischer Verfassung, kein Gramm Fett, schlank wie ein Vollblutpferd, muskulös wie ein Löwe.

Sie wusch über die Brust und hielt bei der Narbe auf der linken Seite inne. Die runde Zeichnung war ins Fleisch eingeprägt, als wäre sie eingehämmert worden.

»Warum ist das nicht verheilt?«, fragte sie.

»Salz.« Er zappelte herum, als wollte er sie zum Weiterwaschen animieren. »Das versiegelt die Wunde.«

»Also war das Absicht?«

»Ja.«

Sie tauchte den Waschlappen ins Wasser, wrang ihn aus und beugte sich etwas unbeholfen über ihn, um den anderen Arm zu erreichen. Als sie den Lappen nach unten führte, entzog er sich. »Komm nicht in die Nähe meiner Hand. Selbst, wenn ich den Handschuh trage.«

»Warum ist –«

»Ich spreche nicht darüber. Also frag nicht nach.«

Ist ja gut. »Die Hand hat eine meiner Krankenschwestern beinahe umgebracht, wissen Sie.«

»Das überrascht mich nicht.« Er starrte den Handschuh an. »Ich würde sie abschneiden, wenn ich könnte.«

»Davon rate ich ab.«

»Natürlich. Du hast ja keine Ahnung, wie es ist, mit diesem Alptraum am Arm zu leben …«

»Nein. Ich meinte, ich würde jemand anderem das Abschneiden überlassen, wenn ich Sie wäre. Das würde besser funktionieren.«

Eine kurze Stille folgte; dann stieß der Patient ein bellendes Lachen aus. »Klugscheißer.«

Jane verbarg ein Lächeln, das ihr unwillkürlich über die Lippen flog, durch ein weiteres Eintauchen und Auswringen. »Ich gebe nur meine medizinische Meinung ab.«

Als sie mit dem Waschlappen über seinen Magen fuhr, fuhr ein Lachen durch seine Brust und seinen Bauch, seine Muskeln wurden steinhart, dann lockerten sie sich wieder. Durch den Frotteestoff konnte sie die Wärme seines Körpers spüren und die Kraft seines Blutes erahnen.

Und plötzlich lachte er nicht mehr. Sie hörte eine Art Zischen aus seinem Mund, und sein Waschbrettbauch wölbte sich, der Unterleib regte sich unter der Bettdecke.

»Wie geht es dem Messerstich?«, fragte sie.

Er machte ein Geräusch, das wie ein wenig überzeugendes *Okay* klang, und sie hatte ein schlechtes Gewissen. Sie war so besorgt über seine Schusswunde gewesen, dass sie die andere Verletzung kaum beachtet hatte. Als sie nun den Verband anhob, sah sie, dass die Haut vollständig verheilt war, nichts als ein schwacher rosa Strich zeigte noch, wo er verwundet worden war.

»Ich nehme das ab.« Sie zog den weißen Mull ab, faltete ihn zusammen und ließ ihn in den Papierkorb fallen. »Sie sind wirklich verblüffend, wissen Sie das? Diese Heilungskräfte sind einfach … also, ja.«

Während sie den Lappen wieder auswusch, grübelte sie, ob sie weiter gen Süden steuern sollte. Im Sinne von: weit südlich. Ganz nach unten. Das Letzte, was sie brauchen konnte, war eine noch intimere Kenntnis seines perfekten Körpers, aber sie wollte auch ihre Aufgabe erledigen … und wenn nur, um sich selbst zu beweisen, dass er kein bisschen anders war als ihre anderen Patienten.

Das würde sie schon schaffen.

Als sie allerdings die Decke weiter nach unten schieben wollte, hielt er sie fest. »Ich glaube nicht, dass du dahin willst.«

»Da gibt es nichts, was ich nicht schon gesehen habe.« Als seine Lider herabsanken und er nichts erwiderte, sagte sie mit sanfter Stimme: »Ich habe Sie operiert, ich weiß, dass Sie teilkastriert sind. Wir haben hier kein Rendezvous, ich bin Ihre Ärztin. Ich verspreche Ihnen, dass ich, abgesehen von meiner medizinischen Einschätzung, keine Meinung zu Ihrem Körper habe.«

Er krümmte sich, bevor er noch seine Reaktion verstecken konnte. »Keine Meinung?«

»Ich möchte Sie nur waschen. Nichts Weltbewegendes.«

»Na gut.« Seine Diamantaugen verengten sich. »Wie du willst.«

Sie zog die Decke weg. »Kein Grund zur –«

Ach du grüne …! Der Patient war voll erigiert. Gigantisch erigiert. Senkrecht auf seinem Bauch erstreckte sich von seinen Lenden bis über den Nabel hinweg eine überwältigende Erregung.

»Nichts Weltbewegendes, richtig?«, ließ er verlauten.

»Äh …« Sie räusperte sich. »Tja, ich, äh, ich mach dann einfach mal weiter.«

»Von mir aus.«

Das Blöde war nur, dass ihr entfallen war, was sie eigentlich mit dem Waschlappen vorgehabt hatte. Und sie starrte. Sie starrte völlig unverwandt.

Was man eben so machte, wenn man freien Ausblick auf einen Kerl bekam, der einen Schwanz hatte wie einen Baseballschläger.

O mein Gott, hatte sie das wirklich gerade gedacht?

»Da du ja schon gesehen hast, was mir angetan wurde«, sagte er mit ausdrucksloser Stimme, »muss ich wohl davon ausgehen, dass du meinen Nabel nach Flusen absuchst.«

Ja. Genau.

Jane kam wieder zu sich und fuhr mit dem Waschen fort.

»Also … wie ist das passiert?«

Als er keine Antwort gab, schielte sie zu seinem Gesicht. Seine Augen waren an die Wand gegenüber gerichtet und sie waren leer und leblos. Diesen Blick kannte sie von Patienten, die überfallen worden waren, und sie wusste, dass er sich an etwas Furchtbares erinnerte.

»Michael«, murmelte sie. »Wer hat Ihnen wehgetan?«

Er runzelte die Stirn. »Michael?«

»Ist das nicht Ihr Name?« Sie spülte den Waschlappen in der Schüssel aus. »Warum überrascht mich das nicht?«

»V.«

»Wie bitte?«

»Nenn mich V. Bitte.«

»Dann eben V.«

Sie neigte den Kopf und sah ihre Hand seine Seite hochstreichen, dann wieder herunter. Sie zögerte, ging nicht tiefer. Denn trotz der Ablenkung durch seine schlimme Vergangenheit, war er immer noch erigiert. Voll erigiert.

Na gut, los jetzt. Hallo, sie war immerhin eine Erwachsene. Eine Ärztin. Sie hatte einige Liebhaber gehabt. Was sie hier vor sich sah, war nur eine biologische Funktion, die aus einer Ansammlung von Blut in seinem unglaublich großen …

Jetzt war aber endgültig Schluss mit diesen Gedanken.

Jane tupfte den Lappen über seine Hüfte und bemühte sich krampfhaft, nicht zur Kenntnis zu nehmen, dass er sich unter ihr wand, den Rücken durchbog, die schwere Erektion auf seinem Bauch sich nach vorn schob und wieder zurückfiel.

Die Spitze verlor eine glänzende, verlockende Träne.

Sie sah ihn an … und erstarrte. Sein Blick war auf ihren Hals gerichtet, und es brannte eine Lust darin, die nichts Sexuelles hatte.

Jegliche Anziehung, die er auf sie gehabt haben mochte, verschwand. Das war ein Mann einer fremden Spezies, kein Mensch. Und er war gefährlich.

Sein Blick sank auf ihre Hand und den Waschlappen. »Ich werde dich nicht beißen.«

»Gut, denn das möchte ich auch nicht.« Daran bestand kein Zweifel. Sie war sogar froh, dass er sie so angesehen hatte, denn das hatte sie in die Realität zurückgebracht. »Nicht, dass es mich persönlich interessiert, aber tut es weh?«

»Keine Ahnung. Bin selbst noch nie gebissen worden.«

»Aber Sie sagten doch, dass –«

»Ich nähre mich von weiblichen Vampiren. Aber niemand hat sich je von mir genährt.«

»Warum nicht?« Als er die Lippen fest zusammenpresste, zuckte sie die Achseln. »Sie können es mir genauso gut erzählen. Ich werde mich ja an nichts erinnern, richtig? Also kann es Ihnen doch egal sein.«

Die Stille dehnte sich aus, und sie hielt es in seiner Beckenregion nicht mehr aus. Also beschloss sie, sich von den Füßen aufwärts zu arbeiten. Unten am Fußende strich sie mit dem Lappen über seine Fußsohlen, dann weiter über die Zehen, und er zuckte ein wenig, als wäre er kitzlig. Sie ging zu seinen Knöcheln über.

»Mein Vater wollte nicht, dass ich mich fortpflanze«, sagte er unvermittelt.

Ihr Blick schnellte zu ihm hoch. »Was?«

Er hielt die Hand in dem Handschuh hoch, dann tippte er sich an die tätowierte Schläfe.

»Ich bin nicht in Ordnung. Nicht normal, weißt du. Also hat mein Vater versucht, mich wie einen Hund zu kastrieren. Natürlich war es eine glückliche Fügung, dass das gleichzeitig noch eine prima Bestrafung war.« Als sie einen teilnahmsvollen Seufzer ausstieß, deutete er mit dem Zeigefinger auf sie. »Wenn du jetzt mit der Mitleidstour anfängst, dann überlege ich mir das mit dem Beißen noch mal.«

»Kein Mitleid. Versprochen«, log sie sanft. »Aber was hat das damit zu tun, dass Sie sich von anderen nähr–«

»Ich teile einfach nicht gern.«

Sich selbst, dachte sie. Mit niemandem – außer vielleicht mit Red Sox.

Behutsam fuhr sie mit dem Frottee über sein Schienbein. »Wofür wurden Sie bestraft?«

»Darf ich dich Jane nennen?«

»Ja.« Sie tauchte den Waschlappen wieder ein und wusch ihm die Wade. Als er verstummte, ließ sie ihn in Ruhe. Vorerst.

Unter ihrer Berührung beugte sich sein Knie, der Oberschenkel darüber spannte und entspannte sich in einer sinnlich fließenden Bewegung. Ihr Blick huschte über seine Erregung, und sie schluckte heftig.

»Funktionieren eure Fortpflanzungsorgane wie unsere?«, fragte sie.

»Mehr oder weniger.«

»Hatten Sie schon menschliche Geliebte?«

»Ich stehe nicht auf Menschen.«

Sie lächelte verlegen. »Dann frage ich lieber nicht, an wen Sie jetzt gerade denken.«

»Gut. Die Antwort würde dir auch kaum gefallen.«

Sie dachte daran, wie er den Mann mit der Baseballkappe angesehen hatte. »Sind Sie schwul?«

Er kniff die Augen zusammen. »Warum fragst du das?«

»Sie scheinen eine recht innige Beziehung zu Ihrem Freund zu haben, dem mit der Kappe.«

»Du kennst ihn, oder? Von früher?«

»Ja, er kommt mir bekannt vor, aber ich komme nicht darauf, woher.«

»Würde dich das stören?«

Sie fuhr mit dem Lappen seinen Oberschenkel hinauf bis zum Schritt, dann beschrieb sie einen Bogen. »Wenn Sie schwul wären? Nein, überhaupt nicht.«

»Weil du dich dadurch sicherer fühlen würdest, richtig?«

»Und weil ich aufgeschlossen bin. Als Ärztin ist mir sehr bewusst, dass wir innerlich alle gleich sind, egal, was für Vorlieben wir haben.«

Also, die Menschen zumindest. Sie setzte sich auf die Bettkante und fuhr wieder mit der Hand in dem Waschlappen über sein Bein. Als sie sich seiner Erregung näherte, hielt er den Atem an, und das harte Glied zuckte. Seine Hüften drehten sich, und sie hob den Kopf. Er hatte sich auf die Unterlippe gebissen, die Fänge waren durch die weiche Haut gedrungen.

Okay, das war jetzt wirklich …

Nicht ihre Sache. Aber Mann, er musste ja einen echt heißen Tagtraum über seinen Kumpel haben.

Indem sie sich gut zuredete, dass das hier eine stinknormale Patientenwaschung war, ohne diese Lüge auch nur eine Sekunde lang zu glauben, strich sie ihm den Bauch hoch, vorbei an seiner prallen Spitze und auf der anderen Seite wieder hinunter. Als sie mit der äußersten Kante des Frottees sein Geschlecht streifte, zischte er.

Gott steh ihr bei, sie tat es noch einmal, wanderte langsam hoch und um ihn herum und berührte die Erektion nur ganz leicht.

Seine Hände umklammerten das Laken fester, und heiser raunte er: »Wenn du so weitermachst, wirst du bald rausfinden, wie viel ich mit einem Menschen gemeinsam habe.«

Herr im Himmel, sie wollte ihn kommen sehen – nein, wollte sie nicht.

Doch, wollte sie schon.

Seine Stimme wurde noch tiefer. »Willst du, dass ich einen Orgasmus habe?«

Sie hüstelte. »Natürlich nicht. Das wäre ...«

»Unpassend? Wer sollte es erfahren? Hier sind nur du und ich. Und offen gestanden könnte ich im Augenblick ein bisschen Spaß gut gebrauchen.«

Sie schloss die Augen. Sie wusste, dass es von seiner Seite aus überhaupt nicht um sie ging. Außerdem würde sie nicht gerade aufs Bett springen und ihn missbrauchen. Aber wollte sie wirklich wissen, wie gut er aussah, wenn er –

»Jane? Sieh mich an.« Als hätte er Kontrolle über ihre Augen, hob sie langsam die Lider und sah ihn an. »Nicht mein Gesicht, Jane. Du wirst meine Hände beobachten. Jetzt sofort.«

Sie gehorchte, weil ihr gar nicht in den Sinn kam, es nicht zu tun. Woraufhin seine Hand mit dem Handschuh das Laken losließ und sich um seine Erektion schloss. Er atmete heftig und fuhr dann mit der Faust an seinem Glied auf und ab, das schwarze Leder bildete einen starken Kontrast zum dunklen Rosa seines Geschlechts.

O ... mein ... Gott.

»Das willst du bei mir machen, hab ich recht?«, sagte er rau. »Nicht, weil du mich begehrst. Sondern weil du wissen möchtest, wie sich das anfühlt, und wie ich aussehe, wenn ich komme.«

Je länger er weitermachte, desto benommener wurde sie.

»Das willst du doch, Jane.« Sein Atem ging schneller. »Du willst wissen, wie ich mich anfühle. Was für Geräusche ich mache. Wie es riecht.«

Sie nickte doch wohl nicht, oder? Scheiße. Doch, sie nickte.

»Gib mir deine Hand, Jane, damit ich sie auf mich legen kann. Selbst wenn dein Interesse rein wissenschaftlicher Natur ist, möchte ich, dass du es mir machst.«

»Ich dachte ... Sie mögen keine Menschen?«

»Mag ich auch nicht.«

»Für was halten Sie mich denn dann?«

»Ich will deine Hand, Jane. Sofort.«

Sie ließ sich nicht gern herumkommandieren. Von niemandem. Frau, Mann, völlig egal. Aber wenn so eine rauchige Aufforderung von einem prachtvollen männlichen Tier wie ihm kam ... besonders, wenn er voll erigiert vor ihr lag ... dann war es praktisch unmöglich, dem nicht nachzugeben.

Sie würde sich später über den Befehl ärgern. Jetzt würde sie ihm erst mal Folge leisten.

Jane legte den Waschlappen auf die Schüssel und konnte nicht fassen, dass sie ihm ihre Hand entgegenstreckte. Er nahm sie, nahm, was er gefordert hatte, und zog sie an seinen Mund. Langsam, genüsslich leckte er ihr mitten über die Handfläche, seine Zunge war warm und feucht. Dann legte er ihre Haut auf seine Erektion.

Beide keuchten sie auf. Er war steinhart und flammend heiß und dicker als ihr Handgelenk. Als er in ihrem Griff zuckte, fragte sie sich halb, was zum Henker sie da eigentlich machte, und gleichzeitig erwachte die andere Hälfte, die sinnliche, zum Leben. Was sie in Panik versetzte. Sie unterdrückte die Gefühle, setzte die Verdrängungsmechanismen ein, die sie durch ihre jahrelange Arbeit als Ärztin perfektioniert hatte ... und ließ ihre Hand genau da, wo sie war.

Sie streichelte ihn, spürte die weiche, zarte Haut über den harten Kern gleiten. Sein Mund klappte auf, er wand sich auf dem Bett, sein sich aufbäumender Körper bot einen faszinierenden Anblick. Er war der reine Sex, völlig unberührt von Hemmungen oder Verlegenheit, nichts als ein sich zusammenbrauender Orgasmussturm.

Sie senkte den Blick auf ihre Finger. Seine Hand in dem Handschuh sah so verflucht erotisch aus, wie sie genau unter ihrem Arm lag, seine Wurzel leicht berührend und die Wölbungen des Narbengewebes bedeckend.

»Wie fühle ich mich an, Jane?«, sagte er heiser. »Fühle ich mich anders für dich an als ein Mensch?«

Ja. Besser. »Nein. Genau gleich.« Ihr Blick wanderte zu seinen Fängen, die auf seine volle Unterlippe bissen. Die Zähne sahen aus, als hätten sie sich verlängert, und sie hatte das Gefühl, als wären Sex und sich Nähren miteinander verknüpft. »Na ja, du siehst natürlich anders aus.«

Etwas flackerte über seine Miene, eine Art Schatten, und seine Hand glitt weiter hinunter zwischen seine Beine. Zuerst dachte sie, er würde sich reiben doch dann bemerkte sie, dass er sich vor ihrem Blick abschirmte.

Sie spürte einen Schmerzensstich in der Brust, wie ein aufflammendes Streichholz, doch dann stöhnte er tief in der Kehle, und sein Kopf fiel in den Nacken, das blauschwarze Haar breitete sich auf dem Kissen aus. Als seine

Hüften nach oben federten, spannten sich seine Bauchmuskeln in einer schnellen Abfolge an, die Tätowierungen auf seinem Unterleib dehnten sich und zogen sich wieder zusammen.

»Schneller, Jane. Du wirst es jetzt für mich schneller machen.«

Er stützte ein Bein auf und seine Rippen wölbten sich. Auf seiner herrlichen, glatten Haut schimmerte ein feiner Schweißfilm im trüben Schein der Lampe. Er war kurz davor ... und je näher er kam, desto mehr wurde ihr bewusst, dass sie das machte, weil sie es wollte. Die wissenschaftliche Neugier war eine Lüge: Er faszinierte sie aus ganz anderen Gründen.

Sie machte weiter, konzentrierte die Reibung an seiner pflaumengroßen Spitze.

»Nicht aufhören ... *Scheiße* ...« Er zog das Wort in die Länge, seine Schultern und der Hals waren angespannt, die Brustmuskeln so hart, dass sie scharfe Kanten bekamen.

Plötzlich gingen seine Augen auf und leuchteten so hell wie Sterne.

Dann fletschte er die Fänge, die nun ganz ausgefahren waren, und brüllte laut. Während er kam, fixierte er ihren Hals, und der Orgasmus dauerte an und an, bis sie sich fragte, ob er zwei hatte. Oder noch mehr. Mein Gott ... er war fantastisch, und mitten in seiner Lust breitete sich dieser herrliche Duft nach dunklen Gewürzen wieder im Raum aus, bis er das Zimmer vollständig erfüllte.

Als er sich nicht mehr bewegte, ließ sie ihn los und wischte ihm mit dem Waschlappen Bauch und Brust ab. Sie verweilte nicht bei ihm. Sondern sprang auf und wünschte, sie hätte ein bisschen Zeit für sich allein.

Er beobachtete sie durch halb geschlossene Lider. »Siehst du«, sagte er schroff. »Genau gleich.«

Nicht mal annähernd. »Stimmt.«

Er zog sich die Decke über die Hüften und schloss die Augen. »Geh ruhig duschen, wenn du willst.«

Hastig und unkoordiniert räumte Jane die Schüssel und den Waschlappen ins Badezimmer. Dort stützte sie die Hände auf das Waschbecken. Vielleicht würden etwas heißes Wasser und etwas anderes als Rückenschrubben ihren Kopf wieder klären können – denn momentan sah sie nichts anderes vor sich als ihn, wie er über ihre Hand und sich selbst gekommen war.

Völlig überwältigt ging sie zurück ins Schlafzimmer, holte ein paar Sachen aus der kleinen Reisetasche und ermahnte sich, dass diese Situation hier nicht real war, nicht Teil ihrer Wirklichkeit. Es war ein Knoten in ihrem Lebensfaden, ein Schluckauf des Schicksals.

Das hier war nicht real.

Nach dem Unterricht ging Phury zurück in sein Zimmer und tauschte das schwarze Seidenhemd und die cremefarbene Kaschmirhose gegen seine lederne Kampfkluft. Rein theoretisch hatte er heute Nacht frei, aber da V flachlag, wurde jede Hand gebraucht.

Was ihm nur recht war. Besser draußen auf der Jagd als hier in die Sache mit Z und Bella und der Schwangerschaft verstrickt zu sein.

Er schnallte sich das Brusthalfter um, bestückte es mit zwei Dolchen und steckte sich je eine SIG Sauer an die Hüften. Auf dem Weg zur Tür zog er sich den Ledermantel über und klopfte auf die Innentasche, um sich zu vergewissern, dass er auch ein paar Joints und ein Feuerzeug dabeihatte.

Als er in Windeseile die Freitreppe hinunterlief, betete er, dass ihn niemand sähe ... und wurde kurz, bevor er durch die Tür verschwinden konnte, erwischt. Bella rief seinen Namen, als er in die Eingangshalle trat, und das Geräusch ihrer Schritte auf dem Mosaikfußboden bedeutete, dass er anhalten musste.

»Du warst nicht beim Ersten Mahl«, sagte sie.

»Ich habe unterrichtet.« Er blickte über die Schulter und stellte erleichtert fest, dass sie gut aussah, strahlende Gesichtsfarbe, klare Augen.

»Hast du überhaupt was gegessen?«

»Ja«, log er.

»Gut ... tja ... solltest du nicht auf Rhage warten?«

»Wir treffen uns später.«

»Phury, ist alles in Ordnung bei dir?«

Er sagte sich, dass es ihm nicht zustand, etwas zu sagen. Diese Tür hatte er durch seine aufmunternden Worte an Z schon zugeschlagen. Das ging ihn überhaupt nichts ...

Wie immer, wenn es um sie ging, fehlte ihm die Selbstbeherrschung. »Ich glaube, du musst dich mit Z unterhalten.«

Ihr Kopf neigte sich leicht zur Seite, das Haar fiel ihr über die Schulter. Gütige Jungfrau, es sah so gut aus. So dunkel, aber doch nicht schwarz. Es erinnerte ihn an edles Mahagoni, das kunstvoll versiegelt war und in Rot- und tiefen Brauntönen schimmerte.

»Worüber?«

Mist, er sollte das hier eigentlich nicht tun. »Wenn du etwas vor Z verheimlichst, egal was es ist ... dann musst du es ihm erzählen.«

Ihre Augen verengten sich, dann wandte sie den Blick ab, während sie das Gewicht von einem Fuß auf den anderen verlagerte, die Arme vor der Brust verschränkt. »Ich ... äh, ich brauche dich wohl nicht zu fragen, woher du es weißt, denn ich nehme an, von ihm. Ach ... verdammt. Ich wollte erst mit ihm sprechen, nachdem ich heute Abend bei Havers war. Ich habe einen Termin gemacht.«

»Wie schlimm ist es? Die Blutung?«

»Nicht schlimm. Deshalb wollte ich nichts sagen, bevor ich nicht Havers konsultiert habe. Meine Güte, Phury, du kennst doch Z. Er ist sowieso schon so wahnsinnig nervös meinetwegen. So zerstreut, dass ich Angst habe, er könnte im Kampf unkonzentriert sein und verletzt werden.«

»Schon, aber jetzt ist es noch schlimmer, weil er nicht weiß, was los ist, verstehst du? Sprich mit ihm, bitte. Er wird sich zusammenreißen. Für dich wird er sich zusammenreißen.«

»War er wütend?«

»Vielleicht ein kleines bisschen. Aber vor allem war er besorgt. Er ist nicht blöd. Er weiß, warum du ihm nicht erzählen wolltest, dass etwas nicht stimmt. Nimm ihn doch einfach heute Abend mit, okay? Lass ihn dabei sein.«

Ihre Augen wurden feucht. »Du hast recht. Ich weiß ja, dass du recht hast. Ich möchte ihn nur beschützen.«

»Und genau das will er auch, dich beschützen. Nimm ihn heute mit.«

In der folgenden Stille wusste er, dass sie mit der Unentschlossenheit in ihrem Blick allein fertig werden musste. Er hatte sein Sprüchlein aufgesagt.

»Alles Gute, Bella.«

Als er sich abwandte, nahm sie seine Hand. »Danke. Dafür, dass du nicht böse auf mich bist.«

Einen Moment lang bildete er sich ein, sie trüge sein Baby in sich, und er könnte sie an sich ziehen und mit ihr zum Arzt gehen und sie danach im Arm halten.

Sanft nahm Phury ihr Handgelenk und zog ihre Hand von sich weg, ihre Finger glitten mit einem weichen Streicheln von seiner Haut, das brannte wie Feuer. »Du bist die Geliebte meines Zwillingsbruders. Ich könnte niemals wütend auf dich sein.«

Als er durch die Halle in die kalte, windige Nacht lief, dachte er daran, wie wahr es doch war, dass er niemals böse auf sie sein könnte. Bei ihm selbst sah das allerdings anders aus – gar kein Problem.

Er dematerialisierte sich in die Innenstadt, fest davon überzeugt, dass er auf eine irgendwie geartete Kollision zusteuerte. Er wusste nicht, was für eine Mauer es wäre oder woraus sie bestünde oder ob er sich selbst dagegenwerfen oder von jemand oder etwas anderem dagegengeschleudert würde.

Aber die Mauer wartete in der bitteren Dunkelheit auf ihn. Und ein Teil von ihm überlegte, ob nicht vielleicht ein fettes, großes H darauf gemalt war.

17

V sah Jane hinterher, als sie ins Badezimmer ging. Sie drehte sich herum und legte ihre frischen Kleider auf die Ablage, wobei ihr Körper im Profil ein elegantes S beschrieb. Er musste sie unbedingt anfassen, musste sie mit seinem Mund berühren, in sie eindringen.

Die Tür schloss sich, und dann wurde die Dusche angestellt. Er fluchte laut. Gott, ihre Hand hatte sich so gut angefühlt und ihn in höhere Sphären versetzt, als jeder richtige Sex in letzter Zeit. Aber es war einseitig gewesen. Sie hatte keinerlei Duft von Erregung verströmt. Für sie war es eine Körperfunktion gewesen, die es zu erforschen galt. Mehr nicht.

Wenn er mal ganz ehrlich war, dann hatte er gehofft, ihn beim Orgasmus zu beobachten, würde sie anturnen – was natürlich bescheuert war, in Anbetracht dessen, wie er da unten aussah. Niemand bei klarem Verstand würde denken: *Hey, Wahnsinn, schau dir mal den eineiigen Prachtburschen an. Lecker.*

Weshalb er auch immer seine Hose beim Sex anbehielt.

Während er dem Wasserrauschen lauschte, erschlaffte seine Erektion, und seine Fänge zogen sich in den Kiefer zurück. Komisch, als sie ihn angefasst hatte, war er von sich selbst überrascht gewesen. Er hatte sie beißen wollen – nicht, weil er hungrig war; sondern, weil er ihren Geschmack in seinem Mund und den Abdruck seiner Zähne auf ihrem Hals haben wollte. Was für ihn ziemlich untypisch war. Normalerweise biss er Frauen nur, wenn er musste, und selbst dann nicht besonders gern.

Aber bei ihr? Er wollte ihr unbedingt eine Vene durchbohren und heraussaugen, was durch ihr Herz direkt in sein Inneres floss.

Als die Dusche verstummte, konnte er an nichts anderes denken, als bei ihr dort in dem Badezimmer zu sein. Er stellte sie sich völlig nackt und nass und rosig von der Hitze vor. Er wollte wissen, wie ihr Nacken aussähe. Und die Haut zwischen ihren Schulterblättern. Und die Mulde am unteren Ende der Wirbelsäule. Er wollte mit den Lippen von ihrem Schlüsselbein zum Nabel wandern ... und dann zwischen ihre Schenkel.

Na super, er wurde schon wieder steif. Und das war ziemlich überflüssig. Sie hatte ihre Neugier in Bezug auf seinen Körper befriedigt, also würde sie ihm wohl kaum noch einen Knochen hinwerfen und es ihm noch mal besorgen. Und selbst wenn sie von ihm angezogen wäre – sie hatte ja schon jemanden. Knurrend rief er sich diesen dunkelhaarigen Arzttypen vor Augen, der in ihrem echten Leben auf sie wartete. Der Kerl war von ihrer eigenen Art und zweifellos außerdem ein vollständiger Mann.

Allein der Gedanke, dass der Blödmann mit ihr zu tun hatte, und zwar nicht nur tagsüber, sondern auch nachts unter der Bettdecke, versetzte ihm einen Stich in die Brust.

Ach, verflucht.

V legte sich den Arm über die Augen und fragte sich, wann genau er eigentlich eine Persönlichkeitstransplantation gehabt hatte. Eigentlich hatte Jane ihn doch am Herzen operiert, nicht am Kopf. Aber seit er auf ihrem Tisch gelegen hatte, war er nicht mehr normal. Er kam einfach nicht gegen die Sehnsucht an, von ihr als Partner betrachtet zu werden – obwohl das aus einer ganzen Heerschar von Gründen nicht in Frage kam: Er war ein Vampir und eine Missgeburt … und er würde in wenigen Tagen Primal werden.

Er malte sich aus, was auf der Anderen Seite auf ihn wartete, und auch wenn er sich nicht an seine Vergangenheit erinnern wollte, konnte er doch nicht anders. Er rief sich ins Gedächtnis, was man ihm angetan hatte, dachte an das zurück, was die Misshandlung ausgelöst hatte, die einen halben Mann aus ihm gemacht hatte.

Ungefähr eine Woche, nachdem sein Vater seine Bücher verbrannt hatte, wurde Vishous erwischt, als er hinter der Trennwand hervorkam, welche die Wandmalereien verbarg. Sein Verderben war das Tagebuch des Kriegers Darius. Er hatte seinen wertvollsten Besitz Tag um Tag gemieden, doch schließlich hatte er nachgegeben. Seine Hände hatten sich nach dem Einband gesehnt, seine Augen nach dem Anblick der Worte, sein Verstand nach den Bildern, die es in ihm hervorrief, sein Herz nach der Verbundenheit, die er mit dem Schreiber empfand.

Er war zu einsam, um dem zu widerstehen.

Es war eine Küchenhure, die ihn entdeckte, und sie beide erstarrten. Er kannte ihren Namen nicht, aber sie hatte dasselbe Gesicht wie alle Frauen im Lager: harte Augen, Haut mit tiefen Furchen und ein schmallippiger Mund. Ihr Hals war übersät von den Bisswunden der Männer, die sich an ihr genährt hatten, und ihr Gewand war schmutzig und am Saum ausgefranst. In der einen Hand hielt sie eine plumpe Schaufel, mit der anderen zerrte sie einen Schub-

karren mit einem kaputten Rad hinter sich her. Offenbar hatte sie beim Auslosen den Kürzeren gezogen und war nun gezwungen, die Abortlöcher zu reinigen.

Ihre Augen wanderten hinab zu Vs Hand, als wäre sie eine Waffe.

Absichtlich ballte V sie zur Faust. »Es wäre doch ein Jammer, solltest du etwas verraten, nicht wahr.«

Sie erbleichte und eilte davon. Im Laufen ließ sie ihre Schaufel fallen.

Im Lager hatte sich schnell verbreitet, was zwischen ihm und dem anderen jungen Vampir vorgefallen war, und wenn sie ihn deshalb fürchteten, sollte es ihm nur recht sein. Um sein einziges Buch zu beschützen, würde er jeden bedrohen, selbst Frauen, und das beschämte ihn nicht. Seines Vaters Gesetz gebot, dass niemand im Lager sicher war: V war überzeugt, dass die Frau das, was sie gesehen hatte, zu ihrem Vorteil nutzen würde, wenn sie könnte. So war es hier nun einmal.

Vishous verließ die Höhle durch einen der Tunnel, die durch den Berg getrieben worden waren, und trat in einem Dornengestrüpp heraus. Der Winter nahte rasch, die Kälte verdichtete schon die Luft. Vor sich hörte er den Fluss rauschen, und er hatte Durst, doch er hielt sich versteckt, als er den mit Kiefern bewachsenen Hügel emporkletterte. Er hielt immer zunächst Abstand zum Wasser, wenn er herauskam, nicht nur, weil ihm das unter Androhung von Strafe beigebracht worden war; sondern auch, weil er in seinem noch ungewandelten Zustand dem nicht gewachsen wäre, was sich ihm entgegenstellen könnte, sei es nun Vampir, Mensch oder Tier.

Bei Einbruch jeder Nacht versuchten die Prätrans, sich am Fluss die Bäuche zu füllen, und seine Ohren nahmen die Geräusche der anderen Jungen auf, die dort fischten. Sie hatten sich an einem breiten Abschnitt des Stroms versammelt, wo das Wasser auf der einen Seite ein stehendes Becken bildete. Er mied sie und suchte sich einen Fleck weiter flussaufwärts.

Aus einem Lederbeutel nahm er ein Stück fein gesponnenen Faden mit einem groben Haken sowie einem daran festgebundenen blitzenden Silbergewicht. Er warf seine dürftige Angel ins rauschende Wasser und spürte, wie sich die Schnur anspannte. Dann setzte er sich auf einen Felsbrocken, wickelte die Schnur um ein Stück Holz und hielt es zwischen den Handflächen.

Das Warten nahm er gleichmütig hin, es war ihm weder Last noch Lust, und als er weiter unten am Fluss einen Streit vernahm, war das für ihn nicht von Belang. Solcherlei Geplänkel gehörte ebenfalls zum Lagerleben, und er wusste, worum sich die Auseinandersetzung drehte. Nur, weil man einen Fisch aus dem Wasser zog, hieß das noch nicht, dass man ihn behalten konnte.

Er starrte in das schnell strömende Wasser, als er ein überaus merkwürdiges Gefühl im Nacken spürte – als hätte man ihm ins Genick getippt.

Er sprang auf und ließ die Angel fallen, doch hinter ihm war niemand. Er schnüffelte in die Luft, suchte die Bäume ab. Nichts.

Als er sich bückte, um seine Angel wieder aufzuheben, hüpfte das Stück Holz das Ufer hinab, da ein Fisch den Köder geschluckt hatte. V machte einen Satz, konnte jedoch nur noch zusehen, wie der primitive Angelgriff in den Fluss fiel. Fluchend rannte er hinterher, sprang von Stein zu Stein, verfolgte seine Angel weiter und weiter flussabwärts.

Wo er auf einen anderen traf.

Der Prätrans, den er mit seinem Buch geprügelt hatte, kam am Ufer entlanggelaufen, eine Forelle in der Hand, die er – seiner gierig zufriedenen Miene nach zu urteilen – jemandem gestohlen hatte. Als er V entdeckte, floss der hüpfende Stock mit Vs Fang daran vorbei, und er blieb stehen. Mit einem Triumphgeheul stopfte er sich den zappelnden Fisch in die Hosentasche und rannte dann dem von V hinterher – obwohl es ihn genau in die Richtung seiner Verfolger führte.

Vielleicht lag es an Vs Ruf, dass die anderen Jungen aus dem Weg gingen, als er die Verfolgung des Diebes aufnahm; in jedem

Fall gaben sie ihre Jagd auf und rannten bloß noch als Zuschauer hinterher.

Der andere Prätrans war schneller als V, waghalsig hüpfte er von Stein zu Stein, wohingegen V vorsichtiger war. Die Ledersohlen seiner groben Stiefel waren nass, und das Moos, das auf den Felsbrocken wuchs, war so glitschig wie Schweineschmalz. Obwohl der Flüchtige an Vorsprung gewann, blieb er vorsichtig, um nicht den Halt zu verlieren.

Genau, wo der Fluss sich zu dem Becken verbreiterte, in dem die anderen gefischt hatten, sprang der Junge auf die glatte Fläche eines Steins und hatte den Fisch an Vs Haken beinahe erreicht. Doch als er den Arm reckte, um den Stock zu greifen, verlagerte er sein Gewicht ... und sein Fuß rutschte unter ihm ab und flog nach oben.

So langsam und anmutig wie eine Feder stürzte er mit dem Kopf voran in den rauschenden Strom. Der Aufprall seiner Schläfe auf einem Stein, nur Zentimeter unter der Wasseroberfläche klang so laut wie eine Axt, die in Hartholz getrieben wird, und sein Körper wurde schlaff. Das Stöckchen mit der Schnur flitzte vorbei.

Als V den Jungen erreichte, erinnerte er sich an seine Vision. Ganz eindeutig war sie falsch gewesen. Der Vampir war nicht auf einem Berg gestorben, mit der Sonne auf dem Gesicht und dem Wind im Haar. Er starb hier und jetzt in den Armen des Flusses.

Das war wenigstens eine Erleichterung.

Vishous beobachtete, wie die Leiche von der Strömung in das dunkle, ruhige Wasserbecken gezogen wurde. Unmittelbar, bevor sie unter die Oberfläche versank, drehte sie sich um, so dass sie mit dem Gesicht nach oben lag.

Blasen flossen über die reglosen Lippen und stiegen an die Wasseroberfläche, wo sie das Mondlicht einfingen. V bestaunte den Tod. Alles war so still, wenn er erst gekommen war. Gleich welch Geschrei oder Wehklagen oder Geschehnisse den Weg der Seele in den Schleier begleiteten – was darauf folgte, war die dichte Stille fallenden Schnees.

Ohne nachzudenken tauchte er seine rechte Hand in das eiskalte Wasser.

Da plötzlich erfüllte ein seiner Hand entströmender Glanz das Becken ... und das Gesicht des jungen Vampirs wurde erleuchtet, als würde er von der Sonne bestrahlt. V stockte der Atem. Es war das genaue Abbild seiner Vision, so wie er es vorhergesehen hatte: Der Schleier, der das Gesicht in seinem Trugbild hatte verschwimmen lassen, war in Wirklichkeit das Wasser, und das Haar des Jungen wurde nicht vom Wind verweht, sondern von den Strömungen tief im Fluss.

»Was tust du dort mit dem Wasser?«, ertönte eine Stimme.

V blickte auf. Die anderen Prätrans standen in einer Reihe am gewundenen Flussufer und starrten ihn an.

Rasch zog V die Hand aus dem Wasser und versteckte sie hinter dem Rücken. Daraufhin verblasste der Schimmer im Becken, und der tote Vampir wurde der schwarzen Tiefe überlassen, als hätte man ihn begraben.

V stand auf und betrachtete diejenigen, die in Zukunft nicht mehr nur seine Konkurrenten um knappe Nahrung und Wärme wären, wie er klar erkannte, sondern ab jetzt auch seine Feinde. Der Zusammenhalt zwischen den Jungen, die dort gesammelt Schulter an Schulter standen, sagte ihm, dass – gleich wie zerstritten sie innerhalb des Lagers auch sein mochten – sie sich über ein gleiches Ansinnen verbündet hatten.

Er war ein Ausgestoßener.

V blinzelte und überlegte, was danach gekommen war. Komisch, man rechnete nie damit, dass um die nächste Kurve Glatteis lauerte. Er hatte damals angenommen, der andere Nachwuchs würde ihn aus dem Lager vertreiben; einer nach dem anderen würde die Wandlung durchlaufen, und dann würden sie ihn in die Knie zwingen. Aber das Schicksal mochte Überraschungen, nicht wahr?

Er drehte sich auf die Seite, entschlossen, ein wenig zu

schlafen. Doch als die Tür zum Badezimmer aufging, musste er einfach ein Auge halb öffnen. Jane hatte sich ein weißes Hemd und eine weite schwarze Yogahose angezogen. Ihr Gesicht war von der heißen Dusche gerötet, ihre Haare feucht und zerzaust. Sie sah umwerfend aus.

Sie warf ihm einen flüchtigen Blick zu, eine schnelle Vergewisserung, dass er offenbar schlief; dann setzte sie sich in den Sessel in der Ecke. Sie zog die Füße hoch, schlang die Arme um die Knie und senkte das Kinn. Sie wirkte so zerbrechlich in dieser Haltung.

Er machte sein Auge wieder zu und fühlte sich elend. Sein Gewissen, das seit Jahrhunderten im Tiefschlaf gelegen hatte, war hellwach und schmerzte: Er konnte nicht verheimlichen, dass er in sechs Stunden voll und ganz genesen wäre. Was bedeutete, dass ihre Aufgabe hier erfüllt sein würde, und er sie bei Sonnenuntergang heute Abend gehen lassen müsste.

Doch was war mit der Vision, die er gehabt hatte? In der sie in einem Durchgang aus Licht stand? Ach Quatsch, vielleicht hatte er einfach nur halluziniert, immerhin …

V runzelte die Stirn, als er einen Geruch im Raum aufschnappte. *Was zum Teufel?*

Er atmete tief ein und wurde sofort hart, sein Schwanz lag dick und schwer auf seinem Bauch. Sein Blick wanderte quer durchs Zimmer zu Jane. Ihre Augen waren geschlossen, ihr Mund leicht geöffnet, die Augenbrauen tief nach unten gezogen … und sie war erregt. Sie mochte sich nicht hundertprozentig wohl damit fühlen, aber sie war eindeutig erregt.

Dachte sie an ihn? Oder an den Mann im Krankenhaus?

V reckte seinen Geist nach ihr, ohne echte Hoffnung darauf, in ihren Kopf einzudringen. Als seine Visionen versiegt waren, hatten auch die laufenden Übertragungen anderer Leute Gedanken ein Ende gehabt, die sich ihm aufdrängten oder von ihm absichtlich aufgeschnappt wurden …

Das Bild in ihrem Kopf war er.

O ja. Und wie er das war: Er bäumte sich vom Bett auf, seine Bauchmuskeln spannten sich an, seine Hüften stießen nach oben, während sie sein Geschlecht mit ihrer Hand bearbeitete. Das war unmittelbar, bevor er kam, als er seinen Handschuh unter dem Schwanz weggezogen und die Decke damit umklammert hatte.

Seine Ärztin begehrte ihn, obwohl er halb zerstört war und nicht von ihrer Art und sie gegen ihren Willen hier festhielt. Und sie verzehrte sich. Sie verzehrte sich nach ihm.

V lächelte, als seine Fänge in seine Mundhöhle vorstießen.

Das war doch mal der passende Zeitpunkt, sich als Menschenfreund zu erweisen. Und ihr Leiden etwas zu lindern ...

Die schweren Stiefel breit aufs Pflaster gesetzt, die Fäuste an der Seite geballt stand Phury über dem *Lesser*, den er gerade mit einem gemeinen Schläfenhieb k. o. geschlagen hatte. Der Bastard lag mit dem Gesicht nach unten in einem schmutzigen Schneehaufen, Arme und Beine schlaff, die Lederjacke am Rücken zerrissen vom Kampf.

Phury holte tief Luft. Es gab eine gesittete Art, seinen Feind zu töten. Selbst mitten in einem Krieg gab es eine ehrenhafte Weise, den Tod zu jenen zu bringen, die man hasste.

Er sah sich in der Straße um und schnüffelte in die Luft. Keine Menschen. Keine weiteren *Lesser*. Und keiner seiner Brüder.

Er beugte sich zu dem Jäger herab. Ja, wenn man seine Feinde ins Jenseits beförderte, musste ein gewisser Verhaltenskodex gewahrt werden.

Das wäre hier nicht der Fall.

Phury hob den *Lesser* an seinem Ledergürtel und den

blassen Haaren hoch und schleuderte ihn mit dem Kopf voran in ein Backsteingebäude wie einen Rammbock. Ein gedämpfter, fleischiger Schlag war zu hören, als die Stirn zerplatzte und die Wirbelsäule sich durch den Hinterkopf bohrte.

Doch das Wesen war nicht tot. Um einen Vampirjäger zu töten, musste man ihm in die Brust stechen. Wenn man ihn so hier liegen ließ, dann würde er einfach nur in einem dauerhaften Verwesungszustand verharren, bis Omega sich schließlich den Körper zurückholen würde.

Am Arm schleifte Phury den Kerl hinter einen Müllcontainer und zückte einen Dolch. Er benutzte die Waffe nicht, um den Jäger zurück zu seinem Meister zu befördern. Sein Zorn, diese Emotion, die er so ungern spürte, diese Kraft, die er sich nicht an Leute oder Ereignisse zu knüpfen gestattete, war brüllend zum Leben erwacht. Und seine Kraft war unbestreitbar.

Die Grausamkeit seiner Handlung befleckte sein Gewissen. Obwohl das Opfer ein amoralischer Killer war, der vor gerade mal zwanzig Minuten beinahe zwei Vampire umgebracht hätte, war das, was Phury tat, trotzdem falsch. Die Vampire waren gerettet. Der Feind unschädlich gemacht. Das Ende sollte sauber erfolgen.

Er ließ sich freien Lauf.

Als der *Lesser* vor Schmerz aufheulte, fuhr Phury mit dem fort, was er ihm antat, seine Hände und die Klinge schnitten zügig durch nach Talkum riechende Haut und Organe. Schwarzes glänzendes Blut floss auf den Asphalt und rann über Phurys Arme und verschmierte seine Stiefel und spritzte auf die Lederhose.

Immer weiter machte er, der Vampirjäger wurde zu einem Blitzableiter für seine Wut und seinen Selbsthass, ein Gegenstand, an dem er seine Gefühle abreagieren konnte. Selbstverständlich sank er dadurch nur noch mehr in seiner eigenen Achtung, doch er hörte nicht auf. Er konnte nicht aufhören. Sein Blut war Propangas, und seine Gefühle waren eine Stichflamme. Die Explosion war unvermeidbar.

Völlig in seine schauerliche Tat versunken, hörte er den anderen *Lesser* nicht, der sich von hinten anschlich. Er witterte den Talkumgeruch unmittelbar, bevor das Wesen zuschlug, und konnte dem Baseballschläger nur knapp ausweichen, der auf seinen Schädel zielte.

Seine Wut verlagerte sich von dem bewegungsunfähigen Jäger auf den, der noch auf den Beinen war, und unter lautem Aufbrüllen seiner Kriegergene griff er an. Den schwarzen Dolch vor sich haltend, ging er tief in die Hocke und peilte den Unterleib an.

Er schaffte es nicht.

Der *Lesser* traf ihn mit dem Schläger an der Schulter, dann donnerte er Phury einen schwungvollen Hieb seitlich gegen das Knie des gesunden Beins. Als er zu Boden ging, konzentrierte er sich darauf, seinen Dolch festzuhalten, doch der *Lesser* war ein echter Profi mit seinem Aluminiumprügel. Noch ein Schlag, und die Klinge flog durch die Luft, vollführte ein paar Drehungen und tanzte dann über den nassen Asphalt davon.

Der *Lesser* sprang auf Phurys Brustkorb und drückte ihn mit einer Hand um die Kehle zu Boden, sein Griff war so stark wie ein Drahtseil. Phury umklammerte das kräftige Handgelenk, als seine Luftröhre zusammengequetscht wurde, doch dann hatte er plötzlich ein noch viel dringenderes Problem als Sauerstoffmangel. Der Jäger ließ den Baseballschläger nach und nach durch seine Hand rutschen, bis er das Gerät um die Mitte hielt. Dann hob er mit tödlicher Konzentration den Arm hoch in die Luft und schmetterte Phury das dicke Ende mitten aufs Gesicht.

Der Schmerz explodierte in Wange und Auge, wie ein

weiß glühendes Schrapnell schoss er durch seinen gesamten Körper.

Und es war … merkwürdig gut. Es betäubte alles andere. Er kannte nur noch die Wucht, die sein Herz zum Stillstand brachte, und das elektrisierende Pochen unmittelbar danach.

Das gefiel ihm.

Durch das verbliebene noch funktionstüchtige Auge sah er den *Lesser* erneut den Schläger heben wie einen Kolben. Phury zog nicht einmal den Kopf ein. Er beobachtete einfach nur die Kinetik in ihrem Ablauf, er wusste, dass die Muskeln, die zusammenspielten, um das Stück poliertes Metall zu schwenken, sich anspannen und das Ding wieder auf sein Gesicht herabsausen lassen würden.

Zeit für den Todesstoß, dachte er wie durch einen Nebel. Die Augenhöhle war aller Wahrscheinlichkeit nach schon zerschmettert, oder zumindest gebrochen. Noch ein Schlag, und sie würde die graue Masse, die dahinterlag, nicht mehr schützen können.

Das Bild der Zeichnung, die er von Bella gemacht hatte, schob sich vor sein geistiges Auge, und er sah, was er zu Papier gebracht hatte: Sie saß am Esstisch, seinem Zwillingsbruder zugewandt, und die Liebe zwischen ihnen war so greifbar und wunderschön wie Seide, so stark und dauerhaft wie gehärteter Stahl.

Er sprach ein überliefertes Gebet für die beiden und ihren Nachwuchs in der Alten Sprache, mit dem er ihnen Wohlergehen wünschte, bis sie einander in ferner Zukunft im Schleier wieder träfen. *Bis wir aufs Neue leben,* so endete es.

Phury ließ das Handgelenk des *Lesser* los und wiederholte den Satz immer und immer wieder, fragte sich benommen, welches der fünf Worte wohl sein letztes wäre.

Doch es gab keinen Schlag. Der *Lesser* verschwand einfach, wurde von seiner Brust gezogen wie eine Marionette an ihren Fäden.

Phury lag da, kaum noch atmend, während eine Reihe von Grunzern durch die dunkle Gasse hallte und dann ein heller Lichtblitz erstrahlte. Die Endorphine verschafften ihm ein angenehmes, tranceähnliches Hoch, er glühte, als wäre er kerngesund, doch in Wirklichkeit bedeutete das, er saß bis zum Hals in der Tinte.

War der Todesstoß bereits erfolgt? Hatte der erste Hieb ausgereicht, um sein Gehirn ausbluten zu lassen?

Egal. Es fühlte sich gut an. Die ganze Sache fühlte sich gut an, und er überlegte, ob Sex vielleicht so ähnlich war. Also, das Danach. Nur noch friedliche Entspannung.

Er dachte an jenen Abend vor einigen Monaten, als Zsadist mitten während einer Party zu ihm gekommen war, einen Seesack in der Hand und eine wilde Forderung im Blick. Es hatte Phury krankgemacht, was sein Zwillingsbruder von ihm brauchte; dennoch war er mit Z in den Trainingskeller gegangen und hatte ihn wieder und wieder und wieder geschlagen.

Das war nicht das erste Mal gewesen, dass Zsadist diese Art von Abreaktion gebraucht hatte.

Es war für Phury immer furchtbar gewesen, seinem Zwillingsbruder die Prügel zu verabreichen, die er forderte, nie hatte er die Beweggründe für diesen masochistischen Trieb verstanden, aber jetzt begriff er. Es war fantastisch. Nichts war von Bedeutung. Es war, als wäre das reale Leben ein fernes Gewitter, das ihn niemals erreichen würde, weil er ihm aus dem Weg gegangen war.

Rhages tiefe Stimme ertönte ebenfalls aus der Ferne. »Phury? Ich hab einen Wagen gerufen. Du musst zu Havers.«

Als Phury zu sprechen versuchte, verweigerte ihm sein Kiefer den Gehorsam, als hätte ihn jemand festgeklebt.

Ganz offensichtlich setzte die Schwellung bereits ein, weswegen er sich darauf beschränkte, den Kopf zu schütteln.

Rhage tauchte in seinem schiefen Gesichtsfeld auf. »Havers wird –«

Wieder schüttelte Phury den Kopf. Bella wäre heute Nacht wegen des Babys in der Klinik. Wenn sie kurz davor stand, eine Fehlgeburt zu haben, dann wollte er nicht der Auslöser sein, indem er als Notfall dort auftauchte.

»Nicht ... Havers ...«, krächzte er.

»Mein Bruder, du brauchst mehr als Erste Hilfe.« Rhages perfektes Modelgesicht war eine Maske betonter Ruhe. Was bedeutete, er machte sich ernsthaft Sorgen.

»Nach Hause.«

Rhage fluchte, doch noch bevor er weiter auf dem Ausflug zu Havers beharren konnte, bog ein Auto in die Straße ein, die Scheinwerfer blitzten auf.

»Mist.« Rhage kam in die Gänge und hievte Phury vom Asphalt hoch und verfrachtete ihn hinter den Müllcontainer.

Direkt neben den geschändeten *Lesser*.

»Was zum Teufel?«, raunte Rhage, während ein Lexus mit Chromfelgen vorbeirollte. Rap wummerte aus den Fenstern.

Als sie wieder allein waren, verengten sich Rhages leuchtend blaue Augen. »Warst du das?«

»Schlimmer ... Kampf ... sonst nichts«, flüsterte Phury. »Bring mich nach Hause.«

Als er das Auge schloss, stellte er fest, dass er heute Nacht etwas gelernt hatte. Schmerz war gut und – unter den richtigen Bedingungen erlangt – weniger schändlich als Heroin. Auch leichter zu beschaffen, da er ein legitimes Nebenprodukt seines Jobs war.

Geradezu perfekt.

Jane saß in ihrem Sessel gegenüber dem Bett des Patienten, den Kopf gesenkt, die Augen geschlossen. Sie konnte nicht aufhören, an das zu denken, was sie mit ihm gemacht hatte ... und was er daraufhin gemacht hatte. Sie sah ihn vor sich bei seinem Höhepunkt, den Kopf in den Nacken geworfen, die Fänge schimmernd, seine Erektion in ihrer Hand zuckend, während er ruckartig ein- und mit einem Stöhnen ausatmete.

Unruhig rutschte sie herum, ihr war heiß. Und nicht, weil die Heizung angesprungen war.

Wieder und wieder musste sie die Szene im Kopf durchspielen, und es wurde so heftig, dass sie den Mund öffnen musste, um besser Luft zu bekommen. An einem Punkt dieser Endlosschleife spürte sie ein kurzes Stechen im Kopf, als hätte sie den Hals schief gehalten, doch dann döste sie ein.

Natürlich übernahm das Unterbewusstsein, wo die Erinnerung aufhörte.

Der Traum begann, als etwas sie an der Schulter berührte, etwas Warmes, Schweres. Das Gefühl tat ihr wohl, langsam wanderte es über ihren Arm hinunter in die Hand. Ihre Finger wurden umschlossen und gedrückt, dann ausgebreitet und ein Kuss mitten in die Handfläche platziert. Sie spürte weiche Lippen, warmen Atem, das samtige Kitzeln eines ... Bartes.

Es folgte eine Pause, als würde um Erlaubnis gefragt.

Sie wusste ganz genau, von wem sie träumte. Und sie wusste ganz genau, was passieren würde, wenn sie den Traum weiter zuließ.

»Ja«, flüsterte sie im Schlaf.

Die Hände ihres Patienten hoben sanft ihre Füße vom Sessel, dann schob sich etwas Breites und Warmes zwischen ihre Schenkel und spreizte sie weit. Seine Hüften und ... o mein Gott, sie spürte seine Erektion an ihrer Mitte, das harte Glied drückte durch ihre weiche Hose. Der Kragen ihres Hemds wurde beiseitegezerrt, und sein Mund fand ihren Hals, die Lippen legten sich auf die Haut und saugten daran, während seine Erregung ein rhythmisches Stoßen aufnahm. Eine Hand fand ihre Brust, fuhr dann weiter über ihren Bauch. Zur Hüfte. Weiter nach unten, wo gerade noch seine Erektion gelegen hatte.

Als Jane leise aufschrie und den Rücken durchbog, strichen ihr zwei scharfe Spitzen über den Hals hinauf bis zum Kiefer. Fänge.

Angst durchströmte ihre Adern. Und eine Druckwelle hochoktaniger Sex.

Bevor sie sich noch zwischen den beiden Extremen entscheiden konnte, wanderte sein Mund von ihrem Hals zu ihrer Brust. Während er durch die Bluse an ihr saugte, fand seine Hand ihren Kern und rieb, was schon auf ihn wartete, nach ihm hungerte. Sie öffnete den Mund und keuchte, und etwas drang darin ein ... ein Daumen. Verzweifelt umschloss sie ihn, lutschte daran, während sie sich gleichzeitig vorstellte, was sonst von ihm sie zwischen den Lippen haben könnte.

Er war der Herr der Lage, der Lenker, derjenige, der die Maschinerie bediente. Er wusste genau, was er tat, als seine Finger sich ihrer weichen Yogahose und ihres feuchten Slips annahmen, um sie hinauf auf die Klippe zu treiben.

Einen Stimme in ihrem Kopf – seine Stimme – sagte: »Komm für mich, Jane –«

Aus dem Nichts traf ein helles Licht auf ihr Gesicht, und sie setzte sich in einem Ruck auf, streckte die Arme von sich weg, um ihn fortzustoßen.

Doch er war überhaupt nicht in ihrer Nähe. Er lag im Bett. Schlafend.

Und was das Licht betraf, so kam es aus dem Flur. Red Sox hatte die Zimmertür geöffnet.

»Tut mir leid, euch wecken zu müssen«, sagte er. »Aber wir haben ein Problem.«

Der Patient setzte sich auf und sah zu Jane. Als ihre Blicke sich begegneten, errötete sie und wandte den Kopf ab.

»Wer?«, fragte der Patient.

»Phury.« Red Sox deutete mit dem Kopf auf den Sessel. »Wir brauchen einen Arzt. Und zwar schnell.«

Jane räusperte sich. »Warum sehen Sie mich ...«

»Wir brauchen dich.«

Ihr erster Gedanke war: Sie würde den Teufel tun und sich noch tiefer mit dieser Bande einlassen. Doch dann meldete sich die Medizinerin in ihr. »Was ist los?«

»Eine wirklich hässliche Sache. Begegnung mit einem Baseballschläger. Kannst du mitkommen?«

Die Stimme ihres Patienten kam zuerst an, sein tiefes Knurren hinterließ eine tiefe Spur: »Wenn sie irgendwohin geht, dann komm ich auch mit. Und wie schlimm ist es?«

»Er hat einen Schläger mitten ins Gesicht gedonnert bekommen. Heftig. Weigert sich, zu Havers zu gehen. Sagt, Bella sei dort wegen des Babys, und er wolle sie nicht beunruhigen, indem er so übel zugerichtet dort aufschlägt.«

»Die alte Nervensäge muss natürlich wieder den Helden spielen.« V sah Jane an. »Hilfst du uns?«

Sie zögerte und rieb sich über das Gesicht. *Verflucht*. »Ja, ich helfe euch.«

Als John den Lauf der Glock sinken ließ, die man ihm gegeben hatte, starrte er ungläubig auf die Zielscheibe fünfzehn Meter von sich entfernt. Vollkommen sprachlos ließ er die Sicherung wieder einrasten.

»Wahnsinn«, sagte Blay.

Absolut fassungslos drückte John einen gelben Knopf links von sich und das zwanzig auf siebenundzwanzig Zentimeter große Blatt Papier kam so zielstrebig zu ihm wie ein Hund, den man gerufen hatte. Genau in der Mitte, wie ein Gänseblümchen gruppiert, sah man sechs perfekte Einschüsse. Heiliger Bimbam. Nachdem er in jeder anderen bisher unterrichteten Disziplin unterirdisch schlecht gewesen war, hatte er sich endlich in etwas hervorgetan.

Da vergaß er doch glatt sein Kopfweh.

Eine schwere Hand landete auf seiner Schulter, und in Wraths Stimme klang Stolz mit. »Gut gemacht, mein Sohn. Richtig gut.«

John klemmte das Zielpapier ab.

»Also gut«, sagte Wrath. »Das war's für heute. Checkt eure Waffen, Jungs.«

»Hey, Qhuinn«, rief Blay. »Hast du das gesehen?«

Qhuinn gab seine Pistole einem *Doggen* und kam herüber. »Wow. Das ist ja echt Dirty-Harry-mäßig.«

John faltete das Papier zusammen und steckte es sich in die Jeanstasche. Als er die Waffe zurück auf den Rollwagen legte, suchte er sie nach einem Kennzeichen ab, um sie bei der nächsten Übung wiederfinden zu können. Aha … obwohl die Seriennummer herausgefeilt worden war, entdeckte er einen Kratzer am Lauf. Daran würde er seine Pistole auf jeden Fall erkennen.

»Los, raus hier«, sagte Wrath und drückte seinen riesigen Körper gegen die Tür. »Der Bus wartet.«

Als John den Kopf hob, stand Lash unmittelbar hinter ihm, drohend und gefährlich. Mit einer knappen Handbewegung legte er seine Glock so auf den Wagen, dass die Mündung auf Johns Brust zielte. Zur Betonung ließ er den Zeigefinger einen Moment lang auf dem Abzug liegen.

Blay und Qhuinn schoben sich dazwischen und versperrten ihm den Weg. So beiläufig sie sich auch bewegten, als wären sie rein zufällig in der Gegend, war die Botschaft doch unmissverständlich. Mit einem Achselzucken hob Lash die

Hand von der Glock und rempelte Blay im Vorbeigehen mit der Schulter an.

»Arschloch«, murmelte Qhuinn.

Die drei Freunde machten sich auf den Weg in die Umkleidekabine, wo sie ihre Bücher holten und zusammen nach draußen gingen. Da John durch den Tunnel zurück ins große Haus wollte, blieben sie vor der Tür zu Tohrs ehemaligem Büro stehen.

Als die anderen Schüler vorbeiliefen, dämpfte Qhuinn die Stimme. »Wir müssen heute Nacht losziehen. Ich kann nicht mehr warten.« Er zog eine Grimasse und zappelte herum, als hätte er Schleifpapier in der Hose. »Ich dreh bald durch, wenn ich nicht eine Frau rumkriege, wenn ihr versteht, was ich meine.«

Blay errötete leicht. »Ich ... äh, ja, ich könnte auch bisschen Action vertragen. John?«

Angestachelt von seinem Erfolg auf dem Schießstand nickte er.

»Gut.« Blay zog sich die Jeans hoch. »Wir müssen ins *ZeroSum*.«

Qhuinn zog die Stirn in Falten. »Was ist mit dem *Screamer's*?«

»Nein, ich will ins ZeroSum.«

»Von mir aus. Und wir können mit deinem Auto fahren.« Qhuinn drehte den Kopf. »John, warum fährst du nicht einfach mit dem Bus zu Blay?«

Soll ich mich nicht umziehen?

»Du kannst dir von ihm was zum Anziehen leihen. Du musst gut aussehen fürs *ZeroSum*.«

Aus dem Nichts kam plötzlich Lash anspaziert. »Na, gehst du in die Disco, John? Vielleicht treffen wir uns ja?«

Mit einem boshaften Grinsen schlenderte er weiter, den Körper angespannt, die muskulösen Schultern angespannt, als steuerte er auf einen Kampf zu. Oder als wollte er das.

»Klingt, als bräuchtest du Gesellschaft, Lash«, bellte Qhuinn. »Das trifft sich gut, denn wenn du dich weiter so scheiße benimmst, dann wirst du *gefickt*, Kumpel.«

Lash blieb stehen und sah sich um, das Deckenlicht ergoss sich über ihn. »Hey, Qhuinn, sag doch deinem Vater schöne Grüße von mir. Er mochte mich ja schon immer lieber als dich. Andererseits – bei mir passt ja auch alles zusammen.«

Lash tippte sich mit dem Mittelfinger neben das Auge und ging weiter.

Qhuinns Miene verfinsterte sich zu einer Maske.

Blay legte ihm die Hand in den Nacken. »Hör mal, lass uns fünfundvierzig Minuten Zeit bei mir, okay? Dann holen wir dich ab.«

Qhuinn antwortete nicht sofort, und als er es endlich tat, war seine Stimme kaum zu hören. »Ja. Kein Problem. Entschuldigt mich mal kurz.«

Er ließ seine Bücher fallen und marschierte zurück in die Umkleide. Als er die Tür hinter sich zuzog, fragte John mit den Händen: *Kennen sich Lash und Qhuinns Familien gut?*

»Die beiden sind Cousins. Ihre Väter sind Brüder.«

John runzelte die Stirn. *Was sollte das mit dem Auge vorhin von Lash?*

»Mach dir darüber keine …«

John rüttelte ihn am Arm. *Erzähl schon.*

Blay rubbelte sich über die roten Haare, als wollte er sich eine Antwort ausdenken. »Okay … es ist so … Qhuinns Vater ist ein hohes Tier in der Glymera, klar? Und seine Mutter auch. Und die Glymera hat's nicht so mit Mängeln.«

Das klang, als wäre damit alles erklärt. *Ich kapier's nicht. Was stimmt denn nicht mit seinem Auge?*

»Eines ist blau. Eines grün. Weil sie nicht dieselbe Farbe haben, wird Qhuinn nie eine offizielle Partnerin nehmen können … und, weißt du, seinem Vater ist das schon sein ganzes Leben lang irre peinlich. Die Situation ist nicht besonders angenehm, und deshalb sind wir auch immer bei mir zu Hause. Er braucht Abstand von seinen Eltern.« Blay betrachtete die Tür zur Umkleide, als könnte er durch sie hindurch seinen Freund sehen. »Der einzige Grund, warum sie ihn noch nicht vor die Tür gesetzt haben, ist, dass sie gehofft hatten, die Transition würde das in Ordnung bringen. Deshalb durfte ihm jemand wie Marna beistehen. Sie hat sehr gutes Blut, und ich glaube, der Plan war, dass es dadurch geregelt würde.«

Wurde es aber nicht.

»Genau. Wahrscheinlich werden sie ihn bald auffordern, zu gehen. Ich habe schon ein Zimmer für ihn vorbereitet, aber ich bezweifle, dass er es annehmen wird. Er ist zu stolz. Mit Recht.«

John kam ein schrecklicher Gedanke. *Wie kam er zu dem blauen Auge? Nach seiner Transition?*

In diesem Augenblick öffnete sich die Tür wieder und Qhuinn kam mit einem breiten Lächeln heraus. »Können wir dann, Gentlemen?« Als er seine Bücher aufhob, war sein Selbstbewusstsein zurück. »Hauen wir ab, bevor die guten Bräute alle weg sind.«

Blay klopfte ihm auf die Schulter. »Nach dir, Maestro.«

Auf dem Weg zum unterirdischen Parkplatz ging Qhuinn vorn, Blay hinten und John in der Mitte.

Als Qhuinn die Stufen zum Bus hochstieg, tippte John Blay auf die Schulter.

Das war sein Vater, oder?

Blay zögerte. Dann nickte er einmal.

10

Okay, das war jetzt entweder total cool oder wahnsinnig gruselig.

Jane wurde durch einen Tunnel geführt, der aussah wie eine Kulisse aus einem Jerry-Bruckheimer-Film. Die Ausstattung hätte Hollywood alle Ehre gemacht: Stahl, trübes Licht aus in die Decke eingelassenen Neonröhren und kein Ende in Sicht. Der Tunnel wirkte so, als ob der 1988er Bruce Willis jeden Moment barfuß in einem zerfetzten Muscleshirt und mit Maschinengewehr im Anschlag auftauchen könnte.

Sie betrachtete die Neonlampen über sich, dann den polierten Metallfußboden. Sie hätte wetten wollen, dass die Wände zwanzig Zentimeter dick waren. Mannomann, diese Jungs hatten Geld. Viel Geld. Mehr als man mit dem Verticken von verschreibungspflichtigen Medikamenten auf dem Schwarzmarkt oder mit der Befriedigung von Koks-, Crack- und Methsüchten verdienen konnte. Das hier roch nach Regierungsebene, woraus man schließen konnte, dass

Vampire nicht nur zu einer anderen Spezies gehörten; sie bildeten eine andere Zivilisation.

Sie war überrascht, dass die beiden Männer sie nicht gefesselt hatten. Andererseits waren der Patient und sein Kumpel mit Pistolen bewaffnet –

»Nein.« Der Patient schüttelte den Kopf. »Du bist deshalb nicht in Handschellen, weil du nicht weglaufen wirst«

Janes Kinnlade klappte nach unten. »Du sollst meine Gedanken nicht lesen.«

»Entschuldige. Das wollte ich nicht, es ist einfach so passiert.«

Sie räusperte sich, bemüht nicht zu bemerken, wie großartig er in aufrechter Haltung aussah. Er trug eine schwarz karierte Pyjamahose zu einem schwarzen Shirt und bewegte sich langsam, aber mit einem tödlichen Selbstvertrauen, das ziemlich beeindruckend war.

Worüber hatten sie noch gerade gesprochen? »Woher weißt du, dass ich nicht abhauen werde?«

»Ganz einfach, weil jemand medizinische Hilfe braucht. Das liegt nicht in deiner Natur, richtig?«

Tja ... schade eigentlich. Er kannte sie ganz schön gut.

»Ja, das tue ich«, sagte er.

»Hör damit auf.«

Red Sox beugte sich in Richtung des Patienten. »Kommt dein Gedankenlesen zurück?«

»Bei ihr, manchmal.«

»Hm. Empfängst du auch was von anderen?«

»Nein.«

Er rückte seine Kappe zurecht. »Tja, äh ... sag mir Bescheid, wenn du was von mir aufschnappst, ja? Es gibt da so das ein oder andere, was ich lieber für mich behalten würde, verstehst du mich?«

»Geht klar. Wobei ich manchmal nichts dagegen machen kann.«

»Weshalb ich in Zukunft nur noch an Baseball denken werde, wenn du in der Nähe bist.«

»Nur gut, dass du kein Yankee-Fan bist.«

»Nicht das Y-Wort, bitte. Wir sind nicht unter uns.«

Ansonsten wurde nichts gesprochen, während sie weiter durch den Gang liefen, und Jane begann sich zu fragen, ob sie den Verstand verlor. Sie hätte eigentlich zu Tode erschrocken sein sollen an diesem dunklen, unterirdischen Ort mit zwei hünenhaften vampirischen Begleitern. Doch das war sie nicht. Eigenartigerweise fühlte sie sich sicher ... als würde der Patient sie wegen des Schwurs beschützen, den er geleistet hatte, und der Typ mit der Kappe ebenfalls, wegen seiner engen Verbindung zum Patienten.

Wo, bitteschön, lag da die Logik?

Der Patient beugte sich zu ihrem Ohr herunter. »Logik hin oder her, aber du hast recht: Wir würden beide alles sofort erwischen, was dich auch nur erschreckt.« Dann richtete er sich wieder auf, ein gigantischer Testosteronbrocken in Hauspantoffeln.

Jane tippte ihm auf den Arm und krümmte einen Zeigefinger, damit er sich wieder herunterbeugte. Dann flüsterte sie ihm zu: »Ich habe Angst vor Mäusen und Spinnen, aber deshalb müsst ihr nicht gleich die Knarre da zücken und ein Loch in die Wand brennen, wenn wir einer begegnen, okay? Mausefalle und zusammengerollte Zeitungen funktionieren bestens. Zudem muss dann hinterher die Wand nicht neu verputzt werden. Ich mein ja bloß.«

Sie tätschelte ihm den Arm und entließ ihn, dann konzentrierte sie sich wieder auf den Weg vor sich.

V fing an zu lachen, zuerst etwas gehemmt, dann tiefer, und sie spürte, dass Red Sox sie beobachtete. Zögernd sah sie ihm in die Augen, damit rechnend, darin eine Form von Missbilligung zu entdecken. Doch da war nichts als Erleichterung. Erleichterung und Anerkennung, während der

Mann ... Vampir ... ach, was auch immer ... zunächst sie ansah und dann seinen Freund.

Jane errötete und wandte den Kopf ab. Dass der Typ offenbar keinen albernen Wettbewerb um seinen besten Freund veranstaltete, hätte eigentlich kein Bonuspunkt sein dürfen. Nicht im Geringsten.

Hundert Meter weiter kamen sie zu ein paar flachen Stufen, die vor eine Tür mit einem Bolzenriegel in der Größe ihres Kopfes führte. Als der Patient vortrat und einen Code eintippte, stellte sie sich vor, dahinter wartete 007 mit einem Auftrag ...

Na ja, nicht ganz. Es war ein Schrank voller Schreibblöcke und Druckerpatronen und Schnellhefter. Vielleicht auf der anderen Seite ...

Auch nicht. Es war einfach nur ein Büro. Ein gewöhnliches Arbeitszimmer mit einem Schreibtisch und einem Drehstuhl und Aktenschränken und einem Computer.

Also kein *Stirb Langsam*. Eher ein Werbespot für eine Versicherung. Oder eine Bausparkasse.

»Hier entlang«, sagte V.

Sie gingen durch eine Glastür und über einen kahlen weißen Korridor auf eine Edelstahltür zu. Dahinter lag ein perfekt ausgestattetes Fitnessstudio, das ausreichend Platz für ein Profi-Basketballspiel, ein Ringer-Turnier und ein Volleyballmatch bot, und zwar gleichzeitig. Blaue Matten waren auf dem glänzenden, honigfarbenen Hallenboden ausgelegt und vor einer kleinen Tribüne hingen einige Boxsäcke.

Viel Geld. Säcke voll Geld. Und wie hatten sie all das gebaut, ohne Verdacht auf der menschlichen Seite zu erregen? Es musste viele Vampire geben. Anders war das nicht möglich. Handwerker und Architekten und Arbeiter ... alle in der Lage, als Menschen durchzugehen, wenn sie es wollten.

Die Genetikerin in ihr war völlig von den Socken. Wenn Schimpansen zu etwa achtundneunzig Prozent ihrer DNS mit Menschen übereinstimmten, wie ähnlich waren dann die Vampire? Und evolutionär betrachtet – wann hatte sich dieser spezielle Zweig von Affen und Homo sapiens abgespalten? Wow ... sie würde einiges darum geben, einen Blick auf ihre Doppelhelix werfen zu dürfen. Wenn sie tatsächlich ihre Erinnerungen löschen würden, bevor sie sie freiließen, dann entginge der medizinischen Forschung so viel. Besonders, da die Vampire keinen Krebs bekamen und so schnell heilten.

Was für eine Chance.

Vor der gegenüberliegenden Wand der Trainingshalle blieben sie vor einer Stahltür mit der Aufschrift Ausrüstung/Physiotherapie stehen. Darin fanden sich stapelweise Waffen: Ein ganzes Arsenal an Kampfschwertern und Nunchakus. Dolche in verschlossenen Glasvitrinen. Pistolen. Wurfsterne.

»Du lieber Himmel.«

»Die sind nur für Trainingszwecke bestimmt«, erklärte V vollkommen unaufgeregt.

»Und womit zum Henker kämpft ihr dann?« Während alle möglichen *Krieg der Welten*-Szenarien durch ihre Gedanken schossen, schnappte sie den vertrauten Geruch von Blut auf. Zumindest *halb* vertraut. Der Duft hatte eine fremde Note, etwas Würziges, und sie erinnerte sich an dasselbe weinähnliche Aroma während der OP bei ihrem Patienten.

Eine Tür mit der Aufschrift Physiotherapie schwang auf. Der schöne blonde Vampir, der sie aus dem Krankenhaus geschleppt hatte, steckte den Kopf heraus. »Der Jungfrau sei Dank, da seid ihr ja.«

Sofort übernahmen Janes Medizinerinstinkte das Kommando, als sie in einen gefliesten Raum trat und die Sohlen eines Paars Stiefel von einer Liege hängen sah. Sie schob die Männer beiseite, um zu dem Verletzten zu kommen.

Es war derjenige, der sie hypnotisiert hatte, der mit den gelben Augen und den fantastischen Haaren. Und er brauchte wirklich Hilfe. Seine linke Augenhöhle war nach innen gedrückt, das Lid so dick, dass er es nicht öffnen konnte, während die eine Seite des Gesichts auf doppelte Größe angeschwollen war. Nicht nur der Knochen oberhalb des Auges war vermutlich gebrochen, sondern auch der Wangenknochen.

Sie legte ihm eine Hand auf die Schulter und blickte ihm in das offene Auge. »Sie sehen furchtbar aus.«

Er lächelte mühsam. »Was du nicht sagst.«

»Aber ich kriege Sie wieder hin.«

»Glaubst du, du kannst das?«

»Nein.« Sie schüttelte den Kopf vor und zurück. »Ich weiß, dass ich das kann.«

Sie war zwar keine plastische Chirurgin, doch in Anbetracht seiner Selbstheilungskräfte war sie zuversichtlich, dass sie die Verletzungen so verarzten konnte, dass keine Narben zurückbleiben würden. Vorausgesetzt, sie hätte das passende Werkzeug zur Verfügung.

Wieder flog die Tür auf, und Jane erstarrte. O mein Gott, es war der Riese mit dem pechschwarzen Haar und der Sonnenbrille. Sie hatte sich schon gefragt, ob sie ihn nur geträumt hatte, aber offenbar war auch er real. Total real. Und der Chef. Seine Haltung drückte aus, dass ihm alles und jeder im Raum gehörte und von ihm mit einer bloßen Handbewegung vernichtet werden konnte.

Er warf einen Blick auf Jane und grollte: »Sagt mir, dass das hier nicht passiert.«

Instinktiv machte Jane einen Schritt rückwärts, Richtung V, und im selben Moment fühlte sie ihn hinter sich treten.

Obwohl er sie nicht berührte, wusste sie, dass er nicht weit weg war. Und bereit, sie zu verteidigen.

Der Schwarzhaarige schüttelte den Kopf. »Phury ... verflucht noch mal, wir müssen dich zu Havers bringen.«

Phury? Was für ein Name sollte das denn sein?

»Nein«, kam schwach die Antwort.

»Warum bloß nicht?«

»Bella ist dort. Wenn sie mich so sieht ... dann flippt sie aus ... sie blutet schon.«

»Ach du Scheiße.«

»Und wir haben jemanden hier«, rasselte der Mann auf der Liege. Der Blick seines offenen Auges wanderte zu Jane. »Stimmt's?«

Alle sahen sie an, und der Schwarzhaarige war sichtlich genervt. Daher war sie überrascht, als er fragte: »Wirst du unseren Bruder behandeln?«

Die Anfrage klang nicht bedrohlich, sondern respektvoll. Offenbar war er hauptsächlich deshalb aufgebracht gewesen, weil sein Bruder auf dem Rücken lag und nicht behandelt wurde.

Sie hustete. »Ja, werde ich. Aber womit soll ich arbeiten? Ich muss ihn betäuben –«

»Mach dir darüber keine Sorgen«, sagte Phury.

Sie sah ihn unverwandt an. »Ich soll Ihr Gesicht ohne Narkosemittel wieder zusammenflicken?«

»Ja.«

Vielleicht hatten sie eine andere Schmerzschwelle ...

»Spinnst du?«, murmelte Red Sox.

Aber vielleicht auch nicht.

Aber genug gequatscht. Angenommen, der Junge mit der Rocky-Balboa-Visage heilte so schnell wie ihr Patient, dann sollte sie sofort operieren, bevor die Knochen noch falsch zusammenwuchsen und sie sie erneut brechen müsste.

Sie sah sich im Raum um und entdeckte Schränke mit

Glastüren, hinter denen alle möglichen Geräte und Medikamente lagerten. Sie hoffte nur, sie könnte daraus ein vernünftiges OP-Besteck zusammenstellen. »Ich gehe mal nicht davon aus, dass einer von Ihnen medizinische Erfahrung hat?«

V ergriff das Wort, direkt neben ihrem Ohr, fast so nah wie ihre eigenen Klamotten. »Doch, ich kann assistieren. Ich bin ausgebildeter Sanitäter.«

Sie blickte sich flüchtig über die Schulter, eine Hitzewelle durchfuhr sie.

Reiß dich am Riemen, Whitcomb. »Gut. Gibt es hier irgendetwas zur Lokalanästhesie?«

»Lidocain.«

»Was ist mit Sedativen? Und vielleicht ein bisschen Morphium. Wenn er im falschen Moment zuckt, könnte ich ihm aus Versehen das Augenlicht rauben.«

»Ja.« Als V die Edelstahlschränke ansteuerte, bemerkte sie, dass er wacklig auf den Beinen war. Der Marsch durch den Tunnel war lang gewesen, und obwohl seine Verletzungen oberflächlich verheilt schienen, war seine Herz-OP doch erst einen Tag her.

Sie hielt ihn am Arm fest und zog ihn zurück. »Du setzt dich hin.« Sie wandte sich an Red Sox. »Holen Sie ihm einen Stuhl. Sofort.« Als der Patient widersprechen wollte, schnitt sie ihm das Wort ab: »Ich will es nicht hören. Du musst fit sein, wenn ich operiere, und das hier könnte ein Weilchen dauern. Es geht dir zwar schon besser, aber du bist noch nicht wieder so stark, wie du glaubst, also setz dich gefälligst und sag mir, wo ich finde, was ich brauche.«

Einen Moment lang herrschte Totenstille, dann rutschte jemandem ein lautes Prusten heraus, während ihr Patient im Hintergrund fluchte. Der königliche Schwarzhaarige grinste sie an.

Red Sox rollte einen Stuhl vom Whirlpool heran und schob ihn direkt unter Vs Oberschenkel. »Hinsetzen, Großer. Auf Anweisung deiner Ärztin.«

Er gehorchte, und Jane sagte: »Also, ich brauche die folgenden Dinge.«

Sie zählte die üblichen Skalpelle, Zangen und Absauggeräte auf, dann bat sie noch um Operationsdraht und Faden, Betadin, Pufferlösung zum Spülen, Mull, Gummihandschuhe …

Sie war erstaunt, wie schnell alles beisammen war; andererseits lagen sie und ihr Patient auf der gleichen Wellenlänge. Präzise dirigierte er sie durch den Raum, erahnte, was sie brauchen könnte, und blieb kurz und bündig. Der perfekte Krankenpfleger.

Sie stieß einen lauten Seufzer der Erleichterung aus, dass ein chirurgischer Bohrer vorhanden war. »Und gibt es zufällig auch noch eine Kopfbandlupe?«

»Im Schrank neben dem Rollwagen«, sagte V. »Untere Schublade. Linke Seite. Soll ich mir einen Kittel überziehen?«

»Ja.« Sie fand das Gerät in der Schublade. »Was ist mit einem Röntgengerät?«

»Nein.«

»Mist.« Sie stützte die Hände in die Hüften. »Na, egal. Dann muss ich eben blind rein.«

Während sie sich die Kopfbandlupe umschnallte, stand V auf und wusch sich ausgiebig Hände und Unterarme im Waschbecken in der Ecke. Als er fertig war, tat sie es ihm gleich und beide zogen sich Handschuhe über.

Sie trat neben Phury und blickte ihm in das gesunde Auge. »Das wird vermutlich trotz lokaler Betäubung und Morphium wehtun. Wahrscheinlich werden Sie bewusstlos, und ich hoffe, eher früher als später.«

Sie griff nach einer Kanüle und spürte das vertraute Gefühl von Macht in sich, während sie sich daranmachte, zu reparieren, was beschädigt war ...

»Moment«, sagte er. »Keine Medikamente.«

»Was?«

»Tun Sie es einfach.« In seinem Blick lag eine schauerliche Vorfreude, die in jeder Hinsicht falsch war. Er *wollte*, dass man ihm Schmerzen zufügte.

Sie verengte die Augen. Und überlegte, ob er das wohl absichtlich hatte geschehen lassen.

»Tut mir leid.« Jane durchstach das Gummisiegel der Lidocain-Ampulle mit der Nadel. Während sie die Spritze aufzog, fuhr sie fort: »Ich werde auf gar keinen Fall anfangen, solange Sie nicht betäubt sind. Wenn Sie starke Einwände dagegen haben, müssen Sie sich einen anderen Arzt suchen.«

Ruhig stellte sie das Glasfläschchen auf ein Stahltablett und beugte sich über sein Gesicht, die Spritze in die Luft haltend. »Also, wie hätten Sie's gern? Mich und diese K.-O.-Soße oder ... oje, niemanden?«

Der gelbe Blick flackerte wütend auf, als hätte sie ihn betrogen.

Doch dann sprach der Schwarzhaarige, der aussah wie ein König. »Phury, sei kein Arsch. Es geht hier um dein Augenlicht. Halt die Klappe und lass sie ihre Arbeit machen.«

Das gelbe Auge wurde geschlossen. »Von mir aus«, murmelte er.

Etwa zwei Stunden später kam Vishous zu dem Schluss, dass er in der Klemme steckte. Und zwar nicht zu knapp. Der Anblick der vielen sauberen, schwarzen Stiche in Phurys Gesicht überwältigte ihn bis hin zur Sprachlosigkeit.

Verflucht.

Dr. Jane Whitcomb war eine Meisterchirurgin. Eine echte Künstlerin. Ihre Hände waren elegante Instrumente, ihre

Augen scharf wie das Skalpell, das sie benutzte, ihre Konzentration so intensiv und beherrschend wie die eines Kriegers in der Schlacht. Manchmal arbeitete sie mit verwirrender Schnelligkeit, dann wieder verlangsamte sie ihre Bewegungen so stark, dass man den Eindruck hatte, sie verhalte sich still. Phurys Augenhöhle war an mehreren Stellen gebrochen, und Jane hatte sie Schritt für Schritt wieder aufgebaut, Splitter entfernt, die so weiß wie Austernschalen waren, in den Schädelknochen gebohrt, Draht zwischen den Fragmenten gespannt und schließlich eine kleine Schraube in seine Wange eingesetzt.

V sah ihr am harten Gesichtsausdruck an, dass sie nicht hundertprozentig zufrieden mit dem Endergebnis war. Und als er sie fragte, wo das Problem liege, antwortete sie ihm, dass sie lieber eine Platte in Phurys Wange eingesetzt hätte, aber da sie so etwas nicht zur Hand hatte, müsste man einfach hoffen, dass der Knochen rasch zusammenwüchse.

Von Anfang bis Ende hatte sie alles unter Kontrolle gehabt. So sehr, dass es ihn anturnte, was sowohl absurd, als auch beschämend war. Er hatte nur einfach noch nie eine Frau – einen Menschen – wie sie getroffen. Sie hatte soeben seinen Bruder geradezu fantastisch versorgt, mit einem Geschick, dem V niemals das Wasser reichen könnte.

O Himmel ... er steckte ja so was von in der Klemme.

»Wie ist sein Blutdruck?«, fragte sie.

»Stabil«, antwortete er. Phury war nach etwa zehn Minuten bewusstlos geworden, doch seine Atmung war kräftig geblieben, wie auch sein Blutdruck.

Als Jane den Bereich um das Auge und den Wangenknochen herum abwischte und mit Mull abdeckte, räusperte sich Wrath im Türrahmen. »Wird er wieder sehen können?«

»Das wissen wir erst, wenn er es uns sagt«, gab Jane zurück. »Ich kann so nicht feststellen, ob sein Sehnerv beschädigt oder ob Netzhaut oder Hornhaut in Mitleidenschaft gezogen wurden. Wenn es so wäre, müsste er sich an einem anderen Ort operieren lassen, und zwar nicht nur wegen der begrenzten Möglichkeiten hier. Ich bin keine Augenspezialistin, so einen Eingriff würde ich auf keinen Fall wagen.«

Der König schob sich die Sonnenbrille etwas höher auf die gerade Nase. Als dächte er an seine eigenen schwachen Augen und hoffte, Phury müsste sich nicht mit demselben Problem herumschlagen.

Jane wickelte eine Bandage um den Mullverband wie einen Turban, dann legte sie das Besteck zum Sterilisieren in den Autoklav. Um sie nicht zwanghaft die ganze Zeit anzustarren, beschäftigte sich V damit, die gebrauchten Spritzen, Tupfer und Nadeln sowie den Absaugschlauch zu entsorgen.

Jane zog sich die Gummihandschuhe aus. »Was ist mit Infektionen, wie anfällig seid ihr dafür?«

»Nicht sehr.« V ließ sich wieder auf den Stuhl sinken. Er gab es ja extrem ungern zu, aber er war müde. Wenn sie ihn nicht am Anfang geschont hätte, dann wäre er jetzt vollkommen erledigt. »Unser Immunsystem ist sehr stark.«

»Würde euer Arzt ihm prophylaktisch Antibiotika verabreichen?«

»Nein.«

Sie ging zu Phury und musterte ihn eindringlich, als wollte sie seine Vitalfunktionen ohne Stethoskop und Pulsmessgerät überprüfen. Dann strich sie ihm das üppige Haar glatt. Der besitzergreifende Blick und die Geste störten V, obwohl das unnötig war: Natürlich nahm sie Anteil am Zustand seines Bruders. Sie hatte gerade sein Gesicht wieder zusammengeflickt.

Trotzdem.

Scheiße, gebundene Vampire waren wirklich eine Landplage.

Jane beugte sich zu Phurys Ohr herunter. »Das hast du prima gemacht. Alles wird wieder gut. Ruh dich einfach nur aus und überlass den Rest eurer Wahnsinnskonstitution.« Dann tätschelte sie ihm die Schulter und knipste die starke Lampe über der Liege aus. »Ich würde euch zu gern erforschen.«

Ein kalter Hauch wehte aus der Ecke herüber, und Wrath sagte: »Keine Chance, Doc. Wir spielen nicht für euch das Versuchskaninchen.«

»Ich hatte mir auch keine großen Hoffnungen gemacht.« Sie sah sich in der Runde um. »Er muss unter Beobachtung bleiben, also entweder bleibe ich bei ihm oder einer von euch. Und falls ich gehe, dann möchte ich in etwa zwei Stunden nach ihm sehen.«

»Wir bleiben hier«, sagte V.

»Du siehst aus, als würdest du gleich umkippen.«

»Das wird nicht passieren.«

»Nur, weil du sitzt.«

Die Angst, er könnte vor ihr schwach wirken, schärfte seinen Ton. »Mach dir um mich mal keine Sorgen, Frau.«

Sie runzelte die Stirn. »Das war keine Sorge, das war eine Feststellung. Mach, was du willst.«

Aua. Einfach nur aua.

»Egal. Ich bin hier raus.«

Im Ausrüstungsraum schnappte er sich eine Flasche Wasser aus dem Kühlschrank und legte sich auf eine der Bänke. Als er den Deckel aufschraubte, war ihm schemenhaft bewusst, dass Wrath und Rhage zu ihm kamen und etwas sagten, aber er hörte nicht genau zu.

Dass er sich wünschte, Jane würde sich Sorgen um ihn machen, trieb ihn in den Wahnsinn. Dass es wehtat, wenn sie es nicht tat, gab ihm den Rest.

Er schloss die Augen und versuchte, logisch an die Sache heranzugehen. Er hatte seit Wochen nicht geschlafen.

Dieser Alptraum hatte ihn verfolgt. Er wäre fast gestorben.

Er hat seine verdammte Mami kennengelernt.

V trank gierig fast den gesamten Inhalt der Wasserflasche. Er stand mehr als neben sich, und das musste der Grund sein, warum er so anfällig für jeden Scheiß war. Es ging nicht wirklich um Jane. Es lag an der ganzen Situation. Sein Leben bestand aus einem bunten Reigen von Arschtritten, deshalb hechelte er dieser Frau so hinterher. Denn sie ermutigte ihn ja nicht gerade. Und dieser Orgasmus, den er ihr beinahe geschenkt hätte? Wenn sie wach gewesen wäre, dann hätte er das mit Sicherheit nicht geschafft: Die Fantasien, die sie von ihm gehabt hatte, drehten sich darum, dass er für sie ein gefährliches Monster war. Sie hatten nichts damit zu tun, dass sie ihn im wirklichen Leben begehrte.

»Hallo.«

V schlug die Augen auf und sah Butch vor sich stehen. »Hallo.«

Der Bulle schob Vs Füße zur Seite und setzte sich zu ihm auf die Bank. »Mann, das mit Phury hat sie eins a hingekriegt, was?«

»Ja.« V warf einen Blick auf die offene Tür zum Nebenraum. »Was macht sie da drin?«

»Durchsucht alle Schränke. Meinte, sie möchte wissen, was alles vorrätig ist, aber ich glaube, sie wollte eher ohne großes Aufsehen in Phurys Nähe bleiben.«

»Sie muss ihn nicht die ganze Zeit beobachten«, murmelte V.

Als der Satz über seine Lippen flog, konnte er nicht fassen, dass er eifersüchtig auf seinen verletzten Bruder war. »Ich meinte –«

»Schon gut. Mach dir keine Gedanken. Ich hab dich schon verstanden.«

Butch fing an, seine Knöchel knacken zu lassen, und V

fluchte innerlich und überlegte, ob er einfach gehen sollte. Diese Knackgeräusche waren normalerweise die Einleitung zu einem ernsthaften Gespräch. »Was.«

Butch streckte die Arme aus, das Gucci-Hemd straffte sich über den Schultern. »Nichts. Also, nur dass ... ich wollte dir nur sagen, dass ich das gutheiße.«

»Was?«

»Sie. Dich und sie.« Butch sah ihn kurz an, dann wandte er den Blick ab. »Ihr seid eine gute Kombi.«

In der darauf folgenden Stille musterte V das Profil seines besten Freundes, von dem dunklen Haar, das ihm über die kluge Stirn fiel, über die ramponierte Nase bis hin zu dem kräftigen Kinn. Zum ersten Mal seit geraumer Zeit begehrte er Butch nicht. Was man eigentlich als Fortschritt werten sollte. Doch stattdessen fühlte er sich aus einem anderen Grund mies.

»Es gibt kein *sie und mich*, Kumpel.«

»Blödsinn. Ich hab es sofort gesehen, nachdem du mich geheilt hast. Und die Verbindung wird stündlich stärker.«

»Da läuft nichts. Das ist die Wahrheit und nichts als die Wahrheit.«

»Na gut ... wie fühlt sich denn das Wasser an?«

»Wie bitte?«

»Ist der Nil warm um diese Jahreszeit?«

V ignorierte den Seitenhieb und ertappte sich dabei, Butchs Lippen anzusehen. Sehr leise sagte er: »Weißt du, ich wollte wirklich unbedingt Sex mit dir haben.«

»Ich weiß.« Butch drehte den Kopf herum, und ihre Blicke trafen sich. »Vergangenheitsform.«

»Ja. Ich glaube schon.«

Butch deutete mit dem Kopf auf den Nebenraum. »Ihretwegen.«

»Kann schon sein.« V richtete den Blick auf die Tür und sah Jane in den Schränken herumwühlen. Seine körperliche Reaktion, als sie sich bückte, kam unverzüglich, und er musste seine Hüften anders hinlegen, um die Spitze seiner Erektion nicht wie eine Orange zu zerquetschen. Als der Schmerz nachließ, dachte er über das nach, was er für seinen Mitbewohner empfunden hatte. »Ich muss sagen, ich war überrascht, dass du so cool damit umgegangen bist. Ich dachte, das würde dich abschrecken oder so.«

»Für seine Gefühle ist man nicht verantwortlich.« Butch betrachtete seine Hände, zupfte an seinen Nägeln. Nestelte an seiner Piaget-Uhr. Fummelte an seinem Manschettenknopf. »Außerdem ...«

»Was denn?«

Der Bulle schüttelte den Kopf. »Ach nichts.«

»Sag schon.«

»Nein.« Butch stand auf und reckte seinen großen Körper. »Ich mach mich auf den Weg zur Höhle ...«

»Du wolltest mich auch. Wenn auch vielleicht nur ein winziges bisschen.«

Butch ließ die Arme sinken und den Kopf wieder in Normalposition fallen. Er zog die Brauen zusammen und verzog das Gesicht. »Ich bin aber nicht schwul.«

V klappte den Mund auf und zu wie ein Fisch. »Jetzt echt? Das ist ja der totale Schocker. Ich war mir so sicher, dass die ganze ›Ich bin ein braver irisch-katholischer Junge aus Boston‹-Nummer nur gespielt war.«

Butch zeigte ihm den Finger. »Schon gut. Jedenfalls hab ich kein Problem mit Homosexuellen. Von mir aus soll jeder poppen, wen er will und wie er will, solange alle Beteiligten über achtzehn sind und niemand dabei verletzt wird. Ich persönlich steh eben zufällig auf Frauen.«

»Mach dich locker. Ich verarsch dich doch nur.«

»Das will ich hoffen. Du weißt, das ich nicht homophob bin.«

»Ja, weiß ich.«

»Also, bist du's?«

»Homophob?«

»Schwul oder bi.«

V atmete aus und wünschte sich, er würde Rauch ausstoßen, weil er eine Kippe zwischen den Lippen hätte. Reflexartig klopfte er sich auf die Tasche, es tröstete ihn, dass er ein paar Selbstgedrehte dabeihatte.

»Hör mal, V, ich weiß ja, dass du es mit Frauen machst. Aber doch nur auf diese Leder-und-Heißwachs-Tour. Ist es anders zwischen dir und anderen Männern?«

V strich sich mit dem Handschuh über den Bart. Von Anfang an hatte er das Gefühl gehabt, mit Butch über alles reden zu können. Aber das hier ... das hier war ziemlich hart. Vor allem, weil er nicht wollte, dass sich zwischen ihnen etwas änderte, und weil er immer Angst davor gehabt hatte, seine sexuellen Unternehmungen zu offen zu diskutieren. Butch war durch und durch hetero, nicht nur seiner Herkunft wegen. Und selbst wenn er ab und an etwas für V empfand? Dann war das eine Verirrung, mit der er sich sicher unwohl fühlte.

V rollte die Wasserflasche zwischen seinen Handflächen hin und her. »Wie lange willst du mich das schon fragen? Das mit dem Schwulsein.«

»Schon länger.«

»Angst vor meiner Antwort?«

»Nein, weil es für mich keine Rolle spielt. Ich bin dein Freund, egal, ob du Männer oder Frauen oder beides magst.«

V sah ihm in die Augen und erkannte ... ja, Butch würde ihn nicht verurteilen. Zwischen sie würde nichts kommen.

Fluchend rieb sich V über das Brustbein und blinzelte. Er weinte nie, aber jetzt in diesem Moment hatte er das Gefühl, er könnte.

Butch nickte, als wüsste er genau, was abging. »Wie gesagt, Mann, mir egal, wen du bumst. Obwohl – wenn du auf Schafe oder so abfahren würdest, das wäre schon derb. Weiß nicht, ob ich damit klarkäme.«

V musste lächeln. »Ich mach's nicht mit Nutztieren.«

»Keinen Bock auf Stroh in der Lederhose?«

»Oder Wolle zwischen den Zähnen.«

»Aha.« Butch sah ihn wieder an. »Also, wie lautet die Antwort, V?«

»Was glaubst du denn?«

»Ich glaube, dass du auch schon was mit Männern hattest.«

»Ja. Hatte ich.«

»Aber ich tippe mal ...« Butch wackelte mit dem Zeigefinger. »Ich tippe, dass du sie auch nicht mehr magst als die Frauen, die du unterwirfst. Beide Geschlechter sind dir langfristig gleichgültig, weil dir nie jemand wirklich etwas bedeutet hat. Außer mir. Und ... der Ärztin.«

V senkte den Blick, er hasste es, so durchschaubar zu sein. Gleichzeitig überraschte es ihn nicht. Butch und er waren eben so. Keine Geheimnisse. Und wo sie schon mal dabei waren ... »Ich sollte dir wahrscheinlich noch etwas erzählen.«

»Was?«

»Ich habe einmal einen Mann vergewaltigt.«

Jetzt war es so still, dass man eine Nadel hätte fallen hören können.

Nach einer Weile ließ sich Butch wieder auf die Bank fallen. »Ehrlich?«

»Damals im Kriegerlager. Wenn man jemanden beim Training besiegt hatte, dann fickte man ihn vor den anderen Soldaten. Und ich gewann den ersten Kampf nach meiner Transition. Der andere – man kann wohl sagen, dass er auf eine gewisse Art und Weise einverstanden war. Ich meine, er hat sich gefügt, aber es war trotzdem nicht richtig. Ich ... tja, ich wollte ihm das nicht antun, aber ich habe auch nicht aufgehört.« V zog eine Zigarette aus der Tasche und starrte das dünne weiße Stäbchen an. »Das war unmittelbar, bevor ich das Lager verlassen habe. Bevor ... andere Dinge passiert sind.«

»War das dein erstes Mal?«

Jetzt nahm V das Feuerzeug aus der Tasche, klappte es aber nicht auf. »Wahnsinnsstart, was?«

»Gütiger ...«

»Jedenfalls habe ich, als ich dann in der Welt draußen war, mit einer ganzen Menge Quatsch experimentiert. Ich war wirklich zornig und ... ja, einfach total stinkwütend.« Er schielte zu Butch. »Es gibt nicht viel, was ich nicht getan habe, Bulle. Und das meiste davon war Hardcore, wenn du verstehst, was ich meine. Immer einvernehmlich, aber es war – ist immer noch – hartes Zeug.« V lachte verbissen. »Und außerdem merkwürdig wenig nachhaltig.«

Butch schwieg eine Zeitlang. Dann sagte er: »Ich glaube, deshalb mag ich Jane.«

»Was?«

»Wenn du sie ansiehst, dann nimmst du sie tatsächlich wahr. Und wann ist dir das zuletzt passiert?«

V holte tief Luft, dann sah er Butch direkt in die Augen. »Bei dir. Auch wenn es falsch war. Dich habe ich wahrgenommen.«

Shit, er klang traurig. Traurig und ... einsam. Weshalb er das Thema wechseln wollte.

Butch schlug V auf den Oberschenkel, dann stand er auf, als wüsste er genau, was V gerade dachte. »Weißt du was, du musst dich nicht schlecht fühlen. Das liegt an meiner animalischen Ausstrahlung. Ich bin einfach unwiderstehlich.«

»Arroganter Arsch.« Vs Lächeln verschwand schnell wieder. »Steiger dich nicht zu sehr in die Sache mit Jane und mir rein, Kumpel. Sie ist ein Mensch.«

Butch riss in gespieltem Erschrecken Mund und Augen auf. »Ach nein! Ist ja der Hammer! Und ich dachte die ganze Zeit, sie wäre ein Schaf.«

V sah Butch finster an. »Sie steht nicht auf mich. Nicht so.«

»Bist du dir da ganz sicher?«

»Ja.«

»Hm. Tja, wenn ich du wäre, würde ich diese Theorie überprüfen, bevor ich sie gehen lasse.« Butch fuhr sich mit der Hand durch die Haare. »Hör mal, ich ... ach Mist.«

»Was denn?«

»Ich bin froh, dass du mir das alles erzählt hast.«

»War ja keine große Neuigkeit.«

»Stimmt. Aber ich schätze, dass du damit rausgerückt bist, liegt daran, dass du mir vertraust.«

»Das tue ich. Und jetzt hau endlich ab in die Höhle. Marissa kommt bestimmt bald nach Hause.«

»Ja.« Butch ging zur Tür, hielt dann aber noch einmal an und sah sich über die Schulter. »V?«

Vishous hob den Kopf. »Ja?«

»Ich wollte dir nur sagen, also nach all den tiefsinnigen Gesprächen ...« Butch schüttelte ernst den Kopf. »Wir beide gehen trotzdem nicht miteinander.«

Beide brachen in Gelächter aus, und der Bulle kicherte immer noch, als er durch die Tür verschwand.

»Was ist so lustig?«, wollte Jane wissen.

V atmete kurz durch, bevor er sie ansah. Er hoffte inständig, dass sie ihm nicht anmerkte, wie schwer es ihm fiel, sich gleichgültig zu geben. »Mein Kumpel benimmt sich nur wie ein Volltrottel. Das ist sein Daseinszweck.«

»Jeder braucht einen Sinn im Leben.«

»Das stimmt.«

Sie setzte sich auf eine Bank gegenüber, und er verschlang sie mit den Augen, als hätte er eine Ewigkeit in der

Dunkelheit verbracht, und sie würde ihm nun eine Kerze bringen.

»Musst du dich wieder nähren?«, fragte sie.

»Glaub ich eher nicht. Warum?«

»Du siehst blass aus.«

Wenn einem die Brust so eng zugeschnürt ist, dann kann das schon mal passieren. »Mir geht's prima.«

Längere Zeit sagte keiner von beiden etwas. Dann meinte sie. »Das war ganz schön heftig da drin vorhin.«

Die Erschöpfung in ihrer Stimme rüttelte ihn auf. Jetzt erst bemerkte er, dass ihre Schultern eingesunken waren, dunkle Ringe unter ihren Augen lagen, und ihre Lider halb geschlossen waren. Sie war eindeutig völlig erledigt.

Du musst sie gehen lassen, dachte er. *Bald.*

»Warum?«, fragte er.

»Ganz schön knifflige Sache, unter so provisorischen Bedingungen so eine OP durchzuziehen.« Sie rieb sich über das Gesicht. »Du warst übrigens großartig.«

Seine Augenbrauen schnellten hoch. »Danke.«

Mit einem Stöhnen zog sie die Füße hoch auf die Bank, genau wie sie es auf dem Sessel in seinem Zimmer getan hatte. »Ich mache mir Sorgen um sein Auge.«

Mann, er wünschte sich, er könnte ihr den Rücken streicheln. »Ja, noch eine Beeinträchtigung kann er nicht brauchen.«

»Er hat schon eine?«

»Eine Beinprothese, die …«

»V? Was dagegen, wenn wir uns kurz unterhalten?«

Vs Kopf schnellte herum. Im Türrahmen stand Rhage, immer noch in Kampfmontur. »Hey, Hollywood. Was gibt's?«

Jane wollte aufstehen. »Ich kann nach nebenan –«

»Bleib«, sagte V. Für sie würde ohnehin nichts von alldem hier von Dauer sein, also spielte es keine Rolle, was sie hörte. Außerdem … wollte ein Teil von ihm – ein sentimentaler Teil, dem er am liebsten eine Schnapsflasche übergezogen hätte – jede Sekunde mit ihr auskosten.

Als sie sich wieder hingesetzt hatte, nickte V seinem Bruder zu. »Sprich.«

Rhage blickte zwischen ihm und Jane hin und her, der Blick in seinen stahlblauen Augen viel zu wissend für Vs Geschmack. Dann zuckte er die Achseln. »Ich habe heute Nacht einen vollkommen zerstörten *Lesser* gefunden.«

»Inwiefern zerstört?«

»Ausgeweidet.«

»Von seinen eigenen Leuten?«

Rhage warf einen Blick auf die Tür zum Nebenraum. »Nein.«

V folgte seinem Blick und runzelte die Stirn. »Phury? Ach, komm schon, er würde nie so eine Clive-Barker-Nummer abziehen. Es muss ein höllischer Kampf gewesen sein.«

»Wir sprechen hier von einem professionellen Vorgehen, V. Chirurgisch präzise Schnitte. Und es war nicht so, als hätte der Kerl Phurys Autoschlüssel verschluckt, und er hätte sie da drin gesucht. Ich glaube, er hat es ohne besonderen Grund getan.«

Verfluchter Dreck. Innerhalb der Bruderschaft war Phury der Gentleman, der edle Kämpfer, der nie sein Pfadfinderehrenwort gab, ohne es zu halten. Er hatte sich selbst alle möglichen Standards gesetzt, und Redlichkeit auf dem Schlachtfeld war einer davon, auch wenn ihre Feinde diese Gefälligkeit nicht verdienten.

»Ich kann es nicht fassen«, murmelte V. »Ich meine ... Scheiße.«

Rhage holte einen Lolli aus der Tasche, wickelte ihn aus und stopfte ihn sich in den Mund. »Mir total egal, ob er die Typen schreddert wie eine Steuererklärung. Was mich daran stört, sind die Beweggründe dahinter. Wenn er so was macht, dann muss er hochgradig frustriert sein. Und wenn er es heute Nacht deshalb übel eingeschenkt bekommen hat, weil er so damit beschäftigt war, *Saw II* zu spielen, dann ist es zusätzlich eine Frage der Sicherheit.«

»Hast du es Wrath erzählt?«

»Noch nicht. Ich wollte zuerst mit Z sprechen. Vorausgesetzt, Bellas Termin bei Havers heute Nacht lief gut.«

»Womit wir auch bei Phurys Gründen sind, richtig? Wenn der Frau oder dem Kleinen in ihrem Bauch irgendwas zustößt, dann ist bei beiden Zwillingsbrüdern Schicht im Schacht.« Plötzlich musste V an all die Schwangerschaften in seiner eigenen Zukunft denken. Verdammt. Diese Primal-Sache würde ihn umbringen.

Rhage zerkaute den Lolli. Das Knirschen wurde durch seine makellosen Wangen gedämpft. »Phury muss sie sich schleunigst aus dem Kopf schlagen.«

V sah zu Boden. »Das würde er sicher, wenn er könnte.«

»Also, ich gehe jetzt Z suchen.« Rhage zog den weißen Stiel aus dem Mund und wickelte ihn in das lila Papier. »Braucht ihr zwei irgendwas?«

V warf einen Blick auf Jane. Ihre Augen klebten an Rhage, und sie nahm ihn mit ärztlichem Interesse in Augenschein, studierte seine Körperproportionen, stellte im Kopf ihre Berechnungen an. Oder zumindest hoffte V, dass sie das tat. Hollywood war ein verdammt gut aussehender Bastard.

Als Vs Fänge drohend zu pochen begannen, fragte er sich, ob er jemals seine Coolness und Gelassenheit zurückgewinnen würde. In Janes Gegenwart schien er auf alles eifersüchtig zu werden, was Hosen trug.

»Nein, gerade nicht«, sagte er zu seinem Bruder. »Aber danke.«

Nachdem Rhage gegangen war und die Tür sich hinter ihm geschlossen hatte, rutschte Jane auf ihrer Bank herum und streckte die Beine aus. Mit einer lächerlichen Befriedigung stellte er fest, dass sie in genau derselben Position saßen.

»Was ist ein *Lesser?*«, fragte sie.

Er schimpfte sich innerlich einen Loser und sah sie an. »Ein untoter Killer, der meinesgleichen jagt, um uns auszulöschen.«

»Untot?« Sie legte die Stirn in Falten, als lehne ihr Gehirn ab, was es gerade gehört hatte. »Was heißt untot?«

»Lange Geschichte.«

»Wir haben Zeit.«

»Nicht so viel.« Überhaupt nicht viel.

»Hat dich so ein Untoter angeschossen?«

»Ja.«

»Und Phury angegriffen?«

»Genau.«

Langes Schweigen. »Dann bin ich froh, dass er einen von denen aufgeschlitzt hat.«

Vs Augenbrauen berührten fast seinen Haaransatz. »Wirklich?«

»Die Genetikerin in mir verabscheut Auslöschung. Genozid ist ... absolut unverzeihlich.« Sie stand auf und ging zur Tür, um einen Blick auf Phury zu werfen. »Tötest du sie? Diese ... *Lesser?*«

»Dazu sind wir da. Meine Brüder und ich wurden zum Kämpfen gezüchtet.«

»Gezüchtet?« Ihre grünen Augen wanderten zu ihm. »Wie meinst du das?«

»Die Genetikerin in dir weiß ganz genau, was ich meine.« Das Wort Primal sauste durch seinen Kopf wie eine Flipperkugel. Er hüstelte. Er hatte es überhaupt nicht eilig, über seine Zukunft als Zuchthengst der Auserwählten zu sprechen. Schon gar nicht ausgerechnet mit der Frau, die er wirklich wollte. Und die bald gehen würde. So gegen Sonnenuntergang.

»Und das hier ist ein Trainingszentrum, um mehr von euch auszubilden?«

»Vor allem Soldaten, um uns zu unterstützen. Meine Brüder und ich sind ein bisschen anders.«

»Inwiefern anders?«

»Wie ich schon sagte, wir wurden speziell gezüchtet, mit besonderer Kraft, Ausdauer und gutem Heilungsvermögen.«

»Von wem?«

»Noch eine lange Geschichte.«

»Ich hab's nicht eilig.« Als er nicht reagierte, drängte sie: »Komm schon. Wir können uns genauso gut unterhalten. Und ich interessiere mich ehrlich für deine Spezies.«

Nicht für ihn. Für seine Spezies.

V schluckte einen Fluch herunter. Es war erbärmlich, wie sehr er nach ihrer Zuneigung lechzte.

Jetzt hätte er sich wirklich gern die Zigarette in seiner Hand angezündet, aber in ihrer Gegenwart wollte er es nicht tun. »Das Übliche. Die stärksten Männer wurden mit den klügsten Frauen gepaart. Das Ergebnis waren Kerle wie ich, die unsere Art am besten beschützen können.«

»Und die weiblichen Nachkommen dieser Paarungen?«

»Bildeten das Fundament des spirituellen Lebens der Spezies.«

»Bildeten? Heißt das, dass diese selektive Züchtung nicht mehr betrieben wird?«

»Um genau zu sein ... fängt es bald wieder an.« Verflucht, er brauchte wirklich eine Kippe. »Entschuldigst du mich kurz?«

»Wohin willst du?«

»Raus in die Halle, eine rauchen.« Er steckte sich die Selbstgedrehte zwischen die Lippen, stand auf und stellte sich genau auf die andere Seite der Tür. Die Wasserflasche setzte er auf dem Boden ab und klappte das Feuerzeug auf.

Als er an seine Mutter dachte, stieß er durch den Rauch ein lautloses *Leck mich* aus.

»Die Kugel war seltsam.«

Ruckartig wandte ihr V wieder den Kopf zu. Jane stand in der Tür, die Arme vor der Brust verschränkt, das blonde Haar zerzaust, als hätte sie es sich gerauft.

»Wie bitte?«

»Die Kugel, die dich getroffen hat. Benutzen sie andere Waffen?«

Die nächste Rauchwolke blies er in die entgegengesetzte Richtung, weg von ihr. »Was meinst du mit seltsam?«

»Normalerweise haben Projektile eine konische Form, sie sind vorne entweder stärker zugespitzt, wenn sie aus einem Gewehr stammen, oder stumpfer, bei Pistolen. Die in dir ist rund.«

Wieder nahm V einen Zug. »Hast du das auf dem Röntgenbild gesehen?«

»Ja. Soweit ich sehen konnte, war es normales Blei. Das Projektil war leicht uneben, aber das wurde vermutlich davon verursacht, dass sie gegen deinen Brustkorb geprallt ist.«

»Tja ... wer weiß schon, mit was für einer Art neuer Technologie die *Lesser* so hantieren. Die haben ihr Spielzeug, wir haben unser Spielzeug.« Er betrachtete die Spitze der Zigarette. »Apropos. Ich sollte mich wohl bedanken.«

»Wofür?«

»Dafür, dass du mich gerettet hast.«

»Sehr gern geschehen.« Sie lachte kurz auf. »Dein Herz hat mich überrascht.«

»Ach ja?«

»So etwas hab ich noch nie gesehen.« Sie deutete mit dem Kopf auf den Nebenraum. »Ich würde gern bei euch bleiben, bis dein Bruder wieder gesund ist, okay? Ich habe irgendwie ein schlechtes Gefühl bei ihm. Kann meinen Finger aber nicht so ganz drauflegen ... Momentan sieht alles ganz passabel aus, aber mein Instinkt meldet sich, und wenn das der Fall ist, tut es mir hinterher immer leid, wenn ich nicht darauf gehört habe. Außerdem muss ich sowieso erst Montagmorgen zurück im wirklichen Leben sein.«

V erstarrte, die Zigarette auf halbem Weg zu seinem Mund.

»Was denn?«, fragte sie. »Ist das ein Problem?«

»Äh ... nein. Kein Problem. Überhaupt nicht.«

Sie würde bleiben. Ein bisschen länger.

V lächelte in sich hinein. So fühlte es sich also an, in der Lotterie zu gewinnen.

19

In der Schlange vor dem *ZeroSum* mit Blay und Qhuinn fühlte sich John weder wohl noch in Feierlaune. Sie warteten jetzt schon eineinhalb Stunden darauf, in den Club hineinzukommen, und das einzig Gute war, dass die Nacht nicht so kalt war und sie sich nicht die Eier abfroren.

»Ich werde hier nicht jünger.« Qhuinn stampfte mit den Füßen auf. »Und ich hab mich nicht freiwillig gemeldet, Mauerblümchen in der Warteschlange zu spielen.«

John musste zugeben, dass sein Freund heute Abend gut aussah: schwarzes Hemd mit offenem Kragen, schwarze Hose, schwarze Stiefel, schwarze Lederjacke. Mit seinem dunklen Haar und den unterschiedlichen Augen erregte er nicht wenig Aufmerksamkeit bei den menschlichen Frauen um sie herum. Jetzt zum Beispiel schlenderten zwei Brünette und eine Rothaarige an der Schlange entlang und, sieh mal einer an, alle drei wandten die Köpfe, als sie an Qhuinn vorbeikamen. Schamlos wie immer starrte er zurück.

Blay fluchte. »Du willst hier nichts anbrennen lassen, was?«

»Darauf kannst du Gift nehmen.« Qhuinn zupfte an seiner Hose. »Ich bin halb verhungert.«

Blay schüttelte den Kopf, dann suchte er die Straße ab. Das hatte er schon mehrfach getan, mit scharfem Blick, die rechte Hand in der Jackentasche. John wusste, was er da in der Hand hielt: den Griff einer Neunmillimeter. Blay war bewaffnet.

Er hatte erzählt, er habe die Pistole von einem Cousin bekommen, und das sei streng geheim. Andererseits musste es das auch sein. Denn eine der Regeln des Trainingsprogramms lautete: keine Waffen, wenn man unterwegs war. Es war eine gute Regel, basierend auf der Theorie, dass Halbwissen etwas Gefährliches war; die Auszubildenden sollten sich nicht benehmen, als wüssten sie Bescheid, wenn es ums Kämpfen ging. Trotzdem hatte Blay erklärt, er führe ohne Metall nicht in die Stadt, und John hatte sich entschlossen, so zu tun, als wüsste er nicht, wozu er das Gerät mitgenommen hatte.

Außerdem sagte ihm eine innere Stimme, dass die Pistole vielleicht keine so üble Idee wäre, wenn sie Lash in die Arme liefen.

»Hallo, die Damen«, begann Qhuinn. »Wo soll's denn hingehen?«

John schielte zur Seite. Zwei Blondinen standen vor Qhuinn und betrachteten ihn, als wäre er die Süßigkeitentheke im Kino und sie könnten sich nicht entscheiden, ob sie zuerst Weingummi oder Schokolade haben wollten.

Die Rechte hatte Haare bis zur Hüfte und trug einen Rock in der Größe einer Papierserviette. Sie lächelte. Ihre Zähne waren so weiß, dass sie blitzten wie Perlen. »Wir wollten eigentlich ins *Screamer's,* aber ... wenn ihr hier reinwollt, dann könnten wir unsere Pläne auch ändern.«

»Macht es uns allen leichter und gesellt euch zu uns.« Er verneigte sich und machte eine einladende Handbewegung.

Die andere sah kurz ihre Freundin an und vollführte dann ein kleines Betty-Boop-Manöver, Hüfte raus, Kopf schief legen. Es wirkte sehr geübt. »Ich liebe wahre Gentlemen.«

»Und ich bin einer, durch und durch.« Qhuinn streckte die Hand aus, und als Betty sie ergriff, zog er sie in die Schlange. Ein paar Jungs runzelten die Stirn, aber ein Blick von Qhuinn, und sie hielten die Klappe. Was nachvollziehbar war. Qhuinn war größer und breiter als sie, ein Sattelschlepper im Vergleich zu Kombis.

»Das sind Blay und John.«

Die Mädels strahlten Blay an, der die Farbe seiner Haare annahm, dann musterten sie John flüchtig. Er erhielt zwei kurze Kopfnicken, dann wandten die Ladys sich wieder seinen Freunden zu.

Er steckte die Hände in die geliehene Windjacke und machte einen Schritt beiseite, damit Bettys Freundin sich neben Blay quetschen konnte.

»John? Alles klar bei dir?«, fragte Blay.

John nickte und sah seinen Freund an. *Bin nur kurz abgedriftet,* sagten seine Hände.

»Das gibt's doch nicht«, sagte Betty.

John schob die Hände zurück in die Taschen. Zweifellos hatte sie bemerkt, dass er die Gebärdensprache benutzt hatte, und das konnte zwei mögliche Wirkungen haben: Entweder fand sie ihn süß. Oder sie bemitleidete ihn.

»Deine Uhr ist ja echt scharf.«

»Danke, Baby«, sagte Qhuinn. »Hab ich neu. Urban Outfitters.«

Na klar doch. Sie hatte John überhaupt nicht wahrgenommen.

Zwanzig Minuten später hatten sie es endlich bis zum Eingang geschafft, und wie durch ein Wunder durfte sogar John rein. Dass die Türsteher seinen Ausweis nicht mit einem Protonenmikroskop untersuchten, war auch schon alles; doch gerade, als sie den Kopf schütteln wollten, kam ein dritter dazu, warf einen Blick auf Blay und Qhuinn und ließ alle passieren.

Zwei Schritte hinter der Tür stellte John fest, dass das hier nicht seine Szene war. Überall waren Leute, die so viel Haut zeigten, als wären sie an der Copacabana. Und dieses Pärchen da drüben ... *shit*, hatte er etwa die Hand unter ihrem Rock?

Nein, das war die Hand von dem Kerl hinter ihr. Dem, mit dem sie nicht knutschte.

Überall dröhnte Techno, die krassen Beats schrillten durch die von Schweiß und Parfüm und einem moschusartigen Duft, der wohl Sex bedeuten musste, stickige Luft. Laser bohrten sich durch das Dämmerlicht, offenbar zielten sie auf seine Augen, denn egal, wohin er blickte, er bekam einen ab.

Er wünschte, er hätte eine Sonnenbrille und Ohrstöpsel.

Wieder blickte er zu dem Pärchen – äh, Dreier. Er konnte es nicht genau erkennen, aber die Frau schien die Hände in den Hosen beider Männer zu haben.

Wie wär's noch mit einer Augenbinde, dachte er.

Mit Qhuinn an der Spitze quetschten sich die fünf an einem mit einem Seil abgetrennten Bereich vorbei, der von Türstehern im Wandschrankformat bewacht wurde. Auf der anderen Seite der Trennlinie saßen schicke Leute in Designerklamotten an ruhigen Tischen und tranken Alkohol, den John vermutlich noch nicht mal aussprechen konnte.

Qhuinn steuerte zielsicher wie eine Brieftaube auf den

hinteren Teil des Clubs zu und suchte ihnen einen Platz an der Wand mit gutem Blick auf die Tanzfläche und ungehindertem Zugang zur Theke. Er nahm von den Ladies und Blay Bestellungen auf, aber John schüttelte nur den Kopf. Das war keine gute Umgebung, um auch nur im Mindesten die Kontrolle zu verlieren.

Das alles erinnerte ihn an die Zeit, bevor die Bruderschaft ihn aufgenommen hatte. Als er allein draußen in der Welt gelebt hatte, war er daran gewöhnt gewesen, immer und überall der Kleinste zu sein, und genau so war es auch hier. Alle waren größer als er, die Menge ragte über ihm auf, sogar die Frauen. Und es fachte all seine Instinkte an. Wenn man wenig körperliche Mittel zur Verfügung hatte, um sich zu verteidigen, dann musste man sich auf seine wachen Sinne verlassen: Seine Beine in die Hand zu nehmen, war die Strategie, die ihn immer gerettet hatte.

Also, immer außer diesem einen Mal.

»Mann ... du bist ja so cool.« In Qhuinns Abwesenheit hingen beide Mädels an Blay. Besonders Betty, die zu glauben schien, dass sie hier im Streichelzoo war.

Blay wusste offenbar nicht, was er sagen sollte. Aber er schüttelte die zwei auch definitiv nicht ab, sondern ließ Bettys Hände wandern, wohin sie wollten.

Qhuinn schlenderte lässig von der Theke zurück. Er fühlte sich hier sichtlich zu Hause, zwei Coronaflaschen in jeder Hand, den Blick auf die Mädels gerichtet. Er bewegte sich, als hätte er jetzt schon Sex, seine Hüften wiegten sich bei jedem Schritt, die Schultern kreisten wie bei einem Mann, dessen Einzelteile funktionstüchtig und einsatzbereit waren.

Mann, die Mädels fuhren völlig auf den Mist ab, ihre Augen leuchteten, als er durch die Masse kam.

»Die Damen, ich brauche ein Trinkgeld für meine Bemühungen.« Er reichte Blay eins der Biere, trank von einem anderen und hielt die restlichen beiden über seinen Kopf. »Gebt mir einen Vorgeschmack auf das, was ich will.«

Betty sprang sofort darauf an, legte ihm beide Hände auf die Brust und reckte sich nach oben. Qhuinn neigte den Kopf etwas zur Seite, gab aber weiter keine Hilfestellung. Woraufhin sie sich nur noch mehr anstrengte. Als ihre Lippen sich trafen, verzog Qhuinn den Mund zu einem Lächeln ... und zog mit einem Arm das andere Mädchen an sich. Betty schien das nicht im Geringsten zu stören, sie half noch, ihre Freundin in den Kreis zu ziehen.

»Lasst uns in die Toiletten gehen«, flüsterte Betty laut.

Qhuinn lehnte sich um Betty herum und gab ihrer Freundin einen Zungenkuss. »Blay? Lust, mitzukommen?«

Blay setzte die Flasche an und schluckte heftig. »Nee, ich bleib hier. Bisschen chillen.«

Seine Augen verrieten ihn, als sie für den Bruchteil einer Sekunde zu John flitzten.

Was John wütend machte. *Ich brauche keinen Babysitter.*

»Das weiß ich, Kumpel.«

Die Mädchen hingen an Qhuinns Schultern wie Vorhänge und legten die Stirn in Falten, als wäre John die Spaßbremse. Und als Qhuinn von ihnen abrückte, wirkten sie ernstlich angepisst.

John sah seinem Freund unnachgiebig in die Augen. *Wag es bloß nicht, jetzt zu kneifen. Sonst rede ich nie wieder ein Wort mit dir.*

Betty legte den Kopf schief, das blonde Haar fiel über Qhuinns Arm. »Was ist denn los?«

John gestikulierte: *Sag ihr, dass überhaupt nichts los ist und lass dich flachlegen. Das ist mein voller Ernst, Qhuinn.*

Qhuinn antwortete: *Ich find's nicht in Ordnung, dich hier allein zu lassen.*

»Was ist denn?«, zwitscherte Betty.

Wenn du nicht mitgehst, dann hau ich ab. Ich geh einfach durch die Tür, Qhuinn. Ganz im Ernst.

Qhuinn schloss kurz die Augen. Dann, bevor Betty zum dritten Mal ihre dämliche Frage stellen konnte, sagte er: »Also dann los, meine Damen. Wir sind gleich wieder da.«

Als Qhuinn sich umdrehte und die Mädels neben ihm hertänzelten, wandte sich John an Blay: *Jetzt mach schon. Ich warte hier.* Da sein Freund nicht reagierte, fügte er hinzu: *Blay! Beweg deinen Arsch!*

Ein Moment des Zögerns, dann: »Ich kann nicht.«

Warum nicht?

»Weil ich ... äh, ich habe versprochen, dich nicht allein zu lassen.«

John wurde innerlich eiskalt. *Wem versprochen?*

Blaylocks Wangen wurden so rot wie Ampeln. »Zsadist. Direkt nach meiner Transition hat er mich im Anschluss an den Unterricht beiseitegenommen und gesagt, dass, falls wir jemals mit dir zusammen ausgehen sollten ... du weißt schon.«

Wut breitete sich in Johns Kopf aus und brachte ihn zum Summen.

»Nur bis zu deiner Wandlung, John.«

John schüttelte den Kopf, denn das tat man, wenn man keine Stimme hatte und schreien wollte. Mit Wucht kehrte das Hämmern hinter seinen Augen zurück.

Ich mach dir einen Vorschlag, sagten seine Hände. *Wenn du dir Sorgen um mich machst, dann gib mir die Waffe.*

In dem Augenblick stolzierte eine heiße Brünette in einem Bustier und Hotpants vorbei, die aussahen wie aufgemalt. Blays Blick blieb an ihr kleben, und die Luft um ihn herum veränderte sich, da sein Körper Hitze abstrahlte.

Blay, was soll mir hier schon passieren? Selbst wenn Lash ...

»Er hat hier Hausverbot. Deshalb wollte ich hierher.«

Woher ... lass mich raten: Zsadist. Hat er dir gesagt, wir dürfen nur hierher gehen?

»Möglich.«

Gib mir die Waffe. Und setz dich endlich in Bewegung.

Die Brünette ließ sich an der Bar nieder und wandte den Kopf um. Direkt zu Blay.

Du lässt mich ja nicht allein. Wir sind beide hier im Club. Und langsam werde ich echt sauer.

Eine Pause entstand. Dann wechselte die Pistole von einer Hand in die andere, und Blay leerte sein Bier, als wäre er wahnsinnig nervös.

Viel Glück, meinte John.

»Scheiße, ich hab keine Ahnung, was ich da mache. Ich bin noch nicht mal sicher, ob ich das überhaupt will.«

Du willst. Und du wirst es schon rausfinden. Und jetzt geh, bevor sie sich noch einen anderen sucht.

Als John endlich allein war, lehnte er sich mit dem Rücken an die Wand und schlug seine zarten Knöchel übereinander. Er sah der Menge zu und beneidete sie.

Kurz darauf durchfuhr ihn ein Schauer des Erkennens, als hätte jemand seinen Namen gerufen. Er blickte sich um, ob vielleicht Qhuinn oder Blay nach ihm gesucht hatten. Nein. Qhuinn und die Blonden waren nirgends zu sehen, und Blay beugte sich zurückhaltend über die Brünette an der Theke.

Aber irgendjemand rief ihn.

Jetzt strengte John die Augen an und suchte die Menschenmenge vor sich ab. Obwohl überall Leute waren, entdeckte er niemand Bekannten und wollte sich schon damit abfinden, dass er sie nicht mehr alle hatte, als er eine Fremde sah, die er tatsächlich kannte.

Die Frau stand im Schatten am Ende der Theke, nur schwach beleuchtet von dem rosa und blauen Schein der von hinten angestrahlten Schnapsflaschen. Groß und von einer Statur wie ein Mann, superkurzes Haar und einen

Gesichtsausdruck, der laut und deutlich verkündete, dass man sich mit ihr auf eigenes Risiko anlegte. Ihr Blick war tödlich klug, kämpferisch ernst und ... genau auf ihn gerichtet.

Sein Körper drehte ohne Vorwarnung durch, als würde ihm jemand die Haut auf Hochglanz polieren, während er ihn gleichzeitig mit einem Holzbalken verprügelte: Ihm stockte der Atem, wurde schwindlig und heiß, aber wenigstens vergaß er sein Kopfweh.

Ach du guter Gott, sie kam auf ihn zu.

Ihr Gang strahlte Kraft und Selbstvertrauen aus, wie ein Raubtier auf Beutejagd, und Männer, die mehr wogen als sie, huschten wie Mäuse aus ihrem Weg. Als sie näher kam, nestelte John an seiner Windjacke, versuchte, männlicher auszusehen. Was wirklich ein Riesenwitz war.

Ihre Stimme war tief. »Ich bin für die Sicherheit in diesem Club zuständig, und ich muss dich bitten, mit mir zu kommen.«

Ohne auf eine Antwort zu warten, nahm sie ihn am Arm und führte ihn in einen dunklen Flur. Ehe er wusste, wie ihm geschah, schob sie ihn in einen Raum, der offensichtlich extra für Befragungen eingerichtet war, und drückte ihn gegen die Wand wie einen Pappkameraden.

Ihr Unterarm drückte ihm die Kehle zu, und er keuchte, während sie ihn abtastete. Schnell und unpersönlich wanderte die Hand über seine Brust und hinunter zur Hüfte.

John schloss die Augen und erschauerte. Heiliger, das war irrsinnig sexy. Wenn er zu einer Erektion fähig gewesen wäre, dann hätte er jetzt einen Mörderständer, ganz bestimmt.

Und dann fiel ihm Blays unregistrierte Waffe ein, die in der weiten Gesäßtasche der geliehenen Hose steckte.

Scheiße.

Im Ausrüstungsraum des Trainingszentrums setzte sich Jane so auf eine Bank, dass sie den gerade von ihr operierten Mann im Auge hatte. Sie wartete darauf, dass V seine Zigarette zu Ende rauchte, und der schwache Hauch seines exotischen Tabaks kitzelte sie in der Nase.

Gütiger, dieser Traum. Wie seine Hand sich zwischen ihre –

Als sie ein Ziehen spürte, schlug sie die Beine übereinander und presste sie zusammen.

»Jane?«

Sie räusperte sich. »Ja?«

Seine Stimme war tief, als sie durch die offene Tür hereinschwebte, ein sinnlicher, körperloser Klang. »Woran denkst du, Jane?«

Klar, sie würde ihm jetzt bestimmt auf die Nase binden, dass sie –

Moment mal. »Das weißt du doch schon, oder?« Als er schwieg, zog sie die Brauen zusammen. »War das ein Traum? Oder hast du …«

Keine Antwort.

Sie beugte sich vor, bis sie ihn um den Türstock herum ansehen konnte. Er stieß Rauch aus, während er seine Kippe in die Wasserflasche steckte.

»Was hast du mit mir gemacht?«, wollte sie wissen.

Er schraubte den Deckel fest zu, die Muskeln seiner Unterarme traten hervor. »Nichts, was du nicht wolltest.«

Obwohl er sie nicht ansah, richtete sie den Zeigefinger auf ihn wie eine Pistole. »Ich hab's dir gesagt. Halt dich aus meinem Kopf raus.«

Seine Augen schnellten hoch. Mein Gott, sie brannten wie Sterne, heiß wie die Sonne. Im selben Augenblick blühte ihr Geschlecht für ihn auf, wie ein Mund, der sich weit aufsperrte, bereit, sich füttern zu lassen.

»Nein«, sagte sie, obwohl sie nicht wusste, warum sie sich

überhaupt die Mühe machte. Ihr Körper sprach für sich selbst, und er wusste das verdammt gut.

Vs Lippen verzogen sich zu einem harten Lächeln, und er atmete tief ein. »Ich liebe deinen Duft. Am liebsten würde ich jetzt mehr tun, als nur in deinen Kopf eindringen.«

Okay, offenbar stand er nicht nur auf Männer.

Unvermittelt erstarb der Ausdruck auf seinem Gesicht wieder. »Aber keine Sorge. Das mache ich nicht.«

»Warum nicht?« Jane verfluchte sich. Wenn man einem Mann mitteilte, dass man ihn nicht wollte, und er dann sagte, er würde nicht mit einem schlafen, dann sollte man darauf auf keinen Fall mit Protest reagieren.

V beugte sich durch die Tür und warf die Wasserflasche quer durch den Raum. Sie landete zielsicher im Müll. »Es würde dir nicht gefallen.«

Er hatte ja so unrecht.

Klappe. »Warum?«

Mist! Was redete sie da eigentlich, um Gottes willen?

»Mit meinem wahren Ich würde es dir einfach keinen Spaß machen. Aber ich bin froh über das, was passiert ist, als du geschlafen hast. Du hast dich wundervoll angefühlt, Jane.«

Sie wünschte, er würde aufhören, ihren Namen zu sagen. Jedes Mal, wenn er ihm über die Lippen kam, fühlte sie sich wie an einer Angel, als zöge er sie durch fremdes Wasser in ein Netz, in dem sie nur um sich schlagen konnte, bis sie sich selbst verletzte.

»Warum würde es mir nicht gefallen?«

Seine Brust dehnte sich aus und sie wusste, er witterte ihre Erregung. »Weil ich gern die Macht habe, Jane. Verstehst du, was ich sage?«

»Nein.«

Jetzt wandte er sich blitzschnell zu ihr um, er füllte den Türrahmen aus, und ihre Augen, diese Verräter, hefteten sich sofort auf seine Hüften. Du lieber Himmel, er war steif.

Voll erigiert. Sie konnte das harte Glied durch die Pyjamahose hindurch erkennen.

Sie schwankte, obwohl sie saß.

»Weißt du, was ein Dom ist?«, fragte er mit leiser Stimme.

»Dom ... im Sinne von ...« *Oha.* »Sexuell dominant?«

Er nickte. »So ist Sex mit mir.«

Janes Lippen teilten sich, und sie musste den Blick abwenden. Sonst wäre sie in Flammen aufgegangen. Sie hatte keinerlei Erfahrung mit solchen Sachen. Sie hatte ja schon kaum Zeit für normalen Sex, geschweige denn, um an den Außenbezirken herumzuexperimentieren.

Sie hätte sich am liebsten geohrfeigt, aber gefährlicher, wilder Sex mit ihm kam ihr im Augenblick verdammt reizvoll vor. Wobei das auch daran liegen konnte, dass das hier in jeder Hinsicht nicht das reale Leben war, auch wenn sie wach war.

»Was machst du?«, fragte sie. »Ich meine, fesselst du sie?«

»Ja.«

Sie wartete darauf, dass er weitersprach. Als das nicht geschah, flüsterte sie. »Noch mehr?«

»Ja.«

»Erzähl mir davon.«

»Nein.«

Also ging es um Schmerz, dachte sie. Er tat ihnen weh, bevor er sie fickte. Wahrscheinlich auch währenddessen. Und doch ... sie musste daran denken, wie er Red Sox so sanft im Arm gehalten hatte. Vielleicht war es mit Männern anders für ihn?

Na großartig. Ein bisexueller, dominanter Vampir, der Experte für Entführungen war. Mannomann, es gab verdammt viele gute Gründe, nicht so für ihn zu empfinden, wie sie empfand.

Jane legte sich die Hände vor das Gesicht, doch leider

hielt sie das nur davon ab, ihn anzusehen. Es half nicht gegen das, was in ihrem Kopf los war. Sie … begehrte ihn.

»Verdammt noch mal«, murmelte sie.

»Was ist los?«

»Nichts.« Sie war ja so eine Lügnerin.

»Lügnerin.«

Super, das wusste er also auch. »Ich möchte nicht fühlen, was ich gerade fühle, okay?«

Lange sagte er nichts. »Und was fühlst du, Jane?« Da sie nicht reagierte, brummelte er: »Du möchtest mich nicht begehren, richtig. Liegt es daran, dass ich pervers bin?«

»Ja.«

Das Wort kam einfach aus ihrem Mund geschossen, obwohl es nicht ganz der Wahrheit entsprach. Wenn sie ganz ehrlich zu sich war, dann lag das Problem mehr darin, dass sie immer so stolz auf ihre Intelligenz gewesen war. Verstand statt Gefühl, und immer strikt der Logik zu folgen hatten sie noch nie im Stich gelassen. Und doch saß sie jetzt hier und sehnte sich nach etwas, von dem ihre Instinkte ihr dringend abrieten.

Als wieder Stille eintrat, ließ sie eine ihrer Hände sinken und sah zur Tür. Er stand nicht mehr dort, aber sie spürte, dass er nicht weit weg war. Erneut beugte sie sich vor und entdeckte ihn. Er lehnte an der Wand und starrte auf die blauen Matten in der Halle wie aufs Meer.

»Es tut mir leid«, sagte sie. »Das habe ich nicht so gemeint.«

»Doch, das hast du. Aber ist schon okay. Ich bin, wie ich bin.« Seine Hand in dem Handschuh ballte sich, und sie hatte den Eindruck, es passierte unbewusst.

»Die Wahrheit ist …« Sie ließ den Satz in der Luft hängen, eine Augenbraue hochgezogen, obwohl er sie nicht ansah. »Die Wahrheit ist, dass der Selbsterhaltungstrieb etwas Gutes ist, und er sollte die Reaktionen bestimmen.«

»Und das tut er nicht?«

»Nicht ... immer. Bei dir nicht immer.«

Seine Mundwinkel hoben sich leicht. »Dann bin ich zum ersten Mal in meinen Leben froh, anders zu sein.«

»Ich habe Angst.«

Sofort wurde er ernst, seine diamanthellen Augen suchten ihre. »Hab keine Angst. Ich werde dir nicht wehtun. Und ich werde nicht zulassen, dass dir irgendjemand sonst wehtut.«

Einen winzigen Moment lang ließ sie ihren Panzer fallen. »Versprichst du das?«, fragte sie heiser.

Er legte sich die Hand mit dem Handschuh auf das Herz, das sie geheilt hatte, und sprach wunderschöne Worte in einer Sprache, die sie nicht verstand. Dann übersetzte er: »Bei meiner Ehre und dem Blut in meinen Venen schwöre ich es.«

Sie wandte den Blick wieder ab, woraufhin er unglücklicherweise auf einer Sammlung von Nunchakus landete. Die Waffen hingen an Haken, die schwarzen Griffe baumelten wie Arme an ihren Kettenschultern, bereit, tödlichen Schaden anzurichten.

»Noch nie im Leben hatte ich solche Angst.«

»Es tut mir so leid, Jane. Alles tut mir leid. Und ich werde dich gehen lassen. Du kannst ab sofort gehen, wann immer du willst. Nur ein Wort von dir, und ich bringe dich nach Hause.«

Sie wandte ihm wieder das Gesicht zu. Sein Bart war um das Kinn herum nachgewachsen und warf einen Schatten auf die Wangenknochen und den Kiefer, wodurch er noch finsterer aussah. Allein schon die Tätowierungen um das Auge herum und seine bloße Größe hätten sie in die Flucht geschlagen, wenn sie ihm auf der Straße begegnet wäre, selbst wenn sie nicht einmal geahnt hätte, dass er ein Vampir war.

Und doch vertraute sie darauf, dass er sie beschützen würde.

Waren ihre Gefühle real? Oder war sie knöchelhoch im Stockholm-Syndrom versunken?

Sie betrachtete seine breite Brust und die schmalen Hüften und die langen Beine. Mein Gott, woran es auch immer liegen mochte, sie begehrte ihn wie nichts sonst auf der Welt.

Er stieß ein leises Knurren aus. »Jane …«

»Scheiße.«

Er fluchte ebenfalls und zündete sich die nächste Zigarette an. Beim Ausatmen sagte er: »Es gibt noch einen Grund, warum ich nicht mit dir zusammen sein kann.«

»Nämlich?«

»Ich beiße, Jane. Und ich könnte mich nicht zurückhalten. Nicht bei dir.«

Sie erinnerte sich an das Gefühl seiner Fänge in ihrem Traum, die sanft über ihren Hals schabten. Ihr Körper erhitzte sich, obwohl sie nicht begriff, wie sie nur so etwas wollen konnte.

V trat wieder in den Türrahmen, die Zigarette im Handschuh haltend. Dünne Rauchfahnen stiegen von seiner Selbstgedrehten empor.

Er sah ihr direkt in die Augen und strich sich mit der freien Hand über die Brust, den Bauch und weiter hinunter bis zu der schweren Erektion unter dem dünnen Flanell seiner Pyjamahose. Als er die Hand um sich legte, schluckte Jane, die pure Lust rammte sie wie ein Rugbyspieler, traf sie so heftig, dass sie beinahe von der Bank kippte.

»Wenn du mich lässt«, sagte er ruhig, »dann finde ich dich wieder im Traum. Ich finde dich und bringe zu Ende, was ich angefangen habe. Würde dir das gefallen, Jane? Möchtest du, dass ich zu dir komme?«

Aus dem Nebenraum ertönte ein Stöhnen.

Jane stolperte beim Aufspringen von der Bank und floh, um nach ihrem neuen Patienten zu sehen. Es war offensichtlich, dass sie floh, aber egal – sie hatte den Verstand verloren, deshalb war ihr Stolz im Augenblick ihr geringstes Problem.

Phury wand sich auf der Liege vor Schmerz, schlug nach dem Verband auf seinem Gesicht.

»Hey, ganz ruhig.« Sie legte ihm die Hand auf den Arm und hielt ihn fest. »Ganz ruhig. Alles ist gut.«

Sie streichelte ihm über die Schultern und sprach mit ihm, bis er sich mit einem Schaudern wieder beruhigte.

»Bella …«, sagte er.

Sie wusste, dass V in der Ecke stand und fragte: »Ist das seine Frau?«

»Die Frau seines Zwillingsbruders.«

»Oh.«

»Genau.«

Jane holte ein Stethoskop und das Blutdruckmessgerät und überprüfte rasch seine Vitalfunktionen. »Habt ihr generell einen niedrigen Blutdruck?«

»Ja. Und eine niedrige Herzfrequenz auch.«

Sie legte Phury die Hand auf die Stirn. »Er ist warm. Aber eure Körpertemperatur ist höher als unsere, oder?«

»Richtig.«

Abwesend fuhr sie mit den Fingern durch Phurys dichtes Haar, glättete die Strähnen. Da klebte eine schwarze, ölige Substanz …

»Fass das nicht an«, sagte V.

Sie riss den Arm zurück. »Warum? Was ist das?«

»Das Blut meiner Feinde. Ich möchte nicht, dass es an dir ist.« Mit großen Schritten kam er auf sie zu, nahm sie am Handgelenk und führte sie zum Waschbecken.

Obwohl es ihrem Wesen widersprach, stand sie still und gehorsam wie ein Kind da und ließ sich von ihm die Hände einseifen und abwaschen. Das Gefühl seiner bloßen Hand und des Lederhandschuhs auf ihren Fingern ... und der Schaum, der sanft darüberrieb ... und seine Hitze, die in sie eindrang und ihren Arm hinaufrann, machten sie kühn.

»Ja«, sagte sie, den Blick auf seine Hände gerichtet.
»Ja, was?«
»Komm wieder im Traum zu mir.«

20

Als Sicherheitschefin des *ZeroSum* hatte Xhex etwas gegen jede Form von Waffen in ihrem Haus; aber ganz besonders ärgerlich waren kleine Pisser mit Metallfetischen, die bis an ihre erbsengroßen Eier bewaffnet durch die Gegend rannten.

Genau aus solchen Gründen kam es zu Notrufen. Und sie hasste es, mit der Polizei von Caldwell zu tun zu haben.

Und genau deshalb hatte sie auch kein schlechtes Gewissen, als sie den fraglichen Minirambo unsanft filzte und die Waffe fand, die er von der rothaarigen Rotznase bekommen hatte, mit der er hier war. Sie zog dem Kleinen die Neunmillimeter aus der Hosentasche, warf das Magazin aus und schleuderte die leere Waffe auf den Tisch. Die Munition steckte sie sich in die Lederhose, dann durchsuchte sie ihn nach einem Ausweis. Beim Abtasten spürte sie, dass er von ihrer Art war, und irgendwie brachte sie das noch mehr auf die Palme.

Obwohl es dafür eigentlich keinen Grund gab. Menschen hatten schließlich kein Monopol auf Dummheit.

Sie drehte ihn um und schob ihn auf einen Stuhl, hielt ihn mit der einen Hand an der Schulter fest, während sie mit der anderen seine Brieftasche aufklappte. Auf dem Führerschein stand John Matthew, laut Geburtsdatum war er dreiundzwanzig. Die Adresse lag in einem stinknormalen Familienwohngebiet, das er mit ziemlicher Sicherheit noch nie im Leben zu Gesicht bekommen hatte.

»Ich weiß, was in deinem Ausweis steht, aber wer bist du wirklich? Wo ist deine Familie?«

Er machte den Mund ein paar Mal auf und zu, aber nichts kam heraus, weil er sich ganz eindeutig vor Angst fast in die Hose machte. Was einleuchtete. Ohne seine Knarre war er nichts als ein ziemlich mickriger Prätrans, die leuchtend blauen Augen so groß wie Basketbälle in seinem blassen Gesicht.

Ja, er war ein ganz Harter. Klick, klick, peng, peng, der ganze *Gangsta*-Müll. Wie es sie anödete, Poser wie ihn aus dem Verkehr zu ziehen. Vielleicht wurde es Zeit, mal wieder freischaffend zu arbeiten, und das zu tun, was sie am besten konnte. Immerhin waren Auftragsmörder in den richtigen Kreisen gesucht. Und da sie ein halber Symphath war, war der Spaß an der Arbeit garantiert.

»Sprich.« Sie warf die Brieftasche auf den Tisch. »Ich weiß, was du bist. Wer sind deine Eltern?«

Jetzt schien er wirklich überrascht, was seiner verbalen Ladehemmung allerdings trotzdem nicht abhalf. Nachdem er den neuerlichen Schock überwunden hatte, wedelte er nur mit den Händen vor der Brust herum.

»Versuch keine Spielchen mit mir. Wenn du Manns genug bist, eine Waffe rumzuschleppen, dann brauchst du jetzt auch kein Feigling zu sein. Oder bist du das etwa in Wirklichkeit und das Ding ist dazu da, einen Kerl aus dir zu machen?«

Wie in Zeitlupe schloss sich sein Mund, und die Hände

fielen in den Schoß. Als ginge ihm die Luft aus, klappten seine Schultern nach vorn.

Die Stille dehnte sich aus und sie verschränkte die Arme vor der Brust. »Hör mal, Kleiner, ich hab die ganze Nacht Zeit und eine krasse Aufmerksamkeitsspanne. Du kannst also die Schweigeshow so lange durchziehen, wie du willst. Ich gehe hier nicht weg, und du auch nicht.«

Xhex' Ohrhörer meldete sich, und als der Aufpasser im Thekenbereich ausgeredet hatte, sagte sie: »Gut. Bring ihn rein.«

Eine Sekunde später klopfte es an der Tür. Als sie aufmachte, stand ihr Mitarbeiter davor, den rothaarigen Vampir am Schlafittchen, der dem Kleinen die Waffe gegeben hatte.

»Danke, Mac.«

»Kein Problem, Boss. Ich bin dann wieder auf Posten.«

Sie schloss die Tür und beäugte den Rothaarigen. Er hatte seine Transition hinter sich, aber erst knapp: Seine Körperhaltung verriet, dass er noch kein Gefühl für seine Größe hatte.

Als er die Hand in die Innentasche seines Wildlederjacketts steckte, sagte sie: »Wenn du was anderes als deinen Ausweis da rausholst, werde ich dich persönlich ins Krankenhaus befördern.«

Er hielt inne. »Es ist sein Ausweis.«

»Den hat er mir schon gezeigt.«

»Nicht seinen echten.« Der Junge streckte die Hand aus. »Das ist sein richtiger.«

Xhex nahm die laminierte Karte entgegen und überflog die Buchstaben der Alten Schrift, die sich unter einem Foto jüngeren Datums befanden. Dann sah sie den Jungen an. Er wich ihrem Blick aus; saß einfach nur da, die Arme um sich geschlungen, mit einer Miene, als würde er am liebsten vom Erdboden verschluckt werden.

»Shit.«

»Und das hier soll ich auch vorzeigen«, fuhr der Rothaarige fort. Er gab ihr einen Zettel aus dickem Papier, das zu einem Quadrat gefaltet und mit schwarzem Wachs versiegelt worden war. Als ihr die Insignien ins Auge sprangen, wollte sie gleich noch mal fluchen.

Das königliche Wappen.

Sie las den verdammten Brief. Zweimal. »Was dagegen, wenn ich das behalte, Rotschopf?«

»Nein, bitte sehr.«

Während sie ihn wieder zusammenfaltete, fragte sie ihn: »Hast du auch einen Ausweis?«

»Ja.« Eine weitere laminierte Karte wurde ihr gereicht.

Sie überprüfte sie, dann gab sie beide zurück. »Wenn ihr das nächste Mal herkommt, dann wartet ihr nicht in der Schlange. Ihr geht zum Türsteher und sagt meinen Namen. Dann hole ich euch ab.« Sie nahm die Waffe in die Hand. »Ist das deine oder seine?«

»Meine. Aber ich glaube, er sollte sie besser nehmen. Er kann besser schießen.«

Sie knallte das Magazin wieder in den Griff der Glock und hielt sie dem schweigenden Jungen mit dem Lauf nach unten hin. Seine Hand zitterte nicht, als er sie entgegennahm, aber das Ding wirkte viel zu groß für ihn. »Hier drin wird die nur benutzt, um dich zu verteidigen. Kapiert?«

Der Kleine nickte einmal, stand auf und ließ die Pistole wieder in der Tasche verschwinden.

Verdammt noch mal. Er war nicht einfach nur ein Vampir. Laut Ausweis war er Tehrror, Sohn des Black-Dagger-Kriegers Darius. Was bedeutete, sie würde dafür sorgen müssen, dass ihm während ihrer Schicht nichts zustieß. Das Letzte, was sie und Rehv gebrauchen konnten, war, dass der Junge hier im *ZeroSum* zu Schaden käme.

Großartig. Das war wie eine Kristallvase in einer Umkleidekabine voller Rugbyspieler aufzubewahren. Und zu allem Überfluss war er auch noch stumm.

Sie schüttelte den Kopf. »Also, Blaylock, Sohn des Rocke, du passt auf ihn auf, und wir werden das auch tun.«

Als der Rothaarige nickte, hob der Junge endlich den Kopf, und aus irgendeinem Grund war der Blick aus seinen leuchtend blauen Augen beklemmend. Gütiger ... er war alt. Seine Augen waren uralt, und sie war kurz sprachlos.

Dann räusperte sie sich, wandte sich um und ging zur Tür. Als sie die Klinke schon in der Hand hielt, sagte der Rothaarige: »Warte, wie heißt du?«

»Xhex. Wenn ihr meinen Namen irgendwo in diesem Club fallen lasst, finde ich euch in null Komma nichts. Das ist mein Job.«

Als sich die Tür hinter ihr schloss, befand John, dass Demütigung wie Eiscreme war: Es gab sie in verschiedenen Geschmacksrichtungen, man fror danach innerlich und wollte am liebsten husten.

Momentan blieb ihm das Zeug im Hals stecken.

Feigling. Mein Gott, war es so offensichtlich? Sie kannte ihn noch nicht einmal und hatte ihn durchschaut. Er war wirklich ein Feigling. Ein Schwächling, dessen Tote nicht gerächt worden waren, der keine Stimme hatte, und auf dessen Körper nicht einmal ein Zehnjähriger neidisch wäre.

Blays große Füße schabten auf dem Boden, seine Stiefel machten leise Geräusche, die ihm so laut vorkamen wie Gebrüll in dem kleinen Zimmer. »John? Willst du nach Hause?«

Na fantastisch. Als wäre er ein Fünfjähriger, der bei der Erwachsenenparty eingeschlafen war.

Jähzorn wälzte sich heran wie ein Donnergrollen, und John spürte, wie das vertraute Gefühl ihn aufpeitschte. Das kannte er gut. Das war die Art von Wut, die Lash auf den

Rücken geworfen hatte. Die Art von Gemeinheit, mit der John dem Jungen das Gesicht zerschlagen hatte, bis die Fliesen rot wie Ketchup gewesen waren.

Wie durch ein Wunder bemerkten die beiden Neuronen in Johns Kopf, die noch rational funktionierten, dass es besser wäre, nach Hause zu fahren. Wenn er hier in diesem Club bliebe, müsste er nur wieder und wieder im Kopf durchspielen, was diese Frau zu ihm gesagt hatte, bis er so durchdrehte, dass er etwas wirklich Dummes anstellte.

»John? Lass uns gehen.«

Mist aber auch. Das hätte Blays großer Abend werden sollen. Stattdessen wurde ihm der ganze Spaß versaut, und er verpasste die Gelegenheit, es sich mal ordentlich besorgen zu lassen. *Ich rufe Fritz an. Du bleibst bei Qhuinn.*

»Nein. Wir gehen zusammen.«

Plötzlich hätte John am liebsten geheult. *Was zum Teufel stand auf diesem Zettel? Den du ihr gegeben hast?*

Blay errötete. »Zsadist hat ihn mir gegeben. Er sagte, wenn wir jemals Stress kriegen, soll ich ihn vorzeigen.«

Und was war das?

»Z sagte, es käme von Wrath, dem König. Geht darum, dass er dein Hüter ist.«

Warum hast du mir nichts davon erzählt?

»Zsadist hat gesagt, ich soll ihn nur benutzen, wenn es unbedingt sein muss.«

John strich sich die geliehenen Klamotten glatt. *Jetzt pass mal auf, ich will, dass du bleibst und dich amüsierst.*

»Wir sind zusammen gekommen. Wir gehen zusammen.«

John funkelte seinen besten Freund an. *Nur weil Z gesagt hat, dass du den Babysitter für mich spielen sollst ...*

Zum ersten Mal seit Beginn der Aufzeichnungen verhärtete sich Blays Miene. »Leck mich – ich würde das sowieso machen. Und ehe du jetzt gleich an die Decke gehst, möchte ich betonen, dass du im umgekehrten Fall genau dasselbe tun würdest. Gib es zu. Genau so wäre es. Wir sind Freunde. Wir helfen einander. Ende der Debatte. Und jetzt hör auf mit dem Scheiß.«

John wollte dem Stuhl, auf dem er gesessen hatte, einen Tritt verpassen. Und hätte es auch beinahe getan.

Doch er formte nur mit den Händen *Verdammter Scheißdreck.*

Blay zog ein BlackBerry aus der Tasche und wählte. »Ich sag nur Qhuinn Bescheid, dass ich ihn später abholen komme, wann immer er will.«

John malte sich beim Warten aus, was Qhuinn gerade an einem schummrigen, unauffälligen Ort mit einer oder zwei Frauen tat. Wenigstens hatte heute Nacht einer von ihnen Spaß.

»Hey, Qhuinn? Ja, John und ich hauen ab. Was – nein, alles im Lot. Wir hatten nur einen kleinen Zusammenstoß mit der Security ... Nein, du musst nicht ... nein, alles in Ordnung. Nein, ehrlich. Qhuinn, du musst nicht – hallo?« Blay starrte das Telefon an. »Er wartet vor dem Eingang auf uns.«

Die beiden verließen das kleine Büro und schlängelten sich durch die schwitzenden Menschen, bis John fast einen klaustrophobischen Anfall bekam – als wäre er lebendig begraben.

Als sie es endlich zum Ausgang geschafft hatten, stand Qhuinn links vor der Tür an die Wand gelehnt. Sein Haar war zerwühlt, ein Hemdzipfel hing heraus, die Lippen waren rot und leicht angeschwollen. Aus der Nähe roch er nach Parfüm.

Zwei verschiedene Sorten.

»Alles klar?«, fragte er John.

John gab keine Antwort. Er konnte es nicht ertragen, dass

er ihnen allen die Nacht ruiniert hatte, und lief einfach weiter. Da hörte er wieder das merkwürdige Rufen.

Er blieb mit der Hand auf der Tür stehen und blickte über die Schulter. Die Sicherheitschefin beobachtete ihn wieder mit ihren klugen Augen. Erneut stand sie fast im Schatten verborgen, was ihr bevorzugter Aufenthaltsort sein musste, wie er annahm.

Ein Aufenthaltsort, den sie vermutlich immer zu ihrem Vorteil zu nutzen verstand.

Er spürte ein Kribbeln am ganzen Körper und hätte am liebsten seine Faust durch die Wand geschlagen, durch die Tür, durch jemandes Oberlippe. Doch er wusste, dass ihm das nicht die Befriedigung bringen würde, nach der er lechzte. Er bezweifelte, dass er überhaupt genug Kraft im Oberkörper besaß, um die Faust durch den Sportteil der Zeitung zu schlagen.

Diese Erkenntnis machte ihn selbstverständlich noch wütender.

Er wandte ihr den Rücken zu und trat hinaus in die kühle Nacht. Sobald Blay und Qhuinn sich auf dem Bürgersteig zu ihm gesellten, gestikulierte er: *Ich will einfach ein bisschen rumlaufen. Ihr könnt mitkommen, wenn ihr wollt, aber ihr könnt es mir nicht ausreden. Ich werde auf gar keinen Fall jetzt sofort in ein Auto steigen und nach Hause fahren. Klar?*

Seine Freunde nickten und ließen ihn vorangehen, hielten sich aber dicht hinter ihm. Offensichtlich begriffen sie, dass er nur Millimeter davon entfernt war, auszurasten, und ein bisschen Platz brauchte.

Während sie über die Tenth Street liefen, hörte er, wie sie hinter ihm flüsterten, sich leise über ihn unterhielten, aber es war ihm egal. Er bestand nur noch aus blanker Wut. Sonst nichts.

Passend zu seinem schwächlichen Wesen dauerte sein Unabhängigkeitsmarsch nicht besonders lange. Schon ziemlich schnell biss sich der kalte Märzwind durch seine Kleider, und sein Kopfweh wurde so schlimm, dass er mit den Zähnen knirschte. Er hatte sich vorgestellt, dass er seine Freunde den weiten Weg bis zur Brücke von Caldwell führen würde und noch weiter, dass sein Zorn so stark war, dass er sie völlig erschöpfen würde, bis sie ihn kurz vor Sonnenaufgang anflehten, endlich stehen zu bleiben.

Nur leider blieb seine Leistung eklatant hinter seinen Vorstellungen zurück.

Er hielt an. *Gehen wir zurück.*

»Wie du möchtest, John.« Qhuinns verschiedenfarbige Augen waren unfassbar freundlich. »Ganz wie du möchtest.«

Sie machten sich auf den Weg zum Auto, das auf einem Parkplatz etwa zwei Straßen vom Club entfernt stand. Als sie um die Ecke bogen, fiel John auf, dass an dem Haus neben dem Platz gearbeitet wurde, die Baustelle war über Nacht abgesperrt, Planen flatterten im Wind, schweres Gerät schlief tief und fest. Auf John wirkte es trostlos.

Andererseits hätte er auch in hellsten Sonnenschein getaucht auf einer Blumenwiese stehen könnten und hätte trotzdem nur Schatten gesehen. Diese Nacht hätte nicht schlimmer verlaufen können. Unmöglich.

Sie waren gute fünfzig Meter von ihrem Auto entfernt, als der süßliche Geruch von Talkum mit der Brise zu ihnen geweht wurde. Lautlos trat ein *Lesser* hinter einem Bagger hervor.

21

Phury kam zu sich, bewegte sich aber nicht. Was nicht verwunderlich war, da die eine Gesichtshälfte sich anfühlte, als wäre sie mit einem Flammenwerfer bearbeitet worden. Nach einigen tiefen Atemzügen hob er eine Hand an den hämmernden Schmerz. Verbände verliefen von seiner Stirn über seinen Kiefer. Wahrscheinlich sah er aus wie ein Statist aus *Emergency Room*.

Langsam setzte er sich auf, wobei sein ganzer Kopf pochte, als hätte man ihm eine Fahrradluftpumpe in die Nase geschoben und jemand mit einem kräftigen Arm mache sich daran zu schaffen.

Fühlte sich gut an.

Vorsichtig schob er die Füße von der Liege und grübelte, ob er wohl in der Lage wäre, sich mit der Schwerkraft auseinanderzusetzen. Er beschloss, einen Versuch zu starten. Sieh mal einer an, er schaffte es, bis zur Tür zu schlingern.

Zwei Augenpaare hefteten sich auf ihn, eines diamantweiß, eines waldgrün.

»Hi«, sagte er.

Vs Frau kam zu ihm und nahm ihn prüfend mit ihrem Arztblick in Augenschein. »Mein Gott, ich kann einfach nicht fassen, wie schnell ihr heilt. Sie dürften noch nicht einmal bei Bewusstsein sein, geschweige denn auf den Beinen.«

»Möchtest du dir dein Werk ansehen?« Als sie nickte, setzte er sich auf eine Bank. Vorsichtig zog sie den Klebestreifen ab. Er zuckte leicht und blickte um sie herum zu Vishous. »Hast du Z schon Bescheid gesagt?«

Der Bruder schüttelte den Kopf. »Hab ihn noch nicht gesehen. Rhage hat es auf dem Handy probiert, aber das war abgeschaltet.«

»Also nichts Neues von Havers?«

»Nicht, dass ich wüsste. Allerdings geht in einer Stunde ungefähr die Sonne auf, als sollten sie besser bald zurück sein.«

Die Ärztin pfiff durch die Zähne. »Es ist, als würde die Haut vor meinen Augen zusammenwachsen. Darf ich noch mal eine Mullbinde drauflegen?«

»Wenn du willst.«

Sie ging in den Nebenraum, und V sagte: »Ich muss mit dir sprechen, Mann.«

»Worüber?«

»Ich glaube, du weißt worüber.«

Shit. Der *Lesser.* Sich dumm zu stellen, hatte bei einem Bruder wie V keinen Zweck. Lügen allerdings war eine Option. »War ein heftiger Kampf.«

»Quatsch. So was kannst du nicht bringen.«

Phury dachte zurück. Vor ein paar Monaten war er für kurze Zeit zu seinem Zwillingsbruder geworden. Buchstäblich. »Ich wurde auf einem ihrer Tische in die Mangel genommen, V. Ich kann dir versichern, dass die sich keine Gedanken um Kriegsetikette machen.«

»Aber dich hat es heute Nacht nur deshalb erwischt, weil du das Arschloch etwas zu gründlich aufgeschlitzt hast. Stimmt doch.«

Jane kam mit dem Verbandszeug zurück. *Gott sei Dank.*

Als sie mit ihm fertig war, stand er auf. »Ich gehe jetzt in mein Zimmer.«

»Brauchst du Hilfe?«, fragte V, so wenig freundlich, als müsste er sich einen ganzen Berg Kommentare verkneifen.

»Nein. Ich finde den Weg.«

»Tja, da wir sowieso auch zurückgehen, können wir ja eine Gruppenreise draus machen. Und mach langsam.«

Was eine prima Idee war. Sein Kopf tat höllisch weh.

Sie waren schon halb durch den Tunnel, als Phury auffiel, dass die Ärztin nicht bewacht oder beobachtet wurde. Andererseits wirkte sie auch nicht, als wolle sie sich aus dem Staub machen. Um genau zu sein, liefen sie und V Seite an Seite.

Er fragte sich, ob einem von beiden bewusst war, wie sehr sie wie ein Paar aussahen.

An der Tür zum großen Haus verabschiedete sich Phury, ohne V in die Augen zu sehen, und stieg die flachen Stufen hinauf, die aus dem Tunnel und in die Eingangshalle führten. Sein Zimmer schien eher am anderen Ende der Stadt zu liegen statt einfach nur oben an der Treppe, und die Erschöpfung, die er spürte, sagte ihm unmissverständlich, dass er sich nähren musste. Was ihn unsagbar langweilte.

Oben angekommen, duschte er und legte sich dann auf das majestätische Bett. Er wusste, er müsste eigentlich eine der Vampirinnen rufen, die er zum Trinken benutzte, aber er hatte einfach keine Lust. Statt also den Hörer vom Telefon zu nehmen, schloss er die Augen und ließ die Arme fallen, wobei einer davon auf dem Buch über Feuerwaffen landete. Aus dem er heute unterrichtet hatte. In dem die Zeichnung lag.

Die Tür öffnete sich, ohne dass vorher angeklopft worden wäre. Was bedeutete, es musste Zsadist sein, der Neuigkeiten mitbrachte.

Phury setzte sich so schnell auf, dass sein Gehirn in seinem Schädel herumschwappte und drohte, durch die Ohren auszulaufen. Er legte die Hand an den Verband, als ihn ein bohrender Schmerz traf. »Was ist mit Bella?«

Zs Augen waren schwarze Löcher in seinem vernarbten Gesicht. »Was zum Henker hast du dir dabei gedacht?«

»Wie bitte?«

»Dich überrumpeln zu lassen, weil –« Als Phury sich krümmte, regelte Z seine Stimme auf Normallautstärke runter und schloss die Tür. Die relative Stille verbesserte seine Laune nicht. Mit gedämpfter Stimme stieß er hervor: »Ich kann nicht fassen, dass du hier Jack the Ripper spielst und dich verprügeln –«

»Bitte sag mir, wie es Bella geht.«

Z hielt Phury den Zeigefinger vor die Brust. »Du musst ein bisschen weniger Zeit damit verbringen, dir Sorgen um meine *Shellan* zu machen, und ein bisschen mehr damit, auf deinen eigenen Arsch aufzupassen, verstehst du mich?«

Von Schmerz überwältigt, schloss Phury das unverletzte Auge. Sein Bruder hatte natürlich den Nagel auf den Kopf getroffen.

»Ach Scheiße«, fluchte Z in die Stille hinein. »Einfach nur Scheiße.«

»Du hast völlig recht.« Phury bemerkte, dass seine Hand das Buch umklammert hielt, und er zwang sich, es loszulassen.

Dann hörte er ein Klickgeräusch und blickte auf. Z klappte sein Handy mit dem Daumen auf und zu, auf und zu. »Du könntest tot sein.«

»Bin ich aber nicht.«

»Ziemlich schwacher Trost. Zumindest für einen von uns. Was ist mit deinem Auge? Konnte die Ärztin es retten?«

»Weiß ich noch nicht.«

Z trat an eins der Fenster. Er schob den schweren Samtvorhang zur Seite und starrte auf die Terrasse und den Pool. Die Anspannung in seinem zerstörten Gesicht war deutlich sichtbar. Seltsam ... früher war es immer Z gewesen, der sich am Rande des Vergessens befunden hatte. Nun stand Phury auf dieser schmalen, schlüpfrigen Kante, gab *er* Anlass zur Sorge.

»Ich komm schon klar«, log Phury und reckte sich nach seinem Beutel mit rotem Rauch und den Blättchen. Geschickt drehte er sich eine dicke Tüte, zündete sie an, und ohne Verzögerung überkam ihn die falsche Ruhe, auf die sein Körper so gut dressiert war. »Ich hatte einfach nur eine schlechte Nacht.«

Z lachte, was aber wenig fröhlich klang. »Sie hatten recht.«

»Wer?«

»Rache ist was Ätzendes.« Zsadist holte tief Luft. »Wenn du dich da draußen umbringen lässt, dann –«

»Lasse ich nicht.« Wieder inhalierte er Rauch, mehr wollte er von dem Versprechen nicht hören. »Und jetzt sag mir bitte, was mit Bella ist.«

»Havers hat ihr Bettruhe verordnet.«

»O Gott.«

»Nein, das ist gut.« Z rieb sich über den geschorenen Schädel. »Ich meine, noch hat sie das Kleine nicht verloren, und wenn sie stillhält, dann bleibt es vielleicht auch dabei.«

»Ist sie in deinem Zimmer?«

»Ja, ich hole ihr was zu essen. Sie darf eine Stunde am Tag aufstehen, aber ich will ihr keine Ausrede zum Rumlaufen geben.«

»Ich bin froh, dass sie –«

»Hör auf damit, mein Bruder. War es so für dich?«

Phury runzelte die Stirn und aschte ab. »Was?«

»Ich bin ständig total durch den Wind. Als wäre alles, was ich gerade tue, immer nur halb-real, weil es so viel Mist gibt, um den ich mir Sorgen mache.«

»Bella ist doch …«

»Es geht nicht nur um sie.« Zs Augen waren jetzt wieder gelb, weil er sich etwas beruhigt hatte. »Es geht um dich.«

Umständlich steckte sich Phury den Joint zwischen die Lippen und sog daran. Während er ausatmete, suchte er nach den passenden Worten, um seinen Zwillingsbruder zu trösten.

Viel fiel ihm nicht ein.

»Wrath will uns gegen Sonnenuntergang sehen«, sagte Z und sah wieder aus dem Fenster, als wüsste er verdammt gut, dass es keinen wirksamen Zuspruch gab. »Uns alle.«

»Okay.«

Als Z gegangen war, schlug Phury das Buch auf und nahm die Zeichnung von Bella heraus. Er strich ihr mit dem Daumen über die Wange und betrachtete sie mit seinem gesunden Auge. Die Stille bedrückte ihn, schnürte ihm die Brust zusammen.

Es war alles in allem nicht ausgeschlossen, dass er bereits abgestürzt war, nicht ausgeschlossen, dass er längst den Berg seiner eigenen Zerstörung hinunterrutschte, gegen Felsen und Bäume prallend, sich die Knochen brechend, auf einen tödlichen Aufprall zusteuernd.

Er drückte den Joint aus. Sich selbst zu zerstören, war ein bisschen so, wie sich zu verlieben: Beides ließ einen seiner Schutzhülle beraubt und hilflos zurück.

Und seiner begrenzten Erfahrung nach nahm beides ein schmerzliches Ende.

John starrte den *Lesser* an, der aus dem Nichts aufgetaucht war, und konnte sich nicht rühren. Er hatte noch nie einen

Autounfall erlebt, aber er hatte so eine Ahnung, dass diese Erfahrung ähnlich sein musste. Man fuhr so vor sich hin und dann plötzlich wurde alles, woran man vor der Kreuzung gedacht hatte, auf Eis gelegt und von einer Kollision ersetzt, die alles andere unwichtig machte.

Verdammt, sie rochen tatsächlich nach Talkum.

Und zum Glück war dieser hier nicht hellhaarig, also war er noch ein neuer Rekrut. Was der einzige Grund war, warum John und seine Freunde unter Umständen lebend aus dieser Sache herauskommen könnten.

Qhuinn und Blay stellten sich vor ihn. Doch dann sprang ein zweiter *Lesser* aus dem Schatten, eine Schachfigur, die von unsichtbarer Hand in Position gebracht wurde. Er war ebenfalls dunkelhaarig.

Meine Güte, sie waren groß.

Der Erste blickte John an. »Du verziehst dich lieber, mein Junge. Du gehörst nicht hierher.«

Himmelherrgott, sie wussten nicht, dass er ein Prätrans war. Sie hielten ihn für einen ganz normalen Menschen.

»Ja«, sagte Qhuinn und schubste John von sich. »Du hast dein Dope. Also hau jetzt ab, du Penner.«

Aber er konnte doch nicht seine …

»Ich hab gesagt, du sollst dich verziehen.« Jetzt versetzte Qhuinn ihm einen harten Stoß, und John taumelte in einen Stapel Teerpappenrollen.

Wenn er jetzt wegrannte, war er ein Feigling. Aber wenn er bliebe, würde er weniger als keine Hilfe bieten können. Wütend auf sich selbst raste er los zum *ZeroSum*. Idiot, der er war, hatte er seinen Rucksack bei Blay gelassen, deshalb konnte er nicht zu Hause anrufen. Und er konnte jetzt keine Zeit damit verschwenden, nach einem der Brüder zu suchen, für den unwahrscheinlichen Fall, dass sie in der Nähe auf der Jagd waren. Ihm fiel nur eine Person ein, die jetzt helfen könnte.

Am Eingang zum Club marschierte er direkt auf einen der Türsteher zu.

Xhex, ich muss Xhex sprechen. Hol...

»Was zum Teufel machst du hier, Kleiner?«, sagte der Türsteher.

Wieder und wieder formte John mit den Lippen das Wort *Xhex,* während er es gleichzeitig mit den Händen zeigte.

»Hör mal, du gehst mir auf den Sack.« Der Mann plusterte sich auf. »Verpiss dich hier, aber ganz schnell, sonst rufe ich deine Mami und deinen Papi an.«

Gekicher aus der Schlange hinter ihm machte John noch panischer. *Bitte! Ich muss mit Xhex ...*

Aus der Ferne hörte John ein Geräusch, das entweder quietschende Reifen waren oder ein Schrei, und als er herumwirbelte, knallte ihm Blays Glock in der Hose gegen den Oberschenkel.

Kein Handy, um eine SMS zu schreiben. Keine Möglichkeit, sich mitzuteilen.

Doch er hatte eine volle Packung Blei in der Tasche.

John rannte zurück zum Parkplatz, schlug Haken um die stehenden Wagen, atmete heftig, ließ die Beine fliegen, so schnell er nur konnte. Das Hämmern in seinem Kopf war furchtbar, durch die Anstrengung verschlimmerte sich der Schmerz so stark, dass ihm übel wurde. Er stürmte um die Ecke, schlitterte auf lockerem Kies.

Hilfe! Blay lag auf dem Boden, ein *Lesser* saß auf seiner Brust, und sie kämpften um etwas, das wie ein Schnappmesser aussah. Qhuinn schlug sich tapfer gegen den anderen, aber für Johns Geschmack waren die beiden einander zu ebenbürtig. Früher oder später würde einer von ihnen ...

Qhuinn bekam einen rechten Haken ins Gesicht und flog rückwärts, sein Kopf kreiste auf seiner Wirbelsäule wie ein Flaschenverschluss und zwang seinen gesamten Körper zu einer Pirouette.

In diesem Augenblick fuhr etwas in John hinein, kam durch die Hintertür, drang in ihn ein, als wäre ein Geist in seine Haut geschlüpft. Altes Wissen, das einer Erfahrung entsprang, für die er noch nicht lange genug lebte, trieb seine Hand in die Hosentasche. Er umschloss den Griff der Glock, zog sie heraus und hielt sie mit beiden Händen fest.

Ein Blinzeln, und die Waffe war auf Augenhöhe gebracht. Ein weiteres Blinzeln, und der Lauf zielte genau auf den *Lesser*, der mit Blay um das Messer rang. Ein drittes, und John drückte ab ... und blies dem *Lesser* ein Loch von der Größe eines Scheunentors in den Kopf. Mit dem vierten Blinzeln schwang er sich herum zu dem Jäger, der über Qhuinn stand und den Messingschlagring über seinen Fingern zurechtzog.

Plopp!

Mit einem einzigen Schuss in die Schläfe fällte John den *Lesser*, schwarzes Blut spritzte in einer feinen Wolke hervor. Das Wesen knickte in den Knien ein und fiel mit dem Gesicht voraus auf Qhuinn ... der ihn vor lauter Benommenheit einfach nur von sich herunterschob.

John warf einen Blick auf Blay. Der starrte ihn geschockt an. »Du lieber Himmel ... John.«

Der *Lesser* neben Qhuinn stieß ein Gurgeln aus, wie eine Kaffeemaschine, die gerade den Brühvorgang beendet hatte.

Metall, dachte John. Er brauchte etwas aus Metall. Das Messer, um das Blay gekämpft hatte, war nirgends zu sehen. Wo konnte er ...

Eine aufgerissene Schachtel Zimmermannsnägel lag neben dem Bagger.

John zog einen heraus und näherte sich dem *Lesser* in Qhuinns Nähe. Die Hand hoch in die Luft hebend legte John sein gesamtes Gewicht und all seine Wut in den Hieb, und vor ihm blitzte eine andere Wirklichkeit auf: Er hielt einen Dolch in Händen, keinen Stahlstift ... und er war groß, größer als Blay und Qhuinn ... und er hatte das hier schon viele, viele Male getan.

Der Nagel drang in die Brust des *Lesser* ein, und das aufflammende Licht war heller, als John erwartet hatte, blendete ihn und raste in einer brennenden Woge durch seinen Körper. Doch noch war der Job nicht erledigt. Er stieg über Qhuinn hinweg, bewegte sich über den Asphalt, ohne den Boden unter seinen Füßen zu spüren.

Blay beobachtete ihn regungslos, sprachlos, als John den langen Nagel wieder hob. Als er ihn dieses Mal herabsausen ließ, öffnete John den Mund und schrie, ohne ein Geräusch zu verursachen, stieß einen Schlachtruf aus, der nicht weniger mächtig war, weil er nicht gehört wurde.

Nach dem Lichtblitz drang ihm undeutlich der Lärm von Sirenen ins Bewusstsein. Zweifellos hatte irgendein Mensch die Polizei gerufen, als er die Schüsse hörte.

John ließ den Arm sinken, der Nagel fiel ihm aus der Hand und fiel klirrend auf die Straße.

Ich bin kein Feigling. Ich bin ein Krieger.

Der Anfall überkam ihn schnell und heftig, schleuderte ihn zu Boden, hielt ihn mit unsichtbaren Armen fest, schüttelte ihn in seiner eigenen Haut herum, bis er ohnmächtig wurde und ihn das brüllende Nichts einholte.

22

Auf der Anderen Seite saß Cormia auf ihrem schmalen Bett. Wartend. Wieder einmal.

Sie löste die Hände in ihrem Schoß voneinander. Verschränkte sie wieder. Wünschte, sie hätte ein Buch, um sich abzulenken. Während sie dort schweigend saß, überlegte sie kurz, wie es wohl wäre, ein eigenes Buch zu haben. Vielleicht würde sie ihren Namen hineinschreiben, damit andere wüssten, dass es ihr gehörte. Ja, das würde ihr gefallen. *Cormia.* Oder noch besser: *Cormias Buch.*

Natürlich würde sie es ihren Schwestern borgen, wenn sie wollten. Aber sie würde wissen, während andere Hände es hielten, und andere Augen es lasen, dass der Einband und die Seiten und die Geschichten darin ihr gehörten. Und das Buch würde es ebenfalls wissen.

Sie dachte an die Bibliothek der Auserwählten, mit dem Labyrinth von Regalen und dem wundervollen Ledergeruch und dem überwältigenden Luxus der Worte. Dieser Ort war wahrlich ihr Paradies. Es gab so viele Geschichten kennenzulernen, so viele Orte, die ihre Augen niemals zu schauen hoffen durften, dabei liebte sie doch das Lernen. Sehnte es herbei. Hungerte danach.

Für gewöhnlich zumindest.

Diese Stunde unterschied sich von den anderen. Auf dem Lager sitzend und wartend wünschte sie sich die Lehrstunde, die ihrer harrte, nicht herbei: Die Dinge, die sie heute erfahren sollte, waren nicht das, was sie lernen wollte.

»Gegrüßt seiest du, Schwester.«

Cormia blickte auf. Die Auserwählte, die den weißen Vorhang im Durchgang zur Seite strich, war ein Muster an Selbstlosigkeit und Dienstbarkeit, eine wahrlich rechtschaffene Vampirin. Und Laylas Ausdruck der stillen Zufriedenheit und des inneren Friedens war etwas, um das Cormia sie beneidete.

Was normalerweise nicht gestattet war. Neid bedeutete, man war getrennt vom Ganzen, man war ein Individuum, und dazu noch ein unbedeutendes.

»Gegrüßt seiest du.« Cormia stand auf, ihre Knie weich vor Furcht vor dem Ort, an den sie nun gehen würden. Obwohl sie sich schon häufig gefragt hatte, was sich innerhalb des Primaltempels verbarg, wünschte sie nun, niemals seine Marmormauern betreten zu müssen.

Beide verneigten sich voreinander und verharrten so. »Es ist mir eine Ehre, hilfreich sein zu dürfen.«

Mit leiser Stimme entgegnete Cormia: »Ich bin ... bin dankbar für deine Unterweisung. Geh voran, ich bitte dich.«

Als Laylas Kopf wieder emporgehoben wurde, blickten ihre blassgrünen Augen wissend. »Ich dachte, wir könnten hier ein wenig miteinander sprechen, anstatt sofort zum Tempel zu gehen.«

Cormia schluckte. »Das würde ich sehr gern.«

»Darf ich mich setzen, Schwester?« Als Cormia nickte,

ging Layla zum Bett und setzte sich, die weiße Robe klaffte bis zum Oberschenkel auf. »Setz dich zu mir.«

Cormia tat wie ihr geheißen, die Matratze fühlte sich unter ihr hart wie Stein an. Sie konnte nicht atmen, sich nicht rühren, kaum blinzelte sie.

»Meine Schwester, ich möchte dir deine Furcht nehmen«, sagte Layla. »Wahrlich, du wirst lernen, deine Zeit mit dem Primal zu genießen.«

»Ja.« Cormia zog den Kragen ihres Gewandes höher. »Doch er wird auch andere besuchen, nicht wahr?«

»Du wirst Vorrang haben. Als seine erste Partnerin wirst du mit ihm Hof halten. Für den Primal gibt es eine seltene Hierarchie innerhalb des Ganzen, und du wirst die Erste unter uns allen sein.«

»Wie lange wird es dauern, bis er zu den anderen geht?«

Layla runzelte die Stirn. »Das liegt bei ihm, doch du hast vielleicht eine Stimme in dieser Angelegenheit. Wenn du ihm gefällig bist, bleibt er möglicherweise längere Zeit nur bei dir. So etwas ist schon geschehen.«

»Ich könnte ihm jedoch auch sagen, er möge sich andere suchen?«

Laylas perfekter Kopf neigte sich zur Seite. »Fürwahr, meine Schwester, dir wird zusagen, was sich zwischen euch beiden begibt.«

»Du weißt, wer er ist, nicht wahr? Du kennst ihn, den Primal?«

»Ja, ich habe ihn gesehen.«

»Wirklich?«

»O ja.« Als Laylas Hand nach ihrem hochgesteckten blonden Haar tastete, nahm Cormia die Geste als Zeichen, dass die andere ihre Worte sorgfältig wählte. »Er ist ... wie ein Krieger sein sollte. Stark. Und klug.«

Cormia verengte die Augen. »Du verschweigst etwas, um meine Ängste zu beschwichtigen. Ist es nicht so?«

Noch bevor Layla antworten konnte, riss die Directrix den Vorhang beiseite. Ohne ein Wort an Cormia zu richten, ging sie zu Layla und flüsterte ihr etwas zu.

Layla stand auf, die Wangen gerötet. »Ich eile unverzüglich.« Sie wandte sich an Cormia, eine merkwürdige Erregung im Blick. »Schwester, ich nehme Abschied von dir, bis wir uns wiedersehen.«

Wie es der Brauch war, erhob sich Cormia und verneigte sich, erleichtert, eine Gnadenfrist erhalten zu haben, egal aus welchem Grund. »Gehab dich wohl.«

Doch die Directrix brach nicht mit Layla auf. »Ich werde dich zum Tempel bringen und mit deiner Unterweisung fortfahren.«

Cormia schlang die Arme um sich. »Sollte ich nicht auf Layla warten –«

»Zweifelst du an mir?«, unterbrach die Directrix. »In der Tat, das tust du. Vielleicht wünschst du auch, den Ablauf der Lehrstunde zu bestimmen, da du so viel über die Geschichte und die Bedeutung der Position zu wissen scheinst, für die du auserwählt wurdest. Denn wahrlich, ich würde gern von dir lernen.«

»Vergib mir, Directrix«, erwiderte Cormia voller Scham.

»Was gibt es da zu vergeben? Als erste Partnerin des Primal wird es dir zustehen, *mir* Befehle zu erteilen. Daher sollte ich mich vielleicht schon jetzt deiner Führung anvertrauen. Sag mir, möchtest du, dass ich dir nachfolge, wenn wir die Stufen zum Tempel emporsteigen?«

Tränen stiegen ihr in die Augen. »Bitte, nein, Directrix.«

»Bitte nein, was?«

»Ich wünsche, dir zu folgen«, flüsterte Cormia mit gesenktem Kopf. »Nicht dich zu führen.«

Als Jane und V zurück in sein Zimmer kamen, setzte sie sich in den Sessel, den sie inzwischen als ihren betrachtete, und

V streckte sich auf dem Bett aus. Mannomann, das würde eine lange Nacht – äh, Tag werden. Sie war müde und gleichzeitig zappelig, keine gute Kombination.

»Brauchst du etwas zu essen?«, fragte er.

»Weißt du, was ich am liebsten hätte?« Sie gähnte. »Heiße Schokolade.«

V nahm den Hörer vom Telefon, tippte drei Zahlen ein und wartete.

»Bestellst du mir welche?«, fragte sie.

»Ja. Und dazu noch – hallo Fritz. Also, ich bräuchte …«

Nachdem V aufgelegt hatte, musste sie lächeln. »Das wird eine ganz schöne Völlerei.«

»Du hast ja nichts mehr gegessen, seit –« Er stockte, da er nicht auf die Entführung zu sprechen kommen wollte.

»Ist schon okay«, murmelte sie, plötzlich ohne guten Grund traurig.

Doch, es gab einen guten Grund. Sie würde bald gehen.

»Keine Sorge, du wirst dich nicht an mich erinnern«, sagte er. »Deshalb wirst du nichts empfinden, wenn du weg bist.«

Sie errötete. »Ähm … wie genau machst du das mit dem Gedankenlesen?«

»Es ist so, wie eine Radiofrequenz aufzufangen. Früher ist mir das ständig passiert, ob ich wollte oder nicht.«

»Früher?«

»Ich schätze mal, die Antenne ist zerbrochen.« Ein bitterer Ausdruck schlich sich auf sein Gesicht, verhärtete seinen Blick. »Ich habe aber aus sicherer Quelle gehört, dass sie sich selbst reparieren wird.«

»Warum hat es aufgehört?«

»*Warum* ist deine Lieblingsfrage, oder?«

»Ich bin Wissenschaftlerin.«

»Ich weiß.« Die Worte klangen wie ein Schnurren, als hätte sie ihm gerade erzählt, dass sie sexy Dessous trage. »Ich liebe deinen Verstand.«

Jane verspürte eine Welle der Lust, dann war sie völlig durcheinander. Als ahnte er ihren inneren Konflikt, störte er den Moment absichtlich. »Früher habe ich auch in die Zukunft gesehen.«

Sie räusperte sich. »Ehrlich? In welcher Form?«

»Meistens in meinen Träumen. Ohne zeitliche Einordnung, einfach Ereignisse in wahlloser Reihenfolge. Ich war auf Tode spezialisiert.«

Tode? »Tode?«

»Ja, ich weiß von all meinen Brüdern, wie sie sterben werden. Nur nicht, wann.«

»Um Himmels willen. Das muss ja –«

»Ich habe noch andere Tricks auf Lager.« V hob die Hand mit dem Handschuh. »Das Ding hier zum Beispiel.«

»Danach wollte ich dich schon fragen. Eine meiner Krankenschwestern ist im OP umgekippt. Sie hat dir den Handschuh ausgezogen, und es war, als hätte sie der Blitz getroffen.«

»Ich war nicht bei Bewusstsein, als das passiert ist, oder?«

»Nein.«

»Dann ist das vermutlich der Grund dafür, dass sie überlebt hat. Dieses kleine Vermächtnis meiner Mutter ist verdammt tödlich.« Als er eine Faust ballte, wurde seine Stimme hart, die Worte schneidend. »Und sie hat meine Zukunft ebenfalls für sich beansprucht.«

»Wie denn das?« Als er nicht antwortete, gab ihr eine Art Instinkt ein: »Lass mich raten, es geht um eine arrangierte Ehe?«

»*Ehen.* Mehrzahl. Um genau zu sein.«

Jane verzog das Gesicht. Auch wenn seine Zukunft keine Auswirkungen auf das große Ganze ihres eigenen Lebens haben würde, drehte ihr aus irgendeinem Grund die Vorstellung, dass er ein Ehemann wurde – der Mann vieler Frauen –, den Magen um.

»Ähm ... wie viele Frauen denn?«

»Darüber möchte ich nicht sprechen, okay?«

»Okay.«

Ungefähr zehn Minuten später rollte ein alter Mann in der Uniform eines englischen Butlers ein Wägelchen mit Essen herein. Die Auswahl kam ihr vor, als sei sie im *Vier Jahreszeiten* gelandet: Es gab belgische Waffeln, Erdbeeren, Croissants, Rühreier, heiße Schokolade, frisches Obst.

Der Anblick war wunderbar.

Janes Magen ließ ein deutliches Knurren hören, und ehe sie sich versah, häufte sie sich den Teller voll, als hätte sie seit einer Woche nichts zwischen die Zähne bekommen. Als sie bei der dritten Tasse Schokolade war und die zweite Portion halb vertilgt hatte, erstarrte sie plötzlich, die Gabel im Mund. Meine Güte, was musste nur V von ihr denken. Sie futterte ja wie ein Scheunendr...

»Ich finde es toll«, sagte er.

»Ehrlich? Du findest es tatsächlich nicht schlimm, dass ich mir den Teller vollade wie ein Internatsschüler in der Kantine?«

Er nickte mit leuchtenden Augen. »Ich liebe es, dir beim Essen zuzusehen. Versetzt mich in Hochstimmung. Ich möchte, dass du weitermachst, bis du im Sessel einschläfst.«

Gefesselt von seinen Diamantaugen sagte sie: »Und ... was würde dann passieren?«

»Ich würde dich in dieses Bett tragen, ohne dich zu wecken, und mit dem Dolch in der Hand über dich wachen.«

Dieser Höhlenmenschen-Stil sollte eigentlich nicht so anziehend sein. Immerhin konnte sie auf sich selbst aufpassen. Aber Junge, Junge, die Vorstellung, jemand würde sich so um sie kümmern, war ... sehr angenehm.

»Iss auf.« Er deutete auf ihren Teller. »Und nimm noch Schokolade aus der Thermoskanne.«

Verdammt wollte sie sein, aber sie gehorchte. Einschließlich einer vierten Tasse heiße Schokolade.

Als sie sich mit dem Becher in ihren Sessel zurücksinken ließ, war sie selig satt.

Ohne bestimmten Grund sagte sie: »Die Sache mit dem Vermächtnis kenne ich. Mein Vater war Chirurg.«

»Aha. Dann muss er wahnsinnig stolz auf dich sein. Du bist grandios.«

Jane ließ das Kinn sinken. »Ich glaube, er hätte meine Karriere zufriedenstellend gefunden. Besonders, wenn ich an der Columbia genommen würde.«

»Hätte?«

»Er und meine Mutter sind tot.« Sie fuhr fort, weil sie das Gefühl hatte, zu müssen. »Sie starben beim Flugzeugabsturz einer kleinen Maschine vor etwa zehn Jahren. Sie waren auf dem Weg zu einer Konferenz.«

»Das tut mir wirklich leid. Vermisst du sie?«

»Das wird jetzt schlimm klingen ... aber eigentlich nicht. Sie waren Fremde, mit denen ich zusammenleben musste, wenn ich nicht gerade in der Schule war. Aber meine Schwester habe ich immer vermisst.«

»Gütige Jungfrau, sie ist auch tot?«

»Ein angeborener Herzfehler. Ist eines Nachts ganz schnell passiert. Mein Vater dachte immer, dass ich Medizin studiert habe, weil er für mich ein Vorbild war. Aber ich tat es, weil ich wütend wegen Hannah war. Und es immer noch bin.« Sie nahm einen Schluck Schokolade. »Jedenfalls hat Vater immer geglaubt, dass Medizin der höchste und beste Sinn für mein Leben wäre. Ich weiß noch genau, wie er mich ansah, als ich fünfzehn war, und er mir sagte, dass ich Glück hätte, so schlau zu sein.«

»Also wusste er, dass du wirklich etwas erreichen können würdest.«

»Darum ging es ihm nicht. Er sagte, so wie ich aussähe,

hätte ich keine besonders guten Aussichten, vorteilhaft zu heiraten.« Auf Vs Schnauben hin lächelte sie. »Vater lebte im falschen Jahrhundert, er hätte ins viktorianische Zeitalter gehört. Er war der Meinung, Frauen sollten in erster Linie heiraten und sich um ein großes Haus kümmern.«

»Das war ganz schön mies, einem jungen Mädchen so etwas zu sagen.«

»Er hätte es *ehrlich* genannt. Er glaubte an Ehrlichkeit. Sagte immer, Hannah sei die Hübsche von seinen Töchtern. Natürlich fand er sie auch flatterhaft.« Mein Gott, warum erzählte sie ihm das? »Wie dem auch sei, Eltern können ganz schöne Problemfälle sein.«

»Ja, das kannst du laut sagen. Sehr laut.«

Als sie beide verstummten, hatte sie das Gefühl, dass er ebenfalls im Kopf sein Familienalbum durchblätterte.

Nach einer Weile deutete er mit dem Kopf auf den Flachbildfernseher an der Wand. »Willst du einen Film sehen?«

Sie drehte sich im Sessel um und lächelte. »Ja, gern. Ich weiß gar nicht mehr, wann ich das zuletzt gemacht habe. Was hast du da?«

»Ich hab das Pay-TV angezapft, also haben wir alles.« Betont beiläufig zeigte er auf das Kissen neben sich. »Warum setzt du dich nicht hierher? Von da drüben aus wirst du nicht viel erkennen können.«

Mist Mist Mist. Sie wollte neben ihm sitzen. Sie wollte … bei ihm sein.

Obwohl ihr Gehirn sich vor lauter Grübeln verkrampfte, ging sie zum Bett und ließ sich neben ihm nieder, verschränkte die Arme vor der Brust und die Beine an den Knöcheln. Sie war nervös wie bei einer Verabredung. Schmetterlinge. Schwitzige Handflächen.

Hallo Nebenniere!

»Also, was für Filme magst du so?«, fragte sie, während

er eine Fernbedienung zur Hand nahm, die genug Knöpfe hatte, um eine Raumfähre zu starten.

»Heute am liebsten etwas sehr Langweiliges.«

»Ach ja? Warum?«

Seine Diamantaugen wandten sich ihr zu, die Lider so tief gesenkt, dass sie seinen Blick nicht deuten konnte. »Ach, aus keinem bestimmten Grund. Du siehst nur müde aus, das ist alles.«

J. R. Wards
BLACK DAGGER
wird fortgesetzt in:

Todesfluch

Leseprobe

V schwebte auf Wolke sieben. Er fühlte sich vollständig. Ein zusammengesetztes Puzzle. Er hatte die Arme um seine Frau gelegt und seinen Körper dicht an sie gepresst. Ihr Duft hing in seiner Nase. Obwohl Nacht war, schien es ihm, als stünde er im hellsten Sonnenlicht.

Dann hörte er den Schuss.

Er befand sich in dem Traum. Er schlief und befand sich in dem Traum.

Der Horror des Alptraums entfaltete sich wie immer, und doch traf er ihn diesmal so heftig wie beim ersten Mal, als er ihn erlebt hatte: Blut auf seinem Shirt. Schmerz in der Brust. Er stürzte zu Boden, lag auf den Knien, sein Leben vorbei –

Mit einem Ruck setzte sich V im Bett auf und schrie.

Jane warf sich auf ihn, um ihn zu beruhigen, und eine

Zehntelsekunde später flog die Tür auf, und Butch stürmte mit gezogener Waffe herein. Ihre Stimmen vermischten sich, ein rasant gesprochener Wortsalat.

»Was zum Henker?«

»Alles in Ordnung?«

V fummelte an der Decke herum, riss sie von seinem Oberkörper herunter, um seine Brust sehen zu können. Die Haut war unversehrt, aber trotzdem strich er mit der Hand darüber. »Gütiger ...«

»War das ein Flashback? Die Schießerei?«, fragte Jane und zog ihn wieder in ihre Arme.

»Ja, verdammt ...«

Butch senkte den Lauf seiner Pistole und zog sich die Boxershorts hoch.

»Du hast mir und Marissa einen Mordsschrecken eingejagt. Willst du einen Schluck Goose zum Runterkommen?«

»Ja.«

»Jane? Für dich irgendwas?«

Sie schüttelte den Kopf, doch V fuhr dazwischen. »Heiße Schokolade. Sie hätte gern heiße Schokolade. Fritz hat eine Mischung besorgt, sie steht in der Küche.«

Als Butch gegangen war, rubbelte sich V über das Gesicht. »Tut mir leid.«

»Meine Güte, du brauchst dich doch nicht zu entschuldigen.« Sie streichelte ihm mit der Hand über die Brust. »Alles klar bei dir?«

Er nickte. Und dann küsste er sie und sagte wie der letzte Waschlappen: »Ich bin froh, dass du hier bist.«

»Ich auch.« Sie schlang die Arme um ihn und hielt ihn fest wie etwas sehr Kostbares.

Sie schwiegen, bis Butch kurze Zeit später mit einem Glas in der einen und einem Becher in der anderen Hand zurückkam. »Ich will ein ordentliches Trinkgeld. Ich hab mir den kleinen Finger am Herd verbrannt.«

»Soll ich ihn mir mal ansehen?« Jane klemmte sich die Decke unter die Achseln und streckte die Hand nach dem Kakao aus.

»Ich glaube, ich werde es überleben. Aber danke, Doktor Jane.« Butch gab V den Wodka. »Was ist mit dir, Großer? Alles wieder im grünen Bereich?«

Wohl kaum. Nicht nach dem Traum. Nicht, wenn Jane ihn verlassen musste. »Ja.«

Butch schüttelte den Kopf. »Du bist ein ziemlich schlechter Lügner.«

»Leck mich.« Vs Worten fehlte jeder Nachdruck. Und jede Überzeugung, als er daran festhielt: »Mir geht's gut.«

Der Ex-Cop ging zur Tür. »Ach, apropos stark: Phury hat sich beim Ersten Mahl blicken lassen, abmarschbereit und kampfklar für heute Nacht. Z kam vor einer halben Stunde auf dem Weg zum Unterricht hier vorbei, um sich bei dir zu bedanken, Doktor Jane, für alles, was du getan hast. Phurys Gesicht sieht gut aus, und das Auge funktioniert einwandfrei.«

Jane pustete auf ihre Schokolade. »Mir wäre wohler, wenn er zur Sicherheit noch mal zu einem Augenarzt gehen würde.«

»Z meinte, er habe versucht, ihn dazu zu bringen, aber ohne Erfolg. Selbst Wrath hat einen Versuch gestartet.«

»Ich bin froh, dass unser Junge das heil überstanden hat«, sagte V und meinte es auch ehrlich. Das Blöde war nur, dass sich Janes einzige Ausrede, noch länger hierzubleiben, soeben in Luft aufgelöst hatte.

»Ja, ich auch. Und jetzt lass ich euch beide mal allein. Bis dann.«

Die Tür wurde zugezogen und V lauschte dem Atem von Jane, die wieder in ihren Becher blies.

»Ich werde dich heute Nacht nach Hause bringen«, sagte er.

Sie hörte auf zu pusten. Lange erwiderte sie nichts, dann nahm sie einen vorsichtigen Schluck Schokolade. »Ja. Es wird Zeit.«

Er schluckte den halben Inhalt seines Glases auf einmal hinunter. »Aber vorher möchte ich dich noch an einen bestimmten Ort bringen.«

»Wohin?«

Er wusste nicht genau, wie er ihr erklären sollte, was er sich wünschte, bevor er sie gehen ließ. Er wollte nicht, dass sie die Flucht ergriff – besonders nicht in Anbetracht all der Jahre und Jahre des unaufrichtigen, gleichgültigen Sexes, die sich vor ihm ausbreiteten.

Er trank seinen Wodka aus. »An einen sehr persönlichen Ort.«

Sie trank aus ihrem Becher, die Lider tief über die Augen gesenkt. »Du wirst mich also wirklich gehen lassen, ja?«

Er betrachtete ihr Profil und wünschte, sie wären sich unter anderen Umständen begegnet. Wobei er keinen blassen Schimmer hatte, wie das hätte passieren sollen.

»Ja«, sagte er leise. »Das werde ich.«

<u>Lesen Sie weiter in:</u>
J. R. Ward: TODESFLUCH